GUI
MENG HAN

靳思凡 著

陕西新华出版
太白文艺出版社·西安

图书在版编目（CIP）数据

归梦寒 / 靳思凡著. -- 2版. -- 西安：太白文艺
出版社，2017.9（2024.1重印）
ISBN 978-7-5513-1274-5

Ⅰ.①归… Ⅱ.①靳… Ⅲ.①侠义小说－中国－当代
Ⅳ.①I247.5

中国版本图书馆CIP数据核字(2017)第186886号

归梦寒
GUI MENG HAN

作　　者	靳思凡
责任编辑	史　婷
整体设计	李洁蒙
出版发行	太白文艺出版社
经　　销	新华书店
印　　刷	三河市嵩川印刷有限公司
开　　本	787mm×1092mm　1/16
字　　数	280千字
印　　张	21
版　　次	2016年7月第1版 2017年9月第2版
印　　次	2024年1月第2次印刷
书　　号	ISBN 978-7-5513-1274-5
定　　价	69.80元

版权所有　翻印必究
如有印装质量问题，可寄出版社印制部调换
联系电话：029-81206800
出版社地址：西安市曲江新区登高路1388号（邮编710061）
营销中心电话：029-87277748　029-87217872

目　录

第一章 一往情深深几许
深山夕照深秋雨

轻烟楼坐落在横穿东京的汴河旁，门厅外是最负盛名的虹桥，虹桥两岸各类商铺鳞次栉比，御街之中人潮川流不息。

晨曦未至，便被商船上人们细碎的言语声惊醒。往来的船只匆忙，划过碧波荡漾的河水，掀起涟漪阵阵，人们辛勤劳作，齐心协力将满载的货物搬出船舱。方圆五十里的商贾集聚于此，使得周遭摊贩云集，热闹非常。

雾霭怀抱着将醒的汴梁，与河岸铺排的杨柳，同交错传来的鸡鸣犬吠一起，迎接铺天盖地的阳光的照临，于是新的一天悄然开启。

朝阳划开笼罩天地的云雾，洒下普世的安详。

街巷逐渐有了走动的声响，盈盈浅笑似风铃清脆，幽幽的吟唱开始在清冷的空气里徘徊缭绕。这琴瑟之声便再也不曾断绝，潺潺而至暮色四合。

夜幕降临，御街上的集市尚无宁静的迹象，轻烟楼内的烛火依旧通明。

衣衫破旧的小童唐惜若打量着过往的人群，隔三岔五总能见她单薄瘦小的身影在轻烟楼外流连，她要趁着宾客们酒酣欢闹之余，在他们必经的巷子里守候。因为站了许久，四肢都有些僵硬了，一直至轻烟楼的姑娘们簇拥着一位官人模样的男子推推搡搡地走近，她才眼眸一亮，扑

通一声扑倒在他们身前。

"又是你啊。"娇媚的声音来自当中一娘子，她虽搀扶着旁人，自己倒身姿慵懒。

"公子小姐可怜可怜我吧。"唐惜若一副哀求状，泪眼婆娑地蹲地不起。

娘子皱了皱眉，眼前的小乞丐满身泥泞，可不能污了她们新置的衣裳，便换了前行的方向。

"我已经饿了三天了。"唐惜若不依不饶地堵住了人群的去路。

见躲避未果，姑娘们便七嘴八舌道："总瞧这小女孩在外流浪，倒也怪可怜的，我们赶紧打发她走吧。好不好，官人。"她们推搡起身边已醉得神志不清的男子。

"好，好。"已醉之人哪里还有判断，旁人随便一撺掇，他便要拿出银两。

"我们帮您吧。"娘子们互相使了个眼色，几双柔荑就在男子身上摸索起来，原本泪光盈盈的唐惜若却忽然狡黠一笑，连语调都换了："姐姐们是想把他搜个干净么？"

"他就是粗人一个，总是对我们无礼，还不如一般客人。"方才的女子悄声回应，掩不住满眼的厌倦，"今日他也消费了不少，就剩下这么点了，都拿走了吧。"

娘子们说着就把搜出的银票递了过来。

能在轻烟楼驻足的官人，非富即贵，即便千金已掷，却也还剩了诸多，唐惜若暗喜，这一晚又大有收获。她顺手抓了街边的泥土涂抹在自己脸上，想着再多赚几笔便满载而归。

"这是你小孩子家该来的地方吗？"远远就听闻老鸨的叫嚷。

循着声音，便见一眉清目秀的少年被人从轻烟楼里推了出来，跌跌撞撞地向后倒去，"我为何不能进去？"少年不服，又倔强地折回去问。

"区区五十两就想进轻烟楼？别说五十两，就是五百两也只能喝杯

茶，你居然还要见我们师师姑娘，快别痴人说梦了。"

"那你告诉我，如何才能见到她？"

"哼，至少一百两黄金兴许能一睹姑娘芳容，若要与她攀谈或欣赏琴艺，要么得是当今状元，要么得是堂堂一品官员，你这样的小孩子还是赶紧回父母身边去。"

"我迟早会见到她的。"少年愤愤不平，心有不甘地向轻烟楼里望了望，里面觥筹交错、莺歌燕舞，门外守卫徘徊来去。他无奈地叹口气，正转身，便碰上了小乞丐唐惜若。

"公子……"她故技重施，佯装虚弱道。

"拿去吧。"少年居然没等她把话说完，就轻易递出了自己的五十两白银。

唐惜若不可置信地瞪着他，他看似既非醉酒也非家财万贯，竟这般慷慨相赠。

似是她因震惊而略显木讷的模样有些好笑，少年不由得弯了眉眼："原本这些就打算在轻烟楼花掉的，只可惜连门都没能进去，看你身子这么单薄，就先拿去置些衣裳买些酒菜吧，汴梁的冬日可甚寒，尤其是夜里。"少年笑起来双眸熠熠，说着便摩搓起双手凑近唇边哈了口热气。

"这位小公子，你可是想见师师姑娘？"

"是否太困难了？"少年苦笑道。

"那也未必，我倒是可以帮你见她。"唐惜若莫名对他生出了好感，脱口便道。

"真的吗？"少年听闻不禁欣喜，又不免问，"你可是在说笑？"任谁都会对眼前的小乞丐满腹狐疑。

"你可不要小瞧我。"她爽快地从衣袖内亮出一枚翡翠腰牌，"这可是崔念奴的私物。"

崔念奴的声名虽不及李师师，却也是汴梁百姓向往的人物，"念奴

一曲如泣如诉"，便是赞她无双的歌艺。这轻烟楼正是因为她们，才声名远扬。

那剔透的翡翠白玉上赫然刻着崔念奴的名讳。

"这果真是崔姑娘的物件。"少年喃喃着，也以为再无他法，他已经在轻烟楼附近徘徊许多天了，还未见有自己这般年岁的人出入，虽然他刻意扮得老成，也掩不住满脸的稚气，更何况自己也消费不了更多，便拱手道，"在下李穆然，不知姑娘芳名？"

"唤我惜若吧，唐惜若。帮你见师师姑娘倒是无妨，可你该不会只是个贪图美色的小书生吧？"唐惜若怎么看他也不似一般纨绔子弟，气质倒是可爱温和，然而执意在轻烟楼流连，不免让人心生疑虑，"若真如此，我可是要反悔的。"

"哈哈，"李穆然笑出了声，虽没达成心愿，她倒是他失望之余的安慰，"实不相瞒，我找师师姑娘，是为寻一人。"

"能同师师姑娘有牵扯的人岂是等闲，究竟小公子寻的是什么样的人？"

"该怎么告诉惜若你，——寻非寻之人。"

"这也太讳莫如深了吧。"唐惜若撇撇嘴。

"惜若喜欢诗词吗？"李穆然转而问。

"当然了，周大才子的作品我可是熟悉，这响彻汴梁的词曲中，有多少不是出自他之笔。"唐惜若谈及此竟滔滔不绝起来，眉目之间神采飞扬，"虽说周邦彦的词句生动瑰丽，我却以为不如柳词辗转回肠，凄凄切切。只道那句'衣带渐宽终不悔，为伊消得人憔悴'，便教人感伤良久了。"

"可是惜若，小乞丐可难有本事混迹轻烟楼，更不会有闲心琢磨诗词曲赋。"李穆然蓦地俯身凑近，挑眉轻问。

唐惜若的心神被他突如其来的靠近搅扰着，便局促地往后欠了欠身："小公子若是信不过我，就此作罢也无妨。我，我从小便生活在这

一方之地，这轻烟楼几乎是第二个家。"

李穆然与她不过半步，隐隐可以闻见她周身掩藏的淡淡胭脂香，如游丝一般在鼻翼缠绕。

"惜若可是故意扮作小乞丐的？无论如何这人我是必然要寻的，所以惜若的话，我自然也深信。"李穆然直起身，言语中又充满了恳切，虚晃的烛光里他的面庞亦起了晕色。

"那好，三日后戌时，我们此地再见，到时你定能心想事成。"

"当真？"李穆然喜道。

"我既能答应你，便绝不失信，尽可放心好了。"

"穆然在此谢过。"李穆然拱手道，他内心又满怀了希冀。他简直无法形容此时自己的热切，这些天的殷切期盼终于没有徒劳，还有希望便好，"那你打算如何带我入轻烟楼？"

"这个嘛，到时你自会知道。"唐惜若打起了太极。

"好吧，那三日后戌时此地，我们不见不散。"

"不见不，阿——嚏。"一阵寒风吹过，她禁不住打了个寒战。

李穆然见状连忙脱下外褂，小心披在唐惜若身上："你身子这么单薄，可别着凉了。"

她扮作小乞丐这么久，还真无一人同李穆然这般暖心。往日从这街巷里路过的，全是些醉了酒的官人公子，她自觉心安理得地骗些银两，今日倒真心想助李穆然一助。

"阿——嚏。"这回轮到李穆然哆嗦了。

唐惜若刚欲脱还外褂，便被他不服气地拦住。

"你且穿着，这点风寒我还是受得住的。"李穆然吸了吸鼻子。

"那好吧，别忘了，三日后我们再见。"

"再见！"李穆然蹦跳着挥起胳膊，任谁都能看出这少年很快便瑟瑟颤抖了，蹦跳起来只是为了能生些暖意，可他眸中的欢喜俨然盖过了汴梁冬夜的严寒。

一直到李穆然的身影消失于街巷的尽头，唐惜若才收回了目光。心中莫名泛起些微的迷醉，她模糊地感觉汴梁的夜都被这少年眉梢眼角的笑意充盈了，他澄澈的容颜映衬于脑海，许久都难以消散。

入夜已深，往来之人竟丝毫未见少，唐惜若攥着收获的银两，轻车熟路地绕至轻烟楼后院，转身就进了厅堂。

漫天的香气扑面而来，一瞬间，仿似坠入人间天堂。

各色绸缎从雕梁画栋的楼顶垂坠而下，富丽堂皇的轻烟楼通天而建。足有十层高的厅内一片耀目景致。曲折的长廊环绕整座大堂，每一道长廊内都建着瑰丽雅致的厢房。直教人眼花缭乱，目不暇接。

堂内更是红飞翠舞，急管繁弦。

恰如轻烟楼里声乐袅袅，轻烟楼外宾客熙攘。

"你还知回来！"清凉的话语随香传至，身姿婀娜的女子随声而来，神色中的冷峻却仿佛一道屏障，阻隔了哪怕一分一毫的亲近。

唐惜若颓然地垂了肩膀。

"明日便是姑娘同周邦彦行至关山之时，还需你我前往护送，回城之路恐有刺客埋伏，你现下还有闲心玩闹！"来人厉声训斥，她口中的姑娘，便是轻烟楼真正的主人，"若让她见你这般不知轻重，你就等着被踢出漠北唐门。"

唐惜若吐了吐舌头。

轻烟楼绝非寻常欢乐之地。而眼前气势非凡的女子，既是汴梁赫赫闻名的崔念奴，也是那传说中漠北唐门里非同凡响的人物。

漠北唐门，这几乎只口耳相传于江湖人士间的神秘门派，近十年来无人知其总舵所在，更无人知其总领何为，甚至无人敢肯定其是否存在。

然而自小便成长在轻烟楼的唐惜若知道，漠北唐门虽来无影去无踪，暗地里却一直人才辈出。除却眼前的崔念奴，还有那轻烟楼主李师

师，更有一位曾经叱咤风云的武林盟主——苏鹤。

二十年前，就是这自称无门无派的苏鹤不仅凭一人之力打败各路高手，更以《大荒经》连取少林五罗汉，力克十八铜人，直逼得少林方丈连同三位不世出的弟子亲自将其牵制，少林泰山北斗的威名才得以保住，虽败犹荣的他当即在江湖中声名鹊起，一跃成为无可争议的武林盟主。

可惜没过多久，苏鹤便碰上了真正的强敌，而今江湖第一门派洪门的掌门——洪仲。两人武功原不相上下，来年比斗中苏鹤似不擅久战，于数百回合之后体力明显不支节节倒退，洪仲则乘隙步步紧逼，才令他狼狈溃败，只得让出盟主之位，却没想从此退隐江湖，不问世事，而今已然行迹渺然。

只是漠北唐门长久隐秘，有时连内部不同脉络间都不知彼此。这苏鹤的事迹，还是李师师偶尔透露给她。而安插在轻烟楼的门人，也就三位姑娘而已。

"还不换了你这身破布，乞丐当上瘾了不成？"崔念奴讥讽道。

"我本就是这副模样。"唐惜若不忿低语，算是对她的盛气凌人报以轻微抗议，却也乖乖回屋梳洗。

若非李师师将她收养，唐惜若也许还在整日食不果腹地流浪。

她隐约记得多年前的阴雨天，孱弱的自己蜷缩在破落的马棚一隅，让茅草覆盖在瑟瑟发抖的身体上。棚外忽然传来的数声哀号惊醒了昏昏欲睡的自己，她刚无力地探出头，就见满地血水急流，仿若神祇的女子屹然立于几具尸骸旁。四目相对，那女子原可以扬扬衣袖便轻易结果了她的性命，却偏偏动了恻隐之心。

是李师师牵她入了漠北唐门，给了自己轻烟楼这个家，教她琴棋书画，传她武功秘籍。

然而，儿时那日复一日的蚀骨的冰凉到如今还能感知，竟如冤魂一

般紧追着她不放，于平静生活中的某一日忽而来袭，余悸未平。

李师师曾道，任何人想维持这冠绝天下的声名，坐拥这价值斐然的轻烟楼，无论何时，都得了断了凡尘执念。

若要所得，必先舍弃。

可言之凿凿如李师师自己，而今竟也为了她的周郎以身犯险。赫赫闻名的周大词人是自己连夜逃出的汴梁，她不惜千里追随，也要与他当面道别。

他若南下必过江陵，而由那关山至江陵，路途最近。

关山坐落于东京之南，策马一夜可至。劲风于耳畔呼啸，撩起衣袂翩翩。夜幕下疾驰的崔念奴与唐惜若宛如两枚星辰，于山间起起伏伏，若隐若现。

至关山时刚刚晨曦，度过了黎明前彻骨的阴寒，此刻山间浮起了一隙的暖意，轻薄雾气绵延在此起彼伏的碧翠丘陵之上，一道迂回清溪于山间流淌，身处当中，宛若于云间徜徉。

当天地豁然敞亮，日光深处，一位白衣女子娉婷行来。

该如何言道她的婉约瑰丽，仿佛穷尽世间一切措辞都不足以形容那勾魂摄魄的曼妙。

李师师绝尘而至，怀着无限的悲悯，于广阔的天地间盈盈伫立。

"周公子呢？"崔念奴上前迎她，才觉李师师形单影只。

"教你们空跑一趟，"她失望言语，"我已经快马加鞭，却还是迟了。"她怅然地眺望着溪水流逝的方向，满目萧然。"我一路追至江陵，还是与他错过。想必他参透了我的心思，临时改了南下的路线，竟连一面都不愿再见。"

"这周邦彦怎这般绝情！"崔念奴不禁叹道。

"恐怕周大词人也是为姑娘着想，恐您执意留恋。可他这一走，汴梁的夜怕是要寂寞许多了。"唐惜若怅然道。

李师师像是被撩拨了心弦，酸楚顷刻涌入心间，她甚至唯恐从此再无周邦彦的日子该如何虚度，只是提起就更觉苦楚。她恨不能与之海角天涯，然而又有太多的身不由己，难遂人愿。

奈何他永远都是如此，既然要走，便走得决绝。

她还依稀记得当年他们初见的场景，在山间抚琴的少女被不速之客惊扰，迷路的公子闯入迤逦的卷轴，他惊异地望着她绝色的容颜，陶醉地聆听着百转千回的琴声纶声，仿若坠入迷离的梦寐。

除却漠北唐门的弟子，世上再无人知晓这关山之地，一直到周邦彦的闯入才止。然而竟连周邦彦自己，也不甚清楚究竟他是如何到来以及如何离开，只恍惚记得那令人迷醉的景致，不由得在往后的词曲里常常提及。

自关山邂逅之后，他们便于汴梁相约，他从此成为轻烟楼的常客，每每华灯初上，便轻叩李师师的厢房，两人宛如久违的知音，琴瑟和鸣。

那段日子是周邦彦最为文采飞扬的时候，整个大宋都传诵着他为她写下的《少年游》，李师师绝代的风华频频跃然纸上，引得遐想钦慕无数。文人墨客纷纷摘抄着《风流子》，青楼歌女争相吟唱着《锁寒窗》，周邦彦的词作，一时间风靡了满城。

相知相惜的日子仍似如昨，白驹过隙之间，竟已物是人非。

"我们回去吧。"李师师又深深回望一眼周邦彦离去的方向，叹息道。

任凭她如何留恋，那消逝的时光终究一去不返，而她自己，亦须回归轻烟楼里。

再过一日，便是与李穆然约定之时。

"唐惜若！"远远就听闻有人唤自己，唐惜若百年不变的粗布衣，倒是李穆然一袭长衫，干净优雅，疾步而来，唯恐她等急。

"你身上还有多少银两?"一照面她就迫不及待地问。

"前日分了你一些,现下就这么多了。"李穆然说着便从衣袖里和盘掏出自己所剩无几的碎银。

"好吧,应该也够了。"唐惜若不客气地接过,"跟我来吧。"

"去哪儿?"

"来了就知道了。"唐惜若引着他穿过轻烟楼外伟岸的虹桥,夕阳的微光铺洒在锦缎一般的汴河上,往来的商船匆忙,劳作了一天的人们正将货物一一搬出船舱。随处可闻他们欢欣的笑语,而远方西沉的夕阳,似也在指引归家的方向。

空气中浮动着漫漫尘土味,混合清淡的草香,窜入鼻息直教人心神舒朗。

"我们到了。"唐惜若在刚下虹桥旁一间胭脂铺前止步,赞道,"这家店品种齐全,定能找到适合穆然的款色。"

"你要我扮作姑娘?"李穆然睁大了双眼。

"不然如何混进轻烟楼?"唐惜若一点不似玩笑,说着便走进铺里逐一挑选起胭脂来。

"这不会太奇怪吗?"李穆然跟在她身后怀疑不止。

"放心吧,小公子唇红齿白,经过我的打扮,必定脱俗。"唐惜若边走边把备选的胭脂向后抛去。

李穆然手忙脚乱地一一接过。

唐惜若觉得差不多了,便将怀里的什物挨个涂抹在李穆然的面颊上,他清秀的靥被她折腾得粉嫩。

出了店,再往前两间便是绸缎庄,里面的姑娘递来蚕丝锦衣,她们好奇地在旁观望唐惜若不厌其烦地布置着这雌雄莫辨的少年,嘴里还念念有词。李穆然如布偶一般被把玩着,狼狈又可笑。经过好一阵折腾,她才终于让他换上了合适的锦罗玉衣。

"果然不错。"唐惜若满意地打量着自己的杰作。

"我比较怀疑你的鉴赏能力。"李穆然笑道。

"穆然还真是颇有几分姿色的。"唐惜若正儿八经地道。

"真的?"李穆然将信将疑地问。

"你若走路再轻盈些,说话再精细些,兴许还能与轻烟楼的姑娘一比高低呢。"唐惜若由衷道。

原本扭捏的李穆然被她再三的赞扬撩拨得好奇心大起,便趁夕阳未落,往汴河旁照了照自己的身影。水面微波涟涟,倒映着他薄粉敷面的靥,连他自己都吃一惊,这分明一位俏丽的少女。"惜若实在太厉害了,现下我可以蒙住轻烟楼的老鸨们了吧?"

"尽管放心,我都分辨不出,她们就更是啦。"

"可是你这样进轻烟楼,也无妨?"李穆然望着她粗糙的外衣道。

"你也觉得我不是真的小乞丐了,出入轻烟楼,自是畅通无阻。"唐惜若倒毫不担心,"乖妹妹,莫磨蹭,快随我去见识见识吧。"唐惜若说着便潇洒地伸出一指挑起李穆然的下巴。

"好,唐姐姐。"李穆然顺势便做了娇羞状。

偌大的汴梁城随着夜幕很快降临而清静许多,围绕着轻烟楼的集市仍彻夜经营。唐惜若与李穆然绕进了他们初见的街巷,厅堂的侧门一直是她扮小乞丐时出入的地方,因位置隐蔽,总无人把守,他们一闪身便进去了。李穆然内心掩不住的激动,他总算踏入了多日来朝思暮想的地方。

人声转而鼎沸,李穆然望见了这一生中最为华丽的场景,众多锦衣华服的公子欣赏着舞台上反弹琵琶的佳人,俏丽而多姿的姑娘素手纤纤,淡淡一抹笑颜,幽幽一对明眸,尽是余韵绵绵,引人迷醉当中。

"穆然。"唐惜若推了推他。

"哦,哦。"他这才恍然回神。

"师师姑娘今日是不见客的,你随我来就是了。"李穆然跟在她身后,一路吸引众多目光,这笙歌盎然的景致实在美妙。只是父亲乃武

将，从来都厌烦烟花柳巷，以为那是磨人志气的糟粕之地。李穆然自己却是文人的风骨，心内柔软的一处被袅袅而来的乐声抚弄，香气弥漫的氛围里竟生出丝丝忧伤与酸楚，仿佛这笙歌烂漫的天地，也深藏着无可名状的哀愁。

"崔姑娘。"唐惜若的脚步明显慢了下来，蓦地驻了足，李穆然一没留神便撞上她。"怎么我每次都能被崔念奴捉住。"唐惜若懊恼地嘟嚷。他们刚步入长廊，崔念奴也正踱步而出，三人恰好照面。

唐惜若已经习惯了被她挖苦，崔念奴道："我可是才刚告诉过你切莫顽劣，没出三日就明知故犯，我这就通告师师姑娘，今日起让你先禁足一月。"崔念奴话中尽是刁难，刚一提及教训唐惜若，就掩不住些许的幸灾乐祸，一抬眼瞅见在她身后的李穆然，神色一转，质问道，"这人是谁？"

"她是我……"

"千万别告诉我她是你带回轻烟楼的小娘子，"唐惜若正琢磨如何蒙混，崔念奴就截了她的言语，"依我看，也不过是个十五六年岁的少年，面容清秀些罢了。"

李穆然不知所措地立在唐惜若身后，眼前的女子既妩媚又凌厉，更比方才反弹琵琶的姑娘美艳明丽，投射而至洞察一切的目光直让人无所遁形。

唐惜若知崔念奴阅人无数，再欺瞒只是自讨没趣，便诌笑道："崔姑娘歌艺琴艺双绝，人又蕙质兰心，我如何能糊弄。这确实是位小公子没错，还请姑娘通融通融，我就领他来见识一番。"

"你应该知道轻烟楼的规矩，没银两没地位，如何进来？何况我又凭何帮你？"崔念奴丝毫没有通融的意思。

"崔姑娘不觉得这几日自己身上少了什么吗？"唐惜若顾左右而言他，说着便亮出那刻有崔念奴名讳的翡翠腰牌，腰牌衬着长廊上幽幽的烛光在她手中熠熠闪亮。

"我的腰牌果然被你拿了去。"崔念奴急道。

"姑娘可冤枉我了,我是不小心捡到的,也不知您何时遗落,一心想着哪日有机会归还。"唐惜若连忙解释,"如果姑娘肯行个方便,睁一只眼闭一只眼,也不枉我帮您惦记这遭。"

"明明就是你偷了去,还不速速还来!"崔念奴冷哼道。

"我若真将此物归还,岂非应了姑娘,可我实不愿受这冤枉委屈,既被您诬陷是偷来之物,就只好当这什物我从未捡到过好了。"唐惜若失望皱眉,说着便扬起左臂,似真要远抛那翡翠腰牌。

"慢着!"崔念奴还是松了口,"权当你我今日从未遇见。"这随身之物她毕竟也苦寻了多日。"若有下次决不轻饶。"她接过那腰牌之后也不忘告诫。

"多谢姑娘!"唐惜若冲她盈盈一笑,抓起李穆然的胳膊就疾步离开。

崔念奴不过比她年长三岁,却永远一副少年老成的模样。唐惜若记得自己刚被李师师领回轻烟楼时,正值豆蔻的崔念奴就已经尤为擅长音律了,只是她从来都居高临下,冷若冰霜,只一心苦练琴声歌艺。原就冰雪聪明的女子加之勤奋刻苦,也一路扶摇,区区两年的光景,就被捧为汴梁李师师之后。只是唐惜若以为崔念奴弹奏的曲调虽技艺娴熟,却独缺情愫,无怪始终无法超越这轻烟楼主。也不知何时,她就开始留意到整日无甚追求的自己,兴许与她截然相反的心性,才对她这后来的少女言语里总锋芒显露。

可唐惜若何尝不知,自己迟早也会同两位姐姐一般撑起轻烟楼的声名,如今的闲散,不过是偷得片刻自由,人生的轨迹,早便在李师师救下她那刻起,尘埃落定。

"方才的女子是谁?"李穆然仍不时回首偷望。

"她便是崔念奴。"

"难怪啊。"

难怪气质如此卓绝,难怪美艳不可方物。

"腰牌原就是要等到有求于崔姑娘的时候亮出来，穆然你真是赶巧了。只是你若见到了师师姑娘又会如何？"一直到走廊的尽头，唐惜若才驻足，整座轻烟楼就此地最为幽静，她回身疑道。

"我有一个问题需要她告诉我答案。"李穆然认真回答。

"什么问题？"

"周邦彦的踪迹。"李穆然望见对面厢房内烛火通明，窗纱倒映着女子柔和的倩影，想那便是风靡了整个大宋的李师师。他已经被胸中的疑惑困扰了很久了，而这困惑，只有那风华绝代的女子才能解答。

周邦彦为何又会被逐出汴梁？

一首《少年游》，让当年的徽宗心生醋意，若不是自己颇为中意的青楼女子情难自禁，也许他便容了周邦彦的存在。

并刀如水，吴盐胜雪，纤指破新橙。锦幄初温，兽烟不断，相对坐调笙。

低声问：向谁行宿？城上已三更。马滑霜浓，不如休去，直是少人行。

在他陶醉于李师师珠落玉盘的琴音时，疑惑她为何不时望着床榻低吟起这首情诗，刚一探究竟，惊觉周邦彦竟一直躲藏当中，一时间醋意翻滚，恼怒之下便降罪于作词之人，命他从此不得踏足汴梁半步。

然而周邦彦原就先他与师师相逢，而青楼歌女本也不受礼教约束，待他怒气消散，想来若一再追究未免显得小气，就又赦免了他。

从那之后周邦彦与李师师之间再未有任何波折，如今钦宗即位，她也不再受独宠，甚至还被下令缴了自己在轻烟楼的财物，如今的周邦彦应更不必忌惮与之交往才是，如何再无故出汴梁？

约莫二十日前，李潇府内再无周邦彦的身影，原先每隔几日他便会前来拜访，而今迟迟未见，李潇心生疑虑，便特意至周邦彦住处查探，谁知早已人去楼空。他不仅是汴梁百姓仰慕的大词人，更是李潇的至交好友，两人虽一文一武，各有侧重，却因共怀忧国忧民之心而相互赏识。大宋边关屡屡遭辽、金侵犯，多少彻夜难眠的夜他们共讨国事，挥斥方遒。李穆然常听父亲赞他颇具运筹帷幄之才，实乃自己镇守汴梁的军师。而周邦彦于自己，更是传道授业的恩师。他笔下一首首瑰丽的词作，写尽了沧桑浮世、离合悲欢，李穆然自幼便耳濡目染，如今也可吟咏成词、落笔成文了。

他当然知道除却李府，还可能知晓周邦彦行踪的，就只有李师师。父亲李潇也曾提过，最后打探到周邦彦的消息，便是他曾与她秉烛夜谈。

李穆然刚将上前，身后便响起细碎的脚步声。"张大人，张大人，师师姑娘今日休息，您能择日再访吗？"老鸨气喘吁吁地跟在一贵气逼人的长者身后，那人虽已两鬓斑白，却掩不住地春风得意，他径直走向李师师的厢房，正眼都不瞧那老鸨一眼。

唐惜若望见他，下意识地轻拽李穆然，示意他往后退几步，为来人让出路。

张大人伸手就叩响了李师师的房门。

"是谁在外滋扰？我不是吩咐下去今日休息了吗？"绵软中掺着些微责备的声音从屋内传来，即便倦意绵绵，依然余韵撩人。

"师师，是我啊。"张大人眉飞色舞道。

门吱呀一声被推开，房内的烛光倾泻而出，张大人见状兴高采烈地入了屋，又顺手关上了房门。

李穆然眼见自己无法入内，在一旁焦灼不已，刚要跟上前去，却被唐惜若一双柔荑拦下："张邦昌是朝中重臣，惊扰了他我们恐怕得不偿失。"

"张邦昌，你给我出来！"正不知所措，耳畔忽而响起这洪亮而愠怒的叫嚷，突兀地划破轻烟楼里的和谐欢闹，李穆然不禁顺着这熟悉的声音传来的方向望去，便见楼下大堂内施施然走入一位英武卓绝的男子，苍髯如戟，面容肃穆，一身粗布大衣，与周遭奢华景致俨然格格不入。

他驻足环顾四周，分明寻找着什么人。

堂内宾客都被他凛然的气息震慑，皆侧身注目，却又都畏缩着不敢上前，只于他周围环绕。

李穆然转身正要与唐惜若言语，却见她已一溜烟跑至大堂正中，穿过人群，直面那魁梧来人。她在他身前明明娇小孱弱，却偏偏面无丝毫惧色。

"小姑娘，你可见到一位衣着华丽的老者方才走进？我一路尾随，眼见他在此没了踪影。"气宇轩昂的男子俯身对唐惜若道，那声如洪钟，威严却又不失和蔼。

"如果我说我没有看见，大人信吗？"唐惜若反问。

"你若没有看见，我便只能亲自进去寻。"

"倘若您在此找到了他，如今门庭若市的轻烟楼，恐怕要变得清冷了。这当中损失，我们又该如何清算？"

"小姑娘，不可妄下论断，这与我有何关系？"男子不悦道。

"您要寻的可是张邦昌张大人，如今有谁不知他位高权重，能直呼他名讳的，当今也超不过五人。如果我没有猜错，大人这般面生，想必就是鼎鼎大名的李潇将军，只有李将军一人从不踏足轻烟楼里。张大人如今前来消遣，扫了他的兴致，罪责自然算在轻烟楼上。若是他都不再捧场，以后来往的宾客总是要顾忌几分的。"

"小姑娘你不必多虑，张邦昌若要心怀不满，就让他直接找我李潇好了。"他说着，抬眼望了望顶楼李师师厢房的位置，作势前行。

唐惜若上前一步："将军，您如果执意留下，请先交给老鸨们一百两白银。"

"可我还未消费任何酒水，怎就要付这么多？"李潇疑道。

"您不曾来过轻烟楼，自然不知轻烟楼的规矩，一百两白银是入这里的底钱。"

"这……"李潇一阵迟疑，一百两白银，于张邦昌不过九牛一毛，

但对他这武将，可着实困难。"至少一百两？"李潇踌躇地问。

唐惜若重重颔首。

"你是轻烟楼的人？"

"将军慧眼，否则我怎能轻易出入。"

"既然如此，小姑娘你放心，李潇今日囊中羞涩，却也绝不会赖账，你日后只管到李府去讨要，必会如数奉还。"李潇诚恳交代，言毕便迫不及待地走向环绕大堂的长廊，眼见他直奔李师师厢房，即张邦昌所在而去。

唐惜若未再多言，她不过不愿见他与张大人在轻烟楼争执，岂知战功显赫又低调避世的李潇将军能破天荒来这烟花之地，想必也是有其非来不可的缘由。

她怎可一再阻挠。

只是有一点她没有参透，李潇如何能这般轻易知晓师师姑娘阁楼所在，轻烟楼之繁华，厢房如满天星斗，长廊迂回百转，若非整日流连的人绝不能了然。

没等她细忖，轻烟楼内又行入一群怪异之人，他们奇怪之处，便是三位衣着考究的公子身旁，还有一位面容峻冷的孩童，那孩童甚至未及髫年，却又一袭黑衣，透着莫名的诡秘。

没有人至轻烟楼还牵着乳臭未干的小童，即便是唐惜若，也已出落得颇具少女清新之态，而人群当中的他，仿佛才蹒跚学步未多久，身旁的男子不得不缓慢走动以配合其步调。

"公子们这边请，轻烟楼里美酒佳肴，可定要尽兴，就让我帮忙照看这小童吧。"老鸨笑脸相迎，说着就要牵起他软若无骨的胳膊。

她掌心刚放在黑衣男童的肩膀，就见他猛地侧目，目光凌厉地射在那全然不知自己已岌岌可危的身边人身上，一瞬间，老鸨便被一股莫名的力道推开，身子向后摔去，重重砸在轻烟楼外硬冷的街道上。

整个轻烟楼顿时乱作一团，今晚，已经有两位不合时宜的人搅乱了

这里的和谐欢闹。

黑衣男童若无其事地继续前行，一同而至的三位公子也紧随在侧，这场景倒像他领着他们来寻欢取乐。

然而没走几步，便见唐惜若再次出现在人群面前，浅笑道："轻烟楼可不欢迎小孩子。"

他驻了足，昂首直视面前既似调侃又似告诫的少女，眼中尽是轻蔑之意，旋即向身旁的男子使了眼色，那男子便从衣袖里摸索一番，掏出一沓银票："看好了，五百两白银，足够在这里待上一阵子了吧?"

"公子可能会错了意，我说的就是这小孩子不能进去。"唐惜若置若罔闻，素手直指相向。

这可出乎了她的意料，那黑衣男童显然未予理会，只顾自前行着，竟也沿着李潇方才的路线而去。李潇是找李师师厢房中的张邦昌，而他究竟找谁? 如此一个稚嫩的小童竟拥有与其年纪极不相符的高强内力，脾性还如此阴晴不定，定非善类。

无论他意欲何为，轻烟楼从来都不欢迎心怀叵测之人。

唐惜若三两步追上，又生生挡在他们面前。

他的面庞蓦地呈现出愠怒之意，不由分说便挥来一阵掌风。

唐惜若反倒镇定自若，双臂微张，凝神运气，在身前形成一道屏障，那凌厉的杀气就被牢牢阻在这屏障之后，直至两股力道相容相消，她才收身站定。

"你居然也会武功?"黑衣男童终于惊出了声。

"而且还不赖。"唐惜若替他补充。

"轻烟楼是开门做生意的，只要我们银两足够，岂有阻挠的道理!"身旁的男子不愤道。

"是没有这个道理，我不过想问问这位小公子，老鸨有何冒犯惹得你如此躁怒?"

"不过一个丫头，我何必跟你啰唆!"他正要作势再发，被方才的

男子拦下，男子蹲下身悄声在他耳旁交代了几句，他便强忍怒气，沉声道，"你究竟是让还是不让？"

没等唐惜若回答，轻烟楼内忽就陷入了莫名的寂静，众人皆不约而同仰首相望，只见玫瑰花瓣如漫天的飞雪翩然飘洒，玫瑰花丛中的女子依着坠地的流苏摇曳曼舞而现，一垂首的顾盼似早春三月迤逦的风光，隐约着几许明媚几许动容。

踮脚轻落，何止仪态万方。

李师师轻柔的言语在鸦雀无声的大堂内幽幽回响："今日轻烟楼可好生热闹。"

众人如痴如醉在她曼妙的身姿中，许久都未出声响，待幡然清醒，竟恍如隔世。

李潇与张邦昌不知何时也随她而至，竟从阁楼一直争吵至轻烟楼堂内。

"事到如今还不承认，你究竟设了何计令周邦彦消失不见？"李潇厉声质问着。

"他失踪了，你找我作甚，本大人国务繁忙，岂有闲心管他死活？"张邦昌虽被这将军牢牢擒着，态度却比他还强硬。

"国务繁忙，你整日流连轻烟楼，这也叫作国务繁忙？"

"你倒是整日守在城墙，天天叫嚣着打仗，还不是空吼一场？那周邦彦得罪的人多了，他失踪了，你盯我作甚？"

"周邦彦得罪再多人，怕也只有你会睚眦必报。谁不知你记恨种大人曾经参奏过你，之前他一再在皇上面前劝谏莫要与金贼议和，你偏偏不顾国家大义出面反对。"

"如今议和已然达成，就证明他当初是杞人忧天。我再说一遍，周邦彦失踪还是没失踪，我才懒得理。"张邦昌边说边挣扎，却仍被李潇牢牢制住。

"你的话，能有几句是真。"

"李将军,张大人。"李师师来到两人面前,"实不相瞒,周大词人已平安离开了汴梁。"她终于能插句话。

李潇听闻不禁松开张邦昌,转而渴盼追问:"师师姑娘想必知道内情?"

"数日前,周郎便来轻烟楼与师师告别,此时他人怕已至临安了,且并无打算再回汴梁。"

"走得好。"张邦昌乐道。

"周大词人离开汴梁了?"轻烟楼的姑娘们听闻此言,却是一人一语,皆是惊异与可惜,"这就离开了,我都还没唱熟他的《荔枝香近》呢。"

"周大词人那样文雅的人,才几日不见,我竟已经开始想他了。"

"他真的不回来了吗?我还未留得他的墨宝以作纪念呢。"

堂内顿时唏嘘不止。

崔念奴这时也从长廊走来,在旁听着,便弹起了琵琶,弦声如水而至,姑娘们也薄唇轻启,幽幽吟唱开:"乳鸭池塘水暖,风紧柳花迎面。午妆粉指印窗眼,曲里长眉翠浅。"渐渐轻烟楼里《秋蕊香》的声乐四起:"问知社日停针线,探新燕。宝钗落枕春梦远,帘影参差满院。"

姑娘们共吟着,念想着。周大词人总是笑意盈盈地来到,与她们嘘寒问暖,每每赋词作诗,都最先送给轻烟楼的姑娘来吟唱,不知这些词作捧红了多少人。

而今闻他只身离去,她们怎能不心生惦念。

张邦昌便也哼着曲调,欣欣然走入了堂内那一片软玉温香中。

"师师姑娘,周兄究竟遭遇了何事要这般匆忙离开?为何我竟一无所知?"李潇见张邦昌走了,这才焦急询问。

"将军,您可记得自己曾赠送给周郎一柄玄铁寒剑?"李师师的言语隐约在轻烟楼一片轻歌曼舞中,只有在她身旁的李潇听得清晰,她自也是要避开张邦昌才坦诚相告。

"周兄体质文弱，那湛卢宝剑乃我与洪门掌门洪仲共同打造，剑气凝聚，削铁如泥，即便是不习武之人也可以一敌众，我以为更适合他，所以便赠了去，有何不妥？"

"湛卢宝剑的确是非凡珍宝，周郎一剑在手，也武功了得。只是这剑中奥秘不知被谁知晓，要来轻烟楼伺机窃取，周郎日日剑不离手，那人终趁他微醺之际将宝物偷了去。"

"虽然遗憾，可偷去便偷去，这与周兄失踪又有何关系？"

"若只单单偷去宝剑倒也不足为意，只是几日后，那人又将宝剑还了来，还多了一纸书信，道这铸剑的玄铁取自黑龙江畔矿藏中，可御极寒，他若占有，恐怕会落得私通金贼之嫌，到时小命不保，还要这宝物作甚。"

"此乃我与洪仲亲手锻造，用的是嵩山铁石，怎会与金贼牵连？"

"将军了然，周郎也了然，可他不明窃贼为何无中生有，心内隐隐不安，便将湛卢宝剑放入了冰窖中试炼，若能抵御极寒，剑气自会陡然活跃，那宝剑果真灵性大增，与此人描述的分毫不差。"

"绝不可能，这湛卢宝剑可是事先被谁换了去。"

"周郎细细思量，觉得他日日在轻烟楼中，人来人往的，倒也难免会出纰漏。再一细查，才知这黑龙江畔的玄铁，价值连城，一向用作金国皇亲的铸剑之物，如今这剑落到了自己手中，可不要惹谋逆之嫌。"

"是啊。"

"不只是周郎，若此剑真被当作通敌的罪证，最终连累的，怕是将军你。"李师师道。

李潇恍然大悟："这剑原本就是我赠予周兄之物，深究下来，我与洪仲都脱不了干系。"

"亏得周郎已将此剑放入熔炉中销毁了，而且果不其然，不久之后便有人暗访周府，以此要挟周郎出卖李将军与洪掌门，幸好我及时赶到，那人才暂时作罢。可周郎越想越后怕，他不知何时会暗中有人一纸

状书呈上朝堂，今日是一柄湛卢宝剑，明日还不知何物，若仍与将军表现亲近，就怕到时将军也会受到株连。周郎深觉汴梁不可久待，便决意要悄然离开。此次他走得匆忙，知您定会来找师师，便托我相告，他虽只身在外，却心系汴梁。"

"如此看来，离开这是非之地的确是为上策，只是周兄这一别，我身边可就又少了一位能够出谋划策之人。"李潇不免唏嘘。

一曲《秋蕊香》结束，余音久久绕梁，张邦昌意犹未尽地又踱回李师师身旁。他望见李潇竟与她相谈甚欢，大感意外道："跟这老匹夫有何话好讲？那周邦彦离开了可谓幸事，省得总前来滋扰。"

"恐怕在师师姑娘眼中，你才是滋扰的那位。"李潇忍不住揶揄。

"李潇，朝堂上你就与我过不去，好好来轻烟楼消遣，还要不依不饶紧追不放。奇怪，你不是一向都自命不凡吗，为何今日也肯屈就到这烟花之地？平日一副道貌岸然的嘴脸，想来也不过是装腔作势罢了。"

"我肯来轻烟楼自然有我肯来的道理，岂是跟你可比。"

"不就是趁机取乐，还非要为自己找个冠冕堂皇的理由。"张邦昌不屑地瞥了一眼他，别过身去，不愿再对他多加理会。

"张大人，好久不见，您可记得在下？"那消停了好一阵的黑衣男童竟在此时上前，对张邦昌拱手作揖道。他一扫方才的阴霾，笑逐颜开，言谈之间，分明是见惯了场面的人物，自也不见半分孩童的天真。

"康儿啊，我怎么会忘记！"张邦昌显然与他相熟，"只是你为何也会来轻烟楼？"

"我原本此行是为同轻烟楼谈一桩生意。只不过，"他斜睨在一旁的唐惜若，"被这丫头百般阻挠。"

"想来康儿小小年纪，就已经替父在外奔走了，真是年少有为。"张邦昌不由得夸道，"不过一个脏兮兮的丫头，不用理她。"

"多亏了大人照顾，康儿才能谈拢几桩生意。今次来，见大人也在，真甚是欣喜，康儿本想问问轻烟楼今年元宵节香灯的供给可有着

落，可否考虑一下宜康灯铺。"

"好办，好办，我替你引见引见。"张邦昌转而对李师师道，"师师啊，这孩子是城西宜康灯铺的少东家，我与他们家交情不薄，你就当给我几分薄面，若是轻烟楼需要香灯，就找他如何？"

"这位小公子，尽可与轻烟楼的管事商谈，往年元宵节的香灯便不够，我想是该多准备些。"李师师回应。

"多谢姑娘。"李康欣喜道。

也不知是否唐惜若多心，她似乎瞥见他面上一闪而过一抹得意的浅笑。

"师师姑娘，此人不可信，他方才才将红姑打伤。"唐惜若不由得状告。

"这小丫头，定是那老鸨得罪了康儿才被他教训，他都没再追究，怎么你反倒找他的不是？"听得出张邦昌已涌上了些许愠意，"师师你可对丫鬟疏于管教了。"

"实在不该惹大人不悦，惜若就此打住便好。"李师师道。

唐惜若只能不再言语。

"老夫就此告辞了，谢过姑娘坦诚相告。"既已知周邦彦失踪缘由，李潇便也不愿在轻烟楼逗留，他转向张邦昌的时候依然铁青着脸，谁又知那湛卢宝剑就并非被他刻意换了去，张邦昌的心思很是险恶。

张邦昌亦无好气地回敬了一眼。

待李潇离开，那黑衣男童被引着找了管事，张邦昌又与李师师一同踱回阁楼，轻烟楼大堂才恢复之前的欢闹。

第二章　谁家见月能闲坐
　　　　何处闻灯不看来

　　而尚在顶楼的李穆然此时正巧来到唐惜若身边，围观的众人刚一散开，他便望了望窗外道："已入夜了，我也该告辞了，今日多谢惜若。"

　　"可你还没问到师师姑娘呢。"唐惜若提醒着。

　　"不必了，我可以回家问方才那位李潇将军。"李穆然笑道。

　　唐惜若好奇道："回家？你可是在李府做差事？"

　　李穆然却答："做差事？我好像无事需做。"

　　"你的确也不似那些整日干粗活的伙计，莫非是李府的书童？"唐惜若猜测着。

　　李穆然一时无言。

　　"一定是了，你这小角色也太喜欢多管闲事了吧，周大词人的行踪还需你绞尽脑汁前来打探？可是你犯了错事，望能以此将功补过？"

　　李穆然无奈地凑近她耳边喊道："我哪里需要如此，我可是李潇将军的亲儿子。"

　　"啊！"唐惜若捂住耳朵盯着他，"我可真没发觉你哪里似李将军，更无他那般英武豪迈的气质。"她一脸的不可置信，却也明了为何李潇能直奔李师师厢房而去，怕是李穆然在身后指引。

　　"如假包换，周大词人乃我爹的至交好友，也是我的启蒙先生，所以我才着急前来轻烟楼查探他的下落。"李穆然解释道。

　　唐惜若并未欣喜自己得知了李穆然身世，若是将军之子，与她这轻烟楼的丫头也是地北天南。或许李穆然实在平易，她怎也无法对他心生拘谨。

　　"我定要回去好好问问爹，周先生缘何行踪成谜。"李穆然长舒口气，如同了了一桩心事，忽又眉头轻皱，"只是我爹平日俸禄都在我娘手中，若她知道自己相公今日进过轻烟楼而且还花去了一百两银子，一定会气得暴跳如雷。"

　　"如今的大人们少有未在轻烟楼流连的，为这事你娘也会生气？"

　　"对他们而言自是十分平常，可爹着实自律清廉，哪里能随便在轻烟楼挥霍一百两银子？我娘平日最大的希望便是我能够科举及第，走上仕途，千万莫像我爹做个武将，而爹平日又十分忙碌，我便只能常与母亲一起，才生得文弱了些。"

　　"怪不得，放心吧，我不会往李府索要这些银子。"唐惜若道。

　　"真的？可万一师师姑娘怪罪呢？"李穆然仍不由得担心。

　　"轻烟楼才不稀罕那点小钱呢！"唐惜若无所谓地摆摆手，"轻烟楼最不缺的就是银子。"

　　"轻烟楼既这般富裕，那惜若你为何还要假扮小乞丐？"

　　"反正那些官人公子口袋里的银两都是要留给轻烟楼的，交给我不过是换个方式而已。谁又会嫌自己的银两多呢？"

　　"那这些银子可又是为练武用？"李穆然猜测着，"方才我看你似乎内力颇深啊！"

　　"我用它们自是做有趣的事，穆然还是想想该如何报答我今日不追究这一百两之恩吧。"唐惜若并未直言，转而道。

　　"我早就想好了。"李穆然笑道。

　　"你打算如何谢我？"唐惜若满怀期待问。

　　"如此嘛，"李穆然却又故弄起了玄虚，"过不久便是元宵夜，到时家家张灯结彩，我保证给惜若一番惊喜。"

"也罢，留个期待也好。"

"官人，天色渐晚了，夜里风寒，您早些休息，我就先行告退了。"李穆然托着他身上及地的襦裙，兴趣大起地学起女子娇羞的姿态，掩面碎步退向了轻烟楼外。

唐惜若亦随他忸怩难舍道："娘子，慢行！"

两人四目相望，李穆然假意羞怯地一垂首，徐徐就绕进了御街旁曲折蜿蜒的街巷。

唐惜若亦满含笑意地遥望他至身影渐消。

"冬夜清寒，看何事这样入迷？"慵懒的姑娘不知何时已从楼中走来，她分明是那日婀娜的紫衣姐姐紫翠，"没什么稀奇嘛。"紫翠趴在唐惜若肩膀东张西望，却只见行人匆匆的汴梁大道。

"是没什么啊。"唐惜若又把她拽了回来。

"那你为何看得这般入迷？"紫翠狐疑着问，"算了，正要问你呢，可还有新研制的香粉？"

"有是有，"唐惜若平日无事便琢磨那门主赠给自己的《神农本草经》，上面琳琅满目的药品自然也包含了各类香味独特的胭脂。因当中提到的药材开销巨大，经费就由平日扮小乞丐与轻烟楼的姑娘一唱一和所得，因她研磨的脂粉味道分外引人，总惹得轻烟楼的姑娘争相讨要。"只是我还未想好何时呈现。"

"那看在先前是我把唐悬身上的银票都搜出来慰劳给了惜若你，这次的脂粉就让我先挑吧。"紫翠撒娇道。

"好啊。可看你也不甚喜欢那唐官人嘛，亏他还整日前来找你！"

紫翠噘起了嘴："五大三粗的唐悬哪里似周大词人一般懂得顾及女儿家心思，若我能遇见如他一般的公子那该多好。"

"就你敢想这等好事！"唐惜若调侃道，眼前却浮现出了李穆然清秀的面庞，一时间整个人都有些许的惊讶。

"喂！"紫翠打断了她莫名陷入的心不在焉，"你很是奇怪哦。"她

阴阳怪调道，"我们可算说定了，由我先挑胭脂。"她交代完便满心欢喜地回了堂中，熟稔地举起桌上一壶枸杞酒一饮而尽。

只留唐惜若在原地独自思量，是啊，她究竟为何恍惚。

身后轻烟楼里弦乐如潮，伴着氤氲的酒香四散飘摇。

这汴梁城无尽的青楼歌声，不知饱含着多少殷切期盼。总盼那寻欢之人里，也出现一位心怀柔情的周邦彦。

奈何大多时候，望去风度翩翩的公子，也如常人一般总显轻慢，他们或许会文雅地端坐在阁楼中聆听仙曲，恣意抒发自己满腔悲欢情怀，却也鲜有由衷感念那抚琴之人的依稀情愫，更妄谈当中脾性粗鄙的，只知吆喝姑娘们饮酒陪醉。

往来的他们总是陶醉在姑娘们心口不一的吹捧阿谀中，忘了千金散落之后，彼此不过重归陌路。而往日醉酒的窘态还会被这些声音清甜的女子拿来当作笑料口耳相传。

免受门第桎梏，又无尽奢华的轻烟楼，一份欢乐来得快，去得也快。

又能有多少周邦彦，肯体察她们深藏于心的情谊绵长？

元宵夜之前整整两月，轻烟楼都处在空前的繁忙中。

每每节庆时分，声名最盛的轻烟楼总恨不能将花灯一路从御街铺往虹桥，好引得游人啧啧称道，纷至沓来。

那李康似是与管事相谈甚好，唐惜若不时见他在厅堂招呼。不出半月，楼内便填满了从宜康灯铺定制的各式各样的香灯。

两个月里，唐惜若都在忙着布置轻烟楼，谁知今年会否有官家微服前来，往年皇上就曾暗暗到访，引得整个汴梁颇为震动。就是那年元宵夜，徽宗倾心李师师的传言四起，从此轻烟楼便名扬千里。

光阴流逝，露往霜来、花灯又盛的时候，总不免令人感怀匆匆的岁月。

正于屋中向堂内观望的李师师抚弄着古琴，记忆里仍旧是往昔周郎为避过皇上，趁夜阑人静偷偷探望自己的场景，而今已成习惯的焦灼等候终是化作一场空忙，物是人非事事休。

花灯璀璨又如何，早就难寻往日欢愉，望着唐惜若忙碌的身影，她不禁羡慕起这似乎整日都无忧的少女来。

一直未与李穆然相约，空闲时的唐惜若便总期待他会带给自己何惊喜，念着念着就忘记了满身的疲累。轻烟楼其实人员众多，若非赶上这一年一度的盛事，也无须他们一齐出动。

汴梁的初春虽未褪去清寒，也被热闹的节庆氛围感染，温暖异常。茶坊酒肆、家家户户门前皆挂满了纷繁的香灯，或明或灭的烛光映衬着栩栩如生的花草鸟木，绚丽的烟火如万点流星，伴随满城的欢歌笑语而彻夜绽放。

自正月十四启，人们便放下了手中的劳作，全然融入这万家灯火的辉煌中。御街上聚集着南来北往的商贩们，趁着这生机盎然的时候各自搭起了瓦舍勾栏，或卖元宵或摆戏台，或贴灯谜或奏鼓乐，直将大道两旁占满。

汴河上也终日花灯满缀，尽是随水波起伏的莲，锦簇的菊，一盏盏流光溢彩，与虹桥中飞舞的鱼龙灯遥相照应，将夜晚的汴梁城映衬得璀璨非常。

一晃便至他们相约的时日。待月上柳梢，唐惜若特意换了洁净的长袍出门来，望去犹似一位清秀稚气的儿郎。她毕竟还非轻烟楼的姑娘，便索性一直男装扮相。然而一颦一笑间难掩俏丽，当真也未有明辨之人拿她当男子待。

她正赏着汴河上的水莲，李穆然已步履轻盈而至，远远望去，那是怎样一位双眸明澈、白齿青眉的少年。

"我正要去轻烟楼找你呢，"李穆然喜道，"没想在这里便遇见了。"

"我常在此处散步。今年的元宵夜真是一如既往的热闹啊。"唐惜

若站在杨柳低垂的河堤旁感叹，微风拂面，飘来扑鼻馥郁的花香。

"是啊……"李穆然悠悠回应。

待欣赏一阵，唐惜若便要与他前行，但见李穆然不知何时已愣愣望向御街之中的瓦肆里。

"惜若，你可喜欢猜灯谜？"李穆然问。

"既是元宵夜，又怎可不猜灯谜？"唐惜若道。

"那好，随我来。"

元宵夜的御街，永远满载汹涌的人潮，宝马香车亦挤满了路。

李穆然好不容易牵着唐惜若挤入最大的勾栏里，倒不急着寻那湛卢宝剑，他费力扒开人群向当中一处瓦舍里张望。四下就这一家人员最稠密，倒不知有何吸引之处。

"各位父老乡亲，总算盼到了元宵佳节，刘某闲来就喜欢琢磨这元宵灯谜，今日有幸，若哪位看官能猜出我念到的谜题，刘某便先赠他一枚上等剔透的玛瑙坠。"留着山羊须的摊主刘嵩高嚷着便向众人展示起自己手中精致的挂饰来，"今日权当刘某以灯谜会友。"

"刘兄，不妨道来，我且一试。"人群中传来洪亮的应承声，李穆然余光望去，那朗声之人是一位剑眉星目、精神矍铄的男子，竟散发着浑然天成的浩然正气，而在他旁边，还站着一位眉清目秀的公子。

他正饶有兴致地盯着这瓦舍之中。

刘嵩道："看官们听好了，画时圆，写时方，冬时短，夏时长，猜一字。"

一小会儿絮叨之后，便听"日，日子的日"，李穆然几乎与那朗声之人异口同声，仅稍可分辨李穆然尾音略脆，可比的就是这微妙的差别。话音一落，李穆然便被人群哄闹着推到了前排，连着唐惜若也跟他一起被推搡着。刘嵩兴高采烈地走向他，啧啧赞道："小公子这般迅速便能猜出谜底，玛瑙坠你且拿去，若还有兴致，不妨再试试我下一题？

若还能答出，刘某再赠这雪柳钗。"

"穆然恭听。"

"山在虚无缥缈间，还是一字。"

这题目似乎比上一道略显隐晦，至少无人能脱口而出，人群正思索着，未及半刻，李穆然便对唐惜若悄声道："我觉得这雪柳钗也算别致，惜若哪日换了女装，不妨戴上试试。"

"幽，曲径通幽的幽。"李穆然朗声道。

"这灯谜可是不易答出，你这么快就确定了？"刘嵩试探问。

"这幽字，确有一番虚无缥缈的韵味。穆然兄弟，我支持你。"方才的男子随声附和。

"既然这位大哥也如此认为，我便确定是这幽字。"李穆然应声。

"哈哈，小公子的确不凡。"刘嵩不由得大加赞赏起来，当即便将那雪柳钗赠了来。"既是如此，刘某还有一副对联，若小公子依旧作答无误，我便索性将自己年幼的女儿也许配给你，这一联可是经我一番苦思冥想才得出，原就是用来招乘龙快婿的，现在就看你的本事了。"元宵时节总是如此，灯谜猜着猜着便起了兴致。

此言一出，围观的百姓便一阵哄闹，越来越多的看客聚拢来，哪类热闹也比不过灯谜招亲更引人注目。刘嵩也不食言，果真从台后牵出一位少女，那少女羞怯地躲在他身后，虽望不清样貌，却也令人觉得唇红齿白。

"她便是我的小女儿，绝对是个清丽脱俗的美人胚子。"刘嵩夸起自家千金来可是不吝赞美。

"刘大哥还请直言。"李穆然开心道。唐惜若一愣，就在他身旁悄声提醒起来，"你可想好了，若真答了出，可是要娶人家女儿的。"

"放心吧。"李穆然一副无所在意的模样，又对刘嵩道，"只是可否允许穆然先借刘大哥这瓦舍一用？"

"公子请。"

李穆然兴奋地爬上了瓦舍的高台，恨不能让所有路过的人都驻足围观，看客果然又多了几层，将御街彻底围得水泄不通。唐惜若只得闷闷地望着他。

"小公子听好了，上联是走马灯，灯走马，灯熄马停步。"

"果然好联！"李穆然脱口而道，"这下联便是风情画，画风情，画卷情尽无。"

刘嵩大惊："好工整的下联，你如何这么轻易就对了出？"

"哈哈，实不相瞒，穆然恰与周大词人熟识，这猜灯谜本就是我们闲来无事的乐趣，此类对联我私下里请教过，严格来说，不能算作我自己的本事。"

"哎，小公子既然对了出，便是有缘人，我也决不食言，今日便由父老乡亲们做证，我刘某的小女儿就与你结下了姻缘。"

"刘大哥莫急，这样的对联，我还可以说出许多个，却无一不是周大词人的杰作。若真应了下来，穆然实属有愧。恰如，望江楼，楼望江，楼古江长流。听春阁，阁听春，阁旧春新至。"李穆然推辞道。

"倒也确实如此。"刘嵩想想便觉得罢了。

唐惜若暗道：他果然还是有些小聪明的。

李穆然意犹未尽地又对围观看客道："既然今日兴趣大起，我也想出一题考考大家，也算是为周先生寻一位有缘人。"他说着就从袖内取出一把精美羽扇，那扇中《少年游》的字迹刚劲有力，"此乃周大词人的墨宝，能对出此联者，穆然不仅要将此扇赠之，周先生也愿亲自邀他一聚。"台下顿时兴奋声起，众人纷纷跃跃欲试。

"你的意思，可是与周邦彦在汴梁相聚？他不是早就离开了吗？"

低沉的声音穿过人群直达李穆然耳际。

李穆然一眼望见人群中，方才那眉清目秀、眼神迷离的公子，正疑惑质问。

"他近日又回到汴梁，刚巧今晚就与在下有约。"李穆然应道。

"既是如此，我倒要听听是何对联。"

"好，上联乃愁似鳡鱼知夜永。"

"鳡鱼，可是那从不肯闭目的鳡鱼？"

"正是。"

众人便又一阵交头接耳，半响却无一人应答。李穆然耐心地等着，他不时偷瞄方才应过声的公子，倒想看他做何解释。

又踌躇了好一阵，支起这瓦舍的刘嵩眼见时间已耗去许多，便走上前劝道："我看这一时仍不能有人对出，元宵节还要持续几日，何不将这上联作为我一则灯谜，若期间谁能对出，刘某再代他寻得这位穆然公子如何？"

"此建议甚好，元宵节之内，我便随时与刘大哥联络。"李穆然并无半点失望之意，他正要离开，便有一人喊道："慢着，我以为是，懒同蝴蝶为春忙。"

李穆然认出正是那正气凛然的男子，这番他颇为笃定，便道："敢问这位大哥贵姓？"

"免贵姓岳。小公子觉得这下联如何？"

看客们顾自思量一番，也禁不住纷纷颔首肯定。

李穆然便道："岳大哥，您这联不仅对得好，还对得妙，实在是我与周先生所寻的有缘之人。"说着他便走上前欣喜地递过周邦彦亲笔题字的羽扇。

四下顿时响起一片艳羡之声，岳子昂倒也毫不客气地接过，对李穆然道："那我今日可否拜访周大词人？"

"您且随我来。"

唐惜若默不作声地跟在李穆然身后，她当然知道周邦彦早已离开了汴梁，李穆然也定听说了当中因由，又如何说回就回，何来拜访一位本就不存在的人？李穆然执意这般招摇，想是另有所图，姑且静观其变。

"敢问岳大哥全名？"李穆然边走边道。

"行不更名，坐不改姓，岳子昂是也。"

"您便是岳大哥！"这名字李穆然早就如雷贯耳，他声音里是掩不住的激动。岳子昂虽参军不久，却几番建立奇功，更因其洁身自律的品性令李潇赏识。李穆然早就从父亲口中听闻此人名讳。"我爹常夸岳大哥英明勇猛。"

"不敢当，令尊是……"

"李潇。"

"原来是李将军的公子，幸会幸会！"

三人穿过元宵夜欢闹的汴梁城，直往城西金明池的方向行去，路上游人渐少，偶有三三两两迎面而过。

冬刚尽的金明池本就不甚热闹，即便元宵夜也是依然，只在三月时节春意渐浓，才会见百姓结伴入池岸园林游玩。整座金明池，三面皆被高高的宫墙围绕，就只一方敞亮，他们三人行来的方向，刚能望见一汪水波之上，浮入天际的拱月仙桥。

李穆然、唐惜若与岳子昂便在这金明池畔驻了足。

"公子既已一路跟来，为何还要躲躲藏藏，周大词人也乐意多交一位朋友。"李穆然转身竟冲十丈外空无人烟的街道喊。

的确有隐藏在暗处的人影动了动，片刻之后，他便洒脱地踱步而出，于皎洁的月色中负手而立。

分明就是方才那面容清秀的公子。

"只可惜，他老人家今日不见客。"李穆然又道。

"小公子好言将我唤出，怎又矢口否认？"若非他音色低沉，眉眼处若隐若现的风情，真以为是哪位男装扮相的妩媚女子。

"恐怕你本就不愿在汴梁遇见周大词人吧，这腰间的湛卢宝剑使起来可好？"李穆然朗声问。

他不禁一愣，却又轻笑："我可听不懂你是何意，这剑是好剑，可

惜不是什么湛卢宝剑。既然周邦彦不肯现身，我何必与你在此周旋，元宵夜的社火本公子还未看够。"

"难道你真不好奇周大词人究竟是否离开了汴梁？"李穆然冲他的背影高喊。

那公子不由得停了步，回眸一望的目光得意又莫测："我不在意。"刚将不予理会，又被在他身前的唐惜若阻住。

"不过一柄长剑而已，公子何妨让我们看看？"

他理也不理就继续前行。

"何必这般小气？"

少女掷出的水袖如沾染了霜露的水蛇纠缠而来，那水蛇的腰身盘旋而上他后退的脚踝，登时越缠越紧，他立刻拔出腰间佩剑划断那缠绵的锦缎，霎时间天地闪出几道寒气逼人的青光。

唐惜若适时止了动作，那执剑之人却丝毫没了收手的意思，他突然调转了方向，直朝李穆然而去。他行进的速度太快，李穆然慌张地不断后退着。

须臾之间，那咄咄逼人的剑尖就被岳子昂起身而来的一掌推到了一旁。

他终于双脚着地，将剑入了鞘："幻影拳。你是洪门的人。"

"岳子昂，承让了。"

李穆然兴奋地笑了，他果然没有猜错："惜若，这就是周先生的湛卢宝剑。"

那人却嘲讽道："既是周大词人的学生，还这般无礼。"

"你不过是个窃贼，我又何须跟你讲理。湛卢宝剑剑光青绿，不以剑伤人却以光制敌，那剑上的竹子浮雕独一无二清晰可见。你偷了剑，却连原本剑上的流苏都未换，早在猜灯谜前我就注意到了你，亏得你也是爱凑热闹之人，看得尽兴就忘了离开，我才有机会将你引至此地。你这般费尽心思地将宝剑偷梁换柱，是贪图宝剑的威力，还是关心周先生

本人更甚啊?"

"哈哈,臭小子未免太能胡扯,我若真有心要见周邦彦,方才猜出灯谜的便不是你旁边那一莽夫了。本公子不过是慕了周邦彦的名而来,你凭何处处刁难?"

"怕是你根本就猜不出这灯谜,金人又怎会猜出我大宋的灯谜?"

"荒谬。"那人冷冷道。

"将湛卢宝剑偷换成黑龙江畔玄铁寒剑,想一石三鸟的计策尚未得逞,你岂会善罢甘休?"

"你有何证据,敢这般口出狂言!"

"想我岳子昂平日常与金贼交战,也略知他们武功路数。公子若想自证清白,很容易,不妨与我过几招验验虚实,若真是这李穆然故意污蔑,岳某一定替公子你讨还公道。"岳子昂说着就要袭来。

"慢着!"他喝道,"本公子才无意与你纠缠。就凭区区一道剑光也敢妄言本公子通金,简直荒唐!"

"当然不止。"李穆然小心从袖内取出一枚圆石,起初尚无动作,不消片刻,那宝剑竟开始自行抖动起来。白衣公子铁青着脸,无论如何费力紧握忽然躁动的剑柄,整个胳膊却也不听使唤地随之摇摆不止。

他刚稍稍松劲,掌心的长剑就直往李穆然手中飞去。"湛卢宝剑取自嵩山矿藏,用来造剑的矿石在何处只有我父亲李潇知晓,湛卢宝剑汇集天地之灵气,只与这嵩山磁石相引相吸。"

"原来是李潇的儿子,怪不得。"他恍然道,"我若是金人,岂会还留周邦彦活路?这柄剑本公子才用来顺手,岂可任你抢去,想必周邦彦今日也不会现身,我也懒得与这莽夫交手,日后本公子自当来取。"他拒不应承,脚尖点地,起身就往金明池西岸飞去,朗声冲尚在原地的两人道,"素闻宋军中出了个岳子昂,擅匹夫之勇,取金人头颅无数,今日所见,哼,不过尔尔。"他轻触脚下一汪池水,转瞬已隐于夜色浓郁处。

待那人走远，李穆然方拱手道："多谢岳大哥出手相助。"

"无须多礼，"他扶住李穆然，"你我相识便是缘分，何况还是为了探听周大词人的消息。"

"实不相瞒，周先生早已出走汴梁。先前有人故意将一柄来自金国的玄铁剑与这湛卢宝剑相调换，几番威胁他出卖赠剑之人。我也未料到此人竟如此嚣张，敢在元宵夜招摇过市。"

"想来周邦彦是李将军至交好友，被贼人惦记不无可能。"岳子昂道。

"穆然，岳大哥，"唐惜若此时走来，"方才那人的内功有些奇怪，我却又说不出哪里奇怪。"

"是吗?"岳子昂斟酌道，"近来这汴梁城里的确混入不少金贼，我看他八成可疑，往后你们可要小心些。"

"岳大哥提醒得是。"

"那我们还回御街赏烟花社火吗?"唐惜若接着问。

"当然回。"李穆然道，"岳大哥，我们一起吧。"

"也好，屠苏酒还未饮够，岂能尽兴!"岳子昂欣然同意。

入夜已深，汴梁城却被无处不在的花灯照耀得灿若白昼，流转的玉壶与四散的烟花绽放于迤逦的月华下，晕开了朦胧的光影，姑娘发髻上明丽的娥儿钗，摇晃的黄金缕伴着她们盈盈的笑语同羽扇纶巾的公子擦肩而去。

踏竹马、傀儡舞的杂耍占满了御街。人潮涌动，几番拥挤，转眼就将岳子昂与他们二人隔了开去。好在岳子昂为免走散，特意告诉李穆然若寻不得自己，就去云中酒肆等候。李穆然此时紧紧攥着唐惜若，生怕他们一不留意，也被这汹涌的人潮四下冲散。

唐惜若的双手被李穆然握出了汗，他一刻不肯松开。凤箫声从远及近，争先恐后的游人又往那笙箫深处去。

唐惜若一个趔趄，就被身后拥挤的看客推倒在地。身后的行人一个

接一个垒上，唐惜若闭上眼绝望地念叨："倒霉，倒霉啊！"怕是自己身上不知要叠多少罗汉。

可是半晌也无压迫之感，她小心睁开一只眼，却见双臂牢牢护住自己的李穆然面上憨甜的笑意。

他的面庞几乎快要贴上她的发髻，背后已垒起了十多人高的人墙。月光朦胧了李穆然的脸，也迷离了她的眼。

不知过了多久，跌倒的他们才逐一起身，李穆然扶起她，拂去满额细汗，长舒了口气。

远方鳌山上的香灯绽放出了璀璨的光芒，盘旋的巨龙灯仿佛冲天而起。灯火辉煌中少年开怀的脸宛如华美的烟花，璀璨在唐惜若微湿的眉眼。

而李穆然垂首的瞬间，竟觉少女如水般清润的容颜，仿佛流淌过了整个世界。

"惜若，送你。"李穆然趁着人群稍有疏散，便将雪柳钗递入唐惜若掌心，又悄声道，"先随我来。"

他引着她穿过御街，直往人烟稀少的街道尽头走去，直到临街一排郁葱的杨树，红漆青瓦的府邸便赫然展现，孤零零的院落仿佛是凭空修葺的园林。

"这是李府。"李穆然推开李府大门，便见山水花鸟花灯铺满了平坦而空旷的院落。唐惜若在院内驻了足，饶有兴致地欣赏起满地纷繁的花灯，李穆然却走上前，不由分说就将它们一一吹灭。

"你这是作何？"唐惜若道。

只是暗夜袭来，李穆然在这漆黑中没了声响。

"穆然？"唐惜若便在原地轻唤。

清灵的笛声此时悠扬而起，四下的漆黑中忽就泛起了无数微光，仿佛置身于万点繁星的天幕里，李穆然手执那流转的香灯神采奕奕地走近，他晶莹的眼眸在香灯婉约的流转中时隐时现，或明或灭。

御街的烟火恰在此时冲天盛放，银花火树，映照着四目相对的两人。唐惜若只觉自己身体里总也挥之不去的空寂就这般被少年满眼的暖意充盈。

"喜欢吗？"李穆然轻问，"这才是我准备的谢礼。"他将手中的走马灯递至唐惜若怀里，她分不清鼻间这淡雅的清甜是来自杨树叶，还是李穆然周身那令她迷醉的气息。

唐惜若的呼吸愈发急促，心扑通蹦跳不止，若不是忽闪的烛光作掩，她是无法再强装镇定了。

"只要点上烛，这走马灯便会自行流转，"李穆然凑近她道，"怎么样，这景致很美吧？"

只是他刚一抬眼，眼前的少女竟已转身冲向了院落中虚掩的大门。

李穆然茫然高唤，却如何也唤她不住，只隐约望见她慌张的背影，蓦地，心间竟惹起了一抹挠人的滋味。

唐惜若失魂落魄地奔回了轻烟楼，一个人站在大堂的门内忐忑不安，仿佛魂魄里方才闯入了不速之客，自己竟贪恋他的到来，想要送离，竟又不舍。

"你还知回来，"崔念奴厉声传至，她似乎正要外出，又道，"门主已在梁园等候，你这般模样，可是要找罚。"

"哦，多谢姑娘提醒。"唐惜若回神忙道。

"瞧你这狼狈样儿，定是又做了坏事，看我……师师姑娘。"

还想再训她，李师师刚巧从楼上走来，崔念奴便收了声。师师见唐惜若身着男装，便柔声叮嘱起来："惜若，你怎这身打扮？莫忘了回屋换了衣裳随我们去梁园见门主。我与念奴先行一步，你尽快跟来。"

"惜若随后就去。"唐惜若应道。

绕过御街，便见梁园。偌大的园林内满是亭台楼阁，每每霁雪初消、春意未胜的时候，随处皆可引来文人们的画意诗情。

亭下吹箫的公子正背对着青石板的小路，那丝绸长衫在皎洁的月色中竟似泛起了白玉般的微光。

"门主。"李师师轻唤。

那人转身，双眸深邃，神情安稳，虽说面庞清朗，似刚及弱冠，却又难掩高深莫测的老成之态。

"就你二人，唐惜若呢？"

"惜若随后便至。"

"无妨。我今日是要告诉你们轻烟楼的下一个任务。"他起手便递来一方布帕。

李师师小心接过，转念却言："您可还记得您答应过师师，这会是我在漠北唐门最后一个任务？"

那公子浅笑："你还是想离开。可你若走了，轻烟楼岂非要变得门可罗雀，你真又能走得潇洒？"

"心已不在红尘中，强留何用？何况念奴亦可替代师师。"

在旁的崔念奴听闻，目光中登时晶莹闪烁。

他却半晌无言。

"惜若来迟，请门主恕罪。"沉默中，唐惜若气喘吁吁地跑入了亭内，此时的她已盘了云髻，穿了襦裙，满是少女的清新之态，当即躬身歉疚道。

"起来吧。"那公子微微俯身，双手抚摸过唐惜若此刻湿热的面颊，"师师，你若真要走，何不等她长大再离开。"唐惜若亦任由他摩挲，心内却头一遭晃过些许的挣扎。"若再过几年，惜若定不输师师的姿色，到时轻烟楼自是依旧繁华。"

崔念奴自是强行忍住，才没不屑地哼出声来。

"承蒙门主夸奖，我又怎比得了师师姑娘。"唐惜若急忙恭谦道。

"我料定的事，又岂会有错。"他沉声道。

她便也不再吱声，若道轻烟楼里的宾客她谁都可以反驳得罪，唯独不可触犯的，便是眼前这华贵的公子。

只因连这轻烟楼都是靠他重金建造，更枉论他在江湖中的地位有多骇人听闻。这世间所有的武林秘籍，唐惜若以为，怕是皆有一本被他藏在自己的书阁内。

而他亲手栽培的李师师，若非以那烟花之地作为遮掩，以她的武功，绝不在武林十人之外。

至于烟柳亭内的他究竟有多厉害，想也可怖。

"今日就是这些，另有些话，我要单独同惜若讲。"

"是，我这便与念奴先行退下。"李师师应道，转身就出了烟柳亭，一旁的崔念奴无可奈何地跟随在侧，边走边不甘地回首偷望。

他见她们已然无踪，才一把搂起唐惜若，放在自己膝间，柔声问："告诉我，近日琴艺进展如何？"

唐惜若被他拥着，脑海里竟全是李穆然热切的身影，她强压满腔震惊，面上竟仍似天真欢喜地对他道："门主您教导的事，惜若怎能忘，当然是严加练习，艺日精进。"

"还是你懂事，"他凑近她耳畔吹起了气，"我手中这支箫，你暂且收着，我命你练就的水龙三吟，毕竟是以箫音犹胜。而那《神农本草经》，你可有收获？"

"书中的琉璃丹已被惜若制出，能解百毒，药效惊人。"

他略微兴奋道："做得好。既已有了救人的，莫忘还有那害人的。"

"我正在尝试。"

他又将她拥得更紧："既然李师师不愿再久待轻烟楼，你就要为代替她而做准备。只是若有一天你真的坐到她如今的位置，可千万别以为自己羽翼丰满，就可恣意妄为了，李师师不会这么轻易离开的。"

"惜若明白。"

一缕忧丝划过心口，她当然明白，门主心思深沉，即便而今待自己特别，却也绝非意味着自己能倚仗他此时的特别而高枕无忧。

她何尝不得小心翼翼地维持这份不可多得的青睐，来保全如今在轻烟楼的性命荣华。

他既捧得了她们三人，又如何不可毁了她们。

元宵节共持续三日，三日的欢闹之后汴梁又归了平静。自元宵夜在李府分别之后，李穆然便与唐惜若许多日未见。今日路过轻烟楼，她恰巧正在楼后的小巷徘徊，李穆然便走上前道："惜若，怎没见你来找我？御街上的白磐楼正庆祝开张一年，据说味道不错。今日我请客，我们尝尝去。"

"白磐楼？"唐惜若还在想自己似乎是未至过，便被李穆然一把拽了走。

"我，我还有别的事呢。"

"吃完再说。"

白磐楼外果然人头攒动，鞭炮声震耳欲聋，李穆然与她好不容易才挤进去。他顺手将这些天来一直随身携带的湛卢宝剑搁置桌边，喊道，"小二，先上几盘店里的招牌菜。"

"好嘞。"

那小二人倒是热情，不多会儿，桌上便摆了金黄的骨酥鱼、清炒的豆芽、朴实的炊饼及两碗热腾腾的粟米粥。

"二位客官慢用，有何吩咐尽管唤我。"

"好的。"

那小二待了一会儿便离开了。

"快尝尝看。"李穆然道。

"嗯，色泽还算鲜亮。"唐惜若倒是不急，望着几盘菜轻言，夹一筷鱼肉入口，刚要啧啧称道，又不由得皱起眉来。

"怎么了?"

"这骨酥鱼的酱料的确入了味,可鱼肉本身不够鲜美,乍一尝还不错,但不经细品。"她又尝了豆芽,"明明该清炒,竟有些过油了。"

"我觉得还不错啊。"李穆然倒是吃得津津有味。

"差强人意,差强人意。"许是她自己习惯了轻烟楼里精致考究的吃食,如今在这鱼龙混杂、又接地气的白磐楼中,未免难忍粗糙。

"倒是这粟米粥不错,香甜可口,火候也正好。"她还是夸道。

"小二!快上五笼蒸糕,我们赶时间。"

店里这时走入一众风尘仆仆的男子,更有数位虬须遮面的壮汉随行,一行人浩浩荡荡,吸引了众人的目光。他们越过李穆然,直往更宽旷的桌前坐定。

店里的伙计显然常招待他们,片刻后便上齐了酒菜。小二搭话道:"龙威镖局生意兴旺啊,杨兄弟近日可真忙碌。"

只听那姓杨的男子道:"朝廷的人不知为何争先恐后地将财物运往江南,今年生意的确有些出奇的火红。"

"那可不是好事。"

白磐楼的嘈杂不多会儿便又将他们的欢谈淹没,李穆然回身见唐惜若意兴阑珊,便也放下碗筷:"这白磐楼的确招待的都是些江湖上的人物,与轻烟楼自不能比,来日我定再找个好些的酒楼请惜若。小二,结账!"

"客官,三十文钱。"

李穆然从腰间取出铜钱,正要起身离开,手边却摸不见了那柄湛卢宝剑。他即刻面色一沉。

"客官,您可是失了何物?"小二关切道。

"我的剑。"李穆然应着,待他起身与他相望,才觉此时招呼他的小二已换了人,他不由得四下环顾,竟怎也望不见了方才招呼他的小二的踪影,不由得暗道糟糕。

唐惜若随意移开桌上的茶杯，竟见杯下压着一张字条："剑已取走，后会无期。"

两人不由得面面相觑。

李穆然立刻冲出了白磐楼，可御街上已满是步履匆匆的行人，个个面目陌生，哪里还能捕捉到方才那人的蛛丝马迹。本该焦急难耐的他竟又突然大笑起来。

"你还笑！"唐惜若嗔他，转念又言，"莫非他偷的不是湛卢宝剑？"

"哈哈，那是当然，他偷去的不过是我故意用来掩人耳目的普通长剑而已。元宵节那晚惜若你无故离开，我则回到约定的云中酒肆等岳大哥再聚，我们两人相谈甚欢，当即结为至交。岳大哥武功高强，且师出洪门。那时我便想，反正这剑在我身上未必安全，何不留给他用，此时岳大哥肯定早就出了汴梁城，回了军营，那窃贼若是反应过来，要再追也追不上了。"

"这倒是好主意，我看那岳子昂也不似一般人物，周大词人的剑赠他，想来也是赠得其所。"

"那可不，岳大哥在军中屡立战功，可是深得我爹赏识。"

第三章　当时明月在
曾照彩云归

李潇的府邸隐匿在一排郁葱的杨树后，四周黛色的高墙将一方院落环绕，李穆然自记事起，最常玩耍的地方便是院落内由青砖铺就、豁然于屋前的那一片空旷之地。只有愈靠近围墙，树木的庇荫才愈发浓郁。

斜阳总是毫无遮拦地铺展在这片空旷之上，温暖着幼年李穆然无忧的时光。

那时的周邦彦总会在黄昏时分缓步而至，彤云将他和善的面容映衬得更加慈祥，每每到来，总不忘领着小穆然赋词吟诗。他周身满是温润的书卷气，永远云淡风轻的言语，仿佛与世无争的仙人，盈盈落于这俗世红尘，只为奉献自己满腹的经纶才思。

李穆然置身于周邦彦曾经常逗留的庭院，慨然长叹，这是他有生以来初次尝到分别的滋味，原先他不懂何为"多情自古伤离别"，而今先生的吟咏之词犹在耳畔，才惊觉此去经年，恐怕音信杳然。隐秘的失落流过四肢百骸，余下一抹怅然于心间纠缠。

"穆然！"欢快的声音打断了他的哀思。

李穆然回过身，便见明眸皓齿的唐惜若蹦跳着出现在自己面前，从前这时候唤他的多半是周先生，如今换作她秀丽的容颜。

"你可算来了，娘从皇城给我带了些好东西，可是正宗的官家铜锣烧，赶紧尝尝去。"李穆然一扫方才的阴霾，笑道。

"官家的点心啊?"

他们嬉闹着走进了大堂,古朴的燕几散发淡雅的清香,两人落座于樟木交椅上,丫鬟端来了精致的糕点。

唐惜若轻尝一口。

"如何?"李穆然期待地问。

"嗯,酥软可口。"唐惜若称赞道。

"比起轻烟楼的呢?"

"似是略胜几成。"

"若不是娘从皇城归来,我可是不敢让你品尝的。谁不知唐姑娘嘴刁,总算入了您的法眼。"

"不过嘛,虽说这官家点心可口,可也比会仙楼自产自销的铜锣烧略逊,那才真是喷香四溢,令人垂涎。"

"我也早有耳闻,得备些来了。"李穆然琢磨着,"想必云儿一定喜欢。"

唐惜若好奇道:"云儿是谁?"

"我的表妹。娘近日进皇城便是去探望她。如此说来,娘倒也算皇亲国戚,只是与当今圣上实在算是远房。云儿常与母亲往来,我为她准备的甜品,自是要精挑细选。"

"原来是来自官家的人啊!"唐惜若喃喃低语。

李穆然回忆道:"我记得六岁那年我娘初次领我入宫闱,便与云儿相见,那时她正在宣武门放风筝,远远望去如下凡的仙子,周身仿佛都浸在纯白的光影中,那般飘逸出尘。"

唐惜若看着他陶醉的神情,道不清的酸涩竟从腹部游移,她仿佛从他闪动的眸中窥见了空旷的皇城内青梅竹马的一对璧人。

唐惜若更大口地咬下手中的铜锣烧:"咳咳。"

李穆然拍起她的后背:"慢点吃嘛。"旋即递来一杯清茶。

"咳咳,对了,不知李将军近来可好?"唐惜若润了润嗓子,赶忙岔

开话题。

只是谈及此，李穆然却皱了眉："不好，爹他很不好。"

自轻烟楼归来，李潇的身体每况愈下，原先只是轻咳，年中竟开始感觉四肢疲力，人也变得尤为嗜睡，这些天更出现了呕血的症状。尽管遍寻郎中，也无法医治。调养的药服了不少，依旧不见好转。"爹从与李师师相见之后就一直身体抱恙，他以前从不入烟花之地，怎么才一去，就染了怪病？往常他不是守着城门便是在皇宫与李府，这些地方要么守卫森严，要么人迹罕至，就算有人想害他也难以下手啊。"

"轻烟楼那晚我们的注意力都在师师姑娘、张邦昌、李潇将军以及那黑衣男童身上，若是意图加害李将军，我看张大人的反应最为激烈，"唐惜若回忆着，"可汴梁城内本就人多繁杂，也不排除是一路上有歹人跟踪陷害他。"

"其实那张大人与我爹政见不同人尽皆知，彼此之间自是心生嫌隙，他倒真是不乏动机。不过若害他的另有其人，怕也就是那些混入汴梁城的异族人了。"

唐惜若道："张大人在轻烟楼一掷千金，是最慷慨的主顾，而今又在朝堂风生水起，自是能力通天，若是金贼辽贼，在汴梁城内，天子脚下，他们都敢这般害人，真是嚣张。"

"穆然，快看谁来了。"喜悦的声响传入门厅，一位风姿绰约的夫人款步而至。

两人随声望去，斜阳透过青灰色的门廊争先涌入，明晃得刺眼，但见白衣胜雪的少女紧随而来，于这耀目的光景下盈盈伫立。

"云儿。"李穆然惊喜道，起身开心地向她走去。

唐惜若出神地望着被李穆然唤作云儿的姑娘面上那沁人的微笑，仿佛数九寒天的冰雪也会因她柔情的顾盼一并融化，那是未曾沾染一丝俗世尘埃的翩若惊鸿。

她从未曾见这般飘逸的女子。

轻烟楼的姑娘美则美矣，却怎样也无法修炼出这般无瑕而纯洁的盈盈仙气。

李师师尚且不是，更遑论唐惜若自己。

李穆然关切道："云儿怎么今日有空出来了？"

"姨母来探我，我便想寻穆然哥哥了。"

"可不是，每次进宫公主就总挂念你。"赵燕道。

"姨母。"赵云儿有些羞涩地嗔她。

只怪李穆然未曾多心，笑道："怕是云儿在皇城里闷得慌。"

儿女情长，唐惜若都看在眼里，他们何尝不是心意相通。

而达官显贵她已所见诸多，确是生平首遭照面大宋的公主，暗道无怪这般与众不同。可知她亦时常凭栏远眺，遥望皇城内郁葱的林木、别致的龙阁，也寻思那是怎样与轻烟楼迥然相异的存在。

"娘也累了，先回屋休息一会儿。你可要招呼好云儿。"赵燕意味深长地望了一眼李穆然。

"放心吧。"李穆然应着。

"姨娘走好。"赵云儿唤。

"哎。"

云儿的声音甚是清甜，一路目送着赵燕回了屋，才转而道："穆然哥哥，云儿送你的铜锣烧味道如何？"她指了指唐惜若身前茶桌上精致的糕点。

"当然好，方才还被夸了呢。"李穆然顺道便将唐惜若领至云儿身前，"这位是唐惜若，这是云儿妹妹。"

"穆然哥哥的朋友便是我的朋友，惜若姐姐唤我云儿就好了。"

"在下不敢。"唐惜若赶忙俯身作揖，且是礼节周全。

"不用这般拘礼。"李穆然却是一把将她拽起。

两兄妹似是许久未见，不多会儿便在堂内欢声谈笑起来，一旁的唐

惜若只能偶尔插上几句，愈发显得多余而窘迫。

"天色晚了，我该回去了。"唐惜若局促道。

"这就要走了？"李穆然起身道，"李府位置偏远，可要我送你一程？"

"你还是陪公主吧，我认得路。"唐惜若酸酸道。

"惜若！"未等李穆然回应，她便匆匆离开，直到出了李府，才觉如释重负。她已经很久都没有觉得汴梁的秋日萧索了，此时心里却陡然升出一阵凄惘。可知轻烟楼里的笑闹才是她生活的常态。烟花柳巷的女子，原就难觅知心人，她自己也以为，这俗世姻缘，既然无福消受，又何必心心念念。

了无期待，自然没心没肺地快活着。

她一向都是快活的，可是心内的酸意又开始无可抑制地蔓延。汴梁依旧是广袤盎然的汴梁，夕阳却仿佛满载浓郁的忧伤照临。虹桥下的一抹剪影，在落日余晖的映衬下竟显得尤为孤寂。

唐惜若回到轻烟楼的时候，正是轻烟楼人声最为鼎沸之时。"唐姑娘，这是师师姑娘让我交给你的。"丫鬟递给她一方蚕丝帕，帕上精心刺绣着两株紫色牡丹，唐惜若接过，却是眉目一紧。

收起丝帕，她便径直走向了处在轻烟楼三层长廊边的牡丹阁，倒未即刻叩门而入，却是静候于屋外，透过牡丹阁半启的窗，隐约向屋内窥探。

怀抱琵琶的崔念奴正于琴台旁且弹且唱，流转的乐音宛如秋日里的和风细雨，如痴如醉的沉吟竟似女子幽咽的哭泣。

> 黄金榜上，偶失龙头望。明代暂遗贤，如何向？未遂风云便，争不恣游狂荡？何须论得丧。才子词人，自是白衣卿相。
>
> 烟花巷陌，依约丹青屏障。幸有意中人，堪寻访。且恁偎红倚翠，风流事，平生畅。青春都一饷。忍把浮名，换了浅斟低唱！

花甲之年的男子在旁兀自饮着酒，仿佛已融入这莫名哀怨的琵琶声中，桌上的酒杯空了又满、满了又空，如同道不尽的憔悴愁苦。他不时双目紧闭，仿佛思绪正沉浸于无边的追忆之中，却倏而睁目，涌出两行滚烫的泪。

也不知过了多久，崔念奴就噤了声，烛光尽灭、琵琶弦断，她苍白如雪的面庞隐在月华下，隐约可以望见额前涔涔的香汗。

男子终于放下了手中的杯盏，站起身，向她拱手躬身道："多谢姑娘成全。"

他竟如释重负，踱步而出牡丹阁时，还冲门外的唐惜若憨然一笑。

倒是唐惜若奔进厢房，急切地扶起瘫软在地的崔念奴，她紧咬着牙关道："种师道比我想象的厉害太多，方才竟丝毫无视我的催命琴音，莫不是他有意寻死，我根本无法伤他分毫。好在他受了重创，还不快去追。"

"是。"唐惜若立刻冲了出去，果然见他颓唐的背影在轻烟楼后烛光幽暗的街巷中踉跄前行。唐惜若也不惊扰，只在后面紧跟。他朝着汴河岸踱去，跌跌撞撞地倒在河堤上一棵郁葱的杨柳旁。

"小姑娘，你出来吧。"

种师道虚弱地望着粼粼的汴河水，眼中布满哀伤。

唐惜若从暗处走近，也随他席地而坐："大人，这是您最后一程了，还有何事需要交代?"

"我本以为自己早已看透了生死，临了还是舍不下啊，舍不下我大宋多娇的山河!"种师道不禁老泪纵横，"苦谏皇上抗敌不成，终日抑郁，我等不到国破家亡那日了，可这又何尝不是一种幸运。"种师道太阳穴青筋突兀，每一字开始像是从齿缝中艰难挤出，"小姑娘，我知道是谁派你们来杀我，其实这也无关紧要。"他颤声道，"听我的话，快，快逃，快往江南逃，汴梁怕要守不住了。"

"大人这是何意?"

种师道张着嘴，却已发不出声，人缓缓匍匐垂倒，残存的温度，随着汴梁的夜风逐渐冰冷。

唐惜若眼中闪动着怜悯，见四下无人，她从袖内掏出小巧的青瓷瓶，冲着种师道的尸身滴下几滴幽香四溢的燕飘零，那尸身便开始迅速被腐蚀，不消片刻，就化作了漫天的飞絮。

从此世上再无种师道。

而这已经是她经手的第九人了。

唐惜若原本在轻烟楼的角色，就是为漠北唐门每一次暗杀善后，至于为何杀人她无权过问，即便李师师，也要绝对服从差遣。轻烟楼一旦接下门主布置的任务，那便是一道催命符，无人可以幸免。

方才手帕上的紫色牡丹，便是叮嘱她至轻烟楼的牡丹阁守候，房间里的宾客，就是今晚的将死之人。

崔念奴本欲以琴瑟之声催动内力，令种师道心志模糊至气血紊乱而亡。她几乎从未失过手，谁知今日的状况出乎了意料，种师道远比想象中武功高强。

唐惜若再见到崔念奴的时候，她已经服下了她依照《佰草集》研制的琉璃丹，正卧床休息。

"依念奴的脉象，只需调养三日便可痊愈。"李师师在旁道。

"师师姑娘，我尚有一事不明。"从崔念奴房间走出，唐惜若忍不住问，耳畔那种大人的言语良久挥之不去。

"不妨直言。"

"他临行前，长叹国破家亡。人之将死，其言也真，上一番围城我们躲过了，不是议和了吗？难道汴梁城还会被破？"

李师师原本要宽慰几句，话至嘴边又转而平淡："城若在，固然好，城若灭，躲不了，又何须纠缠这些恼人之事。"心内的郁结只让她轻描淡写地回复着惜若的疑惑。

接袂成帷的汴梁哪里有半分危险之兆，轻烟楼里的宾客依旧期盼而

来，尽兴而归。怕也唯有她自己而今失了热切。

"你若实在担心，不妨寻思寻思为何那种师道的武功居然这般厉害，前些年的他尚只是区区一位文臣。若此人背景不简单，我们恐怕就麻烦了。"李师师叮咛。

闻言，唐惜若也不禁恍然醒悟：他虽是朝廷的人，可也在江湖中颇得盛名，若因他在轻烟楼受害而引得各路人士前来滋事岂非不妙。

然而种师道的武功路数，崔念奴都未必清楚，惜若怎会知晓，也只得耐心等候事态发展了。

靖康二年的汴梁风雨交加，八月里常不见几日暖阳，雨水拍打在缓慢流淌的汴河上，滴落于紧密相邻的屋瓦房廊。耳边总是飘着悠扬的曲调，想是船夫摇橹高歌，虽为阴寒的天气注入了些许快意，可还是难掩阵阵冰凉。

若从李府向外张望，也可见一隅皇城，雨雾将那琼楼轻掩，好似意境朦胧的水墨丹青。

李潇今早刚从朝堂归来就带回了一个令人沉痛的消息：一向与他交情匪浅的大臣种师道已经连续数日未上早朝了，经过多番找寻，也未见他影踪。今日便被大理寺定案，人已失踪。而失踪前晚，还有人在轻烟楼与他相见。

李潇原先以为周邦彦出走汴梁是张邦昌因李师师而蓄意生事导致，自己从轻烟楼回来之后便身染顽疾，虽看似与这朝臣无关，却未免不是因追他所致；可种师道的失踪，他似乎再无法鲁莽地归咎于同一人，他们二人政见虽不同，张邦昌却一直碍于种师道的老臣资历而不敢轻易造次。他们平日也都恭谦相待，何况种大人行事从来谨慎，他想不出谁能轻易害他。

李潇在李穆然面前疑惑感慨的时候，并未留意到少年紧蹙的眉目。

细细想来，这三人最明显的共同之处，便是皆曾在轻烟楼流连。

而轻烟楼，恐怕是除却皇城，达官显贵最为聚集之地了，还有什么地方会比那里更适合将大宋的朝臣一网打尽？可知大宋的朝臣，如今怕已无人不曾入这轻烟楼。

一网打尽，李穆然脑海闪过这词的时候整个人都一惊，又有谁会企图一网打尽大宋的朝臣，这岂非亡国之灾！

无论如何，那幕后黑手，怕是借着轻烟楼的声名与人潮实施诡计。

若他已侥幸得逞了三次，又怎不会尝试更多？

次日，李穆然便迫不及待地与唐惜若在虹桥相约，一照面，他便开门见山道："惜若，可否再带我入一趟轻烟楼？"

唐惜若狐疑地看着他："你该不会是真喜欢里面的姑娘吧？"

李穆然无可奈何道："姑娘是美，可也比不过我爹的安危。"他无暇与她玩笑，只滔滔不绝地将自己此言的缘由一并道来。

"有道理！"唐惜若点头称是，她虽知那种大人因何而亡，可周邦彦与李潇却断断与漠北唐门无关，李穆然没有想错，轻烟楼的确是最合适的行凶之地，这一点，莫测的门主一向深以为然。

只是不知如何与崔念奴周旋，若她不肯迁就，李师师禁令一下，自己也强求不得。

"我姑且试试。"唐惜若还是应了下来。

"我就知道惜若你心肠好。"李穆然即刻笑逐颜开。

"殷勤！"她调侃着。

秋雨绵绵，化作滴滴露水轻落于发梢。行人在身旁熙熙攘攘，两人游荡在虹桥之上，往轻烟楼的方向行去。

"有没有想过，若是某日我也成了轻烟楼的姑娘，穆然会如何待我？"唐惜若忽而问身边的少年。

"你非要当青楼里的姑娘？"李穆然皱眉问。

"若非李师师救过我，我早就不在人世了，为了报答她，我也必须留在轻烟楼。"唐惜若却道。

"我可不愿你一直在青楼里，可要是非得如此，我自然待你如一。"李穆然应道。

"但我若是你，我就不会。"

"为何？"他不服气问。

"因为，"唐惜若顿了顿，"因为我就再非汴梁城里平常的女子了。"

"可你依然是我的朋友啊！"

唐惜若轻轻一笑，他就算明了她隐藏的心思又如何，那皇城里的公主自是与他陪伴。既然未曾留心，又何必轻易点破，便转而轻叹："今晚便是中秋节了。"

元宵夜的灯火犹在，转眼就已是深秋时节。街上的百姓正争相买来月团，道路两旁的糕点店客满为患。亲朋好友皆在此时团聚，共饮那香甜的玩月羹。

转眼两人已绕至轻烟楼隐蔽的侧门外，金碧辉煌的大堂豁然在目，唐惜若探身张望着，自语道："崔念奴倒是未在，不过那黑衣小童今日又来了。说也奇怪，一个宜康灯铺，真能让他出手如此阔绰，几次三番到轻烟楼消遣？"

"他脾性那般暴躁，确实不似平常商人。"

"可宜康灯铺的香灯，我倒是都检查过，也没发觉有何不妥。"唐惜若转过身，"他……"话刚启，就惊诧地住了口。

"怎么了？"李穆然一脸茫然。

她尴尬地指了指李穆然身后。

竟是母亲赵燕已然跟来，正怒气冲冲地瞪着他，李穆然耳畔登时响起一阵斥责声："若非为娘今日上街买月团看到你，一路悄悄跟着，还不知原来你整日都流连在这烟花之地，我儿可真是长了能耐！"

李穆然颓然转身，已准备迎接一场暴风骤雨。母亲以往总告诫自己要潜心科举，埋首苦读，他不仅从未当回事，而今还被她逮了个正着。

"还不立刻随我回家！"赵燕不由分说就拽起李穆然。

"娘，我真不是有意顽劣。"李穆然为难道。

唐惜若便劝道："夫人，公子不过是忧心李将军的病情，才来轻烟楼，并非为取乐，还请您莫要责怪，成全了他的孝心。"

赵燕一脸怀疑道："我李府中人素来不入烟花之地，我相公的病情又怎会与这轻烟楼有一丝一毫的关系？小姑娘，别以为你穿着长衫，我就不知你乃轻烟楼里的丫头。穆然尚未科举，正是寒窗苦读的时候，却交了你这样的朋友。"

"娘，惜若她并非轻烟楼的姑娘。"李穆然解释道。

"就算她现在不是，怕迟早也会是。你若得高中，娘再允你与这丫头来往也不迟。"

"可公子还得几年才参加科举。"唐惜若插言。

"难道他不该早早就潜心准备吗？"赵燕已然阴了脸。

唐惜若见劝也无用，只得识趣地噤了声，李穆然被她拽着，心不甘情不愿地往小巷外行去。他亦不时回首同她默念比画，唐惜若勉强明白当中意思，该是轻烟楼若有何异动，务必通知自己。

她连忙颔首让这少年放心。

夜幕很快降临。

汴梁城的中秋夜虽非元宵时节的万人空巷，轻烟楼里的热闹却丝毫不少。八月的蔬果满城飘香，轻烟楼里早早便备起了琼浆玉酿。

此时阁楼的厢房已然客满。当皎洁的圆月透过雕花的窗棂浮入宾客与姑娘们期盼的眼帘，笙歌盎然的轻烟楼便又陷入了一番香雾之中。

而在此时还有闲心怅然若失的，怕也唯有唐惜若一人。

只因连中秋时节可以相思的父母、亲人，她都未曾拥有过。

不知不觉，她就一人踱到了隐蔽的李府外，稍显失落的心情轻易被院落中传来的少年清朗的欢笑声安抚，就如同他亦陪伴在自己身侧。

唐惜若在灰黑色的围墙外来回踱步，仿佛从遇见李穆然那刻起，只要念着他，她便已感觉不出这些年纠缠魂魄的清冷孤单了。

她又该如何拒绝这难得的幸福与温热呢？

只是一连数日，都未见少年再至轻烟楼，许是被母亲禁了足，不愿自己孩子与她这青楼丫头交往过密，想来也是寻常不过。

可李穆然之所以无暇顾她，却并非因为赵燕，而是父亲李潇近日归家后，告诉了他一个惊人的消息，汴梁城外又悄悄围堵了上万的金兵。

"为何这金兵来得这般突然，我们不是才刚与他们议和？"李穆然不解地问。

李潇不屑道："金贼的话，能有几句是真。上次围城之困才刚消解，种兄就呼吁加紧防范，那些朝臣却全然不听，自然无怪这金贼又嚣张起来。"

"既是如此，那还等什么，我们赶紧逃吧。"赵燕道，"万一这些人攻进城来该如何是好。"

"莫要着急，不过万多金兵，起不了什么风浪，我足可抵挡他们。但无论如何，这万多金兵也是百姓头上悬着的一把刀，若实在不幸被他们得逞，你们再想法离开汴梁逃难。"

"为何又是'你们'，难道你还不愿同我们一起走？"赵燕质问道。

李潇便答："我早就告诉过你，我是守城的将军，岂可擅自卸甲逃窜！"

"李潇！你还是这么狠心，难道真要抛下我们孤儿寡母不成？"

李潇却挥挥手，干脆道："我心意已决，你劝也无用。"转而又对李穆然叮嘱，"穆然，记住，你长大后可定要努力赶尽这些屡屡企图侵犯我们家乡的贼寇。"

"够了！"赵燕气急败坏地道，"我这辈子跟你李潇已经吃了大亏，而今你还要让穆然也走你的老路。他是我儿子，就算我拿你无法，也决不允许我儿子弃文从武，喊打喊杀！"

李潇望着她因愤怒而踱回厢房时颤抖的背影，感慨地拍着李穆然的肩膀："话说回来，我这辈子是委屈了你娘，好歹她也是皇亲国戚，却

要一直与我受这清贫的苦，而今还需整日为我担惊受怕。可职责所在，我亦无可奈何。"

"穆然明白爹的难处，那我们现下又该如何？"李穆然问道。

"这消息皇上已经决定压下，以免同上次围城时惹得自己的百姓先起了恐慌，虽说的确不足为惧，我却以为绝不可毫无准备，毕竟此中变数太多。若能令这消息暗暗散播，以作提醒，岂非上策。"

李穆然寻思一阵，便道："我有办法。"

"你有办法？"

李穆然想到的办法很简单，汴梁城哪里最为喧闹，哪里又最为欢娱，哪里便是传播此事最为理想的地方。喧闹，便能保证这事足以传到众多人的耳中；欢娱，便无法引起真正的紧张骚动，让人们自始至终抱着明了但又怀疑的态度，自当起到提醒作用。

不过几日，他便将围城一事告诉了唐惜若。

"金贼真又来了？"唐惜若惊道，她蓦地就想起种师道临行前的话语。

"不必慌张，距上一番围城才过不久，他们此次动用的武力尚弱。"李穆然宽慰道，"只是官家此次并未打算通知这事。"

"那可不成，万一金贼真破城了呢？"唐惜若不禁担忧道，"总得有所行动才是，我们得想个办法，传达这消息。"

"我们真是心灵相通，我也以为若毫无防备，一旦金贼入城，必是死伤遍布。至少趁着这段时间，可以思考一下逃跑的路线。"

"你找到我就对了。没有什么地方比青楼还人多繁闹、适合散播流言了。消息从声名最响的轻烟楼传开，必能迅速蔓延出去。至于城中其他大大小小的青楼，再由我们逐一造访。"唐惜若道。

"我也是这么认为。"李穆然当即颔首赞同，"最近轻烟楼里可还有何怪事发生？"

唐惜若摇头道："再无大臣从中失踪抑或染病。"她又问，"李潇将

军的病情可也有所好转?"

"爹虽仍常犯困,但已有了控制的办法。"李穆然不禁皱眉心疼道,仰首又下意识地望了望御街尽头皇城的方向,眼里一闪而过些许的失落。

"你有心事?"

"也没什么,"他踌躇一阵,才支吾开口,"你那日在李府遇见的云儿,她已许久未再至了。"

"哦,"唐惜若的兴致明显低沉一些,"你既这般想她,为何不自己入皇城?"

"我倒是可以随母亲入城,可我怎知云儿是否也念着我?贸然探她,怕有些不妥。"

"放心,她定是正候你呢。"唐惜若脱口而道。

"你真的这么以为?"

唐惜若望见他惊喜的模样,偏又矢口否认道:"我认为什么?"

"你方才说云儿怕是也有些中意我。"李穆然不由得推搡起她。

"我没说。"唐惜若吐吐舌头,转身便跑,李穆然便紧追着她,直到人群阻挠了唐惜若的去路,使她被从后冲来的少年撞了满怀,两人才各自消停。

好一阵相对无言,唐惜若才轻轻问:"你果真这般恋慕那皇城里的公主?"

"也许吧,"李穆然幽幽应着,"也许我跟她最有缘。"

靖康二年冬,大雪纷扬而下,整座汴梁城已是银装素裹。

金兵又至的消息悄悄在城中散开,百姓们相安无事地过着各自的生活。毕竟已经与金人议和了,此番连围城的布告都无,想来也不足为惧。

何况在这雨雪交加、行军困难的时节。

说也奇怪，这一年间，汴梁城竟无几月和暖，风霜过后总也跟着雨雪。

在这期间，唐惜若与李穆然总会相约，每晚同至城中一家烟花之地扩散这围城的消息。唐惜若爽快地拿出平日在轻烟楼宾客身上哄来的千两白银，贿赂管事的老鸨，收买青楼的姑娘，让她们按照自己的嘱咐在每一位前来消遣的公子耳边温言软语。

说得多了，他们自然铭记在心。

李穆然从未发觉原来汴梁城有这么多的烟花柳巷，简直遍布全城，可若要论金碧辉煌，倒也皆不及轻烟楼。只单在轻烟楼一晚消费的银两，就足可买下市井坊间一位琴艺娴熟的歌女。

雨雪终于消停，这一晚，唐惜若按约定正准备出门去寻李穆然，却被李师师唤到了自己屋中。

崔念奴亦在。

门窗被李师师一一闭紧："种师道的死惊动了洪仲，他那一身武功想是来自洪门。明日洪仲便要至轻烟楼与我对质，他所写的信里指向太明显，言说种师道根本就是被这里的姑娘所害。"李师师忧心道，"洪门是江湖第一大帮，掌门洪仲自然不好糊弄，我们究竟该如何应对？"

崔念奴闻言道："他若实在怀疑，何不待他如待种师道那般，这洪仲虽是武林盟主，可又能有多厉害，当年还不是靠苏鹤相让才坐上此位，我不信凭我们三人之力。还不是他对手。"

"话虽没错，但我忌惮的，实为他身后的江湖势力。我们生活在轻烟楼，暗地里为门主效力，也知他坚决不允许漠北唐门暴露于天下。可是一旦招惹了洪门中人，前来滋事者必多，当中事岂非极易昭然。"李师师皱眉而言，"我只担心，一旦如此，门主会最先放弃我们。"

"门主他的确甚为忌惮此事，是不能这般干脆处理。"崔念奴亦道。

"我以为，"唐惜若轻松地从桌上捻起一块糯米糍糕放入口中，"我们何不直接对洪仲如实相告。"

"你疯了!"崔念奴立刻斥责,"我与师师姑娘遮掩还来不及,你倒要不打自招。"

"崔姑娘怎忘了,种大人原就有自我了断之意。据我所知,他被诸位大臣连番排挤,早便气郁攻心,我们就道他来轻烟楼那晚怕是已萌生了去意,三更半夜只身行往汴河,后就没了踪影。"

"这么撇清自己,洪仲能信?"

"倒不失为一计,"李师师却赞同,"而今种师道已然尸骨无存,早已无法证明他的死因。自尽而亡,是唯一可行且最少破绽的解释。"

"正如师师姑娘所言。"唐惜若道。

"倒也有几分道理。"崔念奴也不再执拗。

李师师不禁叹:"可惜种师道落得今日地步,皆是因自己罔顾当年被掳去敌营的人质安危,才招下了祸端。"

"可种大人难免不是为全局着想,当真是可惜了。"唐惜若却遗憾感慨。

"他得罪门主,也活该是这下场。"

"无论如何,明日洪仲若问起此事,我们务必统一口径。"李师师再次叮咛。

"明白。"她们异口同声。

一切交代妥当,两人才双双离开。

唐惜若继续往李府行去,一路上斟酌着是否可以将洪仲会至轻烟楼一事告知李穆然,那李潇将军似乎与这武林盟主交情甚好,或许李穆然也能调解一二,但万一他怀疑轻烟楼的她们的确行动可疑呢?

念着念着,唐惜若明明已经望见了烛火通明的李府,却在走过那排茂密的杨树林后,顿觉浑身燥热,头晕目眩起来。

还未来得及唤出声,人竟昏厥了过去。

当轻烟楼也从几乎彻夜不衰的喧嚣中陷入一片寂静,阁楼内的李师师竟又开始心绪不宁,她似乎已持续几晚如此了,起身来到琴台前,抚

手撩拨一曲《少年游》，如水的相思便忆上心头。曲调悠扬中，不知是这相思欲浓，还是睡意渐重，竟忽觉无力坐下调笙。

细细碎碎的脚步在轻烟楼的长廊里来回走动，仿佛催命的絮音。

厢房门被猛力推开，竟是那李康站在一众手执利刃的刺客身前，得意而凶狠道："李师师，别来无恙！"

而她刚将最后一根琴弦勾起。

"这么晚来打扰我，所为何事？"

"我是来通知你，这座轻烟楼今晚便是我完颜光的了。"

李师师镇定地看着他："你一直毫无动作，为何现在突然发难？"

"因为我要让明日的轻烟楼，成为洪仲的将死之地！"

"你敢杀洪仲，就不怕汴梁城里数十万的洪门中人找你麻烦？"

"哈哈，我怕洪门？那洪仲杀过我太多同胞，跟李潇一样该死！我在汴梁城蛰伏这么久，不就是为了明日？若非避免打草惊蛇，当初我会只悄悄给李潇下软筋散？可笑这汴梁城里还处处欢歌，不知大限将至。"完颜光轻蔑地说道。

"你就这么肯定，你的阴谋一定得逞？"

"我当然肯定。倒是种师道这老家伙究竟是怎么死的，想来想去，也以为定与你轻烟楼的人脱不了干系。他不见踪影，对我大金自是大幸，但你李师师，肯定不简单。只是现下你也自身难保罢了。当初你就应该听那臭丫头的话，别与我做生意，可惜一切已然太迟了。"

"你的香灯本无问题。"

"既是生意，我给你的香灯当然无问题，而我的目的，从来就是这座轻烟楼。其实我讨厌暗中下毒这种下三烂的手段，不过入乡随俗，跟你们中原人学来的罢了。"

"你下了这么重的毒，可要取我的命？"李师师轻轻言语，她只觉说话的气力都在慢慢消散。

"爱美之心，人皆有之。我当然可以放你一条生路，从此只为我大可汗歌舞。但你必须告诉我，这轻烟楼原有的黄金珍宝，究竟藏在何处？现在楼中这些，根本就是九牛一毛！"

"你果然精明。"李师师摇头叹息，"别说我根本不知，就算知道，岂能透露给你。"

"休得嘴硬。软筋散与曼陀罗皆混在你今日的吃食中，你看看门外这些人，你就算不简单，又能撑得过几时？"

"能撑多久，便撑多久。"李师师当即腾入半空，身前古琴亦随她翻飞而起。素手一撩，乐音如鬼哭狼嚎般凄厉而至，直要刺破众人耳膜，倒翻他们五脏，拧断他们六腑！

完颜光双手捂耳，不断后退，身后刺客立刻将他紧紧围护。

乐音又止，李师师气喘吁吁地抚摸着古琴琴身，却又蓦地狠狠崩断根根琴弦，弹指之间，七道无形的光影如索命的利刃直冲向厢房内围堵的人群。

任凭刺客接连拥上，皆被飞舞的铜丝割喉而毙。

完颜光开始慌乱道："你可别忘了，你现在用多少劲力，你自己就会被反噬多少。而只要奉献出轻烟楼所有的珍藏，我大可汗一定会饶你一命。"

李师师轻轻抿唇，看不出愁，也看不出苦。身前古琴忽而爆裂，幽暗席卷，蚀骨的阴寒化作戾气冲天的兽，向屋外冲来，完颜光一再被逼得踉跄后退，一直退到临近大堂的围栏处，已无退路。

那阴寒就是紧追不放。

他还没来得及反应，人便被猛地拽到一旁，慑人的戾气刚触上围栏，围栏顷刻断裂。

救他之人，竟是当日偷去湛卢宝剑的白衣公子。

他抓起包裹里血淋淋的头颅站到李师师身前，朗声大喝："你可认得此人是谁？"烛光虽然幽暗，血痕虽然狰狞，她仍一眼分辨出了那令自己朝思暮想的容颜。

"周郎!"李师师才一张口,鲜血便从口中喷涌四溅。那人冲上前便将长剑猛刺向她胸口,绝代风华的女子便再无法强撑清醒。

"你好大的胆,若非我及时赶来,你定是性命不保。"那白衣公子回身斥道。

"可汗让永济哥哥帮我,永济哥哥不会袖手旁观。"完颜光拱手,了然道:"也怪我低估了李师师的本事。"

完颜永济挑眉回望,似笑非笑道:"你以为我还愿听他的命令?他故意让父亲与兀术舅舅争相邀功,我若是你,就趁早远离那心狠叵测的可汗!"

"兀术舅舅的确英勇,但可汗毕竟于我们父子三人有救命之恩。哥哥方才不敬的话可万不敢再说。"完颜光转而问,"周邦彦如何死了?"

"他自己要再偷偷回汴梁探望李师师,活该受死。当初置换那湛卢宝剑就是想利用他陷害李潇和洪仲,看来还是天真了。你好好留作内应,我得先走一步。"

完颜永济刚要走下长廊,又回身不禁玩味地冲完颜光道:"光儿,你打算就一直这么下去?"

完颜光也回望他:"哥哥怕也想异装而处,又何必管我?"

完颜永济旋即大笑:"哈哈,你这鬼机灵。哥哥我先告辞了。"话音未落,他已走入轻烟楼外寂静的夜幕里。

次日一早,李穆然刚推开李府大门,便见门外瑟瑟颤抖的唐惜若。他连忙上前,好不容易才将她摇醒,一睁眼她就慌张道:"出事了,我得立刻回去。"

"我们一起。"李穆然扶起她,两人当即便一同往轻烟楼奔去。

如同每一日平凡而喧闹的清晨,汴梁大道上人头攒动,轻烟楼外,宾客仍旧熙攘。

只是当李穆然再次踏入这旧地的时候,一种恍如隔世之感竟油然来

袭。耳畔顷刻被流水般丝竹管弦之声充盈，心内转瞬被缠绵悱恻的琴瑟和弦撩拨，仿佛稍不留意，就会迷醉在这境遇里。

他还不能恣意沉溺。

唐惜若望着熟悉的轻烟楼大堂，仿佛清晨的慌张实在多余，紫翠依旧端着清酒笑意盈盈地走近，然而当惜若想上前与她寒暄，她却如彼此陌生一般，面无表情地从旁掠过。

唐惜若尴尬地皱了眉宇。

尽管李穆然此番并未乔装，老鸨们见是与姑娘一道的公子，也都不加阻拦，他们轻松地找了一处相对僻静的角落停歇。

唐惜若起身环视一番："所有人都有问题，唯独李康还是这般挥金如土。"

李穆然顺着唐惜若的目光望去，当日脾性暴躁的孩童就映入眼帘。他正一人占着轻烟楼最为奢华的一张翡翠桌，心无旁骛地品茗，隔着大堂笑闹的人群，神色悠然而清冷。

"我前去探探。"

李穆然自知这李康并不认得他，便悄然坐在了他左手边空置的椅上。

不多会儿，便有一身形魁梧的壮汉从轻烟楼外走进。他此番入楼，竟也无老鸨上前招呼，只见他径直往李康身侧站定，俯首在他耳边道："公子，人已至，但似乎并非我们所等。"

"可恶！"李康握紧了双拳，"罢了，我们不能再等，一切按原计划进行。"他闷声下令。

第四章　白骨成丘山
　　　　苍生竟何罪

　　李穆然闻声便望向轻烟楼外，竟是气宇轩昂的岳子昂正疾步而来，那些尚在堂内转悠的姑娘竟皆如着了魔般，匆匆放下手中的杯盏，一哄而上。岳子昂甚至还来不及看清她们每位的容貌，眼前就已一片软玉温香。

　　姑娘们薄唇轻启，婀娜翩跹着就要将他围拢。

　　若是常人遇见此等阵仗，定是魂不守舍。他却是镇定自若，目不斜视地直往前行。姑娘们眼见便要挤在一起，原本他面无颜色，忽就神情一紧，一拥而上的姑娘们竟被震得四散开去，大堂内顿时混乱不堪。

　　潜伏在角落的一众黑衣刺客立刻从八方聚拢而上，也不知他们是何时就开始等候，约莫几十人手执利剑，由着姑娘们掩护，冲向轻烟楼正中。

　　李穆然未及起身，面颊便觉一丝冰凉，一柄明晃的匕首已架至肩上，"别动。"有人在他耳畔警告。

　　轻烟楼内顿时一片哀号，官人公子们正举着尚未入口的酒杯，便被这一众忽然出现的刺客齐齐掣肘，动弹不得。一眨眼的工夫，轻烟楼内就换了天色。

　　唯见岳子昂还在堂中艰难抵抗，面前人影层层倒地又层层上前，而大堂中的他眼见已有些乏力。

李穆然登时错愕不已，怎么一转眼，就成了满目狼藉。这些人敢在青天白日行此等祸事，非贪财寻仇这般简单明了，倒更像是嚣张地挑衅。

挑衅安贫乐道的大宋民生。

眼前一道人影闪过，一直悄无声息的唐惜若忽然就出现在李康身前，以迅雷之速将一粒丹丸塞入他口中，水袖纠缠而上他裸露的脖颈。

李康捂住嘴，震惊地怒视她。

那魁梧壮汉还想再抽出腰间佩刀架上唐惜若肩膀，反被她一掌推开。

"你不想要这小童的命了？"唐惜若喝道，"三日内，若无解药，他必因气息枯竭而亡。"

"公子！"那壮汉急道。

"哼！"李康显然不信，正要尝试运气，才觉自己无论如何也无法调动内力，不仅如此，腹部还连着阵阵绞痛，愈尝试用力，愈苦楚难耐。

"叫他们住手！"唐惜若吼道，"否则我现在就杀了你。"

"都让开！"李康不得不对那男子下令，壮汉缓慢从袖内取出炮仗，抽掉引线，一道明亮的火光伴着声响划过了混乱的厅堂。

刺客们立即止住了动作，缓慢退下，却仍于四周蓄势待发，静候他进一步指示。

"你是如何攻下轻烟楼的？"唐惜若浑身颤抖着问，而李穆然也因那壮汉受了她一掌而能抽身在她身侧。

"哈哈，你不动声色了这么久，想来也是发觉了异常。"李康本就少年老成，谈吐更显心思缜密，"我方才见你甚至都没同这里的旧相识们招呼。"

"从我走入轻烟楼那刻起，一切都变了，老鸨不再是原来的老鸨，那些姑娘也不是原本的姑娘。"唐惜若不禁眼眶通红，"她们简直就像

不认识我，一夕之间，轻烟楼就被你彻底抽空。"

"不错，你若是记得元宵节之前那晚，一定以为我是冲着李师师而去，其实只对了一半，我意在她，也在李潇，更在这座轻烟楼！中毒之后的李师师尚且武功如此高强，若是没有中毒……我从来不打无把握之仗。"

"我明白了，"唐惜若竭力抑制满腔的愤恨，"你所说的生意，可是指这里每一杯清酒，每一道菜肴，我不知当中哪些被做了手脚，想来师师姑娘的武功岂是你这等小辈可以企及，你一定早就预谋害她，也早就预谋控制这里。"

"可我还是未能圆满，你就是漏网之鱼，其实我早该想到，你非常难缠。"李康盯着唐惜若，"我实在无法理解，你一个小丫头居然可以耐得住这曼陀罗与软筋散之毒，现下竟跟无事一般。"

"你也想不到，现在你自己的命就握在我手中。"唐惜若冷言。

李康不置可否地耸耸肩："如何你才肯放了我？"

"让你的人都撤了。"

"你以为我这么大的动作，会给自己留后路？"李康冷笑道，"就算你现在杀了我也无用，汴梁城马上就要破了，我大可汗马上就要到了，又岂会留一个轻烟楼！"

"你这是何意？"李穆然不由得上前质问。

"我是何意？"他轻蔑地看着他，"事到如今，你们还不清楚自己的处境，这些朝臣难道也不知道自己的处境？亏他们还在这儿寻欢作乐，无怪宋贼要受这亡国之灾！"

李穆然绝望地颤抖起来，他怎能全无预料？父亲李潇整日守城守的是谁，令他烦恼不堪捶胸顿足的又是谁，多少苦他黯然消受，多少愁他隐忍克制。怎道金贼接连围剿，官家唯唯诺诺，亦不肯宣扬这围城之祸。

想来那一万金兵，并非全部的铁骑，否则他怎敢如此嚣张！

"你们是金贼。"李穆然愤懑言语，"城外的金兵可是等来了主力，即将一起攻下我汴梁城？"他几乎是吼出了这句话，整个轻烟楼顿时鸦雀无声。

"哈哈，猜得不错！"现在的李康，哪里还有其他顾忌，甚至在这里，他都能依稀听闻金国铁骑逐渐而至的地动山摇的呐喊阵阵，震耳欲聋的号角声声。

可这承载着数以万计百姓生计的汴梁，如何能承受得起覆亡之祸！

片刻之后，大堂内哭泣求饶的号叫又再此起彼伏，愈发凄惨无力。

"放了他们，放了李师师！"唐惜若手上又施了些劲力，那李康的面庞已被水袖勒得青筋突起。

"我说过了，一切都来不及了，我大可汗必将占领整个中原！"

"我不信！"唐惜若已然失去了理智，愈加用力地紧执绢布，李康被勒得面目狰狞，眼见要窒息休克。

"等等，"李穆然握住了她的腕，"暂且留着他的命，先救岳大哥。"

唐惜若好一阵才缓缓轻了力道。

"跟我们走一趟！"她厉声道，李康不得不被她拽着趔趄前行。他们穿过轻烟楼正中的时候，李穆然向与金人对峙的岳子昂使了眼色，他心领神会，旋即凌空而出，飞身至两人身侧，与他们一道疾驰而去。

轻烟楼外，人们被天外突如其来的山呼海啸般的马蹄声吓得四下乱窜。

"跟我来，这一路金贼肯定不会跟来。"唐惜若道。

她拽着李康骑上马，沿着御街往南行去，最后深深回望一眼身后依旧雕梁画栋的轻烟楼，旧日的时光便在这回眸的瞬间一一浮现。

她还记得初至这里时懵懂的自己被那震慑人心的奢华惊得透彻。那时的她紧攥着李师师的柔荑，只知羞怯闪躲，与老鸨姑娘们熟络后才逐渐开朗活泼，即便日后总被崔念奴刁难，也权当幸福生活中零星的斑

驳。那时候的她不曾因为哪位公子而快乐，也不曾因为哪位公子而忧愁，心思单纯而澄澈。

每当她制出了胭脂与姑娘们一同分享，她们总会争相品鉴，挑选出当中最心仪的一款，那满足的欢笑声让轻烟楼充满了喜悦。倨傲的崔念奴虽表面嗤之以鼻，转身却令自己的丫鬟也来要一些，令师师姑娘常在一旁莞尔。

曾经一切的美好，一夕之间就被强取豪夺。

难道这样的美好，终将成镜花水月？

岂知这一回眸的留恋，包含了她多少痛彻心扉的惦念。

汴梁城内已被乌云笼罩，隐约传来的阵阵喊杀哀号令人胆战心惊，一些人仍仓皇逃窜着，一些则紧闭家门战战兢兢不敢出现。街上的商铺只剩下狼藉的门面，汴河水也仿佛感受到灭顶的灾祸，竟比往日愈加湍急。

唐惜若领着他们一路赶至城边人烟稀少的黄石山才驻足，这黄石山是南下关山必经之路，满山的枯树，满山的碎石。沙土正随着萧条的风乱舞，卷起一地尚未消融的雪，迷蒙了双眼，零落的山石似也随之摇摇欲坠。

岳子昂从马上下来："多谢两位相助，岳某实在不胜感激。"

"岳大哥，何需客气。"李穆然忙道。

"是啊，我们怎能眼见你被刺客困住。"唐惜若也应着。

"唉，"他不禁皱眉道，"这金贼实在狡猾，赶在一天两股势力集结而来。他们若是进了城，必要一番烧杀抢掠，怎也没想到，破城之日说至就至。你们先找一处躲避，这金贼小童暂且留在身边，我看他不似一般人物，兴许能换来逃出汴梁的时机。"

"可笑，我父亲一旦入城，岂会留你们全尸。"那李康在旁冷嘲。

唐惜若怒目而视，上前点下他哑穴，顺手就是一巴掌："闭嘴！"

他气愤地瞪着她。

"岳大哥今日怎会来轻烟楼？"李穆然接着问。

"因为种师道，"岳子昂悲怆地念起他的名字，"种大人是朝野中的主战大臣，他虽以文臣自居，但为表抗敌决心，以身作则拜洪门习武，数十年坚持不懈。他一直力求能规劝皇上抗杀金贼，无奈几番劝谏都以失利告终，人更在几日前于轻烟楼不知所踪。李师师飞鸽传书至洪门总舵，师父预感情况不妙，而我那时刚从军营返还，他便特意派我前来查探。"岳子昂说着便将袖中来自李师师的书信递出，"我原本于今日按约定至轻烟楼，没想竟晚来一步，她也被金贼俘虏。"

唐惜若才瞥一眼，便暗想这哪里是师师姑娘的笔迹，想来他们两方皆中了这李康的奸计。

"种大人的武功不逊于洪门八大高手，少人能取他性命，如今竟遇不测，实在让人颇感诧异。"

"确实有人要他死，但他自己也未必想活。"唐惜若忍不住道。

"惜若，你可知内情？"岳子昂这才反应唐惜若不经意的言语似乎暗藏玄机。

"我不过与这位种大人曾有一面之缘。他那晚来轻烟楼时便已颓废不堪，方才又听闻此人武功高强，轻烟楼里又有谁有这般大的能耐取他性命？我想怕是他一时想不开，寻了死路。莫不是还被这李康所害？"唐惜若遮遮掩掩起来。

李康一听便猛地摇开了头。

李穆然便道："看他不承认，此人既能暗算爹爹，自然也能暗算种大人。"

"唉，如今金贼这般攻城略地，恐已无机会为他讨还公道了。"岳子昂忧愁地望向战火喧嚣的远方，"我尚得赶去守护汴梁，能多撑一刻便是一刻，你们千万要多加小心。"

"岳大哥也一定保重，我们务必后会有期！"李穆然恳切道。

岳子昂颔首。可知他自从戎那日便视死如归，何况在这危急时刻，

但见李穆然的关切之情溢于言表，如同阴云密布的汴梁城里初升的一缕暖阳。

"我会的。"岳子昂郑重道。

李穆然遥望他从黄石山后绕去城墙那边，岳子昂刚一从眼前消失，就闻耳畔唐惜若焦急的提醒声："穆然，有人追来。"循着她所指方向，果然见小股人马正迅速逼近。

他们赶忙藏至山脚下的一块巨石后，唐惜若捆紧李康，与李穆然一道向外窥视。

来人便是那轻烟楼中的魁梧壮汉，而他身旁竟还随着毫发无损的崔念奴，两人并肩而行，四处张望。

"他们一定藏在这里某处。"崔念奴道，"到处找找。"

众人分散开去，她冷静地环顾四周，不多时便直朝唐惜若这方而来。唐惜若不禁紧紧握住李穆然的胳臂，瑟瑟发抖，她以为崔念奴如何也不会轻易出卖同门，她自然也知这一路人迹罕至，乃绝佳逃亡路线。但她怎能无视唯独崔念奴毫发无损，且与那金贼壮汉同行的事实。

而巨石后的李康仿佛预感到有事，身子不断扭动着，意图撑开捆绑自己的绢布。李穆然赶忙将他压制身下。他几番挣扎不得，才逐渐无力喘息。

崔念奴的确看到了巨石后的襦裙，有一瞬间，她们是四目相对的，一瞬之后，她嘴角轻扬，竟猛地背向掩藏两人的巨石，掌中呼啸的气浪掀起山腰上的碎石一齐砸向与她同至的人群。她又拔下髻上数支金钗，如万点流星洒向随她而来的人群，一众刺客被那钗尖刺中，登时四下鲜血直流，惨叫声不绝于耳。

"杀了你们，兴许能逃出汴梁，若是不杀你们，金军一到，还不知能否苟活。"崔念奴轻拍身上的尘土，冷冷道。

"崔念奴！"匍匐在地的壮汉震惊过后，倏然又笑，"你以为我真糊涂，会相信你一面之词？纵使你多么厌恶那狡猾的小丫头，肯帮忙找到

少主，也比不过憎恨我们金人。"

"你什么意思？"

"我只替你解了软筋散的毒，你跟李师师一样中了西域曼陀罗，那毒无色无味，却掺入你这些天来的饮食，发作起来也很可怖。"

崔念奴闻言怒不可遏，隔着掌心的气浪托起他，阴冷的目光直穿而过，"我再给你一次机会把解药拿来，否则必让你五脏俱碎。"

"姑娘莫急，你越尝试用力，毒只怕发作得越快。你放了我，还遵照我们的约定，助我在汴梁城内与完颜将军里应外合，我自会在他面前美言几句，到时将军亲自赐予解药，再允你轻烟楼，成为比李师师更风光的人物，你觉得如何？"

方才还剑拔弩张的崔念奴不禁挑眉轻笑："这可真是个好交易。"

悬于半空的壮汉不由得松口气，他实在以为她没有理由拒绝。

不过刹那之后，这股气浪就携着自己狠狠摔向脚下的土地，震起漫漫黄沙，空中登时烟尘四起，混沌中，徒留他满眼的错愕。

"金贼攻城，难道会不屠城？轻烟楼能完在？真当我愚蠢。"崔念奴轻蔑道。

唐惜若见事态逆转，便急忙从巨石后走出，李穆然也牵着李康跟来："多谢姐姐相助。"原来是自己错怪了她。

"你不用谢我。师师姑娘既已不在，你我也就毫无瓜葛，我谎称找你，也不过为了自己能逃命。"崔念奴并无丝毫姐妹情深的意思，起身便要离开，哪知没走两步，就觉胸口灼热，四肢疲软无力，不禁虚脱地蹲下身来。

唐惜若即刻上前为她诊脉，她从腰间取下仅剩的一颗琉璃丹，喂入崔念奴口中："你方才用劲过猛，激发了这曼陀罗的毒性，以致毒自体内扩散开来，这琉璃丹只能再保你三日，三日之后……"唐惜若忽就噤了声。

"三日之后，毒发身亡？"崔念奴平静得像在讲述他人遭遇。

"我一定能想出其他办法。"她急道。

"算了，你没那么大本事，"崔念奴看在眼里，也不以为意，"这玩意儿不过是味补药，真当成能续命的仙丹了？"

她盘腿坐在地上，运功静气片刻，满腔的灼热感才渐渐趋于平息，她清冷的声音里满是倦意："门主早便下落不明，现在我也自身难保，这轻烟楼的宝藏，就只得交由你这丫头了。"

崔念奴费力起身，道："就你一人，随我来。"

唐惜若并未动身，她担忧地望了一眼李穆然："我不能独留他在此，太不安全。"

"你如此在意这小公子，就不怕他也是个负心薄幸之人？"崔念奴揶揄。

"我们只是朋友。"唐惜若辩解道。

崔念奴冷哼一声，满眼怀疑与不屑，倒也不再多言，就朝着黄石山间走去，一条羊肠小道一路曲折蜿蜒而向云天之上。见她并未执意不允，李穆然便将李康双目遮挡，也同唐惜若一道紧随在侧。

快至山腰的时候，崔念奴驻了足，面前是七零八落的碎石，碎石后不过沙土堆砌的山壁，看不出有何异样。她却指着那山壁道："把这土墙推开。"

唐惜若往后退两步，凝神运气，出掌相向，那山壁陡然破裂，原以为不过掀起滚滚黄沙，没想到隐隐约约竟出现一条幽暗的通道，望不见尽头。崔念奴在前进入，曲曲折折的道路直通地底，她领着他们走了约莫一刻钟，直到眼前出现了一片耀目的光亮。

那光亮之中竟是无穷无尽的奇珍异宝，置满了整座洞窟，黄金白银堆叠成山，珍珠玛瑙熠熠生辉。

李穆然不由得深吸口气，呆立当场。

李康正感周遭鸦雀无声，自己的双手也无人拉扯，便一把扯下蒙住双眼的黑布，当他同样望见面前富丽壮观的景象，也禁不住瞠目结舌。

"皇上收缴的只是师师姑娘的财物，这里却堆着轻烟楼所有的珍藏。"崔念奴道。

李穆然愣了好一阵才反应过来："若非亲眼所见，我真无法想象，一座青楼，竟可以藏着这么多的宝藏。"

"我是轻烟楼的人，自知轻烟楼的奢靡是如何靠朝中大臣千金买醉得来，亦是掩不住的心慌。"唐惜若也道。

崔念奴忽而斜睨，掷出一道真气压入李康穴上，他立刻晕厥过去。她根本无视成山成海的珍宝，不过取了当中一件最普通的玄铁匣，交予唐惜若，严肃交代："此匣内的物什才是他最为珍视的，你必须尽心收藏。"

"这可是师师姑娘曾提过的……"

崔念奴颔首示意她莫再多言。

"你赶紧走吧，"她催促着，"我还有要事。"

"姐姐身上的伤耽误不得，有何要事比你性命还重要？"

"你可莫要这般假惺惺地关心我。"崔念奴戏谑道，但望见唐惜若那担忧的神色，又不禁缓和了语气，"唉，其实我早便看出，你这丫头才是李师师之后他最中意的轻烟楼主，我纵然琴音武艺俱佳，也不过被视作可用之人而已。若非他有意栽培，怎会独允你练就这最为上乘的功夫！"她说着便上前摸了摸唐惜若腰间的玉箫，"还有那摆弄药草的本事。我从一开始便不服，这才处处刁难，若是你这丫头日后飞黄腾达，可别记了我的仇。"她竟难得调侃。

"我怎会记恨姐姐。"

"你走吧，我的事还未完成。"崔念奴背过身道。

"可……"

"快走！"

"那姐姐一定保重！"唐惜若只好道别，言语间却是依依不舍，她自知这一别，多半便是永诀。

她们也曾姐妹多年，即便崔念奴并非乐意与她牵连。可她对李师师恭谦有加，为漠北唐门尽心尽力，骨子里怎见得乃非血性之人。

血性之人，便不枉相交。

"我的死活，我自有分寸，你记住，人在物在，物毁人亡！"

唐惜若应得坚决，她将那玄铁匣紧紧捆于腰间，与李穆然拖着昏迷不醒的李康这才返回了碎石满堆的洞口。

出了密道，便是一望无际的城池风光，在黄石山腰远眺恰可望见整座汴梁城。苍穹之下，那蜿蜒高耸的城墙正被一片金兵包围，更多的金兵还从四面八方，源源不断地围聚而来。

斜阳已被漫天的尘埃遮掩，北风呼啸，整个天地都仿佛浸在狂乱的沙土与片片残雪中。空气里弥漫着焦灼的情绪，一吞咽，喉咙就会生出恼人的刺痛。

李穆然似乎望见，身披铠甲的李潇正矗立在城墙之上，手中紧握着的铁锥是为了扎醒因体内顽疾而昏昏欲睡的自己。他根本望不见金人的军队究竟至何处止，身后却充斥着将士们难忍伤痛的呻吟，怪他太大意了，这一万金兵，不过才是先遣队伍，而今日，方是金兵主力在汴梁城下会合之时。

会合之时，就是要齐力破城之日！

北风刮过他斑白的双鬓，让他望去无比苍老而凄凉。他却依旧咬紧了牙关，挺直了脊梁，长戟一挥，朗声而向眼下这片苍茫："誓死一战，为国为家，为皇天在上！"

片刻之间，又一股金军集结，猛冲向城门，他们震耳欲聋的号角声一直传至黄石山上。城门被猛烈地撞击了数次，尚在城墙上的宋军开始匆忙拥到门后，试图与门后的士兵一起抵住此次进攻。然而更多的金军向两旁扑来，纵然尚留原地的他们全力抵挡，也止不住如水的人潮。城下的金兵几番发力，终于死命撞开了城门，他们汹涌而入，一路挺进一路砍杀，似入无人之境，亢奋而且残暴。

靖康二年二月中，汴梁城破。

李穆然将一切尽收眼底，好久他都呆愣在山间的小路上，像是已忘记了自己身在何处，又似乎在挣扎着将这噩梦戳醒。一直到城墙上李潇倔强的身影颓然倾倒，他才终于失声痛哭。

唐惜若将双手触在他瑟瑟战栗的肩膀，哽咽安抚。

这一天终于还是到来，到来得这样猝不及防。他甚至还未及同父亲告别，转眼便已天人永隔。也许战死沙场，就是父亲原本的宿命。他坚强的骨血早已融进汴梁每一处花草，每一座亭台。他生，亦为她生，他亡，亦为她亡。

谁又能阻挡，这广袤而厚重的家乡，将被金兵的铁骑踏得百孔千疮；那满载百姓欢声笑语的地方，将历经悲凉。

李穆然自己尚只知李潇与金贼僵持，纵然他尝试从青楼里将战况传出，又如何能够真正警醒人们，苦了城中寻常百姓，朝夕之前还平静安宁，转眼之间已是山河破碎，颠簸飘零。

李康逐渐清醒，才发现他们已经行至黄石山脚。

"我必须回李府一趟，"李穆然拭干泪痕，"娘还在李府，我不能留她一人。"

"我们一起回去。"

"惜若，"李穆然担忧地望着她，"我这一回去，若遇金兵，怕是生死无常。你既知此路，何不直接出城？"

"轻烟楼已经没了，从此只剩我一人，就让我留在你身边吧。"唐惜若恳切道。

"可是……"

"这是我自己的选择，生也好死也罢，无悔就成。"

"好吧，"李穆然见她执意如此，便道，"我们赶紧走。"两人这就拽起李康往僻静的李府而去。远望城门的方向，硝烟滚滚，金贼定正一

路烧杀抢掠而来。

　　曾经繁闹的汴梁大道现下已荒无人烟，就剩满地枯叶飘摇，虹桥上零星着破落的摊位，如刚结束一番风卷残云。

　　李穆然赶到李府的时候，李府大门紧闭，他尝试叩门，也无人应答。推门而入，才知丫鬟管事早已不知所踪。李穆然冲入堂内，高声呼唤："娘，娘！"

　　"穆然，穆然！"赵燕闻之立即从屋内走出，她看见李穆然无恙，喜出望外，"穆然，你没事就好，我们得赶紧出逃。我已经把行李收拾好了，我们一路南下，渡过长江往江南去。"

　　"稍等片刻，"唐惜若寻至书桌旁，只在宣纸上几笔勾勒，一幅清灵娟秀的山水图便呼之欲出。她拿着那图对赵燕道，"这是往关山的路线，为免我们走散，且留一幅。此去山道隐蔽，人迹罕至，出了关山往南便是江口。"

　　"可我从没听过此地。"赵燕疑问。

　　"周邦彦便是在那里与师师姑娘初遇。我是轻烟楼的人，关山之地唯有轻烟楼的姑娘才知晓。"

　　"娘，相信我，惜若她信得过。"

　　"好吧，可他又是谁？"赵燕指着一旁被李穆然紧捆的李康道。

　　李穆然使了眼色，唐惜若上前点开他哑穴，李康咳嗽几声，他这才有机会问："金贼攻城之后，会先往哪些地方去？"

　　"你还有必要知道吗？城都已经破了，你们现在束手就擒，等我大可汗一到，兴许还能留个全尸。"他嚣张回复。

　　"我们能不能活，现在还没个定数。"李穆然冷冷地望着他，"金贼派一小童作为攻取汴梁的内应，要么你天资聪颖智慧异常，实乃遗世人才；要么贵为皇亲国戚，权势遮天，亲自上阵以邀战功。无论占了当中哪一条，他们想必不会轻易舍你性命，万一不幸被金兵拦截，用你一人换我们三人，这交易应该不吃亏。"

"如意算盘倒是打得响亮，"李康讥讽，"但我偏不告诉你。"

"不能再耽搁了，我们得赶紧从后院的隐蔽出口走。"赵燕急道，"都跟我来，我们即刻离开。"

他们正将动身，李府外忽而掠过清脆的声响，不知是鸟鸣抑或随风的铃铛，那李康竟蓦地用女真文高声叫嚷起来，再捂他口已经太迟，那声响化作密集的脚步，层层叠叠，排山倒海而至。

不消片刻，李府大堂便被手执利刃的金兵团团围困，他们守住屋内四人。片刻之间，李穆然便是走也不得，留也不是。

门被推开，一头戴羊裘高帽的金军将领缓步而进。他神情沉稳，一身镶金铠甲，望去凛凛威风。

"父亲，"李康兴奋尖叫，"孩儿果然没有听错这寻人的号角。"

完颜宗望立在李穆然面前，眼中隐约着捉摸不透的青光。

"放了他，我留你们全尸。"他居高临下道。

"放了他容易，先叫这些金兵退下。"李穆然自然不依。

完颜宗望面色一沉，居然信手一挥，数十利箭齐发，直朝李穆然射来。唐惜若急忙上前挡开一些，却刚巧一支箭射穿了李康胳臂与那束缚他的水袖，他惨叫一声，便不顾疼痛，兴冲冲奔至完颜宗望身侧。他随意从身上撕扯一块布裹住伤口，就在完颜宗望耳旁一番低语。

"逃也无用，你中了我的毒，没有解药，三日内必亡。"唐惜若立即道。

"我当然知光儿被暗算，但我只留下你这丫头的命足矣，要那一老一少做甚。"完颜宗望回敬。

"你若杀了他们，我必不会给你解药，他一样活不了。"

"我自会等到你愿意为止。"

话音刚落，围在两旁的金兵便一拥而上，齐朝李穆然而去。唐惜若截在当中，阻住众人去路，两方不得已展开一场撕扯。一时间水袖曼舞，与利刃相互纠缠，长戟在金兵手中被生生夺去，扔往半空，身前又

接连不断有利箭横扫，一时间箭雨潇潇。

唐惜若趁着空隙，取下常佩腰间的玉箫，才吹出一音，漫天的利箭便被一股无形的气浪托起，强行阻在半空。

然而刹那之后，一柄明晃的飞刀穿过停滞的箭雨就俯冲而来。

"小心！"李穆然原本站在唐惜若身后，眼见那刀要飞至，他往前疾行两步，挡在她面前，他看不清暗器究竟是冲谁而来，只下意识觉得不能伤了尚未分神抵挡这暗器的唐惜若。

那飞刀直接刺入李穆然左臂。

鲜血登时濡湿了衣襟，唐惜若收回玉箫，悬于半空的利箭全然坠落。她俯身扶起受伤在地的李穆然。

"你没事吧？"唐惜若关切地问。

"没事。"李穆然咬紧牙关道。

金兵停止了动作，他们距离太近，而那妇人此时又紧贴在两人身后，若是误伤了这丫头耽误少主治疗，完颜宗望怪罪下来，他们承担不起。

"惜若，听我一言，金贼不敢伤你，撇下我们，你兴许还能逃出去。"虚弱的李穆然在少女耳边叮咛。

"我既要跟着你，又怎会丢下你！我自有办法让他们放人，先好好休息一阵。"她宽慰道。

唐惜若坐在地上，挡住他们母子，又从腰间解下丝绸缎带，置于身前，上面连着至少十个青瓷瓶："你既不放过他们，我也不愿独活。你杀了我，也不过能得到这些东西，里面自然有你儿子的解药，亦混着足够取他命的毒药。"

完颜宗望没有言语，只阴沉地盯着唐惜若。

完颜光在旁焦急道："父亲，不能冒险。"

"就无其他方法？"完颜宗望终于出了声。

"当然有，"唐惜若答，"我每帮你排除一味毒药，你就必须留下半

刻让他们两人离开。一个无缚鸡之力的书生，一个手无寸铁的妇人，用他们换你儿的命，怎么都划算。"

"惜若。"李穆然轻声唤。

"好，"完颜宗望应得爽快，"你若是敢耍花招，他们一样得死。"

"那我开始了。"唐惜若取出当中一描画着山水鸟木的小瓶，"这里装着腐尸水燕飘零。"

赵燕赶忙扶起李穆然，就往李府大堂后门行，她千言万语也道不尽此番感谢。而唐惜若趁着空当，亦回眸依依不舍地注视着赵燕身边已哽咽不休的李穆然。

少年已是满目哀伤。

唐惜若咬咬牙，取下自己发髻上的玉簪，走到李穆然身前，将之递入他怀中，言语轻柔："能与你相识一场，也是无憾，快走！"

"你一定要跟来！"

赵燕紧紧托着李穆然往后院去，他无可奈何地眼见唐惜若单薄的身影孤独地立于李府中央，他恨不能冲上去与她一道消亡。可是虚弱的身体只让李穆然徒劳地望着她，眼见又是无数利刃扫射，唐惜若匆忙回神，却已胸中一箭。

"惜若！"李穆然焦灼大喊，可赵燕将他紧紧拖住，只能远远望见少女沾染了血色的身影愈渐模糊，整个人终于消失于李府高墙中。

"你不过就是要让这两人离开，他们走了，你干脆直接把解药拿来，省得耽误我时间。"完颜宗望催促。

"何必着急，容我慢慢来。"

唐惜若忍住伤口的痛，故意拖延着，她必须确信他们已走出很远，才会将真正的解药取出。

完颜宗望不耐烦地信手一挥，又是箭雨潇潇，而受伤的唐惜若却已无力再吹动玉箫了，她终于愤恨开口："够了！拿去。"

完颜光兴奋地上前夺过她手中的青瓷瓶，倒出一粒丹药便送入口

中，才一会儿，四肢便充盈了真气，也就一刹那，他竟又一掌拍在唐惜若方才受伤的胸口，她体内陡升一阵撕心裂肺的疼痛，当下便瘫软倒地，玉体横陈。

仿佛所有痛楚都趋于平缓，周遭又是多年前熟悉的阴雨天，那时的境况与现在何其相似，也许止住呼吸，就无须忍受这噬人苦楚。然而漆黑的夜里泛起了微光，照亮少年澄澈的面庞，他俯身凑近，轻轻拨开压满她全身的茅草："惜若还好吗？"

可她发不出声，只瑟瑟发抖。

李穆然轻叹一声，俯身就将她抱起，这怀抱如此温暖，教人心安异常。

"来人，去追那母子，他们走多远就追多远！"完颜光还不依不饶。

原以为已然晕厥，听闻这声叫嚷，唐惜若一惊，竟又咬紧牙关挣扎爬起，她死死抵住通往后院的房门，阻挡着前仆后继的金兵，磕磕绊绊对完颜光道："我，我就知你不守信用，方，方才的解药只能暂时恢复体力，却不能除尽余毒，每到阴雨时节，必，必会承受锥心之痛。"

"死丫头果然还有保留。"完颜光恶狠狠地瞪着她，"我尚有大把时间教人来替我熬制解药，而你，却活不过这一时半刻。"

"谁先取了这丫头的命，谁就得一百两赏银。"他狰狞狂笑。

唐惜若几乎已耗尽了内力，她刚刚要销毁身后捆缚着的玄铁匣，准备告别这尘世，一道天光陡然自屋顶而降，撩落一地檐瓦，那且行在前的金兵转瞬就被这天光晃得眼底翻白，口呕白沫，抽搐昏死过去。

天光衬着来人于空中轻盈飘落，深邃的目光竟似穿透了天下人的心房。

一句你究竟何人完颜光居然没敢问出口，他瑟缩着，眼睁睁见他抱起气息微弱的少女，绝尘离去。

李府大堂转瞬又回归寂静。

"你为何不追？"完颜宗望冷冷道。

"父亲有所不知，宋贼中道行高深之人太多，就连那轻烟楼的李师师都是绝顶高手，他们自然抵不过我们万千兵马，却也能凭一己之力杀我金兵数百，何必为了一个丫头大动干戈。"完颜光答。

"想来你也了解这宋人内情。要在金兀术之前控制这汴梁城，你以为我们现下该如何？"完颜宗望接着问。

完颜光思量片刻，便兴奋道："不急着屠城，我知城边山上一处洞穴藏着轻烟楼数不尽的宝藏，数目之多，堪比皇宫的珍藏，若是大可汗见了，必定赞赏爹爹。"

"哦？"完颜宗望果然提了兴致。

"言不能尽，光儿这就带您前去。"

唐惜若昏睡在来人的怀中，待她渐渐意识清醒，正觉源源不断的真气游移体内，已不觉半分疼痛。

"你是谁，为何救我？"她望着那男子道。

"漠北唐门已经失去了两位姑娘，门主不愿你也西去。"他叹一口气，"放心，苏某会护姑娘渡江。"

"你是苏鹤？崔念奴没有死，我们还可以救她。"唐惜若激动道。

"晚了。"苏鹤却摇摇头。

"为何？"

"你过来。"唐惜若费力起身，行至苏鹤伫立的地方。她这才看清自己所处环境，此处乃巨型溶洞，与黄石山相隔着万丈深渊，而山崖那面，完颜宗望与完颜光的身影清晰可见。

"崔姑娘在等着他们，你可明了？"他意味深长地对她道。

完颜光凭着记忆走上了黄石山的山间小道，他依稀记得在半山腰某处应是藏宝地的入口，那地方经过唐惜若一番折腾，应该狼藉一片。

完颜宗望在后且行且望，整座汴梁城随着他逐渐登高而尽现眼底。那些金兵正将皇城攻占，无数昔日宋室贵族正被捆绑着押解而出，似乎

在山这边，都能望见他们个个佝偻的身躯。

完颜宗望得意思量，脚下这如画的山水，往后便是大金的土壤，宋人不过是刀下鱼肉，任凭宰割。

成王败寇，怎不教他恣意张狂。

片刻之后，完颜光果然在一处堆满碎石的洞穴外止步，激动道："这密道的尽头应该就是藏宝之处。"

"来人，下去探路。"

几个金兵听令，不多会儿就见他们抱着满怀的翡翠珠宝跑了出来，兴奋大叫："少主果真英明，里面的确是成山成海的珍宝。"

"哈哈，干得好！光儿，你有伤在身，就不折腾了，剩下的人，都随我下去！"

完颜宗望领着一众金兵一路奔至洞窟深处，他还没来得及观赏豁然于眼前的金碧辉煌，就忽然感到一阵地晃山摇，待站定再往后望，竟已找不见密道出口。

"哈哈，哈哈，想不到临了临了，还有人争先恐后地做本姑娘的陪葬。"崔念奴凌厉的声音划过熠熠生辉的金银山直达完颜宗望耳内。

"哪里来的妖女！"他高吼，心内却已升起不祥之兆。

话音刚落，所立之处就砸下一地碎石，任凭他左摇右晃，依然没能全数躲过，脚踝更是被碎石砸裂，痛楚难当。

"让你再口无遮拦！"崔念奴于暗处凶狠警告。

"快，取了这妖女的命！"完颜宗望气急败坏地喊。

没等他麾下的金兵往前走两步，又见无数碎石滚落，他们武功尚且不及这金国将军，当中一些顿时被砸晕过去，剩下的人也都匍匐倒地，呻吟惨叫不止。

从天而降的乱石越来越多，整座洞窟仿佛随时会塌陷。

"你困住我，难道自己也不想活了？"完颜宗望憋着气道。

"我想活，是你们不让本姑娘活，死了，还得跟你们这群贼子合

葬!"崔念奴厌恶喝道,地底空气稀薄,她也逐渐呼吸不畅。

待身后呻吟求饶声愈渐微弱,崔念奴才暗想,怕该换作自己,与这尘世告别了。

汴梁城刚一破,门主便蜡丸传书命她销毁这黄石山的宝藏,以免被金贼窃走。而门主自己却是不知所踪。既然那李康是金人,何不给他留下线索,只待他引着更多贪婪的金贼一到,守株待兔的自己再引发机关,将洞穴封死,不留活路。

而这黄石山里的珍宝,自会随着翻滚的碎石永远埋葬。

这辈子终于是走到了尽头,想自己这一生,全在尽心尽力地抚琴习武,总在期待李师师赞赏,总在渴望门主垂青,错过了多少与姐妹们同乐的时光,现下想来,竟是难忍悔意。

也许来生,她便不再这般孤独清冷,待到来生,她亦要同白衣飘飘的公子泛舟湖上,让年华伴水流,让忧愁随风逝。

洞外的完颜光眼睁睁见那洞窟被乱石封死,他半步也无法走入,绝望的吼叫登时久久回荡在空旷而寂静的黄石山间。

已逃出李府的赵燕挽着李穆然不知走了多久,那青楼少女留下的图纸避开了汴梁所有大道,他们在曲折的小巷里迂迂回回。李穆然肩上的血已经干涸,他甚至已经可以挥动几下胳膊了。

小巷行人冷清,旁边的小楼里不时传来撕心裂肺的哭泣求饶声,李穆然难以想象,金贼该是如何穷凶极恶地将手无寸铁的汴梁百姓屠尽杀绝。

街巷的远处隐约出现蹒跚的人群,赵燕远远望见,急忙拖着李穆然躲向了转角处,刚好避过与他们迎面相撞。

人群被数十金兵押解着,摇晃而来,他们个个满面泥土,步履颠仆,即便望去失魂潦倒,也依然能发觉他们那原本色泽鲜艳、质地优良的长袍,绝非汴梁普通百姓穿戴得起。

人群当中一个羸弱的身影何等熟悉，李穆然一眼瞥见了云儿迷茫的双目，在金贼的驱赶下仓皇四顾。

他们忽就停止不前，押解的金兵排开阵仗将他们包围，但听当中一人喊："这些全是不安分的宋贼皇室，都给杀了。"一声令下，其他金兵便于周遭张拉弓箭，被围困的他们如惊弓之鸟，惶恐地蹲在地上，利箭在人们未及呼号的瞬间扫射而至。

赵云儿倒入血泊那一刻，似乎也望见了李穆然泪水涟涟的双眸，在阴暗的角落里散发着切齿的沉痛。

待人群再也没有声响，金兵才收队离去，李穆然终于能够冲出拐角，在尸横遍野中寻找着云儿的身影，她已胸中数箭，躺在冰冷的地面一动不动，一双眸竟倔强着不肯闭合。他走上前，轻轻合上了她余有不甘的眼。

云儿总是在李穆然不经意的时候出现，清甜地唤一声穆然哥哥，好像要将他融化。他一直以为自己将来是要娶她的，就连母亲也总撮合暗示，怎么就成了这般境地？

李穆然感到自己似乎再也经受不住熟悉的人一一远去了，现下连呼吸都觉艰难痛苦。赵燕紧紧抱着他，生怕他因悲伤过度而支撑不住。

此时又有一行人从横向的街巷中蹒跚而来。

他们也是颓唐前行，也被一众金兵押着，唯一不同的，便是最前方被押解之人，竟着一身龙袍。

人群一闪而过，停了好久，两人才又从那拐角后探出。李穆然遥对着他们离去的方向，暗叹那身着龙袍之人，岂非这堂堂大宋的皇帝？他身后跟着妇孺无数，皆神色凄惶。

皇帝都能被擒，单薄的她们更难免受尽欺凌。

李穆然痛苦地闭上了双目。

赵燕继续扶着他往关山的方向赶路，再也没有被押解的宋人出现，

绕过黄石山外，再往南行数时辰，就走入一片青草丛生、荒无人烟之地。

赵燕终于松了口气，金兵不会再追来了吧？

他们走了三天才到关山，当中饿了便采些野果充饥，渴了就喝山间的泉水。也许远离了汴梁的战火，李穆然恢复得更快了些。赵燕是尽心地照顾着他，这世上从此只有他们母子相依为命，她怎能不好生看顾这世上最后的亲人，她甚至来不及回想同自己夫君李潇的点点滴滴。

她又怎能不了解这枕边人刚烈的脾性，城破人亡，她早该料到，那就是李潇的宿命，可她就是无法原谅他这样自私地离去，从此便不管不顾自己尚在人世的妻儿。

到了风景如画的关山，他们打算休息一阵。李穆然安静地坐在溪边青石上，回想起离开李府时惜若留给自己的玉簪，便从袖内取出，放在手中端详。他回忆着与她相知相熟的日子，那是何等欢愉的一段时光。想来她若梳起云鬓，该是一个多么眉目秀丽、活泼明朗的姑娘啊，李穆然幽幽念着，仿佛又回到了去年今日，那一片华灯初上的元宵时节。

关山再往南行数日，便能遥望见滚滚长江水。

江上浪涛翻涌，水天一色，平静处停满了船只，人们正从四面八方狼狈赶至，大都携家带口，人人难掩愁眉惨淡。赵燕顾不及休息，就匆匆忙忙地随着人潮挤到了长江边。

那排排停泊的船只上有船家在吆喝："别着急，慢慢来，三十两银子坐大船，二十两银子坐小船，依次往下排。"

"我这儿有三十两，让我先上去。"赵燕铁了心，一下拿出了自己最大袋的碎银，使足了劲儿高喊。

"好，好。"

说是大船，也不过是匆忙搭建的船舱，只能容下几十人避避严寒而已。

　　李穆然随着母亲落座，船首无人，他便走上了甲板。江边的风吹动少年凌乱的发，他望向江面，浓雾弥漫，那岸边起伏的群山竟也被这雾霭掩着只留依稀的翠色。

　　江岸呼号叫嚷此起彼伏，耳畔尽是幼儿撕心裂肺的啼哭声。

　　声声啜泣直搅得李穆然心绪难平。

　　也不知过了多久，大船终于缓慢开启，眼前的场景才逐渐起了变化。

　　江上南风渐胜，视线也愈发模糊。他留恋地回望那依稀翠色的江岸，碧葱的山色正逐渐被混浊而泛黄的雾霭埋葬，一寸一寸消失不见，他的眉也随之越蹙越紧。当远方彻底隐匿在一片微茫中，李穆然终是忍不住将脸埋入双臂，任清泪汹涌奔流。

　　他不敢思量若是自己这一生都再无法踏入那已在浓雾中消失殆尽的土地该如何是好，刚将细思就有绝望阴郁侵蚀，记忆里的汴梁不也融入了李穆然自己的骨血。这离别的时间，如被野鬼纠结拉扯，强留魂魄流连于浓雾后熟悉的青山绿水间，却驱逐身体随着脚下翻滚的江潮远去。

　　这苍凉的天地，可曾听闻少年痛彻肺腑的呐喊，他多么渴望折返故乡，奈何寒风阵阵的江面，望不见一丝青翠，呼啸而过的沙鸥，徒留凄厉的哀鸣。

第五章　山外青山楼外楼
　　　　西湖歌舞几时休

建炎年间的临安大小铺席，连门俱是，珠子市、方梳行、酒楼茶肆也尤为兴起，甘豆汤、戈家蜜枣儿、官巷口光家羹，客栈、塌坊遍布大街小巷，总之开肆三万家，无所不包，无奇不有。

南宫梦儿时还尚未有这热闹繁荣之景，街巷也是冷清与安静居多，只偶尔传来叫卖声，与清脆的莺鸣遥相呼应。记忆里爹爹时常牵着她漫步在苏堤之上，那时还没有庭院春深的南宫府，还没有森严的守卫，还没有一众抚琴献艺的歌妓们。家中阁楼傍水而建，清新秀丽，来往的邻里也只是做小买卖的生意人，路过那时尚只有一间店面的戈家蜜枣儿的时候，慈祥的老板总像对自家人一般为她备起甜品，然后唤起小名，戏谑几句"梦儿，又跑去湖边啦，来尝尝新鲜的枣儿来"。那枣爽甜酸脆，入口即化，教人垂涎。

郁葱的垂柳沿着西子湖畔而栽，随江南柔软的风轻轻摇曳，夕阳倒映在微波涟漪的湖面，暖风轻拂，温馨悠远。青山古刹的钟声回荡在静谧的傍晚，犹似自天外而来的袅袅仙音。寺庙塔顶托起西沉的阳，好一番赤红夕照。

湖面上，船影绰绰，游人优哉，岁月的轮竟仿似已在此刻平缓。

南宫梦喜随爹爹，爹爹的微笑给她带来力量，略带磁性的声音让她安宁。那时候南宫鼎常陪伴女儿，边漫步湖畔边为她讲述这人间盛景的故事，归家前还会去官巷口光家吃羹，那羹淡淡清咸。第二天一早必会

穿过雾霭蒙蒙的街巷喝早茶，白云茶入口虽苦却余韵甘甜，自然也含着各类糕点，晶莹通透的水晶包、咸淡适宜的皮蛋粥、金黄的香米饭、已蒸得绵软的凤爪和紫芋，琳琅满目，不一而足。

南宫梦记得爹爹还只是一介普通商户的时候，她常常守望在窗棂等候他劳碌归来的身影。每每爹爹归来，也总是会捎带一些花果，令她煞是欣喜。而母亲在她出生没多久便与世长辞了，南宫梦只依稀记得她总喜欢在屋中纺纱劳作，性情恬淡。

南宫鼎虽是经商之人，却满是儒雅之气，家中藏书万卷，闲时便教女儿。南宫梦自幼便习得吟诗作对，尤喜婉约辞令，虽喜，却未深究，皆因她活泼的心性，是不愿久坐桌前的。

江南水乡的独韵将南宫梦雕琢得千般娟秀，颊若芙蓉，唇似丹蔻，一颦一笑仿佛能渗出晨曦清灵的露水。雪柳簪修饰起浓密发髻，更映衬得她面容瑰丽。每每南宫鼎引她走街串巷，邻里总是啧啧称赞这女儿怎会生得这般粉雕玉砌。

倘若日子一直停留在豆蔻之前，如此的幸福时光就如同身处世外桃源。

只是不知何时，临安开始大兴土木，修建城邑，忽然涌入的人潮打破了昔日的平静。父亲再不会按时归家，更妄谈与之陪伴。临水而建的阁楼也几经修葺扩张，不觉已是方圆数十坪的院落，栽满了桃杏、竹柳。院内凿开一汪澄澈的湖泊，灰柱黛瓦的长廊似玲珑的水蛇，蜿蜒在清丽的湖面之上，精雕细琢的房檐屋瓦镌刻着各类花卉奇珍，大小厢房数不胜数，或紧密或零星地坐落在这宅邸之内。

建炎年间，金兀术率众大举南下，妄图一举攻克江南，因有各路将士拼死抵抗，方止于长江以北，南渡宋室才有了喘息的机会。

建炎二年，赵燕改嫁至南宫府，这一年秋天，李穆然第一次踏入了南宫家精致的宅邸。

他如何也无法忘却初入这院落的场景，如画的细腻娟秀赫然在眼前

铺展，这是豪迈的汴京所无法比拟的，宛若踏入另一世界。而此时南宫鼎就在他身侧，他衣着考究，气质儒雅，看来亦甚是慈祥。

"这便是穆然以后的住所，此乃小女，南宫梦。"

南宫梦正因为爹爹的归来而欣喜，一路小跑过长廊翩然而至李穆然身前："咦，你是新来的哥哥么？"她微愣，继而嬉笑，倒是对他自然熟络，落落大方。

李穆然却是面容严肃，并未作声，长久的苦闷已使他内心麻木了。"梦儿跟你搭话呢，怎不作声？"母亲赵燕不知何时已从后走来，厉声提醒道。

她终究也是皇亲国戚，即便流落江南，愿与她联姻者也众，左挑右选，终选在这南宫府生活。汴京既已陷落，她便无可挂念，好不容易安稳，眼下最要紧的便是融入临安南宫家，日子依旧太平安逸才是。

李穆然却还是沉默。

"你可真不懂事。"赵燕怪他道。

"初来乍到，不熟悉是应该。梦儿，带穆然多走动走动。"南宫鼎吩咐。

"那你快点跟我来吧。"南宫梦道，她很想打破李穆然周身的屏障，自小身边的人都是温和的，她如何也不明了这份抑郁之气从何而来。

李穆然却未动半步。

"穆然你怎这般！"赵燕微怒道。

"算了，穆然怕是累了，该休息了。"南宫鼎倒是不介意，唤来丫鬟领母子二人至湖边最为宽敞明亮的厢房，赵燕推门而入，转身气急道："如今南宫鼎已是我夫婿，我们就该与南宫家和睦相处，你怎可这般不领情！"赵燕愈发激动，"如此不易才把你带来临安，你却这般待我！"

李穆然的内心隐隐刺痛，他只是未能适应这蓦然转换的场景，汴京的一草一木皆印脑海，而母亲却急不可耐。他就此一位亲人了，怎可令她这般难过？

李穆然便道："是穆然不该，您早些休息吧，我明日自会去寻那女儿。"

"这还算是说到我心里了，既来之则安之，娘可要看着你平平安安的。"赵燕一听此话，也就不再追究。

又是深夜，李穆然依旧辗转反侧、难以入眠，他怕入睡，怕梦中又会与那刀光火影相见。周遭实在祥和安宁，若不是莫名的深切悲戚自心底攀爬而上，他甚至以为昔日的一切未曾经历。

更多时候他会从梦中惊醒。梦里火光明灭，无助的自己蜷缩在阴暗的角落，屋檐的瓦片与大堂的木柱交错坠落，耳边不断传来被屠戮的人们惨烈的哀号。

那凄惨叫声，无时无刻不将他萦绕。收复中原，手刃仇敌，似一粒种子，早已深植他的内心。

只是这粒种子，何时才能发芽、开花、结果啊！

次日一早，李穆然便候在院内，遥遥望见南宫梦的身影。她见他，先是一愣，继而嗔道："你是在等我么？真不易，随我去早市吧，让你见识见识临安的热闹繁华。"

临安的确繁华，集市里的长街，满是珠玉珍异及花果时蔬，更悉集天下奇器。而那朝天门外的清河坊，更是酒肆茶馆遍布，从皇城至清河坊，一路尽是皇亲国戚和达官显贵的宅第，而那园林锦绣的南宫院落也恰好建于当中。

长街的铺子林立，来往交易之人络绎不绝，丝绸、锦缎、瓷器，各类店面一字排开，更有沿街叫卖的小商贩，胭脂、玉簪、冰糖。行在前的南宫梦步履轻快，好不欢喜。

临安的繁闹又令李穆然想起远方的汴梁，那时汴梁大道上的集市更是比之还胜几成。汴梁百姓们辛勤劳作，那是何等祥胜之景！

可是一夜之间，便喊杀震天，官府宅邸顷刻变作断壁残垣，宫墙之内的皇亲国戚不是被押解着赶往黑龙江畔，便是如鸟兽散，犹若丧家

之犬。

念及此，李穆然不由得眉宇深锁。

"穆然哥哥，随我来吧。"直到南宫梦唤他。

两人进入杂货场前的甘豆汤店，清甜的香味扑面而来，小二笑意盈盈。两人临窗而坐，南宫梦点了甘豆汤、蜜枣和水团，即刻大快朵颐起来。

不久，店内走入一位衣衫简朴的老者，那人满面皱纹，身形佝偻，实在弱不禁风。

"来十碗甘豆汤、五笼蒸糕。"老人缓缓道，却声如洪钟，低沉而有力，全不似出自这单薄瘦削的身躯。

"你个老头，能吃下这么多？"小二喃喃低语。

老人恰巧临着李穆然而坐，等汤一碗碗上来，也不急于开动，不多久，店内又走入一虬须遮面的壮汉，径直行至老人身前。

"你可是洪仲？"壮汉粗声质问。

"行不更名，坐不改姓。"

"你果然不食言，还是现身了，既是如此，还不速速道出《大荒经》所在！"壮汉怒道。

"靖康耻，犹未雪，你们却认贼作父，替金押镖，这趟镖活该被劫。"那被唤作洪仲的老者不屑道，这话令李穆然心神一紧，忍不住侧耳倾听。

"我们只管收人钱财，替人卖命，哪理什么国仇家恨，何况金人的命令，谁敢违背？你还不快些道出实情！"

"传言大荒经启自然之力，催万物之灵，当年被苏鹤侥幸习得，便已够力克嵩山少林寺主持。这般通天的功夫，江湖上早就觊觎之人无数，你既道这趟镖押着此物，怎见得必是老夫所为？"洪仲道。

"洪门内力是你独门秘技，我众多弟兄死于此功之下，你可有解释？"

"被人陷害也未尝不是。"

"你不承认也罢，待金国怪罪下来，掀翻洪门岂不易如反掌？谁不知当年金人攻入汴梁，就是你率众负隅顽抗。姓洪的，看你还能有几日活头，金人会任你逍遥？"

"山河既破，还谈什么苟活。"老人淡然道，枯槁的双手端起面前的甘豆汤，轻抿一口，似在细品，又像是回味。

"死到临头，还有心喝汤。"壮汉愠怒，一掌拍案，盛满汤的碗瞬时抽离桌面，前掌运气，眼看近十碗滚烫的汤水即将倾泻。

可是那真气刚出一半便被更强的内力驳回，数十瓷碗生生浮于半空，一动不动。"少安勿躁。"老人依旧气定神闲，身形虽未动，却已将那碗碟又置于桌上。

李穆然看在眼里，不禁思量：洪门是江湖上颇有威望的门派，总舵驻扎于汴京以西，掌门洪仲更是以侠肝义胆闻名于世，当年与父亲李潇也是旧交。虽然他已记不清自己可曾见过这洪老掌门。

洪门最为著名的便是其独门秘技洪门内力，若要运用自如，非得忍受非常之苦。据传洪门内力的最高阶是一掌如飓风横扫，其凌厉萧肃可令方圆数十坪内顿无生气。而练就此内力者若是配合洪门幻影拳则更显威力，所谓以静制动、动中有静，那拳法之迅捷猛烈，真正印证了取人性命于无形无动。

而那大荒经，他也依稀耳闻，江湖传言，得《大荒经》者得天下。只是人如何能将天下擒来，若这大荒经真这般厉害，就阻不住那攻破汴梁城的十万金兵？

至少李穆然觉得这实在言过其实了。

"哼，我自认武功不如你，但我只知你是道貌岸然罢了。"壮汉斜视尚在邻桌大快朵颐的南宫梦，右手忽而拎起她的衣襟，食指直点她眉间死穴，眼看将轻易取她性命。

李穆然立即起身用尽全力想撞开他，壮汉却又顺势将他掣肘。

老人看似纹丝未动，可壮汉伸出的食指却被莫名的力道弹开，惊慌过度的南宫梦这才缓过神来。她虽惊愕，却也不敢声张，只是急忙躲到老人身侧，怕是被这歹人的凶煞慑住了。

"何必牵连无辜。"老人道。

"姓洪的，若不愿见死不救就随我来。"壮汉拽着李穆然走出店内，低声恐吓，"你若叫唤，随时毙命。"

壮汉拽着李穆然穿过人潮拥挤的临安大道，直至芳草萋萋的郊外，几栋瓦房临着不远处的溪流而建，便有一群手握兵器之人围拢。

"邢大哥，这小子是谁，洪仲没来？"

"再等等，想他也不会袖手旁观。"邢勇道。

良久，那名为洪仲的老人果真尾随而来："老夫既已跟来，就放了那少年吧。"他倒是不紧不慢，不慌不忙。

"这事儿不是我邢某说了算，且先与我家公子商议。"

未过多时，自瓦房内便走出一位风度翩翩的少年，一袭丝绸长衫，眉清目秀，见了洪仲，立刻行礼作揖："久仰洪老掌门大名，今日得见，甚为荣幸。"话音刚落，神色却一转，羽扇一挥，瞬时掀起狂风阵阵，吹得众人衣带翻飞。

大家都惊诧于这突袭，被劲风逼退数十步，唯独洪仲稳如泰山，神态自若："你想试我？"

侠之大者，哪位不是气宇轩昂？而眼前的老人弱不禁风，体魄看似还不如一般老者，如何能与江湖上赫赫有名的人物相提并论。

洪仲冷笑一声，明明只是轻挥了衣袖，那少年的羽扇就到了自己手中。

"试出了什么？"洪仲道，又将那羽扇扔还回去。

"洪老掌门的幻影拳果真厉害。"他毕恭毕敬道。

"龙威镖局不会无故找我，想来也是为了劫镖一事，说吧。"洪仲道。

"您肯出手搭救素昧平生之人，足见为人厚德载物，想必不会无视洪门此次经历的劫难。既然如此，杨某便有一计。"

"不妨直言。"

"金国绝不会对劫镖一事善罢甘休，毕竟损失惨重。既是如此，老掌门何不干脆与本镖局合作，我知您迟迟不肯道出秘籍与珍宝所在，是想留下作日后收复汴梁的利器，但只需将之与我龙威镖局共享即可，只待镖局妥善处理此事，给金国一个交代，令得他们不再追究，这样彼此双赢互惠，您看如何？"

"你这交易真是顾了周全。可这趟镖本就非老夫所劫，又如何与你双赢互惠？"

"事到如今，您还要抵赖？"

"天下之大，无奇不有；江湖之众，无所不包。这劫镖之人是否混淆视听尚未可知，据我推测，怕是别有用心者企图污蔑我洪仲罢了。"

"现今的洪门与当年不可同日而语，经过靖康事变已大伤元气，即便您所言非虚，又为何不寻得盟友，共谋发展？"

"你们走镖之人，气节全无，替金押镖，却教我与你合作，只怕到时发展壮大的不是我洪门，而是你龙威镖局。"

"那就是没得商量了？"少年道。

"自然。"

"您这是亲手送洪门走上一条不归路。如今我不顾自家兄弟的性命与您商谈对策，若是金国怪罪，或者其他门派追究此事，明日来的，那就是万千兵马了。"

"如果上天安排洪门经此一劫，我亦无可奈何，毕竟事物都有气数殆尽的时候。"

"看来你是食古不化了，竟可置整个门派于水深火热，什么厚德载物，道貌岸然罢了。"少年愠怒道，"既然如此，我们后会有期！"旋即拂袖离去。

待众人走远，李穆然便转向洪仲，神情肃穆道："感谢洪老先生救命之恩。"言罢便双膝跪地，重重叩首。

"何需多礼，你也是因我至此。"

"洪老先生为国为民，倾尽全力。我虽是无名小卒，但也日夜思忖如何一雪前耻，如若您不嫌弃，可否收穆然为徒，也为收复河山倾注自己的心力？"李穆然字字恳切。

"哈哈，好一个胸怀壮志之人！"洪仲朗声大笑，"但你可知复国之路几多艰辛？单凭一时年少气盛绝不足矣。"

"当年金兵攻陷汴梁，掳去二帝，实乃奇耻大辱。天下兴亡，匹夫有责，何况父亲李潇也在这场侵袭中殒命。国仇家恨，绝非一朝一夕可以平复，又岂是心血来潮之举。"

"你是李潇之后？"洪仲惊了惊，"那你可知这趟镖究竟是谁所劫？"

"愿闻其详。"

"方才那少年是龙威镖局新总领，小小年纪，就已在江湖中崭露头角，他绝不会对劫镖一事善罢甘休。口口声声说与我合作，真心或假意却是莫测，毕竟龙威镖局这趟镖的镖师无一生还。虽说我的确不知此镖，但始终无法自证清白，除却当中陷害我的人，更有那一直虎视眈眈《大荒经》的雁翎帮帮主丘无常，恐怕最终不止三方势力牵扯进此次劫镖案，形势颇为复杂。"洪仲道，"洪门背井离乡将总舵搬至这江浙之地，金灭我大宋之心不死，南下挑衅频频，洪门几番抗战，已是元气大伤，但即便这金贼要讨伐，一时半会儿也无法突破长江天险，往临安这方来。复国之事还得从长计议。所以有心之人，必得经历长久的隐忍与磨砺，你不过是一乳臭未干的毛头小子，何以大言不惭收复河山？"

"空表决心的话不便多说，恳请洪老先生一试在下。"李穆然道。

"你既这般坚持，好，从今日起，每日运气至石关穴，持续八刻钟，在此期间不许进食，亦不可移动丝毫。若你能忍得下，我便让你入我洪门。至于其他嘱咐，我日后自会通知，做或是不做，全在你。"洪

仲倒也不客气，"若你果真心意已决，就好生练习吧。"说完就匆匆离去。

只留李穆然凝望那逐渐遥远的身影，久久不能平息。

待至南宫府已是暮色渐沉，李穆然本想悄无声息地回厢房，却撞上在门外焦急徘徊的赵燕，一见他，竟忍不住嘤嘤啜泣："听梦儿说你被歹人掳走，可有受伤？好不容易护你至临安，万不可再出差错，为娘承受不起。"

"穆然无碍。"

"现今临安虽繁华，毕竟仍有逃难人潮不断涌入，难免鱼龙混杂，以后还是少出门，凡事小心为妙。"

"好吧。"

"这四年，科举暂时停了，可一旦安定下来，必将重启，如今只剩我们母子二人，若想日子好过，人前争气，唯此一路啊。"赵燕恳切道，"我已同南宫鼎商议，你即日便入国子监，若学成高中，即可入了仕途。"

李穆然明了她爱子心切，是以母亲吩咐什么便很少忤逆，赵燕性情外放而敏感，自己行事就处处小心，生怕再引起她悲痛难过。

而她似是怕了汴梁一役，铁了心居于这远离战乱的江南，是以李穆然从来不敢轻易流露自己的复国念想，可一味隐忍，是为上策？

离开母亲，李穆然心事重重，想径直回厢房，半路却被南宫梦唤住。

"多谢穆然哥哥今日相救，受人恩惠是要牢记的，需我如何回报，只管告知便可。"不过十多岁的少女竟煞有介事。

"不必多礼。"李穆然淡淡道，正欲离开，又被唤住。

"我可不愿欠人恩情，穆然哥哥若没想好，就留待日后吧。"

"好吧。"李穆然只好应允。

南宫梦笑靥如花，哼着小曲蹦跳着离开了。

李穆然不禁念着，她自小在西湖温婉的怀抱中成长，在这绵润的烟雨中欢闹，心思果真是澄澈美好啊。大概只有这样的人，才可时时快乐吧。而自己，早早就经历了山河破碎的沉痛、背井离乡的愁苦，内心已很难再轻快明朗了。

自那日晚，李穆然便开始利用夜半无人时分运气，前几次尚无激烈反应，只觉腹部微微发热，但接连十多天后，竟能察觉到体内升起一股汹涌流淌的热浪，自左侧胸膛蔓延开来。那热浪不断扩散，直到覆盖身体每一寸，又过几十日，体内便感到滚烫难耐，热气也开始蒸腾而出，不觉在周身形成一层薄雾。

汗水涔涔，李穆然恨不能钻入冰窖，但心意已决，又怎可轻言放弃。每每念及所受所有是为手刃金贼，又渐渐不觉苦楚。

夏末秋初，冬尽春来，时光荏苒，临安不知不觉随处吴侬软语，随处烟花柳巷了。

绍兴初年，朝廷正式下达政令，三年后即为举国科举年，不限出身，民众均可参加，若金榜题名，即赐良田，即得官衔。一时举国上下，满是之乎者也的文弱书生。与此同时，军队也重整旗鼓，岳子昂的名字开始屡屡被人提及和赞颂，皆是因他平息江南的匪患有功。

曾经的中原，仿佛成为飘荡在临安城的幽魂，将人们心思牵动，却又迟迟等不来这北上之行，唯有多少求取功名不得的抑郁文人，与那数不尽的莺莺燕燕，共饮酒酿，浅吟低唱。

而李穆然仍旧坚持这念想。南宫鼎的藏书阁成为他每日必留之所，从五行秘术至医学典籍，从八卦占卜至行军布阵，从诗词曲赋至历史科举，涉猎极为广泛。每每夕阳西沉，也定会遵照洪仲嘱咐，运气至石关穴，一坐便是整整八刻钟。

而白日，他仍要为那绍兴三年的科举悬梁刺股。只是这一番，他的心思明了了。李穆然在汴京时虽已遵母亲教诲读起诗书，可也真未对科

举上心，皆因周先生常道：求知本是令人欢愉的事情，倘若早早怀抱功利之心，岂能体会当中乐趣。那时的他也实在无法说服自己全然为母亲口中的利禄荣华如此奔命，直到汴梁城破，他涌起的一腔热血，才想起为何不能以功名来现。

而夜晚，他必须运气练功，不得入眠，唯有天将亮的时候得以小憩。于是一朝一夕，便在这迥然相异的追求中反复交替。

不觉自李穆然初见洪仲已两年有余，在此期间洪仲却一直杳无音信，难道贵人事多，将他这一面之缘的少年忘却了？但仔细体察身体变化，又知洪仲叮嘱之事九成为内功心法，起先每晚困意绵绵，随着运气时日加长而愈发不觉疲乏，现如今更像是有取之不竭的内力不断充盈四肢百骸，教人清醒异常。

"穆然哥哥。"南宫梦笑意盈盈地走上前，自那日相救之后，两人关系愈渐亲近。更多的时候是因为她的热情主动，加之赵燕时常叮嘱李穆然善待这妹妹，他便尝试敞开久闭的心扉，与之友好起来。

"梦儿。"

"穆然哥哥这是准备出门吗？这么冷的天。"南宫梦关切道。

"嗯，已与友人约好。"李穆然近日正思量洪仲为何迟迟不现身，清晨便有信鸽飞至窗棂，捆有书信一封，曰断桥上见。落款为一抹殷红，谐音取洪，想必是想暗中行事。

"去哪里玩？可否带上我？"南宫梦热切道。

"并非玩耍，天也寒了，你身子单薄，小心着凉。"李穆然只得小心敷衍。

"也对，秦公子今日前来，只好寻他玩去。"南宫梦倒也就此作罢。

南宫梦口中的秦公子便是朝臣秦会之之子秦熺，李穆然与他在国子监相识，也算是同窗好友。此人深得其父教诲，对朝堂之事颇为上心，来年科举，想必是为拔得头筹做足了准备。今日能来南宫府，怕是百忙之中抽出了空。

李穆然很快便行至西湖断桥。

冬雪纷扬，飘落于西湖之上，使其银装素裹。身后宝石山下，白堤横亘，雪柳霜桃。

阳光照临石桥，冰雪因这暖阳消融，露出中央灰褐色的拱面，石桥两端却仍残雪皑皑。于是凭栏远眺，那桥身与广袤素白的湖面隐隐交融，似连非连，似断非断。

置身如此美景，李穆然不由得痴了。

游玩的路人熙熙攘攘，却久久无一驻足。夜幕降临，周遭愈加繁闹，真是楼台高耸，游船通明。

临安的夜，灯火阑珊，歌舞升平。

洪仲还是没有现身。

"臭丫头，你是吃了豹子胆了，敢来偷我的银两。"

孱弱清瘦的少女被一凶神恶煞的年轻男子猛力推搡着，不断后退，终于一个趔趄，重重跌倒在硬冷的桥面。

少女神色痛苦，揉搓着被那男子捶打的左肩，一直无法起身。

"你装什么装，快爬起来跟我去衙门，听见没有！"

少女不仅不挪动分毫，反而抬眼狠狠瞪着他。

"想敬酒不吃吃罚酒？"对方眼见要上前拉扯。

"救命啊！光天化日之下，强抢民女，无法无天啦！"少女即刻声嘶力竭地大喊。

"你还贼喊捉贼。"那男子颇为恼怒，甩开胳臂，竟是习武之人，掌风猎猎，此力道，别说一个少女，怕是壮汉也支撑不住。

谁知那胳膊忽就悬在了半空，李穆然已经箭步上前挡住了他的胳膊，男子呆愣片刻，待缓过神来，方呵斥道："哪家的小子，管我的闲事！"

"有什么事好好商量，这姑娘拿了您的银两吗？多少钱？我可以替她补上。"李穆然恳切道。

·99·

少女蓦地从地上跳起来，灵活地蹿躲到李穆然身后，咯咯笑道："谁说我偷了银子，让他再好生搜搜。"

"你方才有意相撞，从我这儿偷了足足二十两。"男子不由自主地摸了摸衣袖，突然神色一变，"臭丫头，你什么时候又把银子给搁回来了？"

"既然您无损失，就放过她吧。"李穆然作了揖，想此事已了，正欲离开，谁知少女却突然拽住他的衣袂不放："留步，留步。"她透过李穆然上肩，又对那男子喊话："你再仔细查查看有没有丢失其他东西？"

"还能有什么？"他说着又深入摸索了一番，神情转而惊惧，颤声道，"你究竟是何人？"

"你面前的这位就是我家少爷了，奉命行事而已。"少女在李穆然身后笑得意味深长。

"我们明明素不相识，何时成了你的少爷？"李穆然转头低声急问。她立刻对他挤眉弄眼起来。

"敢问你这少爷是何来头？"

"他呢，就是南宫府的公子李穆然，南宫鼎是临安首富，且与雁翎帮帮主丘无常乃世交，你该不会连他都未听说吧。"少女立即接话道。

男子不由得冷汗涔涔。

"别害怕呀，江煜的这笔糊涂账，我也可以求我家少爷不予置喙，但得看他今后表现如何了，是不是有什么吩咐都会照办不误，如果行为良好，就保他周全。"

"承蒙姑娘宽厚，卓某一定及时通告江兄弟。"男子心不甘情不愿，却又无可奈何地应承下来。

"这才识趣，告辞，不送。"

"你究竟是谁？"待对方走远，李穆然转身一把抓住少女手腕，质问道：

"哎呀，疼。"少女龇牙咧嘴道。

"别装了，你定是习武之人，如何知我底细？想你这么做也是有意为之，说，是谁派你前来？"

"你猜猜。"少女嫣然一笑，忽就神色一转，右掌直击李穆然前胸，李穆然被她掌心的力道震退，方才握住少女的手不由得松开，少女又疾步上前，左臂挥砍至李穆然脖颈，动作短促却凶狠，李穆然顿觉一阵眩晕，强压住神志才没有昏厥。

"不错，居然还能挺住，看来是认真遵照师父的话去做了。"少女满意地看着他。

"师父？姑娘莫非是洪老先生的弟子？"李穆然急切问道，"敢问姑娘芳名，洪老掌门今日怎没有现身？"

"现如今武林中人都在寻他，师父当然要避避风头了，哪会轻易现身？"

"他老人家可安好？"

"师父武功卓绝，只要他不愿被人捉住，谁也别想近身分毫。"

"那师父他此次可对穆然有何嘱托？"

"穆然小师弟不急，从今日起，你便是我家少爷了，有什么交代我日后自会相告。"少女强行给自己加了身份。

"姑娘这又何意？"李穆然疑惑道。

"穆然小师弟，这只是名义上的主仆关系，我孔翎可应该算你师姐了。"她倒是没有直接回答，只调笑道，嘴巴上却也绝不吃亏，蹦跳着便绕至李穆然前方，继续朝断桥边踱去。

"方才那人是谁？师姐从他身上拿走何物，令得他态度骤然转变？"李穆然追问着。

"那人是雁翎帮铜雀分舵的卓永。而江煜呢，就是他的舵主，这东西，"孔翎从衣袖拿出一本账目，展示给李穆然看，"就是他滥用帮派名义强取豪夺的罪证，害怕我对其舵主不利，继而连累自己，因此才这

般慌张。如果真将这账目传到丘无常手里，他可是坏了帮规，要挖双眼、挑断手脚筋的，所以我要留着万一哪天可派上用场。而你现在的爹爹南宫鼎，依仗万贯家财，正广结达官显贵，加之他与丘无常匪浅的交情，如今在整个临安可是左右逢源，四通八达，而师弟你恰好能为我创造接近他的机会。"

李穆然这两年与南宫鼎倒是交往甚多，南宫鼎很是宽厚，除却生意，他平日无事最喜诗词曲赋，另养了诸多歌女。除此之外，更不失为一慈父，颇疼惜女儿南宫梦。而丘无常，虽不常见他来南宫府，但也听南宫鼎提及了多次，倒也是颇得赞誉。总而言之，南宫鼎的行为也算光明磊落，并无不妥。

"师姐想从南宫鼎身上探听到什么？"

"想探听的多了。这几年你师姐我在江湖上四处走动，多少也把整个江湖形势看在眼底。我们洪门以北伐为旗号，希大宋百姓不忘痛失河山之耻，可并非所有人都云集响应，首当其冲便是那雁翎帮。这雁翎帮崛起于江南，最初是为维护临安日益繁荣的集市贸易免受土匪欺压而由江南武林人士自发创立的帮派，几乎是由那些富甲一方的商贾倾力资助而成。发展到如今，江南各门各派已无不唯其马首是瞻，而那帮主丘无常却始终误会《大荒经》在师父手中，千方百计想要取得。他自己倒是忌惮师父几分，不敢明着挑衅，却也能影响其他门派。而南宫鼎与雁翎帮的关系，可谓是秤不离砣，砣不离秤，南宫家旗下作坊全数由雁翎帮庇护，而南宫鼎也是为维系雁翎帮运转出资最多的商贾。你师姐我当初在雁翎帮内搅不出什么风浪，这便想起了他。"

"这么说，两年前的劫镖案还未尘埃落定？"

"秘籍和镖车中的银两至今下落不明，金贼虽尚未对此有何动作，却因为遗失的是武林各派的争抢之物，来洪门滋扰者众多，而真正的劫镖之人，却是不见行踪，师父也一筹莫展。"

"形势不妙啊！"李穆然轻叹道。

"不过呢，他老人家近日会破天荒地现身钱塘，有人助他澄清此事，这人便是秦会之秦大人。想当年他被金贼掳走，倒也是不卑不亢，回来之后就当上了宰相，只是宰相之位还没坐稳就被一众朝臣弹劾，消停了一阵，又开始在江湖走动。他与洪门没什么瓜葛，也不知为何愿意出手相助。"

"也许秦大人已经找到了劫镖案的真凶呢，如此说来，南宫鼎也必会去了。"李穆然道。秦会之是南宫鼎极力结交的朝臣，但凡重要场合，南宫鼎必会现身，"那我们也该去凑凑热闹。"

"那是自然。"孔翎谈及此，兴奋之情溢于言表，"本姑娘混入南宫家，就是要同时探听这几方的动向，毕竟这南宫鼎可是……对了小师弟，你方才是如何知晓我会武功的？"她转身停住，又好奇地对李穆然道。

"我方才握你手腕时试探了脉象，脉搏强劲如鼓点，哪同一般弱质女子，况且姑娘胆敢挑弄武艺高强之人，纵然聪慧机敏，没半点真功夫恐怕也不会有这般底气。"

"哈哈，师弟真是聪明啊！"孔翎赞叹着就上前揽过李穆然双肩，李穆然下意识地往后一躲："师，师姐。"

"哈哈哈。"孔翎又是笑，爽脆如银铃般的声音，哪有半分羞涩，"小师弟又何须害臊。"

南宫府人员众多，不过新增一丫鬟，倒无人多加留意。那日天色晚，尚未看清孔翎样貌，待她梳妆完毕，居然是位十分清秀的女子，眼波流转清灵，蠕首蛾眉。

"多谢。"想是她为自己斟上热茶，李穆然道。正欲举杯，谁知却被抢了先，孔翎小抿一口碧螺春，悠然陶醉。

李穆然尴尬得胳膊悬在了半空。

"师弟遵照洪门内力的口诀按时运功，那连日来可觉体内有何变

化?"孔翎放下茶杯,询问道。

"起先浑身燥热难耐,现在时刻精神健爽。"

"那就对啦,洪门内力第一阶,疲乏渐去,真气充盈。第二阶,需要你每日运气至天突穴两个时辰后转至天溪穴,再坚持四个时辰,再转到阴都穴,又是两个时辰,当中决不能有间断,否则必须重算时日,两年关卡一过,便可有碎石之力。身体却会由火烧火燎变得冰冷彻骨,这可不是一般人能承受得住,小师弟还是小心为妙。"孔翎轻拍李穆然肩膀,佯装叹息。

"那翎儿师姐,洪门内力一共多少阶,你又练到哪一阶?"

"一共五阶,想试试么。"孔翎言毕,便一掌扫过厢房外巨型石雕,石雕轰然炸裂,碎屑滚滚,惹起尘埃一片。"这不过雕虫小技,师父内力之雄厚,江湖上已敌手难逢,说天下第一也不为过。"孔翎得意道。

"你也是一等一的高手了。"

"不过这洪门内力口诀易记,却难坚持,耐住这肉体极苦,方能提炼真气,就连我也无法全然忍过。"孔翎遗憾地耸了耸肩。

"穆然哥哥。"南宫梦轻柔的声音幽然响起。

两人即刻敛了声。

她从厢房外的长廊而来,绕过满地碎石,行至李穆然身前,疑惑道:"发生了何事?"

"回小姐,那石雕过于劣质,方才有几个丫鬟在那里追闹,就把那石雕碰碎了。"孔翎应声。

"你是新来的丫鬟?"南宫梦这才注意到她。

"是的。"孔翎行礼作揖道。

"我方才正见你们谈天,好像很开心的样子。"南宫梦又对李穆然道。

"回小姐,闲话家常而已。"孔翎在旁抢白。

李穆然未置可否,他本也不愿南宫梦知晓太多,这如水的女儿,怎

可感染自己这份难言的沉重。

"哦，"南宫梦似是失望地叹了口气，转而又问，"元正的时候，穆然哥哥可愿陪我去御街赏烟花？"

"烟花绚烂，自然同往。"李穆然迁就道。不知何时，他已习惯疼惜这妹妹，常希望见到她轻松无虑的笑靥，那份怡然与甜美，如清风拂面，让人心神清朗。

"那我们说定了。"欣喜立刻爬上了她的眼角眉梢。

"一言九鼎，驷马难追。"

"我可让穆然哥哥陪我游玩整宿呢。"她嗔着。

"一切依你。"李穆然爽快答应。

"小师弟你的疼惜怜爱之情昭然若揭呀，有这么个可人又纯真的妹妹，谁还能自持呢。"待南宫梦满心欢愉地走远，孔翎不由得打趣一番。

"你别取笑我了。"李穆然想笑，鼻尖却又泛起了涩意。这几年，他总是在刻意回避忆起汴梁城中故去的人，以免这难言的沉重又多一分，可孔翎的调侃，竟撩起了他心内的怅然。在他记忆里，儿时的姑娘又何尝不是这般，云儿依旧出尘清灵得宛若仙子，即便已过去了这么多时日；而惜若，他不知她现在何处，想那完颜光这般狠辣，又岂会留她活路？

而她留给他的玉簪，他却是时时随身携带。

"我说你呀，就是对这妹妹太呵护有加了。"孔翎喃喃道，"养尊处优的人就是温婉，哪像我这孑然一身的游魂，满是锋芒硬骨。"

"那翎儿师姐能否告诉我，你这满身的锋芒从何而来？"李穆然回了神，他想起自初见孔翎至今，还未曾获知她身世，只觉这女子个性油滑，脾性率直，似乎很简单，又似乎不简单。

"你师姐我爹娘死得早，最孤苦无依的时候遇见师父，进入洪门，然后就苦学武艺，成为洪门内八大高手之后便开始在江湖上走动。先是

进了飞鹰帮，然后进入雁翎帮，之后又到了这里，可否满足师弟的好奇心？"孔翎嬉笑回问。

看她颇不正经的模样，李穆然也不知这话中到底几分真几分假了。

元正是元宵节的前夕，每每这时，临安的大街小巷便提前布满了往来的小商贾。今夜的临安依旧满城灯火通明，行人欢欣鼓舞，甚是热闹。

李穆然亦被眼前的繁闹感染，可周身所触，仿佛仍是汴京冬日那刺骨的严寒，眼之所见，仍是御街上连绵不绝的摊贩，耳之所闻，仍是中原人特有的清亮的叫卖。

只有那轰声之后绚烂的火光在提醒他，往事依稀，已成追忆。

江南的冬天虽不甚寒，却也因为连日的冬雨而清冷异常。夜风划过横穿长街的溪水，引得微波涟涟。那漫天的烟花，却似在驱赶这徐徐的凉意，伴着街上鼎沸的笑闹，让温暖在人们心间蔓延。

南宫梦与孔翎正行在前，于玉簪铺与冰糖铺之间来回穿梭，玩得不亦乐乎。不过几日相处，两人便熟悉了彼此。想来，一个纯洁平易一个灵动热情，倒也是性情相投。

正嬉闹时，人群之中忽现两青衣男子，以迅雷之速，一左一右架起孔翎，踩着熙熙攘攘的游人就呼啸而去。

南宫梦无措地愣在当场，李穆然疾步上前遥望几人渐远的方向，"发生了何事？他们是何人？掳走翎儿做什么？"南宫梦已有些语无伦次。

李穆然也皱着眉："看这两人衣着，似是雁翎帮的人。"

"雁翎帮，那岂不是丘伯伯的人？丘伯伯不会为难南宫家的人的。"南宫梦定了心神，胸有成竹道。可知丘无常乃父亲世交，他待她就如亲人一般。

"希望如此。"李穆然同她在戈家蜜枣店前驻了足，"累了吗，我们

不妨先在这儿休息休息，等等看翎儿会不会自己回来。"

此时已入夜许久，几个时辰的玩闹也令四肢有些疲乏，南宫梦立刻颔首赞同。两人走进去的时候，伙计们都围了上来："南宫小姐好，想点些什么？"她早已是店里的熟客。

"老样子来两份。"

不多会儿便茶香氤氲，没有什么比冬日里一碗白云茶更能暖胃了，南宫梦迫不及待地抿上一口，体内顷刻间涌入一股暖流，原本不安的心绪也随之舒缓，恍恍惚惚间，似乎连眼前的穆然哥哥也开始模糊不清了。

李穆然眼睁睁见南宫梦渐入梦乡，一旁的他眉宇却锁得更深了。他知道事情原本不该这般发展，此时在这里等待南宫梦熟睡的，该是孔翎才对。

"喂，抓错人啦！"孔翎在两青衣男子掣肘下号叫，无奈两人一路就不言语，也不停步，直奔城西的芦苇荡而去。

"我就知道江煜这家伙心有猫腻。"孔翎懊恼道，侧身一滑，就将被压制的双臂从与两人的缝隙中抽出，恰在芦苇荡前的一片浅草地上站定，"两位这是要带我去哪儿啊？"

两青衣男子见孔翎已然轻松逃脱，也不得不停了下来，其中一年少者就是那日被偷了账目的卓永，他气急道："臭丫头，你坑得我可是好惨，乖乖交出账本，我与薛大哥兴许留你一命。"

"哈哈，你们抓我有何用，这么重要的东西我怎会随身携带。至于要不要得了本姑娘的命，还得看你有没有那能耐！"

"大言不惭！"他首先沉不住气，长刀当空劈下，似乎将空气都劈了开去，一招，就已成虎狼之势。

孔翎偏偏纹丝未动，她就是等他这一刀，就这一刀，便反而要了对方的性命。

待那卓永逼近，孔翎当即仰天躺倒，轻易便避了刀光，又起身直点

卓永不及遮挡的曲池穴，就见他跟跄着居然一下就摔到了十丈外，如何也起不了身。

"姑娘好内力。"一直未言语的薛平易不由得赞叹道，"轮到薛某了。"

"雁翎十二式！血染黄沙！"随着那一声呼号，周遭的浅草被连根拔起，滔天白浪排山倒海般朝孔翎逼来。孔翎心下一凛，不断后退，若是被这气浪击中，纵然有洪门内力护体，也非受伤不可。然而无论往后退多少，那肃杀之气始终紧追不放，不依不饶。

眼见自己退无可退，孔翎干脆变了方向，朝广袤的芦苇荡中央隐去，芦苇将她的身子遮掩，那巨浪尚能将浅草连根拔起，却只吹拂得这片无垠而茂密的芦苇波涛四起，缓缓就消散开去。

"飞鹰锁魂爪！"只闻其声不见其人，还未发觉孔翎从哪里冒出，她就已经站了薛平易背后，三指眼见要抓入其肤。

"姑娘手下留情。"低沉的声音在这片空旷的浅草地上响起，若不是方才的恶仗，孔翎竟以为是哪位多情的公子在呼唤她，这柔软而轻盈的话语，摇曳在心间，缠缠绵绵，飘飘荡荡。

从天而降的翩翩公子微笑着，缓缓落在浅草之上，竟是这般雅人深致。

"江煜，你不守信用！"孔翎气道，她当然认得他，这风度翩翩的男子。

"你是唯一威胁我的姑娘。"他依旧温声软语。

"我可不比那些傻女人。"孔翎轻蔑道，却也别过身去，不愿再直视他似乎戏谑似乎渴求又似乎柔情到极致的目光。

"要怎样你才肯放了他？"江煜幽幽道。

"你也知今日秦会之于钱塘江畔宴请宾客，若非有相当地位的人是无法出席的，而本姑娘偏要进去。"

"原来如此，"他爽快地抛来一道令牌，孔翎顺势接住，"你尽管拿

着此物入船，必保你一路畅通。"

"算你爽快。"孔翎也松开了薛平易，转身便要离开。

"你是不肯交出账本了？"江煜徐徐唤住她。

"我劝你断了取本姑娘性命的念想，否则那东西会被人直接呈给丘无常。"孔翎反唇相讥。

"那就是没得商量了？今日按照原意，我该助你掳走李穆然，好让你有个救主的名声。可你究竟是南宫鼎的人，还是飞鹰帮的人，或是雁翎其他分支头目的弟子，这样与我为难又是为何？"

"你不必如此绞尽脑汁地考虑，江兄弟只要在适当的时候助我一臂之力，我自然会永远帮你保守秘密！"孔翎飞离而去，甩下这似是而非的宽慰，一遍遍回荡在江煜耳际。她只知自己不能久留了，李穆然该正在钱塘岸上焦急等她平安归来。

第六章　总为浮云能蔽日
　　　　　长安不见使人愁

　　安顿好南宫梦的李穆然的确已来到了钱塘江畔。

　　钱塘自古美如画，无际的江，卷雪的潮，如云的树，蜿蜒的沙堤后参差着多少人家。自江岸远眺，碧影蒙蒙，花灯锦簇。

　　李穆然终于望见了孔翎，见她满目轻松，想是已对如何进入这秦大人的翡翠楼胸有成竹了。

　　不多会儿便见两人换了装束出现在了翡翠楼外的树林中。

　　三三两两的游人行来，南宫鼎也恰在此时走上了曲折的青石子路，秦会之已于翡翠楼外等候，见到他，即刻笑逐颜开，迎上前紧握他双手，情真意切道："南宫兄近来可好？"他比南宫鼎年岁稍长，迎宾时自始至终都笑意盈盈，满面和善，与往来之人一一招呼，俨然一副亲切长者的模样。

　　"好久不见，好久不见！"南宫鼎也热切寒暄。

　　"一个入了仕途，一个钱财铺路，这番交好真是绝配。"李穆然喃喃低语着，就跟在孔翎身后假扮雁翎帮弟子走了进去。

　　翡翠楼的门厅上方楠木牌匾还散发着清香，再往内，宽敞的大堂数十歌女翩然起舞，眼见许多身着锦绣华服的宾客谈笑风生，好一派热闹奢华的景象。

　　秦会之缓步走进，示意歌舞退去，众人也噤了声，纷纷步入位上，

南宫鼎也踱步至主客席，丘无常一干人等也一一坐定。

环视大厅，均是朝堂内外、江湖之中赫赫有名的人物，除却这雁翎帮帮主丘无常，更有江南十二帮总领陆云飞、飞鹰帮帮主上官玉鹤。李穆然认出当中一位就是那日自称龙威镖局总领的少年，而众人之中最突出的便是一满头银丝的老者，身形虽不高大，却若仙鹤一般，圣洁而不可侵犯，令李穆然的目光久久未能离去。

"秦某感谢各位宾客赏脸来我翡翠阁一聚，今日要为大家特别引荐一位自汴梁一路辗转至临安、护驾有功的王雍大人。"

离丘无常不远的座席内走出一位已至不惑之年的男子，笑意满满，一派春风得意的模样，一身紫珠藻秀的华服，俨然昭示他尊贵的身份、殷实的家底。

"王雍。"李穆然脱口而出。当年金贼入汴梁，就是他与张邦昌屈从金贼淫威，同刘豫一道，甘为金贼占领中原的傀儡。

如此苟且活命，实在懦弱至极。

"王大人为我大宋委曲求全，拖住金兵，才令皇上逃过追难，秦某特意敬之。"

"大人过奖，大人过奖。"王雍拘礼道。

众人纷纷举起桌上杯盏，随着秦会之共饮而尽。

李穆然却是满眼不屑。

而身旁的孔翎却仿佛忆起何事，身子蓦地不由自主地颤抖起来。

不久，戛然而止的乐声又续，那音犹如溪水自山间流淌，时而轻盈，时而迂回，待众人不备之时，忽从天而撒落花片片，刹那满屋飘香。

这落花之中，一身形婀娜的红衣女子翩然飞舞，周身云山雾罩，一抹嫣红在轻薄雾气中遮遮掩掩，时隐时现。

满屋已是香气弥漫，虽浓郁，却香而不艳、浓而不腻，众人皆不由得深吸口气，浑身舒爽异常。待薄雾散尽，红衣女子样貌渐显，竟突觉

骨骼酥软，头脑麻痹，站也不稳。

只因她闪耀的光华太过动人心魄！

极美，美得百转回肠。

这眸，空灵而哀怨，喜也无喜，忧也无忧，明明近在咫尺，却又远如天涯。

这唇，妖艳欲滴，启也未启，闭也未闭，耳畔却飘来袅袅仙音如泣如诉。

这发，如瀑布垂坠而下，随纤细腰身摇曳生姿。

便是此人只应天上有，凡间哪得几回闻。

缠缠绵绵的笙歌萦萦绕绕而来。

> 海棠珠缀一重重。清晓近帘栊。胭脂谁与匀淡，偏向脸边浓。

> 看叶嫩，惜花红。意无穷。如花似叶，岁岁年年，共占春风。

薄唇渐闭，箫音忽起。

高山流水几回闻。

岁岁年年但无休。

李穆然已不知身在何处，竟只愿追随那一抹嫣红而去。恍恍惚惚中她似凝眸望来，视线直达自己眼底深处，那目光竟如怨似嗔，仿佛言犹未尽，意味深长。

一阵酸楚悲戚顷刻涌入李穆然心间，这情愫依稀相识，却又仿佛莫名而至。

他甚至都未看清她的容颜，只默默承受着那目光蕴饱着的，如潮水般汹涌的离合悲欢，直至她碎步离去良久，才勉强定了心神。

"不愧为临安绝艳啊！"便听门厅众人连番感叹。

原来这助兴之人，便是临安首屈一指的歌妓唐安安。

而今临安城内上至皇亲国戚，下到百姓黎民，已是无人不垂涎她冠

绝天下的美艳，无人不贪恋她举世无双的琴艺。可这又于多少人而言仅是奢念罢了，皆因凡睹她真容者，必得一掷千金，更妄谈聆听仙曲。

千金时而也难求佳人眷顾。

如今她竟登门献艺，众人在陶醉之余也不免感叹这秦会之出手之绰，即便早年因故被黜宰相之位，也丝毫不影响他而今的势力荣华。

"诸位既已尽兴，秦某便入正题。"待宾客从方才如坠幻境中回神，秦会之才起身言道，"王大人此行还有一个重要目的，便是为了那近日闹得沸沸扬扬的劫镖一事，掌门洪仲今次也特意前来，相信有他们二人在，必还天下武林一个清静。"

众人哗然，劫镖一案已是满城风雨，为寻得《大荒经》与万千古玩奇珍，各路人士争相探寻洪仲下落，又不愿其他任何一方抢先，于是一路相互掣肘相互比拼，奈何洪仲行踪一直飘忽不定，且无人能真正道清他到底样貌为何，只知是一老者，但每次又以不同形象示人，加之他武功深不可测，又拒不承认劫镖乃己所为，是以至今也打探不出那些宝物真正的下落。

众人议论纷纷，目光又同时聚焦在厅内唯一一位银发老人身上。

"不错，他就是洪老掌门。"秦会之认了众人的揣测，"今日秦某广邀各方豪杰在此一聚，就是为了替洪老掌门讨一个说法，这押送着古玩奇珍及《大荒经》的镖究竟是不是洪门所劫，王大人恰可做证。他那日也正巧随镖出关。"

王雍紧接着道："我王某一心为国，谁知被金兵挟持做了人质，但我心心念念高宗恩泽，绝不敢做任何越轨之事。是以珍藏了那本可翻手为云覆手为雨的《大荒经》，誓要将之带回我大宋。那日王某正随镖队小憩，半途镖队忽停，紧接着周围押镖的兄弟一个个倒下，当下便道来者不善，王某思量避其锋芒，伺机行动，待周围安静，以为时机成熟，便现身一探究竟，结果……"王雍忽然止住话匣，面目因痛苦而不断抽搐起来，双手捂住腹部，挣扎一番，竟就匍匐在地。

厅堂众人一阵骚动，秦会之急忙上前，刚俯身触摸王雍的脉象，就惊得面色煞白，只因他已毫无脉象可言。

没有任何征兆，竟在顷刻之间，于众目睽睽之下，奔赴黄泉！

"谁竟如此张狂，下这般狠手。"秦熺道。

"洪仲！定是洪仲害怕他劫镖的事实败露，再无狡辩可能。"白衣少年大喊。

众人仿佛醍醐灌顶，个个怒目视之："不错，只有他可杀人于无形无动。"

于是人群徐徐逼近，团团将洪仲围至门厅中央。他凛然面对众人，虽有此等变故，仍沉着镇定道："诸位切莫妄下论断，老夫有话要说。"

"无须多言，你可以矢口否认劫镖，因王大人已枉死，如今在这厅堂之内，除你洪仲有这般能取人性命的能耐，还会有谁？你还如何狡辩！"丘无常抢先一步道，"若想全身而退，就速速告知秘籍所在。"

"不错，快说！"众人随声附和。

"哈哈哈，"洪仲仰天长笑，"我本就不知秘籍下落，即便知晓，那秘籍足有扰乱天下的效力，又怎会轻易透露。"

"你若坚持，就别想踏出这门厅半步。"上官玉鹤上前一步威胁道。

"那就要看你们拦得住与否。"

"封住脉门，阻挡洪门内力。"丘无常高声提醒众人。上官玉鹤已迫不及待冲上前与他较量，一时间飞鹰索魂爪与幻影拳交错比拼，瞬息万变。

可他哪里是洪仲对手，几回合不到，就被洪仲击中肩周而败下阵来，后面又有陆云飞等众高手前仆后继，却都难敌他洪门内力与幻影拳配合无隙的回击，纷纷受伤退下。

已观望一阵的丘无常终于按捺不住走上前来："洪仲，你毕竟年岁已高，今日又是形单影只，定敌不过我们齐上。若是痛快些，我便念在你还是武林盟主的分上，网开一面。"

"没做的事我为何要承认，你们这般待我，岂还当我是武林盟主？"

"洪仲，我既已敬你如此，你却还不知退让。那好，我今日就领教领教你的洪门武功，看看究竟有多高明！雁翎十二式，山呼海啸！"丘无常振臂一挥，门厅内的桌椅木柱就全数浮起，直朝洪仲凶狠砸去。

然而须臾之间，这些物什就被震成了碎屑，丘无常人已至洪仲身前，两人顷刻撕扯在一起，即便他们就在众人眼前过招，居然都无人能够看清他们之间的一招一式。

李穆然眼见师父成为众矢之的，却也无可奈何，只在人群中徒然着急。身旁的孔翎却是似愤似恨，如同魂已出窍。

趁四下无人留意自己，李穆然便悄然行至王雍尸身前，俯身细心端详，凡所见处并无外伤，王雍猝死前紧捂腹部，他蹲下身，双手挤按那处，软若无骨，不，何止无骨，整个上身凡皮肤包裹处竟已粉碎！

洪门内力威力虽高，但若想在顷刻间做成此事，还不波及旁人，他并不觉得可以如此轻易。倘若另有绝世高手所为，那武功之强，更在洪仲之上，又何须大费周章，图谋陷害。

而且众目睽睽，这样做岂不落人话柄？以洪仲睿智，岂会出此下策。怪只怪众人急于窥探秘籍下落，本就苦于他行踪不定且武功太高，现下各方人士联手，借此名义逼洪仲就范，哪还有心思去探究当中蹊跷。

王雍既无外伤，除却真气袭体，还有一种可能便是——中毒！

毒从口入，王雍死前确实饮酒，可这酒又非他一人独饮。

正一筹莫展，却见洪仲忽然后退几步，眉目紧锁，左手捂腹，一副痛苦之状。丘无常便顿了顿，那白衣少年却在旁眼疾手快，不由分说就将长剑狠狠刺入洪仲胸膛！

众人不由得勒住紧逼之势。

"洪仲，你纵有上天遁地之术，也妄想能凭受伤之躯在众人面前逃脱，若肯道出秘籍所在，我就放你走。"丘无常发话道。

"老夫无话可说。"洪仲气喘吁吁地回应。

"如若不依，就别怪我丘无常今日结果了你，明日再派雁翎弟子去倒翻洪门总舵。到时需要为你洪仲冥顽不灵流血牺牲的，可是成千上万洪门子弟。"

洪仲听闻此言，怒不可遏："凡事只管冲老夫来，何必去洪门滋事！"

"你大可一死了之，但只怕秘籍一天不见天日，你洪门就一天不得安宁！"丘无常再道。

洪仲喟然长叹，原本慑人的神采也随着这一声长叹敛去，烛光明灭下，竟显出苍老憔悴之态。

"你既然如此紧逼，老夫只好相告。不错，秘籍下落我确知一二。但镖不是我劫，人也不是我杀。我留着那秘籍是等有心之人，为北上中原，驱尽金贼，收复河山所用。敢问各路豪杰，是怀此雄图壮志，还是始终偏安江南，苟且偷生？"

"朝廷对北伐自有安排，不劳烦洪老掌门，掌门还是先解决眼下的燃眉之急吧。"秦会之上前一步，劝诫道。

"不错，你只需道出秘籍所在即可。"丘无常亦附和。

"老夫命不足惜，但愿有心系我大宋安危之豪杰，承此夙愿，也不枉此番相告。因这珍宝若是落入心术不正人之手，怕又是一场血雨腥风。"洪仲顿了顿，"那秘籍所在就藏在《清明上河图中》……"正言着，鲜血却从伤口处流出。

洪仲未及说完就已支持不下，晕厥过去。

"你故弄什么玄虚！"丘无常呵斥，上前就要擒拿他。

一道人影忽自屋檐而下，撑起已然虚脱的洪仲，一晃眼，门前守卫皆昏厥，动作之迅捷，连丘无常都未及反应。转瞬，那人影就已挟着洪仲掠过门厅，冲入翡翠楼外重重夜幕。

"追！"人潮汹涌而出，直奔那人影而去。

偌大的翡翠楼，瞬间冷清。

只有李穆然未动，却是见四下无人，自己就来到了钱塘江畔。静谧的江面不过多时竟起了漩涡，漩涡当中，竟探出了一人！

洪仲居然根本没有离开，不仅没有离开，反而随着李穆然又回到翡翠楼内。

只是洪仲依旧体虚气弱。李穆然扶他坐定，自己便在这时双膝跪地，重重在洪仲面前叩首道："师父在上，请受徒儿一拜。"

"无须多礼，起来吧。"浑身湿透的洪仲面色苍白，清晰可见方才所受的剑伤，纵使内力护体，也已元气大伤，"穆然，你怎知我藏在江下？"

"那黑衣人武功再高，拖着师父，在遍布雁翎帮眼线、人头攒动的临安，也无计脱身。偏偏为不可为之事，自存着其他目的，我才以为此举该是掩人耳目。而江上漆黑一片，极难察觉水中异动，乃绝佳的藏身之处。是以我揣测您并未离开，方将师父扶回。"

"不愧是李潇之子，果真聪慧有加。"洪仲不由得赞道，"那救我之人你认识，就是而今已小有名气的岳子昂。穆然，你转过身去。"说着，他便单掌按压住李穆然抬肩穴，一股温热的气流自掌心潺潺涌入李穆然体内，李穆然只觉一股莫名的力道在五脏六腑翻腾，全身血脉顿时畅通无阻。

李穆然急道："师父您已身负重伤，为何还要此时传功？"

洪仲置若罔闻，继续将内力源源不断地传入李穆然体内，他额前已满是虚汗，又持续运功良久才收手。

李穆然的神色中尽是忧虑。

洪仲歇息片刻，方虚弱道："我怕是已中了什么蛊毒，若不将体内的内力逼出，必会滋养啃食内脏的游虫，恐怕随时殒命。若是以往，即便门厅内众人齐上也未必伤我至此。"

"师父可知是谁这般害您？"

"下毒之人深不可测，何时又如何暗害我竟都无从察觉。"洪仲遗憾道，"至于那《大荒经》的下落，其实与《清明上河图》毫无干系，我如此一说也只为掩人耳目。那图的真迹已不知所踪，只为其他帮派探查起来，不会直接去我洪门滋事。穆然，你已得我毕生内力，记住，若我不能平安度过此劫，日后定要将我的骨灰带回汴京掩埋。"洪仲强撑清醒，交代道，"即便是化成孤魂野鬼，老夫也要回到自己的家乡，见证收复河山的那天！"话音刚落，人又晕厥过去。

李穆然小心试探其脉象，虽微弱但尚存，若及时医治，应有一线希望。他便小心扶起洪仲，走出翡翠楼。门口青石板路直通沙堤，沙堤上的码头停泊着几只轻舟，他解开系在码头的麻绳，起身跃下。承受如此重力，小舟纹丝未动，洪门内力恰可令练就者举重若轻。李穆然全身血脉充盈而顺畅，尝试向湖面运气，果真引得波涛重重。

可他却未能即刻启程。

只因本该在戈家蜜枣铺休息的南宫梦居然跟至了此处，她从翡翠楼外的密林中跑了来，直接跳上了轻舟。

"你没有回府？"李穆然吃惊道。

"梦儿是昏睡了一阵，原本掌柜的要送我回去，但我半路便甩下了他，趁着穆然哥哥尚未走远，就尾随了来。"

孔翎的迷魂药显然力道不够。他本意只让梦儿作个证，以令自己躲过母亲指责，可孔翎未能按时行至翡翠楼，而梦儿却提前跟至，洪仲又不可不救。

"梦儿，你既已跟来，就先坐好。"李穆然只得道，他又重新立至船首，撑了橹，朝灵隐寺的方向划去。

而那一身红衣的唐安安此时正站在沙堤的密林里，隐约的月华洒下，如秋水的目光中余情未了。她一直望到李穆然一行人出了视线良久，才转而对疾步而来的少女道："事情办得如何？"

"居然有人比我先行一步。"少女气道。

唐安安不禁握紧了拳，又缓缓松开："无妨，再继续找找。"

"好的，可是姑娘，你真不打算与穆然公子相认？"少女又问。

唐安安的心底起了笑意："不急，明年举国科举，他必定是要再寒窗苦读一段时日，我尚不便打扰。既已寻得了他，日后相见也是必然，不在乎这一时半刻。"

"倒也是，蕊儿真替姑娘开心。"少女由衷道，她想起自眼前秋水伊人的唐安安救下自己，她们一路辗转来到临安之后，她还真从未见她如今日这般欢喜呢，"若那李穆然考取了功名，自是要来寻我们的。"

唐安安的神情中尽是笃定。

"那我们今日还见门主吗？"少女再问。

"不必了，该惩罚的人已被惩罚，其余的也顺了他的意，他必会应允我的请求。"唐安安言及此，又不禁涌上满眼笑意。

"那可真恭喜姑娘了。"少女又道。

唐安安闪动的眸中却又添了些黯然。

而今她在愈发强大的门主面前，行事愈发谨小慎微了，这请求，也是靠心计表演得来。他虽让自己当上这明月船主，享尽富贵荣华，而她自己，却是愈发骑虎难下了。

她终于体会到这被万人钦慕的时候，才是最为落寞的时候。多少人待她皆为炫耀而已，又怎有暇感怀她心底的情愫！

想来自己还是唐惜若的时候，最忌惮的，并非当年险些降临的死别，却是这往后漫长的岁月，被那噬人的空寂一点一点摧残灵魄的无助。

幸而她念着李穆然，因着思念，她心底里的孤寂，才又被缓缓安抚。

唐安安深吸口气："天色渐晚，我们先回吧。"

钱塘江畔的密林里，两位姑娘的身影渐远渐消。

夜幕下的灵隐群山如静卧巨蟒，绵延千余米。愈靠近，寺院群落的钟声愈厚重清晰。

几人从小舟中下，又策马而上青山里。深夜寒雾袭体，南宫梦不住打着冷战。而被李穆然牵着的马匹上，洪仲依然不省人事。她不知这银发老者究竟何人，只是明明见他由一黑衣人挟着从那翡翠楼中冲出，身后一干人等紧追不放，可转眼间怎又出现在此。

"穆然哥哥，这老伯伯是谁？我们又往何处去？"

"还记得那日我被人掳去吗？他就是邻座喝汤的老者，是他救了我命。灵隐寺内高僧云集，必能救他老人家于水火。"与南宫梦坐在同一匹马上的李穆然轻声道。

"可两人除却皆是满头银发，就再无其他相似之处了。"南宫梦不可置信地看着洪仲。

"他老人家擅于易容。"

这也是丘无常一众只知紧逼师父却不及深思，让他有机可乘的原因。实在极少遇上这天时地利人和的机遇，与洪仲照面且有望力克之，兴奋与急切交杂，难免会因不及多虑而错失真正的良机。

然而师父此次应秦会之之邀，是明知山有虎偏向虎山行，抑或果真误信他。

这已不是最为重要的。重要的是，武林各派在相当长一段时间内定会寻思那《清明上河图》中是否当真暗藏关于《大荒经》的玄机，为此绞尽脑汁也未尝不是，毕竟关系着万千古玩奇珍的下落。而岳大哥，应能成功逃脱，否则也不敢贸然前往，于众目睽睽中劫走洪仲。

可师父此招细细想来真甚是凶险。

灵隐山上怪石耸秀，绿树成荫。晴好日，满山岚翠在斜阳的映照下生机勃发；雨雾天，云烟遮遮掩掩，缥缈空灵。真正让灵隐山闻名遐迩的，并非这醉人的景致，而是坐落在这绿树山峦中、威名天下的灵隐寺。

多少求缘之人慕名而来，令得寺中常年香火旺盛。即便寒冬腊月，也有不少虔诚的信徒，自山脚一路跪拜而上。

不多时，他们便行至寺庙门前。

"施主何事？"守夜的僧侣开门询问，见是一年轻人搀扶着气息微弱的老人，身旁还站立个孱弱女子，便即刻邀他们入寺，"阿弥陀佛，我佛慈悲。"

守夜小僧行至大雄宝殿前，回身道："施主请稍等，我这就向师叔禀告。"

不多久，便有一位慈眉善目的长者前来，将三人引入侧室，沉声道："老衲法号觉远。施主深夜造访，可是形势危急？"

"实不相瞒，伤者是在下师父洪仲，受人重创，命在旦夕，还劳烦觉远大师出手相救。"李穆然恳切道。

"施主不必拘礼。老衲曾有缘与洪掌门一聚。放心，我必会全力相助。但他伤势严重，一时半刻不得痊愈。我可先行替他运功疗伤，却切记不能受到骚扰，以免走火入魔，暴毙而亡。待情况稳定，自会找人通报。"

"劳烦大师了。"李穆然引着南宫梦退出侧室，屋外寒风乍起，"啊，阿嚏！"她禁不住哆嗦起来。

"受寒了吧。"李穆然道，迟疑一番，见这妹妹寒风中瑟瑟颤抖的模样，便还是疼惜地将之轻揽入怀。

南宫梦蓦地一凛，不由得局促地摆弄起衣角。李穆然淡淡青草味的体香扑入鼻翼，周身都被他温热的气息萦绕，内心是莫名的慌乱又愉悦。还从未有过这般明明欢欣却夹杂淡淡酸楚的感觉，一时脑海轰然一片。

"暖和些了吗？"李穆然轻问。

未及回答，便有厉声传至。

"这般公然打情骂俏，可知有辱佛门净地。"

　　只见以那白衣少年为首的一干人等浩浩荡荡而来，方才的守夜小僧正疾步上前阻拦："众位施主，请留步。"却受当中彪形大汉邢勇狠狠一掌，顿时站立不起。

　　李穆然松开南宫梦，正了衣襟，蹙眉微忖，分明来者不善。

　　"李穆然，我们照过面。别来无恙。"白衣少年示意众人驻足，对李穆然冷笑道，"无须废话，要么速速交出洪仲，让他道出秘籍与宝藏所在，要么休怪我刀剑相向。你是南宫家的公子，南宫鼎与龙威镖局一向礼尚往来，最好我们彼此行个方便，以免伤了和气。"

　　"恕我难以从命。"他当即道。

　　"我好生相劝，是给你薄面，一个手无缚鸡之力的书生居然还敢大言不惭！"白衣少年目光冷峻，纵身而起，半空翻腾，羽扇直指李穆然而去，相隔几丈就已感到咄咄逼人的戾气。南宫梦被他迅速护至身后，未及多虑，便出掌相迎。

　　白衣少年轻蔑一笑，力道更胜。李穆然却面无惧色，两掌刚接，白衣少年便神情骤变，满目惊诧。

　　只因本是掣肘对方的肃杀之气居然被生生反弹回去，他发出几分攻势，便被反弹几分，转瞬之间自己竟被推至十丈开外，不得近李穆然身。

　　邢勇扶住不断后退的白衣少年，待站定，少年一脸震惊。

　　"区区两年光景，你居然习得如此卓绝的武功，可这洪门内力不该耗时耗力吗？断断不可能速成。"

　　"如今我尽得师父真传，实力不容小觑，你是该识趣一点速速离开。"

　　"洪老掌门武功出神入化，我杨敏之自叹不如，但对付你这学艺未精、只知贸然相向的小子，还是绰绰有余。"

　　"啊——"李穆然身后侧室内忽然传来一声嘶吼。

　　"里面什么人？"杨敏之警觉道。

"无关之人。"

"无关之人为何不敢露面?"

"既然无关,那见与不见有何差别?"

"怕是已不省人事的洪仲吧。他虽输了真气给你,却好像连一招半式也未教授。空凭一身蛮力,看你能挡我几招。"杨敏之言毕便抽出腰间佩剑,夜幕下剑光闪闪,于这漆黑天地间忽明忽灭。

那剑气比方才更胜,李穆然根本无法看清长剑而来的方向,更难以徒手遮挡这利刃,胸前转瞬就被划开一道月牙形的血痕。

快,太快。

哪里有他出招的时间。

洪门武功宗旨无形无动。既然无形无动,对方便无从察觉,如此情况下,岂非任人宰割?

可这洪门内力需配合幻影拳才更显威力,每拳皆蕴藏无限速度,招招制敌。此拳法,顾名思义,亦秉承无形无动要义,须快到极致,方才不见踪迹。

李穆然哪里习得此招,那杨敏之行动之迅猛,却堪称高手中的高手。

"还不避开,否则休怪我不留情面。"杨敏之喝道。

李穆然自知绝不可此时退却,师父性命危急,容不得丝毫差池,便灵机一动,换了策略。

"只怕你劳师动众而来,却要枉费心神而归。"他惋惜道。

"何以见得?"

"洪老掌门武功盖世,若是以往,今日翡翠楼内众高手齐上,也顶多平手而已,怎让你有机可乘,以致重伤?"

"有何奇怪,他武功虽高,但人已年迈,体力不支是自然。"

"此言差矣,他乃被人下毒所致,才会落得性命堪忧。而今日王雍之死,也是有人暗中纵毒所致,只为扰乱视听,污陷洪门内力所为,因

为从劫镖案开始，这便是典型的栽赃嫁祸。杨公子如今劳师动众围攻无辜之人，真正的幕后黑手却还在逍遥。"

"洪仲自己都已承认秘籍在他手上，你倒替他编撰故事。"杨敏之不耐烦道，挥手示意身后随从齐上。

"且慢！秘籍只有一本，觊觎之人无数，你能索骥跟至此地，也是清醒智慧之人，何必步步紧逼，教他老人家退无可退，与洪门结下仇怨？"

"《清明上河图》早已不知所踪，怎如捉拿洪仲直截了当？何况他深受重创，命在旦夕，又有何忌惮？我龙威镖局早就与洪门结了仇怨，不在乎再多一桩。而我虽能跟你至此，也险些直追那黑衣人而去，若不是……何须跟你诸多啰唆。"杨敏之欲言又止，信手一挥，邢勇便首先一阵喊杀攻来。

"此时惊扰洪老先生，他若走火入魔，神志不清，你如何探出秘籍下落？"

"休得废话。"杨敏之彻底失去了耐性。

李穆然独自一人，难以抵御他们围击，却也不得不沉下心来，全力调动四肢百骸的洪门内力，强撑到底。

一掌发出，便成排山倒海之势。

杨敏之身前众人虽被踉跄击退，如阴霾般的暴戾被一掌驱散，可最当中忽现那股咄咄逼人的戾气却依旧迎面而来，杀意不减反增。

乱光之中，杨敏之面目狰狞，这一招似已用尽十成内力，阴狠决绝。

才刚出掌的李穆然，已无力再行运功抵挡，他不由得闭了双目，一副听天由命的架势。

"该死！"杨敏之愤恨地大叫一声，他竟未能凭此招力挫几乎放弃抵抗的李穆然，居然又被一股力道弹至十丈开外。李穆然只觉面前骤起狂风阵阵，而杨敏之被逼得不得前行半步。那捆扎发束的发带也被劲风

吹得飞散开去。

他疑惑睁眼，却是始料未及。

方才气势逼人的少年忽而不见踪影，漫天如绸缎般的黑丝随风翻舞，慌乱无措的神色哪似骁勇男儿，原本清秀的面庞配上如瀑的发，活脱脱一位俊俏的女子。

难怪，难怪一直感觉此人有些许奇异，却又一时道不出因由。

"谁人多管闲事！"杨敏之怒道。

"施主何需大动干戈。"李穆然身旁镇定低沉的声音响起，一位白眉高僧已然站定。

"和尚，亏你们满口慈悲，洪仲抢镖灭口，人人得而诛之，你却反过来助纣为虐。"杨敏之迅速拾起了锋芒道。

"屋里的施主身受重伤，性命堪忧，我佛慈悲，岂能见死不救？你口口声声说他抢镖杀人，莫不是一面之词。而据老衲所知，洪老掌门向来否认此事，当年金兵攻入汴梁，他身先士卒，奋力抵抗，侠肝义胆闻名于世。"

"人也有变的时候。你不让开，可是说这闲事少林要管了？"杨敏之道。

"阿弥陀佛。"

"若有人证呢？"李穆然循声望去，但见众人为朗声回敬之人让开了道，南宫鼎信步而至。

"爹爹。"身后的南宫梦惊喜呢喃。

"这洪仲方才在翡翠楼内，众目睽睽之下，以其独创的洪门内力杀死了王雍王大人，我南宫鼎恰可作证。"

白眉高僧神色犹豫，踌躇一番，却还是开口道："既然如此，老衲是无道理再继续阻拦。"言罢便侧身让开。

"早该如此。"杨敏之冷哼，"李穆然，你莫非还要坚持？"

"若想掳去师父，就从我李穆然的尸身上走过。"李穆然毅然决

然道。

南宫鼎不禁忧心提醒："穆然，你何时变得这般糊涂，如今还认这歹人做了师父，若让你母亲知晓，该多心痛！"他亦急道，"梦儿你怎在此，快速回爹爹身边来！"

"爹爹您就放过里面的老伯吧，我看他身负重伤，已甚是可怜。"南宫梦从李穆然身后探出，乞求道，"穆然哥哥，我爹爹也绝不是滥杀无辜之人，若是此时顺了他，我们都会相安无事的。"

"你涉世未深，怎知当中厉害，快过来！"南宫鼎急道。

"南宫先生所言甚是，刀剑无眼，若出了闪失如何是好。"李穆然也柔声规劝。

南宫梦步履迟疑，依依不舍地望着李穆然，他轻轻颔首示意她前行。她虽犹豫不决，终还是缓步踱到了父亲身旁。

"不自量力！"未等南宫梦站定，杨敏之便再次袭来。

"少安勿躁，先容老衲收个俗家弟子。"那白眉高僧竟又施施然返回原位，展开袈裟，强劲真气瞬间形成屏障，阻住了杨敏之凌厉的杀气。

"和尚又耍花招。"

"能与他相识，便是有缘，"白眉高僧转身幽然对李穆然道，"小施主，你可知习武根基为何？内与外的融合。所谓剑法、刀法、掌法、指法，不过是其外化形式，在真正的交锋中，形势瞬息万变，这些武功套路若非灵活运用，怎可克敌制胜！而内力却是一切武功的根基，每一番比拼，若无内力支撑，那每一招便都成了虚招。你看好了，就这三个动作，是为你体内的洪门内力作个依托。"

他缓缓伸出手掌，五指成龙爪，抓向李穆然抬肩穴，紧紧扣死。"记清楚了吗？"旋即又收起其余四指，剩下一指直点眉心，而后掌心平摊，迅速攻至李穆然腋下。"现在可以忘记了。"

"弟子明白。"李穆然点头称是。

"啰唆完了?"杨敏之不耐烦道。举剑疾步而来,身形如鹰,比方才任何一次侵袭都还要猛还要烈。

李穆然却是镇定自若,静待她身影飞至。

他就在杨敏之距离自己半米处时忽然俯下身去,一掌扫至她的纤细腰腹,待她身子前倾之时,掌成龙爪,指尖发力,紧扣住她脉门,顷刻间杨敏之便被擒于这掌法之下,几番挣扎都无力摆脱。

"太快,也有缺陷,只因身形不及随形势而变。"李穆然道,"叫你手下都退去吧。"

杨敏之愤恨不甘地盯着他,却拒不退让。月光如轻薄云烟洒下,恰为眼前这倔强女子平添了几许幽容。

李穆然不由得荡了荡心神。

她像是想起什么,唇角微扬,诡异巧笑,蓦然垂首,竟狠狠咬向李穆然紧扣住自己肩胛骨的手腕,因这齿合力道太猛,身子也随之颤抖不止。

痛,钻心的痛。

她咬住就不松口,像是藏着深仇大恨,一直到嘴角都渗出了血。

李穆然疼痛难忍,不禁先松了手,猛力甩动胳臂,她这才被迫移开了朱唇。"你可真会耍赖。"他往后退一步,愤然道。

她神情陡然黯淡。回身就要离去,却步履凝重,眉目流转不清,"我们走。"她吩咐众人道,原本坚挺的脊梁此时些微垂下,遥遥望去,竟与普通弱质女子无异。

南宫鼎上前拦下她道:"你就这样放过洪仲,一走了之,忘了秦大人的嘱咐?"

"你也看见,我一时半刻还无法取胜。"

南宫鼎犹豫片刻终也未作停留,便要护送女儿离去。

"穆然哥哥,我们一起走吧。"南宫梦跑上前道。

"你先行一步。"李穆然轻语。

"那梦儿先回去等你。"

父女二人渐行渐远，灵隐寺又回归了寂静，李穆然长舒一口气。

未及感谢白眉高僧相助，侧室门便被觉远大师推开，李穆然赶忙上前询问洪仲伤势。

"幸亏抢救及时，已无性命之忧。"觉远宽慰道。

白眉高僧已先行一步走进："师兄。"他望见洪仲，一副担忧之状。上前紧握住洪仲双手，俯身为他拭去额头的细密汗珠。

此时的洪仲，已不见气宇轩昂的神态，更卸下了伪装皮囊，俨然就是当日细品甘豆汤的老者，慈眉善目，弱不禁风。故人相见，分外感伤："永信师弟，你近来可好？"

竟是昔日同门，难怪方才几番相助。

"我还好，可你遭了何等变故，竟有性命之忧？想当年我们师兄弟在嵩山，论武功修为，属你最高，之后更结合少林般若掌自创了幻影拳。当今武林，我真想不出是谁能有这般大的能耐，令你重创至此。"

"说来惭愧，我如今竟被歹人用嫁祸下毒这种见不得人的手段图谋陷害。"

"江湖险恶，当年你执意下山，可曾料到有此劫难？你离开之后，空留我一人独守嵩山。"

"永信你生性淡泊，清心寡欲，最适宜归隐山林。而我血气方刚，哪能沉下心吃斋念佛？那时大宋正值内忧外患，被辽人抢去幽云十二州，为官之人却都是一群懦弱求和的文弱书生，不敢抗战。武林中也是一派混乱，人人为了自保，相继被辽人利用，相互残杀。我满腔热忱，岂能坐视不管，听之任之。"

"你倾力创办洪门，维持武林正义，协助李潇为朝廷效力，与辽兵抗战。谁知金贼却异军突起，来势凶猛，先灭了辽，而后直捣黄龙，占领汴京，掳去二帝，导下靖康奇耻。"

"我大宋真是命运多舛，还未及赶走豺狼，就引来了虎豹。"

"李潇将军更是在金贼攻陷京都时失去性命，天妒英才啊。"释永信慨叹。

"好在天不绝李氏，这位少年便是他的子嗣。穆然，见过灵隐寺方丈，你师伯释永信。"洪仲激动引荐。

李穆然随即恭敬跪拜道："弟子见过师伯。"

"快快请起。"释永信上前扶他，细细端详一番李穆然，不住啧啧赞叹，"眉宇间颇像当年的李潇将军，方才的表现更是智勇双全，有后人如此，他也可含笑九泉了。师兄，如今你武功尽失，已不适宜行走江湖，不如索性留下如何？"

"我正有此意。自劫镖一事之后，便长久居无定所，一来为抗渡江南下的金兀术，一来为躲避各门派的追踪烦扰，疲于奔命。自古英雄出少年，有徒如此，老夫也可安心全然悟道了。李穆然！"

"弟子在！"

洪仲从腰间取下一枚通透的蓝田玉佩，上面精细镂刻着山川奇石、苍松劲柏，真乃无价珍宝。"此乃洪门掌门玉佩，今日交于你手，你便要担起重振洪门、复我大宋的重任。"

"弟子愚钝，恐有辱师命。"李穆然急忙谦恭道。

"哎，如今洪门之中数你内力最高，更是李潇将军后人，胸怀天下，掌门之位舍你其谁！"洪仲一再坚持。

"可穆然毕竟资历太浅。"

"我看穆然你为人谦虚，并非那般不可一世的小儿，听不进他人谏言。子昂在军中率立战功，刘江寒也于朝廷当值，更有王厚昌、李其、周笑添辅佐，有他们帮你，你还顾虑什么！"

"既然如此……"李穆然也不再推辞，便庄严起誓道，"穆然必当拼尽全力，万死不辞。"他起身郑重接过那仿若千斤重的洪门信物，紧攥于掌心。

"你回去之后，尽可于孔翎处了解帮内大小事务，这丫头为洪门四

处奔走，立下不少汗马功劳。她虽古灵精怪，却也怀铮铮侠骨。"已逐渐恢复元气的洪仲开始侃侃而谈，将那尘封已久的往事娓娓道来，"想当年就是在嵩山，我与永信师弟相遇，当时我们都还是乳臭未干的孩童呐。"不知不觉间天边已是日出彤云一片，如晕染开的水墨，层层叠叠。

李穆然走下南屏山时，整座灵隐寺正沐浴在晨曦柔和的微光中，斜阳透过郁葱的枝丫在斑驳的石间小径上洒下明晃晃的金斑，檀香弥漫在静谧的古刹间，任何躁动的心绪也都随着阵阵诵经声平息镇定。

只叹浮世喧嚣，莫不是虚空一场。

是随欲望驰骋，或被现实的枷锁禁锢。

洪仲戎马一生，终还是铅华洗净，不惹尘埃。

而少年李穆然的欲望，才刚如星星之火，便要作燎原之势。

他从未像现在这样充满希冀，禁不住步履轻扬。记忆中汴梁的冬天落雪不断，寒冷异常，可繁华的汴梁大道生机盎然，一碗沿街小贩叫卖的热腾腾的粟米粥便可驱走腊月里的冰凉。

儿时的一切美好，仿佛近在咫尺，只需轻轻踮脚，便触手可及。

他加紧了回程的脚步。

南宫府的大门紧闭，整夜未归，若是往常，赵燕早已迫不及待守候等待。李穆然忧心她焦虑难耐，一下山就匆匆赶路，至南宫府时天刚亮不久，周遭空无一人，悄无声息。

李穆然尝试叩门，才发现大门其实虚掩。推门而进，眼前的阵仗却教他始料未及，惊诧当场。

整个南宫府的衙役几乎倾巢而出，在赵燕两旁蓄势待发，他们好像已经静静站立了很久。有多久，从赵燕看到李穆然的那刻起，满眼的血丝就突兀而出，她手紧握成拳，太阳穴上青筋暴起，怒不可遏。

"跪下！"赵燕声嘶力竭地喝道。

她这般气急败坏，想必整晚都在焦灼等他归来。念及此，李穆然一阵歉疚，忙道："穆然自知不该让娘这般焦虑，可切勿因此气伤了身子。"

"你眼里早便没有娘了，又何须假惺惺顾及我的健康。娘曾劝诫过你千万次，如今既已至临安，就该放下昔日过往，重新来过，可你倒是长进，居然斗胆跟洪仲这类歹人勾结。"

"师父他侠肝义胆，怎是歹人！"李穆然立刻辩白。

"闭嘴！他不过是江湖上的贼子，劫镖杀人，煽动战火，你父亲早便与之断绝来往了，你怎可受他蛊惑，公然对抗龙威镖局的人，还罔顾南宫鼎对你的劝诫！你可知错！"

"穆然何错之有！汴梁失陷，二帝被擒，但凡心怀报国执念，都该不忘耻辱，立志北伐，收复故土，而洪门就是秉承此念！"

"逆子！"赵燕上前狠狠掌掴李穆然，李穆然面颊瞬时浮现通红的五指印，刺痛不止，"这江南有长江天险作为屏障，金人如何攻来，好不容易才盼得的平静，你竟还不知安分。我只道高宗如今科举择才，一旦金榜题名，便可光耀门楣，尊荣享尽。夫君南宫鼎也极力拉拢朝臣秦会之，为能在临安有一席之地步步为营。怎料我赵燕居然生出你这逆子。你若还不知收敛，往后必定凄惨。"

"倘若我贪图安逸，苟且偷生，才是生不如死！"李穆然愤然道。

赵燕听闻此言立刻血脉贲张："你年纪轻轻，就喊打喊杀，非要与金人抗衡，你难道还不知他们有多残暴凶狠？娘千辛万苦把你带来临安，就是想让我们能有安稳生活！"

"安稳生活？在汴京时，我们生活得还不安稳？可有何用？金贼说来就来，城说破就破。如今虽暂得安稳，可又能持续多久？若是皇上也愿意北上呢，这莫非顺应天意？到了那时，娘你还要坚持？"

"就算高宗日后鼓励北去，你也不许，那些都是武将的事，你爹枉死，我能够再让你重蹈覆辙？你就断了这心思吧！"

"可该清醒的人是您啊！"李穆然仍旧恳切劝道。

"好啊，你这般固执，就是叫娘气死、急死！好，既然如此，娘就死给你看！"赵燕已经怒火攻心，不由分说就拔出随从腰间佩刀，决然刺入自己胳臂，顷刻鲜血汩汩，染红衣襟一片，气息奄奄。

李穆然赶忙上前夺下血刀，搀扶起赵燕不住高呼狂喊："快去寻郎中，快去！"

他不禁双膝跪地，如何也无力起身。他错愕地望着众人匆匆忙忙将赵燕送回厢房，南宫鼎长叹一声拂袖而过，南宫梦疾步前来俯身在他耳畔宽慰不断。

李穆然颓唐地注视着赵燕遗留的血迹，这啮噬人心的赤红，在彻骨的寒风中缓慢凝固，触目惊心。

为何非得这般不留余地地阻挠？

竟残忍到要用性命来威胁强迫。

似乎只是一宿的恍惚，又或者时间已流逝许久，待李穆然终于反应自己身在何处，整个南宫府已是银装素裹，白雪皑皑。

他好像做了个很长的梦，梦中虚晃着一片广袤无垠的麦田，春风和煦，轻拂田间，也划过在铺天盖地的骄阳下肆意奔跑的少年。驻足歇息的时候，伟岸的城楼忽现，灰黑色的高墙遥遥望去壮观威严。少年莫名的焦灼在看到那高墙上神色警觉的守卫时沉静下来，可是转瞬就刀光火影，喊杀震天。一众头戴羊裘高帽的金人铁骑铮铮，势如破竹，径直杀入。

他不可置信地望着忽至的战火，明明安定的心顷刻慌乱异常，这时斗大的火球滚滚而来，身旁母亲焦急呼唤："穆然危险，快避开！"而后便依稀感觉到赵燕抓起自己的双手，狂奔离去。

火势已经不受控制，在麦田一番肆虐，赵燕护着他全力奔逃，少年踉跄跌倒，母亲就吃力把他架起，而自己被大火烧灼，也不顾医治，依旧咬紧牙关疾驰而去。

"娘，娘。"待至安全之地，赵燕早已因失血太多晕厥过去。李穆然急切唤她、摇晃她，然而许久许久，也未能苏醒。

娘。

娘！

一阵痛入骨髓的慌乱与愁苦在心间交缠，恍惚间，梦碎了，惊了无措的少年。

窗外落雪纷纷，眼前赫然已是红烛苒苒，奢华的南宫府邸厢房内，李穆然拭去额前汗水，好在皆是虚幻。

起身踱步至院内长廊的时候，望见孔翎正为南宫梦递上水晶糕，她出神地注视着满池锦鲤，将糕点掰成碎屑撒下，眉宇深蹙，若有思虑。

"公子?"孔翎道。

南宫梦循声望去，见果然是他便即刻展露笑颜："穆然哥哥，你终于醒了，害我一直心神不宁，姨娘她已无大碍，正在爹爹房间歇息。"

"娘，娘！"李穆然一惊，飞身掠过南宫梦。

原来这都不是梦。

一路疾驰至南宫鼎厢房，正要破门而入，屋内却传来轻声呢喃，他还是强迫自己定了心神，不至匆忙进入。

李穆然侧身贴近，依稀听闻南宫鼎安慰赵燕的声音："他才至临安不久，未能适应此地环境，想必一些时日之后便可不这般只想着回去，你切莫再急怒攻心，伤及身子了。"

"不出此下策，他怎知当中利害。我此番作为，就是要让他彻底断了北上的念想。"

"我看得出，穆然孝顺有加，定不枉你这般心血。"

"他诚然会顾及我的规劝。可经历那一场浩劫，他确实有些变了，到底变化在哪里，我又道不清讲不明。"

"不急，穆然年纪尚浅，来日方长。"

"可哪里再是无知少年，明年便该参加科举，在朝堂上崭露头角

了。而梦儿，也就快到婚嫁的年纪了。"

"是啊，说至此，我思前想后，以为那秦公子知书达理，不失为人中龙凤，若能与秦家联姻，便如同添了羽翼，从此在临安岂非根基愈发稳健。"

"我们果真是心意相通。咳咳。"赵燕轻咳几声。

"身体不适，就先歇息吧。"南宫鼎劝道。

李穆然终未推门而入。

刚回自己房间，便见孔翎跟至。

"小师弟怎么整夜未归？"她悄声将房门关闭，询问道。

"你又因何掳去王雍尸体？"李穆然反倒深沉回应。

孔翎闻言微愣，旋即莞尔："师弟真会说笑，一个死人，我掳他做什么？"

"的确，我也很好奇，明明见你拖走了尸首，又何必否认？你大可以告诉我生怕有人意图毁尸灭迹，所以先将其妥善保管，留待日后为师父洗清嫌疑。如此遮遮掩掩，又是为何？"

"小师弟，你好奇心太重了。"孔翎别过身道，"我不想多说，便是觉得多说无益，你只需知我一心为洪门即可。"

"其实师父信你，我自然也是无可厚非。"李穆然道，"你既拖去了王雍尸首，可知王雍的死与师父无干，而他遇害前所饮的酒却无毒。"

"师父侠义，自然不会做这等龌龊之事。我也的确仔细检查了王雍尸首，他因腹部粉碎而亡，乍看之下，的确像是洪门内力引致五脏炸裂而气绝，与当日劫镖案如出一辙。但这陷害之人恰恰忘了一点，洪门内力断断无法将内脏顷刻间炸成粉碎，否则也过于残忍，师父更不会随意用幻影拳取人性命。我又一番细查，才发觉他体内竟有一条足有十寸的游虫，就是这游虫，将整个五脏啃食干净。"

"果不其然，师父也曾道他五脏像被啃咬般疼痛难忍。"

"对了，师父，师父现可安好？"孔翎这才急问。

"放心，他老人家已在灵隐寺安顿，暂无人敢前去滋扰。"李穆然宽慰道，而后又皱了眉，"可我从来不知世间还有这等毒物。何况任由游虫将五脏啃食，这当中痛苦，岂是常人能承受得起。"

"管他如何心狠手辣，未必能吓住我孔翎。"孔翎不忿道，又将目光停留在李穆然身侧，"何物隐隐散光？"未及回答，她便上前擅自取走李穆然腰间的玉佩，他只是将玉佩牵引的流苏置于外，就已经是巧夺天工，惹人瞩目了。那流苏，如丝绸般柔软，色泽碧绿，在昏暗的室内果真荧光闪闪。

"掌门玉佩！"孔翎惊道，"师父居然把掌门玉佩给了你！"

"他老人家为免毒发，已将自己的洪门内力传到我体内，而他自己希望留在灵隐寺过清净的日子，是以托我代管洪门。"李穆然道。

"小师弟已经有了师父百年的修为了，怪不得。"孔翎倒是痛快，"小掌门接下来有何打算？"

"偃旗息鼓。"李穆然坚定回复，"师父在灵隐寺修行，其他帮派顾念佛门净地，必不敢妄加骚扰。既然各帮各派相信这《清明上河图》中暗藏玄机，我们何不将计就计，让这传言再逼真些。"

谁也猜不透这少年莫测的心思，只凭着此番胸有成竹的言语，竟也可感染旁人横扫疑虑，全然信任。

"我明白了，小掌门是要搅一搅这浑水。"

"不错，各门各派如今盯师父太紧，我们必须转移他们的视线。由我明年殿试时一探圣意，再做下一步打算。"李穆然坚定道。

"好，我就先将这流言推波助澜的决定通知下去。"

孔翎自是相信师父所做的任何决定，即便是将一帮之重任交予这于他而言未曾谋面几日的少年。

而她自己的身世又是如何，今日在那翡翠楼中惨遭不幸的王雍，已是她在这世间最后一位亲人。

许多年前的黄昏，隐匿在半山的洪门总舵笼罩在一片阴雨之下，风

清冷，雾朦胧。一条羊肠小道直通山顶。隔着雨雾，小道上隐约浮现蹒跚的身影。待那人影临近，勉强可认出是一位骨瘦如柴的少女，衣衫褴褛，满身泥泞。她已七天七夜未进食，七天七夜的煎熬足以令成年男子暴毙，她竟意念顽强地活了下来，却也已是人不像人，鬼不像鬼。

不久之前，她还是张邦昌的小女儿，过着锦衣玉食、骄奢华贵的生活，而那王雍，就是她从小便认下的义父。

是洪仲牵起孔翎稚嫩的双手将她引入洪门。前尘的往事，也随着日复一日的潜心修行被逐渐淡忘。那时候的孔翎以为，自己终于逃脱了因爹爹叛国、甘作傀儡而被株连绞杀的命运，在这终日雾霭环绕的青山里，没有因背叛祖宗而招致的持续不休的咒骂，没有因屈从淫威而难以压抑的羞愧。

她之所以还不愿随爹爹离去，便是要让爹爹犯下的罪，由自己倾尽此生来还。

第七章　未解语言先作赋
一操直取状元来

很长一段时间李穆然都再不提及洪门半字，赵燕激动的心绪才逐渐平和。她满意地看到他愈发勤勉地埋首苦读。

而听孔翎说，《大荒经》与《清明上河图》究竟是何关系在江湖中已被讨论出了无数种说法，闹得是沸沸扬扬，洪门中人自也按照李穆然的意思，从中煽风点火，由这传言甚嚣尘上。

过不多久，果然已少有人再提滋扰洪门一事。

李穆然以为，倘若当日王雍不死，倒真也未必能为师父洗清嫌疑。那杨敏之既如此笃定劫镖案洪仲难逃干系，还欣然受秦会之之邀前往翡翠楼，想来那证词故意坐实师父的罪状也不无可能。只是奇怪，当日暗杀王雍之人，倘若果真意在避免洪仲再遭污蔑，却又为何还要将王雍之死栽赃嫁祸给他？

流言既已传出，若非能够确确实实让江湖人士信服师父无罪，李穆然尚未打算提前将王雍尸首暴露，以免引起当中别有用心之人的暗自警惕。

闲暇之余，李穆然也常至南宫府藏书阁，希望能寻得王雍体内蛊虫成因的蛛丝马迹。只是长久也无一所获。

想着想着，时日便已匆匆过去。

　　绍兴三年的科举日终于将近，为弥补风雨飘摇的建炎四年，凡参加者，皆可掠过秀才、举人，直接考取进士。

　　李穆然不得不收了心，全情投入到一片之乎者也中去。

　　而这科举文，在李穆然看来，不过是一篇规矩内对书生们的考究，吃透当中暗藏的规则，加以飞扬的文采，必可收获青睐。

　　而这规则，便全在将义经的精髓提炼通透。

　　那些朗朗诵读的日子里，南宫梦常常来书房探他，心思细腻的少女总是不忘预备好精致的吃食，以慰藉李穆然的劳苦。有时是水团，有时又是定胜糕，有时还是官家的铜锣烧。每每李穆然尝到这熟悉的味道，总会恍然忆起曾经春光明媚的李府午后，惜若与云儿醉人的欢笑明眸。

　　绍兴三年，临安迎来入江南后首场殿试，这一年的秋天，数不清的文人墨客拥入了繁闹的京城。

　　九月的午后，斜阳倾洒在南宫院落一汪安静的湖泊中，一抹光亮穿透迂回的长廊，在南宫梦红润的面庞明明晃晃。赵燕正不断在她身前踱着步，细密的汗珠从她发鬓渗出，也不及擦拭。可知今日便是高宗亲临督考、三甲揭晓的时候，自己儿子颇不容易走到这最后关头。而为这一天，她早已等了漫长的岁月。

　　赵燕紧张地碎碎念着，恳求老天圆了她的愿。

　　此时的李穆然，正从太和殿走出，周遭的殿宇楼台正被青灰色的高墙环绕，他行至皇城中央的时候，方见四周正兴的土木。尚未建成的御花园已初现精细雅致的端倪，可遥念彼时空旷华贵的汴京宫闱，竟又衬得这江南的细腻有了逼仄的滋味。

　　方才在太和殿上，高宗一一审视着每位考生的卷宗，半晌都无言语。直到看到自己的文卷，才蓦地顿住。他特意欠身询问了身旁大臣著文之人的名字，李穆然清楚地望见他意味深长的目光，从精雕细琢的龙椅之上投射到自己面庞，他甚至分不清，这目光究竟是否意味着赞许。

此时的他刻意避开了被考生环绕的黄金榜，恍恍惚惚地就踱回了家，一入门，便见赵燕急匆匆上前询问："穆然，殿试发挥如何？"

"穆然哥哥，姨娘她可着急了。"南宫梦也紧跟而来。

"等等看，一会儿就有消息。"李穆然安慰着赵燕，自己却压抑着满腔忐忑，径直入了厢房。

高宗提笔，何谓天道人极，天之道即是自然之道，人却以德自持，世间万事总不得圆满，而希望长存，人世之欲总不可灭，却能引导而向积极。破碎之山河，若不极力图强，岂非任由宰割而希望之心死，人之盼若灭，何有心气再保家护国。洋洋洒洒数千字句，道尽了李穆然由衷感念。

他思忖着，真若得中，便证皇上北去之心笃；若惨败，只道他收复中原之志无。

直到现在，他都读不懂太和殿上的高宗那无以言说的神采。

就在这时，南宫府大门忽就被猛烈的敲击声惊扰。家丁听闻来人的消息，便兴冲冲地从府内一路跑至赵燕身前，激动地语无伦次道："夫人，夫人，天大的好消息！"

"穆然高中了？"赵燕问着，心中已生了欢喜。

"不止，不止，公子还是状元！"家丁兴奋地补充。

"状元，是状元？"赵燕不可思议地问，她梦中倒是常出现李穆然一举夺魁的场景，而今居然实现了，反倒有些难以置信，"真的，是状元？状元！"赵燕不可思议地絮叨着，好一会儿她才反应过来，便立刻兴奋地冲入李穆然厢房大喊。

"穆然，穆然，你可高中状元了！"

尚在屋内的李穆然扶住颇有些失态的赵燕，一时也欢喜到失了语。赵燕转身又奔回院内，激动唤道："来人，快来人，即刻张灯结彩，庆贺穆然高中！"

才一炷香，偌大的南宫院落里就已处处大红灯笼高挂，爆竹鞭炮声

不绝了。

　　也未及一日工夫，皇榜一揭，成群结队的高官显贵便纷至沓来。整箱整箱的银两珠宝、瓷器药材被家丁抬着，占满了南宫院落的四座围墙。赵燕与南宫鼎更早在长廊当中，与上门道贺的众人一一寒暄。

　　一直到夜幕降临，秦会之也领着自己儿子秦熺，风尘仆仆赶来，老远他就客气道："南宫兄，恭喜，恭喜啊！"

　　"秦大人，秦公子，有失远迎，有失远迎！"南宫鼎上前热切道。

　　秦会之手执一柄素色卷轴与一尊剔透如生的翡翠玉雕，就交到迎他的南宫鼎手中："南宫兄，我这点薄礼，可不成敬意啊。当中亲笔所题《兰亭集序》，希得贤侄喜欢。"

　　"当然当然！"南宫鼎热切道，"秦大人的书法早在汴梁时便闻名于世，今日能得您墨宝，实在是穆然的荣幸。您大驾光临令我南宫家蓬荜生辉了，还得您破费。"

　　"应该的应该的。"秦会之笑言，"这可是状元及第啊。犬子虽同考殿试，奈何才不如人，不过进士出身，他还得多向贤侄请教学习哪。"

　　"大人言重，穆然侥幸第一，不过运气好些而已。"南宫鼎谦虚应道。

　　"只是这么热闹的场面，却没见贤侄？"秦会之这才发觉李穆然并不在院内。

　　"哦，实不相瞒，今日上门道贺提亲之人太多，他应付得累了，这不就先回屋歇息了。秦大人若是想见他，我这就叫他出来。"

　　"罢了，罢了。这一旦金榜题名，自是提亲之人无数。可惜我膝下只有秦熺一子，否则与南宫兄结了亲家那可真是美事一桩。"秦会之遗憾道。

　　"大人怎把我所想道出了呢？穆然虽是男子，可我还有小女梦儿啊。熺儿不也总抽空来寻她吗？我看他们甚是合拍。如今他也取了功名，到了成亲时候，梦儿也已长大成人，为何不定了他们的婚事？"南

宫鼎闻言惊喜道。

"是啊，他们二人，的确合适。"秦会之笑容可掬地应着，在旁的秦熺听闻倒是未动声色，淡然处之。

"那干脆就这么定了。"南宫鼎一再掺和。

"爹!"南宫梦刚好走来，听闻这一席话不禁提声忸怩道。她虽常与秦熺玩耍，却也只当他是寻常公子，虽也憨厚沉稳，却始终不及穆然哥哥亲昵，怎就论及了婚嫁："我还要多陪爹些时日呢。"

"哎，再陪些时日你可就找不到熺儿这般优秀的夫婿啦。我是听说整个临安想嫁他的姑娘数都数不过来。"

"哈哈，是啊。"在旁听闻的宾客们一阵哄闹。

"爹!"南宫梦急得满面通红。

南宫府院内热闹的场景简直堪比元宵佳节，李穆然却躲在屋内不敢出现。他若露面一定会被当作猎物围观哄抢。

厢房门吱呀一声被推开，便听孔翎清甜地叫唤："状元郎，外面的人到处都在找你，你怎么反倒要藏起来啊?"

李穆然赶紧把她拽进屋，又匆忙将屋门闭紧。"院子里的人还未散?"李穆然问。

"个个都争着要做你的老丈人呢。那秦会之还趁机替他儿子提了亲。"孔翎滔滔不绝地说着。"怎么你不出去，好歹也为自己挑个媳妇?"

"快别提了。"李穆然坐回椅上，"下午的时候便有城西的刘大人领着他如花似玉的女儿亲自登门拜访，刚寻着我，便与前来提亲的王大人撞了满怀，而那张掌柜见他们已经行动，也干脆拖着我絮絮叨叨，简直令人焦头烂额。"

"状元郎可莫要逗我了，我若是你还不得乐晕了。这么多小姐要嫁给自己的感觉可真是爽死了。"

"我哪有成亲的心思!"李穆然无奈道。

"成亲有何不好，我看你是挑花了眼吧。"孔翎撇撇嘴。

"不谈这事，翎儿，我有个好消息要告诉你，"李穆然岔开话题，"我也想让洪门其他师兄师伯知道这好消息。"

"我正是为此事来，"孔翎言归正传，"方才我放了烟火，通知他们在南屏山下等你。是时候让洪门其余七大高手见见他们的新任小掌门了。"

李穆然却又愁道："可你看看屋外的阵仗，我半步路也走不了。"

"这好说，易容术可是师父亲自传给翎儿的，那日钱塘江畔只是小试牛刀，这次就由我再帮你易易容。"

说完，她便将李穆然一番摆弄，果然他就变作了毫不起眼的书童模样。

"我们走吧。"

两人蹑手蹑脚地行入院落，果然无一人将他们认出。就见不远处赵燕与南宫鼎正被前来道贺的人们团团围困，争相推荐着自家的女儿，吵得可是面红耳赤，不亦乐乎。两人被撺掇得晕头转向。李穆然与孔翎便趁着这持续的骚乱，悄无声息地离开了南宫府。

伫立长廊之中的南宫梦，轻皱着眉，追随着他们的目光，在喜庆的氛围里竟是格格不入。

一路至南屏山，四处都能听闻百姓们议论今日殿试的声音。这番毕竟是皇室入江南来首次科举，万众瞩目。人们揣测着，只道这夺魁之人是当地书生贵族抑或从北方而至的王公布衣。

待远离了家，李穆然便恢复了原本容貌，他与孔翎刚至西湖断桥，迎面就撞见了那日咄咄逼人的杨敏之。

他们在几丈外就已四目相对，杨敏之意味深长地盯着李穆然，想是不会轻易让彼此擦肩而过。

"恭喜李兄又是洪门掌门，又是新科状元，当真是前途无量啊！"杨敏之拱手恭贺道，不过一年工夫，她这态度倒有了翻天覆地的转变。

李穆然尴尬地颔首，这杨敏之眉目间英气逼人，举手投足不见半分女子情态，自也不似粗鄙男儿，一身青灰长衫，竟是异常俊朗。

他真不知该当她是姑娘还是公子。

"杨公子过誉了，穆然考中状元不假，只是这洪门掌门何来？"李穆然应道。

"状元郎既已得洪仲真传，还曾舍命保他，如今他躲在灵隐寺安于清净，如何掌管帮中事务？我若是洪仲，当然会传位给穆然兄弟，你不仅是状元郎，还是李潇将军之后，当个洪门掌门又何乐不为。"杨敏之句句说到点子上，想来若非她极其聪明，又怎会小小年纪就统领整个龙威镖局？

而今北方显贵正源源不断往江南逃难，她从中亲近了多少权势，又赚得了多少银两，从龙威镖局在江湖中日益崛起的声名便可想而知。

李穆然却道："洪老先生授我武艺，皆因我也深怀复国理想，灵隐寺永信大师与他更是故交，才几番出手相助。他现在虽在寺里清修，未尝不是运筹帷幄之中，决胜千里之外，怎会轻易将一帮之重任交予一位帮外人，敏之兄弟这般聪明，怎想不周全？"李穆然亦巧舌如簧。

"既然状元郎满口否认，我说得再多也是徒劳。不过敏之思前想后，也不知那《大荒经》同《清明上河图》究竟有何关系，亏得大家还为此事津津乐道，会否又是洪仲故意放出风声来混淆视听？"杨敏之转而言道。

李穆然佯装无奈道："你向我询问亦是徒劳，我顶多算半个洪门弟子，当中事情又如何清楚。杨兄若实在不甘，不妨再去灵隐寺向他老人家问个清楚明白？"

"你知道那些和尚不会轻易让我盘问洪仲。"杨敏之闻言便气道，"王大人已经归西，又怎证洪仲清白？你一再维护他，自是要与我为难。罢了，先前我们是有些不愉快，不过敏之还望你切莫在意，我也是一时心切。"转念之间，杨敏之的语气缓和许多，毕竟连番触怒新科状

元绝非明智之举。

"还希望龙威镖局能明察秋毫，还洪老掌门一个公道。"

"公道自在，就怕洪仲他难以自辩。"杨敏之冷言，却又不由得对李穆然语重心长道，"敏之劝状元郎还是远离洪门为妙，以免日后连累了自己，也连累了南宫先生还不自知。"

"你实在费心了，此中事，我自有分寸。"

"既是如此，李穆然，我们后会有期。"杨敏之便也不再停留，一声吆喝，身后众镖师便随她一道往临安城中奔去，一直到她消失良久，李穆然才暗松口气。

"这人好厉害。"孔翎望着她远去的方向喃喃道，"三言两语，就说穿了你的身份。"

"先前就只有她直接追到了灵隐寺，害得师父险些走火入魔，想来也是狠角色。"李穆然蹙眉道，"我如今虽代掌洪门，此事却少有人知，我还不想声张。"

"翎儿明白，免得你娘知晓又要哭天抢地。"

李穆然不置可否。

两人继续前行，南屏山隐约已现，绵延起伏。山上的净慈寺晚钟轰鸣。这西子湖畔常年不绝的钟声，便是由那座古刹而来。黄墙黛瓦的庙堂在这云山雾绕里总时隐时现，仿若普世的神祇，缥缈又庄严。

山前一片宽敞的绿地，青苔密布、浅草丛生。李穆然与孔翎走近小亭翠竹轩的时候，已有三人拴起了马，围站着相谈甚欢。

"周笑添，别来无恙，看掌！"孔翎隔老远就大吼一声。

当中身材尚矮的男子听闻，原本有些喜气的面容不由得一变，一胳膊推开面前两人，立即屈膝运气，转身相迎。一股劲风扫起，直朝孔翎的方向肆虐。孔翎却一闪身将李穆然推到了自己面前："小掌门，先帮我接两招。"

李穆然只得出掌相迎。

两人的掌心刚一相接，周笑添就被震得几个趔趄向后跌去，屁股在草地上几番弹跳，好一会儿才停下来。他一下坐起，惊奇道："你是何人，竟练就了如此强的洪门内力？"

"周笑添，他可是我的小师弟，他都能把你压制到这般田地，现在你总该承认自己武功不如我了吧。"孔翎跑上前得意地看着他。

"此言尚早。"周笑添不服气地手撑地立了起来，却不由得挤眉弄眼，他可毫不掩饰自己方才实在摔得生疼的屁股。

李穆然歉疚道："笑添师兄，请恕穆然下手无个轻重。"

"不打紧。"周笑添憨笑着走来，不过刚一站定，他便又猛地一掌拍在李穆然肩上，李穆然生生迎上他这一击，只觉身上略有刺痛，却又随即迸发另一股真气反冲回去，周笑添未及反应，就再次重重摔倒在郁郁葱葱的青草之上，此番真便站也不起。

"周笑添，让你不服气，活该自讨苦吃。"孔翎跑上前对匍匐在地的他幸灾乐祸道。

周笑添也不失落了，索性就趴在地上琢磨起来："我们洪门武功断断不能速成，看小兄弟年纪不大，就这般厉害。都说师父寻得了一位接班人，传授了自己百年的功力，莫非那人就是你？"

"哈哈，不用猜了，就是他，我的小师弟可是师父亲定的洪门新任掌门，又兼当朝新科状元。周笑添，你几次三番偷袭他，娄子可捅大了。"孔翎摇头晃脑地言语。

周笑添恍然大悟地望向李穆然，不好意思地笑笑，转而又对孔翎道："我见小兄弟温文尔雅得很，一定不会与我计较，哪像翎儿你，总饶不得人。"

"哼！"孔翎翻了个白眼，"看来你还记得，当日五台山比武，重新排位洪门八大高手，原本翎儿可是在你之上，若非师父念在你资历深，你又耍赖皮，现在可得唤我一声师姐了。"

"那场比试不能算数，我没用全力。"周笑添有些尴尬道。

"你还不承认！"

"翎儿，别闹了，还不快把笑添扶起来。"慈眉善目的刘江寒这时施施然走近怪她道，他发髻中的白发清晰可见，望去已年逾半百，一旁精神矍铄的岳子昂也正含笑不语。

孔翎还要与他拌嘴，李穆然干脆自己走上前将周笑添扶起："穆然方才得罪了。"

"无碍，无碍。"周笑添潇洒地摆摆手，他刚在李穆然的搀扶下摇晃起身，便注意到李穆然腰间洪门玉佩莹莹闪光的流苏，"咦，这可是……"

孔翎眼疾手快，一把将那玉佩拽出，就在周笑添面前晃悠起来："周师兄，此乃如假包换的洪门掌门玉佩。"

周笑添盯着那玉佩喃喃自语："果然是我洪门信物，我倒也听说师父在灵隐寺之事，想来当日救他于水火之人就是兄弟你啊，那你不就是李潇将军的后人了！他为国为民，死而后已，是我们洪门中人的榜样啊。既是如此，洪门周笑添，见过新任掌门。"他倒也干脆，就对李穆然恭敬拱手道。

岳子昂也在旁附和道："洪门岳子昂。"

"刘江寒。"

"共见新任掌门。"两人异口同声。

"刘师叔，周师兄，岳大哥，穆然实在不敢当，诸位可都是洪门前辈，帮中事务自比穆然清楚，贡献更比穆然多。穆然不过临危受命，只待师父重出灵隐寺，找到更为合适的掌门人选，再当让贤。"李穆然急忙谦恭以对，"而且诸位唤我穆然便好，我初入洪门，实在是要多多请教诸位。"

他又望向精神矍铄的岳子昂："岳大哥，见你人还平安，实在是一大幸事。"

李穆然不由得上前热切地握住了岳子昂的双手，这一握，两人竟感慨万千，眼前似又浮现当日汴梁战火纷飞的惨烈。

"能在江南再见你，我也甚感欣慰。只是岳某虽侥幸活命，奈何最终汴梁失陷，二帝被擒，李潇将军也……"他每每提及往事就难免悲从中来。

"岳大哥莫过自责，汴梁城破，金贼诡计得逞，谁也不想，可我们总要向前看。今日穆然便是要告诉大家一个好消息。"

"哦？"

"今日殿试之中，我抒发一番报国情怀，论古今之成败，道奋起抗击之必然，今能高中，足见皇上犹存复国心，有他的支持，岂非更让人振奋？"

"这可的确是好事。"岳子昂兴奋道。

刘江寒亦在旁赞同："金贼攻陷汴京之后，洪门弟子争相拥入岳兄弟的军队，奋力抵挡金兀术于淮河以北，高宗如今尤为重视他，想来也有振奋的决心。"他却也深思道："不过江南流寇丛生，能得高宗垂青，也是因岳兄弟领军与洪门里应外合，全力镇压那些贼匪所致，所谓北伐，终也还是句口号而已。"

"哎，皇上既有心支持我们，北上不过是时间问题。我只知从中原逃难到这里的人们，闻金切齿者有之，丧胆者亦有之，我岳子昂更需多打几次胜仗，让他们重拾收复山河的信心。"岳子昂热切言语。

李穆然亦道："的确，江南的烟雨，只怕比汴京更让人迷醉。其实南方的人们，谁又能真切体会国破家亡、流离失所的苦痛？而今不过是场劫镖案，大家便忘了洪门的志愿，纠结于区区一本武功秘籍，我们岂止要给他们信心，更要让这些江南武林人士不再执着于江湖争端，而积极北去。"

"穆然此言，可有办法？"刘江寒问。

李穆然侧过身，一边聆听南屏晚钟幽深的声响，一边掷地有声道："大家想想，一趟镖能押多少珍宝？我们何不再道《清明上河图》中画着一座山的珍藏，稀世秘籍就与那一座山的宝藏同埋葬。除却龙威镖

局，其他帮派如此为难师父，难道真与他有深仇大恨？不过是嫉恨他万一凭借《大荒经》与镖银而再让洪门于武林中崛起。如果让他们相信，这本稀世秘籍被藏在汴京黄石山下，我们尚不可得，又岂会再步步紧逼，更是否暂时撩拨起他们的北去之心？即便这些江南人士仍觉此中艰险，倘若这些东西终被朝廷收缴，江湖人士皆不可得，会否心理平衡一些，不再因相互猜忌而争端四起？"

"穆然的意思是，我们需要一个引人的故事，让各帮各派相信，重新回到汴京，便能瓜分这如山如海的宝藏，共得那犹如神助的《大荒经》？"岳子昂问。

"不错！"李穆然应道。

"如此一来，自然就更不会再有人紧逼师父与洪门了。"孔翎也道。

刘江寒疑惑问："可是计策虽好，这宝藏究竟存在与否？那《大荒经》的下落几何？若是此中事被知情人拆穿又该如何？想要让武林中人深信这传言，岂能容易。"

李穆然应道："刘师叔的担忧穆然也想过。那《清明上河图》几乎含着整座汴梁城，而图中所画荒无人烟的黄石山上，确有满山的宝藏，这些宝藏皆来自昔日轻烟楼，轻烟楼有几多奢华，他们当然可以想象。而我也亲眼所见这些宝藏，何止千万，简直堪比皇宫珍藏。既然师父已经道出此图与《大荒经》关系甚密，他们也只能暂时相信关系甚密，我们何妨再告诉他们这《大荒经》连同满山的宝藏也的确埋于那画中的黄石山里，只道师父是在守城时发现了这些宝藏。"

"嗯……"刘江寒点着头。

李穆然顿了顿："至于《大荒经》的真实下落，师父既然从未劫镖，要么杨敏之说谎，其实镖中无此物，要么就是另有他人假冒师父抢了镖。无论是哪一种可能，即便明知秘籍不在汴梁，此时声张，无非是让大家来向自己争抢，既然他到现在都不出声，那么以后何必要声张？而我们只需借助那《清明上河图》……"

"对了，《清明上河图》已经现身了，就在西子湖的明月船上，唐安安的厢房！"周笑添当即插言。

"若是在青楼，那就更好了。"

"周笑添，你又去寻花问柳了，我们八人当中也只你没事就往烟花柳巷钻，亏得岳大哥这般洁身自好，也没能让你学习学习。"孔翎一脸嫌弃道。

"话可不能这么说。"周笑添不服气道，"我若不去明月船，又怎知这《清明上河图》已失而复得？翎儿可是吃醋了？"周笑添笑她。"只是明月船我如今尚能去得，可轻烟楼要见师师姑娘一面，简直难于登天啊。"他当下便回想着、感慨着。

"轻烟楼几多奢靡，一座山的宝藏恐怕也装不下，与之相比，一趟镖又能押多少银两？"刘江寒也叹，"既是如此，刘某这就通知下去，让洪门兄弟将此事散播开来。笑添，你市井上的朋友众多，也要推波助澜一番。"

"放心。"周笑添满口答应。

"而我，"李穆然向西子湖那方望去，湖畔的明月船上灯火依稀，这阵阵钟声里似还隐约着自那方而来的笙歌袅袅，"也自当与唐姑娘一会。"

他又想起自己的担忧，便道："诸位师兄，穆然还有一个请求，可否请先暂不将我是洪门掌门一事宣扬？如今我既中状元，若还人尽皆知自己这般身份，未免显得过于招摇。且家母对金贼甚为忌惮，一心要在江南安稳生活，我担心她得知此事甚感忧心。而我自己肯定心如明镜，定不负洪老帮主所托。"

"穆然既有此顾虑，我们理当答应。"刘江寒想想便颔首赞同。

"对了，周笑添，为何今日只来了你们三位，其余二位舵主呢？"孔翎问。

"哦，文清文华两兄弟尚在中原与伪齐刘豫周旋，王厚昌与李其今日还需处理帮中要事无法脱身，就让我们三人先行。"刘江寒抢先答

她，"我回去自会通知两人为穆然保守秘密。"

"对了，"岳子昂上前道，"我方才观察，师父好像只给穆然你传了洪门内力，却未教授我们洪门的幻影拳法？"

"的确如此。"李穆然道。

"既是这样，我就先为你示范几招，毕竟我们洪门掌门，如何也要将我们自家拳法练得通透。"

"穆然聆听岳大哥教导。"李穆然立刻认真起来。

"记住，天下武功，唯快不破。幻影拳的宗旨当然也是快！凭借洪门内力，定要快到对方丝毫无法捕捉与招架你每一招每一式为止。"几乎在须臾之间，岳子昂已起手扣住李穆然最脆弱的天灵盖，"这一招一式又必须快中有序，一击便要让对方无暇招架。"李穆然刚要强行摆脱岳子昂的掣肘，自己的腰腹就已被他强拍两下，而待他反应过来，岳子昂已收手在三尺外。

"岳大哥好功夫。"

"这还不止，穆然也千万莫忘当中的迂回之策。毕竟这世间高手千万，总有人能将你的幻影拳看得通透，到时你的快，在他眼里也不过成了另一种慢。遇见这类人，就需懂得迂回遮掩，出奇制胜。"岳子昂分明要再来牵制李穆然，他强打精神要对抗岳子昂，岳子昂却猛地一回身出现在孔翎身后，只听她哎哟一声，肩膀就有些微疼，而此时，岳子昂竟又回到了一旁浅草上。

"穆然明白了。"

岳子昂又从袖口掏出一本书："这幻影拳谱，穆然先拿回去好好研究琢磨。我对幻影拳的感悟，全在这本书中。"

李穆然如获至宝，激动道："多谢岳大哥。"

"你好生练习就是。"

洪门原就以洪门内力为根基，习得幻影拳自可如虎添翼，李穆然与他们切磋一阵后便能挥洒一二。见已月影迷蒙，恐天色太晚，几人便各

自道了别，要起身离去。

周笑添挥手笑道："下次见翎儿，翎儿可是要变得更娇俏了。"

"哼，少这般殷勤，下次再见你，我可要让你乖乖叫我一声师姐。"孔翎道。

李穆然与她转身便往南宫府赶。

一路上，孔翎都喋喋不休："今日那么多的姑娘，我倒是好奇，你娘究竟会找哪样的给你？"

李穆然心中一犹豫，脑海便闪过唐安安模糊的倩影，与她那痴缠的目光，连他自己都吃一惊。"我也不知。"李穆然答。

"那你喜欢哪样的姑娘？"孔翎又问。

"该是云儿吧。"李穆然轻叹，却不明自己念想起的，为何会是唐安安的皓齿明眸。

"云儿，云儿是谁？"

"汴京皇城里的公主。"

"原来是公主啊，难怪让你如此念念不忘。"

两人说笑着就回到了南宫府，此时府内已清净许多，新至的道贺之人也寥寥。

李穆然与孔翎刚走近，便见平日忙碌的丫鬟歌女们正争相直往一处看。顺着她们的目光，就见一位风度翩翩的青衣公子正坐于长廊的石阶之上，夜风吹动他轻柔的长衫，月色晕染他迷离的侧颜，竟恍若深闺女子春梦里的情郎。

而他只偶与她们目光交错，就掀起好一番窃窃私语，惊呼尖叫。

"江煜！"孔翎一眼便认出了来人。

李穆然正朝长廊望去，缓缓起身的人温和而慵懒，只是江煜此名被孔翎提及了数次，竟无一好评。

"翎儿，别来无恙。"江煜走出长廊，朝两人行来，一路又引起了些骚动。

"这位公子，莫非就是新科状元？"江煜问。

李穆然微微颔首，浅笑以对。

孔翎道："他是状元不错，你可是陪丘无常道贺来的？"

"帮主正在屋内与南宫先生攀谈。"江煜温声言语。他望着李穆然的目光满是钦羡："状元郎果然一表人才，今日得见，实乃幸会。"

"过奖了。"李穆然谦虚道，"江兄才是。"

"公子可别被他那温良的模样给骗了。"孔翎却冲撞道。

"翎儿。"

江煜只当未听见一般，依旧无谓地笑着，他的确也不似轻易置气之人。

屋内刚巧走出南宫鼎与丘无常，南宫鼎见他们立于长廊外，便引着丘无常行至李穆然身前，热切道："丘大哥，这位就是穆然。"他也算宽厚之人，那自豪的神情，俨然将李穆然当作了自家人。

丘无常与南宫鼎年岁相当，但明显又较之硬朗精神许多，他打量着李穆然，满意道："贤弟，这门亲事我们就说定了。"

见李穆然一脸疑惑，南宫鼎便解释道："是这样，丘大哥的女儿如月还待字闺中，温柔婉约，我与你丘伯伯正商量此事，穆然若能与如月成亲，我们便算是亲上加亲了。"

"所言甚是。"赵燕也从后走来，"雁翎帮与南宫家密不可分，穆然与如月又年岁相当，两人门当户对，实在是太合适了。"

李穆然刚想婉拒，话至嘴边又咽了回去，也似无异议。

待到南宫鼎与赵燕将雁翎帮众人送出了南宫府，而他继续往屋内走去，孔翎才滔滔不绝地嚷起来："丘如月哪里温柔婉约，明明自闭阴森，你尚无半分为难之意，莫非是觉得这门亲事不错？可你怎么能娶丘无常的女儿。"

"为何不可呢？"李穆然回答得若有思虑。

"你难道忘了丘无常当日是怎么逼师父的？"孔翎急道。

"所以才更应化干戈为玉帛，"李穆然冷静分析着，"其实我们原也不该与雁翎帮对立，江南之地洪门毕竟是后来者，而飞鹰帮及其他小门小派无不以雁翎帮马首是瞻。洪门如今备受孤立，我若真与丘无常攀了亲，岂非也可借此机会亲近这些江南帮派。"

"可你连丘如月都没见过，怎么娶她？你可还有那汴京的公主呢。"

"今日那些姑娘，我又有哪个真的熟悉？云儿早在汴京便已命丧金贼箭下。"李穆然皱眉回忆道，"至于她——"他刚想到唐惜若，心内便划过一丝酸楚，他有时觉得她怕是已经死了，有时又觉得人海茫茫，说不定她还活在某处，可又这般地虚无缥缈。"总之我现在并无中意女子，与其娶同样不熟悉的官家小姐，还不如那雁翎帮主的女儿丘如月。"李穆然安慰自己道，"兴许我与她会志趣相投也说不定。"

"我不觉得，想当年我还混在雁翎帮的时候，这丘如月就整日沉默寡言的，不知她整日都在想些什么。"

"穆然哥哥。"南宫梦瑟瑟的声音此时传来，她正轻轻推开李穆然屋门。

"这么晚，有何事？"李穆然回身关切道，将她引入屋内。

"南宫小姐。"孔翎行礼作揖，但见南宫梦欲语还休，犹豫不决的模样，便又识趣道，"翎儿还有些杂活需做，就先退下了。"临走也不忘冲李穆然意味深长地眨了眨眼。

南宫梦心事重重地走近李穆然，难掩委屈道："穆然哥哥，爹爹今日想把我许配给秦公子。"

李穆然见她为难的神情，便不解地问："梦儿可是不乐意？你不是一向与秦公子相处甚好吗？我看他也常来寻你，何故为难？"

"也许，也许我们还不够熟悉吧。"

"梦儿久居闺阁，遇见的男子倒是不多，但那秦熺怕是当中对你最为上心的。你们认识了这久久，怎还觉不熟？可是因要离开家所以感到不舍？"李穆然自行揣测着，"莫紧张，兴许我也会陪着你，今日丘帮

主也想撮合我与他的女儿。"

南宫梦听闻剧烈地抖动了一下："穆然哥哥可喜欢如月姐姐?"她小心翼翼地问。

"我虽未见她,但姑娘总是可爱的,这未尝不会是一段良缘。"李穆然乐观预见。

南宫梦顿时如鲠在喉,生生咽了百转的回肠。他们两人之间虽毫无血缘之亲,可若相携相依,亦是有违伦常。原本她还想探探他的心意,而今他这般轻易就应下了丘伯伯,她就算再来痴缠,怕也只是徒增烦恼。南宫梦幽幽望着李穆然如玉的侧颜,怎样一抹失落盈满了心间。

他何曾知道,自己不经意的宠溺惹了多少悱恻缠绵。

第八章　又是江南好风景
落花时节又逢君

　　一连数日，赵燕接连不断地招待着道贺的宾客们。宴席摆满了院落，一路延伸至湖上长廊，南宫府的歌妓终于倾巢而出，在湖畔日日欢歌。赵燕特意陪同李穆然与往来的达官显贵们一一寒暄。贺礼是愈来愈多，也愈来愈贵重，李穆然只随意选取当中一件就堪称价值连城。

　　堆满院落的贺礼虽琳琅满目，却鲜有金饰。即便富裕如南宫鼎，也刻意不让南宫府有金碧辉煌之感，想来是忌讳一个金字。

　　状元游街的当天，李穆然一袭锦衣，身披红绸，被众人簇拥着上了马，经皇城与探花、榜眼一起从临安御街最东端游行而出。一路上人们夹道相迎，赞赏欢呼之词不绝于耳。李穆然行在一片钦慕的眼光中，心内自是欢欣鼓舞。他一一与长街两旁的看客挥手致意，刚与三五成群的姑娘相视，便见她们因激动而满是红晕的面庞，因羞涩而总在躲闪的目光。

　　秋日清风拂面，连空气都泛着清甜，李穆然在马上，胸中泛起久违的惬意。他谨慎地饱尝着这份舒心欢畅，可知而今每一分轻松愉悦，都让他倍感难得，万分珍惜。

　　临安的长街原就不甚宽敞，此刻又人潮涌动，刚装得下一列马队缓慢前行。李穆然思绪渐远，倘若今日是在家乡宽广的大道，那该容纳怎样的排场？

他就曾见昔日披红挂彩春风得意的状元郎乘坐八抬大轿，四周围着足足七十人的鼓乐队，声势滔天，一路浩浩荡荡而至城西朱雀门外，挤得水泄不通的汴京百姓夹道欢迎，一场状元巡游，俨然成了他们普天欢庆的节日。

河坊街酒肆茶馆商铺的窗边接连有人探出头来，起哄声不绝，李穆然亦不时仰首向他们致意。却在这当时，忽见酒肆中一道寒光闪烁，那寒光眨眼就化作数道清影，竟直冲李穆然而来，若非他下意识地侧身一避，将那清影躲过，怕是双目都不保。

数道寒光竟又现，化出更多密不透风的清影疾驰而来，李穆然当即仰身于马上，身前陡然急促的劲风转瞬将那密不透风的清影全数吹散。待李穆然起身仰首，便见一道黑影从酒肆的窗口闪回，消失之快，想是早有防备。

李穆然再也无心沉醉于临安百姓的欢呼中，他急切地四下张望，想寻着那黑影去处，然而人潮一波接一波，哪里再现可疑影踪。

是谁要杀他？

李穆然不禁惊出一身冷汗。

可是渐渐，熙熙攘攘的游人之中又投来一道柔情依稀的目光。那样深沉的注目，竟似融化了李穆然骤然间焦灼的心绪。他下意识地顺着那目光回望，就这一瞥，竟仿佛穿透了时光的枷锁，回到他日思夜想的汴河旁。

分明是记忆中熟悉而美好的笑靥，轻烟楼外唐惜若清丽的容颜。

他恍惚以为自己又在梦中，却又愣愣地无法移回视线，只待那似曾相识的身影被摩肩接踵的人们推搡着左摇右晃，李穆然才蓦然清醒，他几乎是跳下了马往她驻足的方向飞奔，却被熙攘的人潮紧紧围困。他眼睁睁看着她迫不得已退出了欢闹的人群，与另一青衫女子徘徊进长街幽深的小巷。

一瞬间李穆然的心仿佛要跳跃而出，他费力扒开阻挡的百姓，直往

那僻静的小巷中去。然而待他追来，巷中早已空无一人，唯剩一方柔软的帕，正随清风飘摇，缓缓落上秋叶覆盖的青石板路，他俯身将那绢帕拾起，当日翡翠楼中醉人的香，就这般盈盈入了鼻息。

是你吗，惜若？李穆然从来不敢奢望，他其实无法想象身负重伤的她如何再安然出逃，可是唐安安，是否就是你如今的模样？

李穆然恍惚半晌，再不见她身影，才有些失落地回到马上。街旁的喝彩声依旧，他却心不在焉起来，满脑充斥的，全是方才那久违的面庞。

无论如何，今晚，今晚定要去那西子湖畔，明月船上。

从长街再至皇城，又回到南宫府，状元巡游的马队足足绕了临安整圈。府邸里往来的宾客未见少，待日渐西落，才稍微恢复了安静的面貌。

李穆然特意换上质地华贵的长袍，又对镜端详许久。孔翎眼见他紧张的模样，不由得在旁咯咯直笑。

"小掌门可是连青楼都没去过？"

李穆然却道："还在汴梁的时候，我何止入了轻烟楼，更见了李师师。"

"真的假的？你居然见过李师师，她长什么样？"孔翎立刻精神道。

"你觉得她该有多明丽动人，她便有多明丽动人。"

"是吗？"孔翎琢磨起来。

李穆然转而道："这几日总不见丘无常领丘如月至南宫府，竟也不提让我登门造访，不知这婚事可起了变数。翎儿，你今晚能否混入丘宅，探寻探寻究竟发生了何事？此去明月船，我一人足矣。"

"小掌门故意支开我，可是怕我在旁妨碍你？明白明白，翎儿不跟着去。"她总也这般爽朗直言。

好在赵燕这些日子忙着待客，根本无暇盯梢李穆然，自己儿子状元

及第，已足够她开心许久，怕也已忘了他与洪门纠缠不清一事。现下的李穆然总算是得了长久的清闲，待他从贺礼中取了些财物，便赶着夕阳未落，直往西子湖行去。

远远便望见毗邻的楼船、屋檐，精细的图腾镌刻于雅致的窗前船首，红漆木柱支撑着雕梁画栋的楼阁。

而此时夜幕刚启，岸边最为奢华敞亮的明月船已燃了花灯无数，夜风中氤氲开酒酿的醇香，湖畔蔓延的长街，清晰回荡着来自那方的弦乐悠扬。

眼前已是人影绰绰。

李穆然站在锦绣交辉的明月船外，心下满是隐隐的兴奋与忐忑，兴奋的是惜若也许还活着，忐忑的是今日陡升的希冀，会否终将被这一汪深沉的湖水淹没。

他随着三三两两的行人走上了甲板，恰见几位姑娘迎客，李穆然上前询问唐安安所在，却被当中一人调笑起来："官人可是今日无数个点名要见唐姑娘的人了，姑娘却是一位都还未见，这些人不甘心，都聚在她的秋月阁外，我看你也要白来一趟了。"

"唐姑娘这么知名，平日也没几人敢轻易说见她，怎么这些天这么热闹？"另一人附和着。

"等等，你们仔细看看，这位官人可是今日游街的状元？"一旁身着粉色襦裙的姑娘提醒道。

此言一出，顿惹一阵啧啧赞同声："是啊，我想起来了，还真是一模一样呢，官人，你可真是今日游街的状元郎？"

"正是。"李穆然应道。

几位姑娘的眼睛都冒了光："既是状元郎，怎么不早说，方才怠慢了，快快请进。"她们一齐拥上李穆然，一左一右搀扶着他的胳膊，柔荑中的绢扇挑起纱帘，就将他送入了明月船。

几十座参天及地的木柱隔开镌刻着玲珑花鸟的瑶窗，巧笑盈盈的莺莺燕燕们流连在次第排开的水晶桌间，不时与锦衣华服的宾客觥筹交错着，耳畔尽是软语绵绵。

李穆然四下张望，想寻着唐安安，可这临安绝艳岂能轻易得见，来来往往的人中又哪里有她的情影？

"穆然公子，请随我来。"李穆然闻言一惊，才转身，就见蟮首蛾眉的少女对他浅笑。

"姑娘怎认识我？"

"你可是想见唐安安？"她轻易便道破了他的心思。

李穆然恳切地颔首。

"那就快随我来吧。"

李穆然便一路跟着她，走上大堂尽头蜿蜒的阶梯，行过两层富丽堂皇的厅堂，来到明月船最高阁才止。踏入最高阁前，李穆然递给她一件拇指大小的玉葫芦。

"这可是上等的和田玉，千金难求，公子的意思是？"

"还请姑娘你邀楼下的宾客们来这明月船最高阁一聚，我想更热闹些。"

"我明白了。"少女应着，就欢喜地收起了那玉葫芦。

宽阔的厅堂里早已宾客云集，李穆然被她引着径直走到了虚掩的秋月阁外，她就一闪身没了踪影。唐安安迟迟不肯现身，一众人士早在外议论纷纷了。

那留着络腮胡、身着雁翎帮青衣的刘松对着秋月阁高声唤开："四处都在传唐安安收藏着《清明上河图》，我们知您若非千金难以露面，能否就将图让我们一看，这事关江湖上的一件珍藏，恳请姑娘行个方便，让诸位明白当中究竟有什么玄妙。"

"那洪仲说《大荒经》的下落就在这《清明上河图》中，到底是何意思到现在也无定论，我虽有幸见过此图，但那卷轴足有二十尺长，又

哪能记得清楚！"又有人道。

周笑添恰巧也混在众人当中，他与姗姗来迟的李穆然相视一笑，便回头朗声道："我还听说不只是《大荒经》，更有来自昔日轻烟楼的一座山的宝藏，就画在这《清明上河图》里，得亏洪老掌门困守汴梁时发现。"

此话一出，便惹了骚动，"周笑添，你可当真？"众人即刻提了兴致。

"我原就是洪门弟子，若非师父行踪莫测，早便将细节问得清清楚楚了。"周笑添立刻坐实了此番言论，"他老人家一直不愿明说，还不是怕这秘密被金贼知晓，整整四年金兀术的军队都在江南，若他那时走漏了风声，金兀术回去一搜，岂非将我们宋人的财宝拱手相让。"

"有道理，那这《大荒经》可是还在汴梁？你口中的宝藏可也多得诱人？"

"秘籍当然在汴梁，否则他干吗始终否认此事？宝藏有多少我虽未亲眼所见，但轻烟楼的奢靡诸位没有目睹也有耳闻啊！"

"话是没错，轻烟楼的财宝肯定是不少，可按你这意思，我们还非得打回汴梁才能得到那《大荒经》了？这岂非比困守洪仲还艰难？"

李穆然顺势道："打回汴梁又如何？那里本就是我大宋故土，待岳将军重整旗鼓、誓师北去之时，便是我们驱尽金贼，收复山河的时候！"

周笑添连忙附和："状元郎说得有理，我们也养兵蓄锐了些时日，岳子昂又是难得一见的将才，有他带领，还怕那金贼不成！只要秘籍和宝藏还在我们宋人的土地，我们就必能手到擒来，我们何必还要自家缠斗，击退他们才是当务之急！"

此番话语热血沸腾，不由得引来堂内众人一片赞同。

"哈哈哈！"一阵轻蔑的笑声传至，将刚振奋的气氛冰冻，只见杨敏之不紧不慢地从阶梯踱步而来，边走边道："敏之不才，方才听得实

感滑稽，便忍不住笑出了声。"

"有何滑稽？"周笑添不服气地问。

"难道诸位就真的没听出来，所谓《清明上河图》，无非是洪仲为了掩盖自己的真实意图而信口拈来的借口罢了！"杨敏之面色一冷，轻蔑地撇过一眼李穆然，又昂首对众人道，"当日在秦大人翡翠楼中，洪仲若非被丘帮主逼得无奈，何必要牵扯上在那时还不知所踪的《清明上河图》？又何以确定藏宝的山就画在当中？慌乱之中，他便随口一说，不过为了转移你们的注意力，而你们面前的李穆然，堂堂状元郎，更是被洪仲利用。洪仲传他武功，博他信任，就是要他为洪门效力，好让他自己安心躲在灵隐寺中！劫镖杀人，私吞秘籍，洪仲早就已经臭名昭著了！"

李穆然实在听不下去了，便道："他若真如你所言，当年为何明知汴梁城破仍苦苦坚守以阻止屠城？又何必整整四年坚持带领洪门弟子抗击南下的金兀术？当日我李穆然也乔装在翡翠楼中，别说杀害王雍，洪老掌门自己也难逃算计，为活命才将洪门内力分散给我几成。李某当时不过无名小卒，无丝毫利用价值，何谈利用？而我今日为他说话，皆是不忍再看他生生背上这劫镖杀人的诬名。"

"你可从来不是无名小卒，堂堂李潇将军的后人，南宫府少爷。"杨敏之瞪着他，"现在这般帮洪仲开脱，还不是受他蛊惑？"

"王雍之死，镖师被杀，洪老掌门从来口径一致，皆道那并非自己所为，我为何不能信他？他既然已有心昭告秘籍下落，我们何必还要怀疑不休？现在各门各派该做的，难道不是等待时机攻入汴梁，夺取本该属于我们的一切？"

"就算有人假借洪门内力杀了我众镖师，我被金人监督亲手将《大荒经》放入镖车中，却半道不见，这又如何作假？他既知《大荒经》何在，不就已经不打自招了劫镖是自己所为？当初他害怕走漏风声，难道就能保证现今临安城中绝无金人眼线？"

"这趟镖究竟是否洪老掌门所劫确实无人能证，可从头至尾你说镖车押了何物，他又如何劫镖杀人不也是一面之词？至于那《大荒经》与宝藏真正所在，我看他也只透露了与《清明上河图》的大概关联，自是考虑到临安城中不可知的变数。"

杨敏之冷哼一声："若非王大人已枉死，洪仲的罪早就已坐了实。大概关联，你觉得谁会接受这等模棱两可的答案？我堂堂龙威镖局少总领，若非半途丢了镖，岂会说这等谎话给自家难堪？"

"王雍的话还未说出口，你如何肯定他会道出洪仲有罪？我倒觉得是真凶又想将王大人之死栽赃洪老掌门。杨兄究竟说没说谎，我当然不清楚，可洪老掌门口口声声说自己清白无辜，你又为何半点也不信？"

"你……"

"洪仲所言非虚。"唐安安不知何时竟已从屋内走了出来，朗声道。秋月阁外顿时一阵骚动，众人后退着便为她让出了一道空隙，薄粉敷面的姑娘缓缓踱至人群中央，那顾盼间盈盈流转的神采，点缀着而今唐惜若成熟的眉眼，光阴荏苒，往日青涩的少女竟已出落得这般天香国色。

李穆然一颗心就起了波澜，不断扩散的喜悦让他周身都起了轻颤。他望着她，又不方便立刻认她，一瞬间，竟似重回了昔日缤纷繁闹的轻烟楼里。

"安安自小便被李师师收养，知晓所有轻烟楼的秘密，诸位若有疑问，自可一一提来。"唐安安温言道，"轻烟楼有几多奢华，十个明月船可都比不上，周兄弟提到的成山成海的宝藏，便是轻烟楼数十年的珍藏。靖康初年，金贼派完颜光潜入轻烟楼，驱逐周邦彦，重伤李潇，杀害种师道，逼迫李师师交代轻烟楼宝藏所在。师师姑娘誓不屈从金贼淫威，这才保全了满山的珍藏。至于这《大荒经》，"她又转身对杨敏之，"杨兄弟，安安有一问，您可还记得那《大荒经》的书面？"

杨敏之沉吟片刻，却道："时间已久，我已记不太清。"

"《大荒经》书面画着奔流翻涌的长江水。轻烟楼往昔宾客繁杂，

机缘巧合，我就曾窥见此书。恕安安不解，这秘籍既如此重要，你却为何连书面都不记得？"

"时过境迁，印象自然有些模糊，我若说得不准，李穆然怕又要借题发挥。我倒奇怪，你不过一青楼女子，缘何记得这般清晰？"

"安安在轻烟楼时并不见客，却最喜欢关注江湖事，轻烟楼里，会聚各路显贵高门，窥见一本《大荒经》，倒也不足为奇。而轻烟楼的宝藏，又岂止只存在轻烟楼里。那黄石山地处偏僻，故而被我们选作藏宝之地，谁知荒无人烟的黄石山，竟被张择端画入这《清明上河图》。"唐安安话音一落，便示意秋月阁的丫鬟们将自己手中的巨幅卷轴小心铺展开来。

渐渐，挥毫泼墨的山水，摩肩接踵的人潮，鳞次栉比的房廊就这般栩栩如生在烛影斑驳的明月船中。

门厅众人皆不由得失了声，目不转睛地盯向那瑰丽的东京图景。

湍急的汴河水，过客熙攘的虹桥，恢宏宽广的御街，一勾一描、一晕一染，皆成李穆然日思夜想的汴梁。

这些年来他总在回忆，回忆着儿时的家乡，此刻真切的景致如斯，竟反倒觉得恍然无措了。

"那黄石山就位于汴梁城最南端。"唐安安素手直指画中一隅。

众人愈发凝眸细瞅，高耸入云的青山巍峨陡峭，画中的黄石山上巨石林立，因在道路崎岖的城边，当真无一人曾至。

渐渐便有人道："若这宝藏之事不假，那洪仲所言是有几分可信，他倒真有可能也将秘籍同埋山中。"

"唐姑娘讲得这般详细，应该不是无中生有。"

"难道我们一直追洪仲，竟是误入了歧途？"

李穆然便顺水推舟："洪老先生一心只为收复中原故土，根本不曾有半分私心称霸江湖。诸位若一再对洪门逼迫，穆然只担心反而是中了金贼的奸计。"

"也的确，山河破碎的时候，我们还要对抗金有功的这些中原人忌惮计较，还真是如了那些金贼的愿。"

"是啊。"

杨敏之眼见他们立场又不坚定，急切道："怎么一青楼女子的乱语，诸位竟都当了真，我众镖师的命，难道还比不过她三言两语？唐安安，若真有什么宝藏，为何我从未听金人提起过？洪仲可以发现黄石山，张择端也能发现黄石山，难道他们就没发现？"

"杨敏之，金贼要真发现了这宝藏，为何还要告诉你？难不成也想让你分一杯羹？师父与唐姑娘素不相识，他们两人言辞一致，你可听得清楚，莫不是有人假冒他老人家，你也被利用了？"周笑添回敬。

杨敏之蓦地瞪向李穆然："洪仲与唐安安绝不相识？"

李穆然刚眉目一紧，她便又迅速移回了视线。

"什么黄石山，又是洪仲的借口罢了，诸位如此轻信于人，难道我龙威镖局的镖师就这么白死了？江湖之中，可还有道义可言？"杨敏之气道。

李穆然反问："杨兄弟，我也不明白，你为何就是不愿相信这趟镖是金贼为了污蔑洪仲故意劫走？越明显的指向，才越是刻意为之。"

"哼！我只信我亲眼所见。"

唐安安吩咐丫鬟们小心收起那画卷，却似未见李穆然一般，转身就踱回了秋月阁中。门厅里的众人也准备四下散去，空留李穆然在一旁，目光热切地追随着她模糊的背影，心中一腔欢喜。

方才的少女又出现在秋月阁外，柔声道："今日唐姑娘会招待诸位当中一位宾客。"

出走的人又不由得停了步履。

"状元郎，请。"

"我就知道。"周笑添大叫。

"状元就是沾光啊，我们虽为清明上河图，可谁不想一亲唐姑娘芳泽。"厅堂里的人可是感慨不休。

"自来临安，我就见过唐安安三回，还是状元郎有福。"刘松一脸酸味，羡慕不已。

"状元又如何，也不过纵情酒色之徒。"杨敏之不忿道，铁青着脸扶正腰间佩剑，头也不回地就走了出去。

而人群中的李穆然，自是一阵期待，随着少女的指引便入了秋月阁中。

雪白的纱帐垂摆在烛光通透的阁内，帘笼后孤清的背影涌出情意绵绵的箫音，醉人的清韵在她唇间流淌，竟似倾诉着前尘过往。

李穆然一时忘了言语，只负手而立，静静听着，静静望着。

待唐安安唇齿含笑地走近，他才恍然清醒。

"穆然，别来无恙啊！"她满眼欢喜道，"没想到我们再见的时候，你都已这般风光。"

"你不也是！"李穆然激动地望着她，"如今整座临安城都在谈论你。我却还以为我们再也不能相见。"

唐安安便道："那完颜光再狠辣，也得指着我的解药活命，自我逃了出来，一路辗转，终至临安。虽尝试找过你，可是人海茫茫，便少有结果。一直至去年在翡翠楼中，我认出了你，你却并未认出我。"

"你哪里还似昔日的小姑娘，如今出落得简直宛若天人，若非今日你淡妆敷面，我亦不敢贸然相认。"李穆然委屈解释，"何况惜若你还更了名，谁能想到大名鼎鼎的唐安安竟是我儿时故交。"

唐惜若道："安安是我的艺名，既在临安，你就唤我此名吧，我原就是轻烟楼的人，如今在这明月船中，倒也自在，只是……"

只是而今的她一举一动皆受人瞩目，又怎会是平凡姑娘？与李穆然的缘，岂能轻易续起？而她甚至不知，他对自己，可也心存异样。

"安安！"李穆然轻唤，"我以为你已经……我好开心。"

"我命硬着呢。"她轻松莞尔。

"只是我并非有意将宝藏之事公之于众，迫于形势，各帮派盯洪门太紧，师父又曾道秘籍下落确在《清明上河图》中……"

"我明白你的用意。"

"那日我虽将完颜光双目遮挡，可崔姑娘让你凿开山壁，动静太大，他必定有所察觉，按理不应让金贼知晓这些宝藏啊。"

"黄石山洞窟内满是机关，金贼贪得无厌，放着这满山的宝藏必会折返盗窃，崔姑娘根本是有意为之，她一直就在洞内等候，只待金贼一至，启动机关，到时洞窟塌陷，他们自会有去无回。"唐安安道，"完颜光也确实等到了，他们一行人，只剩他一人独活。"

"原来如此，怪不得，这也算好事一桩。"

"只是穆然，你这几年，可曾有与人结怨？"唐安安转而严肃问。

"并没有，出了何事？"

"今日状元游街，我竟见有人在酒肆窗边向你掷出暗器。"唐安安从书桌上满堆的宣纸中抽来一幅人物图，铺展在李穆然面前，"我将此人描摹了大概。"

画中人物黑纱遮面，目光森然。

李穆然也正一筹莫展。

"光天化日，居然敢行刺新科状元，实在胆大包天。"唐安安怪道，"而我见你的反应，竟也是内功深厚。"

"实不相瞒，洪仲曾传我洪门内力，岳大哥与众舵主又教授我幻影拳法，如今的我，已并非汴梁时安安认识的文弱书生。"李穆然不愿隐瞒她，即便亲人相伴又如何，他根本无法说服赵燕接受自己北伐夙愿，满腔热情只往心中咽。

而她，却让他心生宽慰。

"穆然真是了不得！"唐安安赞道。

李穆然却道："汴梁城破，我又岂能安于平生？一路逃往江南的时候，便将复国信念深埋于心。入了洪门，便是找到了有共同信念的兄

弟们。"

"如此说来，穆然既与岳大哥相见，又习得幻影拳，那杨敏之可也没有说错，你的确在帮洪仲。"

"我虽帮他，但并非为他开脱，师父的的确确也从未杀人劫镖。"李穆然道，"洪门以北伐为旗号，中原被占，本就应受江南人士云集响应。谁知一场劫镖案，搅得江湖风雨不休，那绝世秘籍，又被谣传乃洪门掌门私藏，令师父惨遭武林各派常年追讨。当日在秦会之翡翠楼中更被污蔑杀害王雍。王雍的尸体随后被我师姐搬走，才知他是被体内的蛊虫啃咬致死，绝非师父洪门内力所为。可这蛊虫何时发作又如何发作，我却始终弄不清楚，若是之后再将尸首曝光，也未必服众。既无法为师父彻底辩白，便索性引导各方人士转移视线。无论谁想借此打击洪门，皆不遂愿。"

"那这当中，可有你怀疑之人？"唐安安问。

"与师父仇恨最深的，无非是金贼，而这趟镖恰好是他们交托给龙威镖局运往金营。若镖中确有《大荒经》被师父知晓，他一定以为这趟镖该被劫，所以说洪仲劫镖，众人必信，可这镖偏偏又不是他所劫，而若非杨敏之一口咬定师父罪行，师父也不会如此狼狈。"

"所以你怀疑杨敏之？"

"她根本不信秘籍在黄石山中，她为何这般笃定？而且从头到尾，劫镖杀人，都是杨敏之一人之言。偏偏师父一再相告，他根本不知还有这趟镖，又何来劫镖一事？"

"杨敏之不止可疑，根本就是她污蔑了洪仲，那场劫镖案亦是此人精心编撰。"

"安安何出此言，可是找到了证据？"

唐安安转而道："穆然，你可还留着我当日送你的玉簪？"

李穆然自是随身携带，他于袖内取出，交予唐安安之手。

"没想到这玉簪一直在你身上。"

李穆然便道："一见到玉簪，我就以为你从未真的离开。"

唐安安转身走向屋内描摹着傲雪红梅的屏风边，从后取出一直藏在那暗阁里的玄铁匣，轻巧地将玉簪的簪尖放入匣间缝隙中，紧扣的匣盖当即敞开了，她伸手从中取出一本书。

这书上以极为豪迈的笔触勾勒着长江山水，上方赫然印下《大荒经》三字。

李穆然不可思议地盯着唐安安。这引得江湖众人拼力抢夺，甚至不惜为此赔上性命的绝世秘籍，居然一直藏于明月船中。

似是看出了李穆然的诧异，唐安安便道："轻烟楼乃师师姑娘生活的地方，多少人想见师师姑娘一面，为此拼尽财力，得到一本绝世秘籍，未必艰难。我今能助你，也确有私心，这《大荒经》便是崔念奴临走前让我带回临安的至宝，若被那些武林人士知晓《大荒经》在此处，明月船必定永无宁日。"

"难怪崔姑娘会命你这般守护。"李穆然叹道，"如此一来，杨敏之无疑是在说谎了。"

"她一再叫嚣洪仲劫镖杀人，方才又道秘籍曾经她手，可不是有意污蔑。"

"细细想来，这杨敏之的所作所为也的确处处都在针对洪门。"

"那穆然觉得，她为何要这样做？"

"杨敏之莫不是被金贼收买，毕竟走镖之人，各方都有交情，金人也的确有理由让她凭空污蔑洪仲。又或者，杨敏之自己就是金贼假扮？"李穆然推测道，"当年完颜光不也乔装混入了汴梁城。"

"完颜光七年之后，该是杨敏之如今的年岁，你难道不觉得，这两人颇有些相似？"

李穆然揣摩起来："他们样貌虽迥异，但完颜光小小年纪，就凶狠毒辣，锋芒尽露，杨敏之更是咄咄逼人，强势激进，倒果真一脉相承。当年我于灵隐寺与她对峙，她竟恨不能招招致命，简直像跟我有旧仇

一般。"

"杨敏之也曾一掷千金至明月船,对我态度蛮横,言语轻薄。若道她不是完颜光,我还真想不出谁会既记恨你我,又非挑起这江南武林的争端。"

"我们以为完颜光是男童,可七年之前,谁能清楚她究竟是男是女。杨敏之若真是她易容假扮,她间接害死了自己的父亲,当然会记恨所有跟那宝藏有关之人。而揭穿了她,洪仲的清白,岂非不证自明。"李穆然不由得说道。

唐安安道:"话是没错,可如今的完颜光,想必是更加不好对付了。"

"若她真是完颜光,我也再不会放过她。"李穆然坚决道。

一阵沉默之后,唐安安转而道:"穆然既已是新科状元,想来这几日南宫府是十分热闹吧。"

李穆然便答:"全是些道贺提亲的人。"

"是吗?"唐安安的声音轻了些。

往日李穆然是李潇独子,与皇城公主青梅竹马,如今状元及第,自是尽得钦慕。

她不会告诉他,只有这支玉簪可以打开玄铁匣,她留给自己无数深夜里的念想,逃出李府,便来寻李穆然。

"我与这些姑娘素不相识,有何开心?"李穆然踌躇着道,"不过的确是应了门亲事。"

"一门亲事,"唐安安呢喃着,深吸口气道,"真是恭喜了。"她背过身将那《大荒经》重新搁置的时候,掩不住酸涩道:"你倒好了,在这江南之地亦有亲人陪伴,如今更要成家,就我还是孤身一人。"

李穆然有些后悔方才的言语,便急道:"你怎是独自一人,我就是你的亲人。"

"亲人?"唐安安轻声道,"你是我的兄弟,还是我的……何人啊。"

她低语着，竟不禁轻笑了起来。

唐安安踱步坐回李穆然身旁。摇曳的光影在秋月阁中晃晃荡荡，两人开始畅谈起这些年擦肩而过的时光。空气里是柔和的氛围，唐安安的心绪也随着李穆然温柔的声音起伏。

她言着她是如何过江南下，辗转而至临安明月船中。

他又如何幸运地遇见了洪仲，取得功名。

恍恍惚惚地靠近侃侃而谈的李穆然，却又刻意无所在意地坐直了身子，发梢掠过公子绯色的耳根。明月船中的唐安安，从来如此撩拨宾客公子，又何必在意此刻眸中的情愫依稀。

李穆然虽未与她相视，面上却涌上一股灼烧之意。

许久许久，他都不知自己究竟是如何走出明月船的，只觉方才的一切皆恍若梦寐。

可他的欣慰快乐却是这般清晰，竟不觉哼起了小曲，就连秋叶飘零的湖畔长街，都似望见了盎然的春意。

唐安安并未送他，只在秋月阁内出神地望着船下他离去的背影。

方才的少女推门而入，见唐安安心事重重的模样，便悄声候在一旁。

"蕊儿，你找到尸首了吗？"她终于出了声。

"临安城这么大，想藏一具尸体实在容易，姑娘何不直接从李穆然口中套出王雍所在？"顾蕊竟道。

"他尚未于我追究王雍与洪仲的死因就已是幸运。我如何再在他面前提及此事？"

"姑娘心心念念李穆然，蕊儿自是知道，但依姑娘如今的声名，就算是状元郎也未必稀罕，何必还要顾念着不愿利用他呢？"

唐安安叹口气："若是可以，我倒宁愿少得一些身外之物，来换一份轻松坦诚。"

"可若日后李穆然问起姑娘蛊毒之事，姑娘打算如何答他？"

"我自当佯装不知。门主下了任务，我便不能推辞。当日我能以龙涎香控制王雍洪仲二人体内蛊虫，皆是按照《神农本草经》的记载所来。那本草经共三本，早在汴梁时门主便赠我一本，他留一本，另有一本流落民间。他若幸运，自会得知当中因由，若他始终不知，岂非更好。"

"漠北唐门，唉，我也学了漠北唐门的武功，厉害倒也厉害，可我一点也不愿做下毒暗害这等事。门主当日收留了我，便要我全听他的命令，真无趣。"

待这少女絮叨着退出了秋月阁，唐安安点燃了床榻旁的香灯，整间秋月阁便浸在星光璀璨的夜空中。

她不禁思量，若无曾经那场滔天巨变，她会否与方才的公子有何故事？其结果仍然让她失望，他迎娶之人，依旧会是那高贵出尘的皇城公主，而她终也会成为轻烟楼里抚琴献艺的烟花女子。如此，与今日重逢的境遇又有何异？

落入红尘最当中，岂非便失了平凡情愫。

庆幸的是李穆然的真诚从未改变，还待她一如往昔，只是曾经不识愁滋味的少年，而今也被一抹忧伤迷离了双眼。

大概她自己，也变得不同了吧。

李穆然刚一回府，便见孔翎已在院内等候。

他还未开口，孔翎便按捺不住道："丘如月被丘无常反锁在屋内，由众雁翎帮弟子看守，不得踏出房门一步。那丘无常也不知为何将她禁足，要嫁状元郎的人可是排着队也数不清，亏他们一拖再拖。"

"她可是有了喜欢之人，不愿出嫁？"李穆然疑惑问。

"丘如月一向心思莫测，感情之事还真从来无人清楚。"

"若真是如此，倒也好了。"李穆然竟恍惚道。

"丘如月不愿嫁，丘无常未必肯顺她的意，就像你的南宫妹妹，未

必同意被许给秦熺，可南宫鼎由不得自己女儿不乐意，方才他已与那秦会之商议好了，婚期就定在下月初七。"孔翎面朝南宫梦姗姗而来的方向，不知是气愤还是无奈道。

李穆然回身便望见她正奔向自己。

"穆然哥哥。"她强颜欢笑地走近，方才爹爹正式为她订了亲，自己站在一旁，思绪翻涌，无奈终不能言。她并非厌恶秦熺，却是无法告诉他们自己更想留在穆然哥哥身边，何况他已默认了丘伯伯的婚事。

"梦儿，"李穆然轻声唤，"我刚听孔翎说了你与秦熺之事。"

南宫梦却道："穆然哥哥，有些话我一直都想告诉你，可否先带梦儿去一处无人打扰的地方？"

李穆然环顾四周，三三两两的丫鬟正来来往往，孔翎又一溜烟没了踪影，他便引着南宫梦出了门，绕至府外幽深僻静的云巷里。

四下正好无人。

"穆然哥哥与翎儿皆是洪门中人，我可说对？"南宫梦开门见山道，"我虽不在江湖中，可也并非全然无知，你与她当年就已乔装行动，还时常在家里窃窃私语，一切我都看在眼里。"

李穆然望着南宫梦，想来他以为自己掩饰得足够，一举一动还是落入旁人眼中。李穆然便颔首。

"即便在姨娘以性命要挟你远离洪门，你也还是与她秘密行事。你可知临安地势险要，乃规避战乱的绝佳之地，我亦听闻金贼厉害，你若为洪门中人，必会以重返中原为己任。如今丘伯伯因穆然哥哥是新科状元，争着招婿，他就如月姐姐一个女儿，娶了她，你身后便是整个雁翎帮。倘若穆然哥哥安心留在江南，前途则无可限量，可一旦深入洪门，便是前途未知，艰险异常，姨娘更不知会作何反应，难道穆然哥哥还愿意如此坚持？"

"你怎也这般言语。我又岂是贪图安逸之人！"李穆然不由得激动道，"方才这些理由我已听娘念叨了太多次，如果梦儿也是为了劝我安

于这江南的烟雨，我们便无须多言。"

"穆然哥哥一心为收复故土，乃大义之举，我又岂会阻挠，我不过意在确定你的心意。"南宫梦急忙解释道，"穆然哥哥的愿望便是我的愿望，此去秦家，我便要留意秦会之动向。我曾听父亲说，秦大人虽处于贬谪状态，可他当年刚从金营返还，提出议和建议，就颇受高宗青睐，径直就被升为宰相。如今虽被迫辞去此职，但依然在高宗心中举足轻重，否则高宗怎会给予他这般名望财富，连唐安安也为他歌舞。而爹爹曾道，秦大人可是一位十分固执的人。"

"经过这么多年，不知秦会之是否还意在议和，当年他被掳去金营，可也是对我大宋衷心以致。"李穆然道，"只是梦儿，你若也痛彻前耻，愿为收复山河出一份心力，我必当赞同；若你只因我有此夙愿而刻意探查秦大人动向从而影响了自己在秦府的生活，我却断然不愿，你明白吗？"李穆然神色凝重道。

南宫梦望着李穆然关切的眼眸，轻轻颔首。

李穆然释怀着摸了摸她的发。

南宫梦鼻子一酸，便扑进李穆然怀中："若我能一直与穆然哥哥待在南宫府该多好，这些日子，我真是好开心、好开心。"

李穆然悬着一只胳臂，几番犹豫终是缓缓落下，轻抚上她微颤的双肩。

"我自然也是。"他亦道。

然而直到他经历了太多离别，才知这离别到来的时候，哪是他能阻拦得住？

第九章： 山月不知心里事
　　　　水风空落眼前花

　　自那日与岳子昂道别，李穆然就常上南屏山练习幻影拳，这等待册封的日子可是最为清闲的。渐渐地，便可在常人无法察觉中令巨石震裂，令山壁崩塌，将巨树连根拔起。

　　然而每一番争斗，岂是与静物撕扯。

　　孔翎与他时有切磋，起先她尚能与他对峙片刻，却也不过多时，就被李穆然生生压制。

　　"小掌门实在厉害。"孔翎喘着粗气道。

　　"还多亏了岳大哥的幻影拳谱。"李穆然收起险些拍到孔翎面上的掌心，"只是不知江湖中有多少人相信了《大荒经》还在汴梁的传言。我这几日至灵隐寺将此事告知师父，他老人家虽表示赞同，却愈发不愿多问江湖事了。"

　　"有状元郎在洪门，师父自是放心。我听周笑添说，他遇见的雁翎弟子，十有八九都愿意相信那藏入黄石山的宝藏确有其事。"

　　"如此岂非更好。"

　　丘无常终是领着丘如月前来南宫家，为表歉意，他特意阵仗隆重，提前将嫁妆让雁翎弟子抬了来。丘如月面无颜色地跟在丘无常背后，一旁的江煜缓缓相随。

李穆然刚出厢房，迎面就望见他们，心下一沉。然而当他捕捉到丘如月那淡雅的容颜，竟一时呆愣。

她太像一位故人，"云儿！"李穆然失声唤。

丘如月也闻言仰首。

她的眉眼实在像极了赵云儿，眉间一点朱砂痣，更是添了风情。他再细望，又觉云儿眼底永远如水的平和娴静却怎也无法从丘如月顾盼间寻见。

眼前的她仿佛正极力克制着满腔阴郁，与他四目相对的时候，眸中分明几丝躲闪。

想来她们，终究也是迥异之人。

"穆然，丘伯伯来迟了，我应该早些让你见见如月。"丘无常说着便朝李穆然走来，"不过我已广发请帖，邀八方人士前来参加婚礼，这日子我也帮你们选定。"

"丘伯伯费神了。"李穆然却有些失落道。

"如月，这就是当朝状元郎。"丘无常并未察觉，依旧朗声乐言，说着便将自己女儿拉到李穆然身前。

丘如月礼貌地欠欠身。

李穆然刚欲言语，就被远处南宫鼎熟悉的声音打断："丘大哥，你终于领如月来我们南宫府了。"他正从长廊后行至。

"南宫兄，说来话长啊！"丘无常一见他便满面歉疚之意，"这一耽搁，就过去了一月时日。当日我的确诚心与南宫兄结亲，可帮中有人一再相告穆然跟洪仲关系不清，我就有些犹豫。直到近日得知秘籍怕是还在汴梁，便以为既然他已将《大荒经》下落告知，我便无须再与之纠缠下去了。"

"自夫人对穆然一番苦口婆心，他早已不与洪门牵扯。"南宫鼎宽慰道，"你能释怀岂非更好。"

"我之前真是入了魔障，非要将洪仲一逼再逼，就怕他倚仗这《大

荒经》称霸武林，秘籍下落一出，我反倒清醒了。说来惭愧，洪仲在洪门经受大难之后，还不忘英勇抗敌，不愧为武林盟主啊。想来金贼夺我大宋半壁江山，如此倒也是北上讨伐的动力。"

"丘大哥的意思……"

"我雁翎帮与洪门本也无仇无怨，不过是我私心作祟。现如今洪门的岳子昂因平流寇而在整个临安声名大噪，皇上如此重视他，想来重返中原也是迟早之事。我雁翎帮又怎可不顺势而为。穆然既认识洪仲，倒也不妨由他做个和事人，来日让我与他共商讨金大计。"

"丘大哥有此心思，倒也能理解。"

两人热切交谈着，不多时便并肩先行入了厅堂。

只留几位后辈在院内。李穆然将他们的言语听得清晰，心内不由得涌上一阵欣慰喜意，而丘如月与江煜则自始至终在旁垂首不语。

几人便安静地伫立。

"公子。"孔翎欢快的声音打破了这份沉默，正兴冲冲跑来，哪知脚下一滑，就一个趔趄，不偏不倚地朝未及躲闪的丘如月扑去。

丘如月慌张之间便被她推向了一旁的江煜，江煜刚一犹豫，才作势要扶她们，两人就已生生摔倒在地。

"翎儿真不小心。"孔翎急忙起身，将丘如月搀起，满面歉疚地拂去她衣袖的尘土。

"小姐请恕在下眼拙。"江煜也尴尬道。

丘如月仿佛受惊的小兔，摇了摇头。

"翎儿莫慌张，如月姐姐是不会计较的。"南宫梦也在此时走来。

"梦儿。"丘如月闻言浅笑。

她们已许久未见，儿时的两人常相互陪伴。那时候的丘无常与南宫鼎还未如现下这般忙碌，丘如月也开朗一些，只是当丘无常掌管了雁翎帮，待自己女儿就开始变得尤为严厉。兴许为免责罚，才让她凡事皆不愿喜形于色。

可南宫梦明白，如月姐姐内心里温情如水。

若是她真与穆然哥哥结了秦晋之好，也能让自己安慰一些。至少他们皆是自己喜欢之人，想必自己也能诚心祝福吧。

"如月姐姐，我知你被许了婚。穆然哥哥可是值得姐姐托付之人。"南宫梦牵着丘如月便是一番赞扬。

"是吗?"丘如月淡淡回应。

"穆然哥哥人好极了，我这般喜欢他，如月姐姐一定也会喜欢的。"南宫梦声音瑟瑟道。

江煜亦在旁柔声道："能嫁给状元郎，我也为小姐感到高兴。"

丘如月神色复杂地望了他一眼。

"穆然哥哥，快说话呀。"南宫梦催促。

李穆然正恍惚地盯着丘如月，经南宫梦一催，方诚恳道："实不相瞒，姑娘的容貌极似穆然认识的一位故人，这让穆然感到十分亲切。"

"如此岂非更好。"南宫梦一愣，便叹。

孔翎却趁着他们相谈甚欢，悄悄行至江煜一旁，她以为又该到了叮嘱江煜的时候。若李穆然得以迎娶这雁翎帮主的女儿，以他如今的武功谋略，假以时日，定能在雁翎帮谋得一席之位，那江南武林不就尽归洪门。

"江兄弟，借一步说话。"她用只有两人听得见的声音道。

孔翎一路出了南宫府，转身便往云巷里等候。

江煜倒果真跟了来。

不过他显然无心攀谈，刚落定，便一声轻喝："雁翎十二式，北雁南飞!"

原本安静无声的小巷，四周的石雕檐瓦却忽然浮起，全然朝孔翎砸去。乱物之中江煜飞身而至，双指直向孔翎眼间。

刹那之后，疾风骤起，石雕檐瓦轰然断裂。那涌起的疾风又将江煜逼得一退再退，好不容易才站定。

"你是洪门中人。"江煜惊讶道。

"我让你出来说话，你倒故意试探我。"孔翎气道，转而问，"上一番未对你出手，这回总算见识到本姑娘的厉害了。"

"翎儿让我出来说话，估计也非将账本还于在下这等好事。"江煜转而温言，"枉我胡乱猜测翎儿的身世来历，还百思不解自己如何得罪了飞鹰帮或是自己帮内的兄弟，原来是洪门。"

"少翎儿翎儿的叫。事到如今，本姑娘也懒得瞒你，方才丘无常的话，你可都听到了，想来我们两派未必不会携手北上。"孔翎得意言语，"状元郎与丘如月的婚事也将如期而至，他初入雁翎帮，根基不稳，你可要助他一臂之力。"

"姑娘的意思？"

"他若对贵帮有何建议，你可要积极支持响应。你尽可放心，李穆然绝不会做任何有害于你之事。"

"看来状元郎可并非同南宫鼎所说与洪门撇清了关系。"江煜顾左右而言他，"他怎么允许你在身旁？"

孔翎乐答："再怎么说状元郎也受了师父的内力，自然与洪门藕断丝连，情义犹在。他娶丘如月，做丘无常的女婿，于我们两帮，亦是皆大欢喜。翎儿相信你也算识时务之人，如今金贼已退往淮河以北，岳将军更将扫平江南流寇，待北上之时，洪门自会又一番发展壮大。如今与李穆然作对，亦等同与洪门作对，你若肯合作，不仅这账目我会帮你销毁，你江煜还可与洪门交好，何乐不为？"

"孔姑娘所言甚是。"江煜听得认真，也颔首赞同。

"那就是了。"孔翎转身满意地往南宫府踱去。

他却在她身后温和地笑着，久久未动，那眼眸竟又深沉，恰如幽暗莫测的潭水。

十月初七转眼便至。

深秋的江南虽不甚寒，仍也泛着无可奈何花落去的忧伤之意。秋叶虽覆盖了整个院落，也掩不住南宫府双喜临门的欢庆。才因李穆然状元及第而终日欢歌的鼓乐队未及散去，便新有弹奏之人加入。院落里的歌妓亦是增了又增，南宫府这便迎来了李穆然状元及第后又一波欢歌笑语，接连的热闹之事令南宫鼎与赵燕日日笑容满面。

来来往往的丫鬟忙碌着，为将出阁的南宫梦梳洗装扮。李穆然一人徘徊在清丽的长廊之上，隔着瑶窗，依稀可见窗棂里南宫梦娟秀而又忧伤的容颜。

李穆然恍然才觉，原来自己的南宫妹妹何时也起了这般愁绪，怎还是当初那心思澄澈、单纯无忧的少女。

他不由得忆起刚至临安，她与他遍游御街时的欢乐；同母亲矛盾，她对他宽慰安抚时的温情；科举悬梁刺股，她为他准备糕点时的体贴。心下又起了不舍，可惜光阴易逝，转眼终要彼此告别。

想来还是她敲开自己紧闭的心门，引他从终日抑郁中缓缓走出。

李穆然暗想，其实南宫梦对婚事的不尽如人意他看在眼里，她对自己的亲近在乎他也依稀感知，无奈自己虽心有怜惜，却终究也无更深沉的执意，终也只得将这隐隐约约的心思收藏。想来他总有意呵护她的无忧明朗，竟反而是自己为之平添了几许忧伤。

只愿她此去秦家，能够另觅寄托，从此美满幸福。

花轿已候于府外，红盖头下的南宫梦被丫鬟们拥着，一路碎步入了轿中，整箱的绫罗绸缎亦准备运往秦府。鼓乐喧天，跟着轿且行且奏，随行的队伍，在一片欢歌中渐行渐远。

李穆然兀自立于南宫府外，遥望远方逐渐模糊不清的迎亲队伍，又是心下怅然。他以为他已经历过了太多离别，早便处之泰然，可没想还是会因故人远去而暗怀感伤。

可是岁月匆匆过，岂非终要历经一次次遗憾别离。火红喜庆的南宫

府，浸在深秋浓浓的落寞里，引得人悲欢齐聚。

唐安安不知何时已出现在李穆然身后，出神地望着这一场欢庆。

原本只是闲来无事，不知不觉便踱步到了南宫府外，她于是驻了足，恰见眼前一片喜庆。这随行的鼓乐可也是为李穆然而奏，状元及第，洞房花烛，而这一切，可也与她有关。

李穆然一回身，便与唐安安撞见。

"安安，"李穆然意外道，"我正要找你，今日适逢我在南宫家的妹妹出嫁。"

唐安安收拾了心绪，便道："恭喜了，这南宫府真是要三喜临门啊。"

"何来三喜，我可未必会娶丘如月。"李穆然却道。

唐安安一惊。

李穆然神秘兮兮地将她三两步牵至长街旁的桂树下，恰好避开来往行人，才道："我娶的当然不是丘如月，而是安安你。"

唐安安震惊地盯着李穆然。

李穆然这才道："如今我与师父的渊源已不是秘密，丘无常此时同意嫁女，纵然因我状元身份，亦表明而今的他冰释前嫌之心昭然，那些混入临安城的金贼怕是见不得这一派和气安好的局面。若杨敏之真是完颜光，他捏造劫镖案这么大一场风波，不就是为了让师父甚至是洪门备受雁翎帮孤立。我若真成了丘无常的女婿，他会不着急？依完颜光的性子，婚礼当日，人多繁杂，他定会故意添乱。"

"穆然可是希望我假扮丘如月与你成亲？"唐安安回了神。

"安安你还是这般聪明，想来你我都认识完颜光，而他更曾是你的手下败将，若是由你当众揭穿他，他肯定无法逃脱。"

"那完颜光曾中我的毒，每至阴雨时节，就会双眼泛红，骨节痛苦异常，过去这么久，他身上的毒，想必已让人解开了。可我也不能再放过他了。"

"他曾经暗中找过师父，看上去似也并不知秘籍真正下落，他既然这般笃定秘籍在师父手中，我们何妨就由他去，他找不到洪仲，必会找到我，而要新娘换个人，自然还需丘如月帮忙，现在的她，想必十分希望我来主动寻她。"李穆然笃定道。

作别唐安安，李穆然便起身往西湖苏堤行去，绵长的苏堤之后，便是雁翎帮主丘无常所在。

雁翎帮的雁翎十二式，据说并非丘无常开创，而是他自己的师父传授而来，不同于洪门武功，因其入门颇易，以致入帮练就者众多。然而入门虽易，若要将这十二式练就得出神入化，也绝非易事。所以雁翎帮人员虽多，但武功了得者无几，因此能力出众者，就尤为受推崇。

丘无常能成为雁翎帮主，当初也是经由一番争夺比斗而来，他武功虽不及洪仲，自也是当世高人。若他愿意清醒，肯与洪门一同北上，依雁翎帮如今在江南武林的地位，必能牵动其他帮派同受感召。

干枯的桂树枝铺排在苏堤两旁，随着清凉的夜风摇晃，发出簌簌的声响，在李穆然听来，都仿佛与西子湖明月船上依稀传至的乐音相得益彰。

不知不觉，已行至丘宅。

李穆然驻足叩门，便有家丁询问来者何人。他刚报上名，那人便应，公子请稍等。

片刻之后，红漆木门徐徐敞开。"穆然啊，你怎么来了，快进快进。"丘无常热情地引他入了宽敞的院落。

李穆然礼貌道："丘伯伯，我今日造访，是想同如月寒暄几句。"

"自然自然，你们早该彼此长谈，我今日见你对她颇为倾心，可十分欢喜，如月就在屋内，你寻她便可。"丘无常直指身后一排高门大屋，尚在门口围堵的雁翎弟子不由得向两旁移开。

李穆然缓缓走近，屋门其实虚掩，他轻唤："如月姑娘，我是李穆然。可否让我进屋与你一叙？"

良久，里面才传来声响："请进。"

李穆然这便推门而入，丘如月正端坐桌旁，头也不抬，认真地绣着一对鸳鸯。

"穆然有些话，想必正是如月姑娘乐意听的。"李穆然道。

丘如月不禁停下了手中的劳作。

他先不言语，而是绕过她，徘徊至窗边，伸手摸索一番，手中捏住何物，方开口道："你若是愿意，定能逃出这厢房，千年寒锁，能困住别人，但一定困不住你，人却还没走，可是在犹豫？"

她眸中掠过几丝惊异："状元郎的话，如月听不懂。"

"你为了自己的意中人可以不顾性命行刺我，怎么现在连承认的勇气都无？"

丘如月闻言竟开始双肩轻颤，却道："状元郎怎这么轻易就于我加了这么大的罪名。"

李穆然笑道："今日在南宫府，孔翎大意推了你，那江煜明明可以护住，却假装疏忽，生生让如月姑娘跌倒在地。在穆然看来，他分明是为刻意避嫌，你二人之间，必有猫腻。这瑶窗本被锁死，姑娘你是使暗器的高手，窗边掉落的清影断魂针，恰可以助你挑开这束缚之物，但丘帮主还在派人围堵这厢房，显然他并不知姑娘已可以行走自如，围堵丝毫无用。他之所以还能困住你，可是以江煜性命要挟，非让你从了这桩婚事？"

丘如月也不应他，倒是开始显得慌张了。

李穆然又上前按住她一只柔荑。

"你干什么？"她挣扎道。

"我自认对这清影断魂针有些研究，只因曾在一本记载江湖轶事的书中读过，此乃一门失传许久的绝技，一针便可化出许多清影，一道清影就是一道杀意。然而要将此功练得通透，需得在两指间生生割开一道裂痕，将银针放入这裂痕中，如此连杀意何来都可掩人耳目，姑娘手上

这伤口，分明就是练那清影断魂针所致。你以为穆然不过文弱书生，就于状元游街当日先于酒肆窗边出招试探，一击不中，便增了银针数目，若非我以洪门内力遮挡，还真要被你取了性命。"

丘如月颤抖着，费力把手抽出，依旧倔道："清影断魂针可非我独门绝技。"

"你当日虽青纱遮面，但眉间这颗朱砂痣却被人看得清晰。"李穆然说着便从衣袖内将唐安安所赠之图取出，展开在丘如月面前，画中人物的眉眼与她竟是一模一样，"恳请姑娘相告，谁会既习得这早已失传的清影断魂针又与画中刺客体貌皆似，还于游街当日身在临安？"

丘如月不敢抬头，但面色已然煞白，仍强作镇定地自我辩白："世间相似之人无数，状元郎莫忘，你我那时素不相识，而江煜，不过与我交情泛泛，我可不会为他行这等事。"

"我却以为你其实对他情深义重。也许在巡街之前，丘帮主透露了自己要将姑娘许配给在下的意愿。这令你辗转反侧，为与意中人在一起，便心一横，索性行了这冲动之事，因为至少在当时，你以为还有门外一众雁翎弟子能证明你一直被困丘宅。而想知道如月姑娘与江煜之间的情意究竟多深，其实很简单，你若能眼睁睁见我暗伤江煜而无动于衷，我自会信你与他交情泛泛，而我的武功，你也有所眼见，究竟能不能够伤了江煜。"

丘如月终于再无言语，却恨恨道："你来告诉我这些，可是想威胁我？"

李穆然这才诚恳摇头："纵然婚姻大事，父母之命媒妁之言，可如月姑娘既已心有所属，我又怎可强人所难。此番前来，就是为寻两全之策。"

"事到如今，你我还有得选择？"

"这婚礼不是不办，不仅要办，还得办得声势滔天，但如月姑娘无需真出嫁，到时自会有人李代桃僵。"

"你这般行事，就不怕被我爹怪罪？爹爹的脾气，不发则已，一发却不可收拾。"

"待婚礼结束，我自当禀明丘帮主缘由，他必定会理解。若你实在担心丘帮主无法接受你与江煜，亦有足够的时间与意中人高飞远走。其实穆然此举亦有私心，并非只为姑娘考虑。"

丘如月沉思良久，方道："当日行刺状元郎，的确是如月一时冲动；我被困于丘府，也是因执意不允这婚约，若非后来煜儿劝我先假意妥协，我又如何随爹爹前去见你。"

"如此说来，姑娘是答应了。"

丘如月尚无言语，若非父亲执意将她许给李穆然，她早便与煜儿双宿双栖。可知他于雁翎帮主不过寻常弟子，而于她，却是这一生都将恋慕之人。

春日的白堤垂柳成烟，闲来无事的少女漫步于花香氤氲的堤岸，翩翩如玉的公子便在那漫天的碧色中款款而至，于她身旁驻足停歇。他脉脉温情的眸，将她身心俱融，他微启的唇，似也娓娓道来此间的情意绵绵。

这相遇从此成为少女小心呵护的秘事，尽管人前佯装无事，于人后却无限沉湎回味。更在许多阑珊的夜，于林木遮掩的苏堤旁，彼此缠绵。

为了那一夜又一夜的柔情，她执意不悔。

"若状元郎肯退了这桩婚事，如月自是感激不尽。只是无论状元郎计划为何，如月只恳请你切莫连累了煜儿，若实在惹爹恼怒，我一人承担足矣。"

李穆然凝望着她，恍惚间似又见了赵云儿，心中不禁泛起百味杂陈。良久，方道："姑娘如此情深，穆然自当答应。"

秋尽冬来，雨丝纷扬，天气清寒，丘无常为风光嫁女，特意将婚期

延迟至次年春暖花开之际。这冬日时节，足以筹备完全。

而雁翎帮果真再不与洪仲为难，更呼吁两帮和平相处，共等北上时机，此举一下牵动了江南各派同受感召。

形势可谓一片大好。

而李穆然几番试探赵燕，她却依旧排斥他与洪门来往。毕竟形势再好，目的也是要打打杀杀。李穆然便未再多言，毕竟凡事难两全。

至少如今的形势，已让他甚为满意。

早春的桃花绚烂，绽于苏堤两旁，满眼尽是碧葱山色，四目皆望潋滟波光。

李穆然随着迎亲队伍从横跨一汪湖水的石拱桥上过，湖上水亭中挤满了围观的游人，人们窃窃私语着，皆言状元娶亲，阵仗了得。

李穆然便在这一路注目中行至了苏堤尽处。

而新娘已在丘宅外等候。

他搀扶起她，她亦紧紧握住李穆然伸来的胳臂，一双柔荑冰肌玉骨，李穆然心下一颤，便知入轿之人已换作唐安安。新娘举手投足尽显娇羞之态，竟颇似刚出阁的女子，碎步便进了轿中。

斜阳穿透婆娑的枝丫，洒在苏堤之上，树影斑驳，阴凉处清风阵阵。李穆然随着花轿，又往南宫府踱回。春日的临安暖意徐徐，四下更是花明柳媚。初次穿上绀色马褂的李穆然，明知这大婚不过逢场作戏，竟仍感到莫名的紧张。

可知紧张的，又只他一人？唐安安在颠簸前行的轿中，不断定着心神，她直怪自己入戏太深。

南宫府愈发添了喜庆。宴席比庆贺李穆然荣登状元时只多不少，湖畔更是笙歌益然，长廊之中早已人头攒动。

李穆然特邀杨敏之独往，眼见她已气定神闲地坐定。秦会之也与秦熺行至主客席，江湖上有些名望之人皆受了邀，雁翎帮亦有几位舵主随丘无常前来。

席中却无洪门弟子，李穆然特意避免他们出席，一来让母亲安心，二来无论今日发生何事，都最好莫要与洪门牵扯不清。

几月不见南宫梦，她貌似成熟许多，发髻也不似当初少女之时，在众宾客中一眼可见。李穆然欣慰地望向她，她也深切回眸，只是仿佛想要倾诉何事，却被一旁的秦熺适时地揽入了怀中。

轿外撒开满满一地谷豆，新娘被李穆然搀扶着出了轿。唐安安的脚心被那满满一地的谷豆硌得痒痒的，想笑却又出不得声，一如现下微妙的心绪。

两人牵起媒人递来的同心结，一齐朝歌舞升平的院落行去。

南宫鼎与丘无常已于台上落座，两人交头接耳，相谈甚欢。李穆然与唐安安并肩而立，人群逐渐归于安静，此时只听媒人高唤："一拜天地！"

两人便朝艳阳高照那方恭敬叩首。

"二拜高堂！"

南宫鼎与丘无常愈发笑逐颜开。

"夫妻对拜！"

面向李穆然那刻，唐安安竟是紧张异常，轻抖的皓腕，教李穆然尽收眼底。

"入洞房！"

李穆然牵着她缓缓走入南宫府最为奢华敞亮的厢房，屋内红帐低垂，烛光冉冉，他与她相邻而坐。

半晌未闻两人言语。

唐安安终于将盖头一揭，一抬眼，便碰上李穆然熟悉的面庞。他望着她的眸弯成了弦月，深吸一口气，定了心神，便道："我刚刚差点以为我们真在成亲。"

唐安安微愣，又道："青楼女子怎会轻易出嫁，我倒是清醒得很。"

"安安！"李穆然急切起来，"你莫这样料定，若是有一天你得以离

开明月船呢？"

"我出不去的。"唐安安却道。

"就算……"

"就算有人愿意娶我。"唐安安昂首盯着他，李穆然不得已欲言又止。

唐安安冲他轻笑，起手取下发髻上的银簪，放入身前的酒杯中，那簪尖瞬时变作了墨色。

酒中有毒。

李穆然回了神，反而道："我们喝了它吧。"

"好。"他们举起酒杯，李穆然有些拘谨地挽过唐安安胳臂，就将琼酿一饮而尽。

刹那两人便醉在这扑鼻而来的幽香中。

屋外欢闹不断，李穆然此时站起了身，回首对唐安安道："我先出去，你保重。"

"欸。"

他推开屋门，觥筹交错的客人挤满了鼓乐喧天的院落，祝福欢庆声此起彼伏，和煦的晚风吹散了酒香。人群中有人望见他，便高唤："新郎官来了，定要与他喝个痛快。"

一群人一哄而上，将李穆然团团围住，全撺掇着他共饮佳酿。

独在屋内的唐安安已重新盖了盖头，百无聊赖地在床榻等待闹洞房的声响。不知不觉就倒向柔软的被褥中，睡意席卷，片刻便入了梦乡。

不多时，一人影忽从窗外一闪而入，疾步而至新娘身侧。来人显然料到新娘已经熟睡，剑光刚闪，便已直抵她咽喉。

"丘如月，得罪了。"

话音刚落，那剑尖尚未划过她咽喉，便被蓦然伸出的两指弹开，唐安安将重新蒙上的盖头掀开，扔向来人。她震惊地往后退两步，这才看清新娘容貌："是你！"

唐安安吐掉一口清酒："是我，我是该唤你杨敏之，还是完颜光！"唐安安凌厉的目光直射而来。

那行刺之人赫然是龙威镖局少总领杨敏之，她面色陡然煞白："想不到李穆然居然开始怀疑我了。"当即就要转身逃开。

"你想一走了之？"唐安安三两步追上，横握起腰间的玉箫挡住了杨敏之去路，杨敏之刚要举剑劈开那玉箫，却反被她将握住长剑的腕敲得阵痛，杨敏之又觉胸膛猛受人一掌，人当即往后踉跄退去。

李穆然已然冲入了屋，手中的幻影拳才刚收势，一干人等也紧随而至。

杨敏之受他一掌，此时狼狈地靠在窗边，讽道："恭喜状元郎，武功又精进不少。"

"承蒙承让。"

"哼！"

"这究竟怎么一回事？"人群当中的南宫鼎焦灼询问，他刚巧在屋外，听到声响，破门而入之后，就见到了这般场景。大喜之日，新娘竟换成了唐安安，那本该在外畅饮的杨敏之竟又一身黑衣，行踪诡异地出现在此，"如月呢？"

"南宫先生放心，丘如月自会无恙回到丘府。安安来此，全为揭穿这易容假冒龙威镖局少总领的金贼完颜光！"唐安安厉声道。

四下议论声起，南宫鼎便问："唐姑娘何出此言？"

"这酒中，放了当年暗害李师师的软筋散。此金贼目的昭然，就是要在婚礼当日取了丘如月的命，让这婚事不了了之，从而离间洪门与雁翎帮，以阻北伐大计。他可一直以为，李穆然仍与洪仲关系匪浅。当年完颜光潜入轻烟楼，就是以此毒害李师师，让原有内力护体的她武功尽失。他逼问宝藏所在，控制满楼的宾客姑娘，安安至死不忘。早在明月船中，我便心生怀疑，几日前就与穆然一番商议，乔装在此，就为待她露出马脚。"

"杨兄弟，你这模样出现在婚房，的确惹人怀疑啊。"

杨敏之冷冷回应："唐安安，你众目睽睽污蔑我乃金贼，不就是对我上一番去明月船态度不端心有怨恨，你能与李穆然商量今日假冒丘如月，足见你与李穆然私交甚好，难怪在明月船时要故意编撰轻烟楼宝藏被埋黄石山一事，与李穆然一唱一和，将丘帮主蒙蔽。如今李穆然借口《大荒经》其实在这南宫府内将我引来，顺便再借机推了与丘如月的婚事，如此可好与你长久厮混，这般一举两得，可真是好计策。"

"杨兄弟，话可不能乱说。"匆匆赶来的赵燕急道，"穆然早就不与洪门来往了，如今唐姑娘名满临安，身边围绕的达官显贵这么多，要回归平常女子自是不易，穆然与她亲近，一来逢场作戏，二来也是为报当年她救我们母子的大恩。"

"我与李穆然不久前才初见，如何跟他一唱一和？轻烟楼的宝藏若非画在《清明上河图》中，我岂会如此费力将此图护送至临安？恐怕就连当今圣上都不会断然否定轻烟楼绝无一座山的珍藏。其实你若要证明自己不是完颜光，倒也简单，你可敢让懂易容之人，检查检查自己的脸？"

"不错，你与我们当年所见那金贼的容貌已天差地远，如果确定你没易容，一切不就自当明了。"李穆然道。

"杨敏之，听清了吗？"孔翎此时插言，"只要让本姑娘看看你的脸，一切便能真相大白。"

"一个丫鬟，凑什么热闹！"杨敏之怒道。

孔翎置若罔闻，一箭步上前，伸手直往杨敏之面庞而去。屋内青光忽闪，杨敏之手中的利刃这就朝她刺来。

忽一声巨响，猛然摔向墙角的却又是那势出凶狠的杨敏之，而李穆然已然收了拳。

杨敏之拂去嘴角血迹，缓缓起身，恨恨道："李穆然，你居然跟一丫鬟对我大不敬。"

"你若是金贼，只怕我这一拳还轻了。你若不是，何必迟迟不愿翎儿验明正身？"

杨敏之冷笑道："好，我让她验，可她若验不出来，你可敢立刻划破唐安安这张脸，以惩戒她当众污蔑我乃金人？"

李穆然刚一犹豫，门外就传来几声哀号："不好了，丘帮主，丘帮主，他，他遇刺归天了！"

屋内众人闻言大惊，四下环顾皆不见丘无常踪影，便立刻往院落中奔去。南宫鼎强压着惊慌，疾步至长廊，长廊尽头，江煜正满眼悲痛地与几位雁翎弟子将丘无常小心抬至。

"丘大哥，"南宫鼎赶忙来到丘无常尸身前，额上虚汗涔涔，腿下更觉酥软无力。眼前的丘无常双眼翻白，身体余热已消，脖间血痕触目惊心，南宫鼎悲痛道，"是谁，是谁杀了你。"

"丘伯伯。"南宫梦忧伤呼唤。

"我方才路过后院，就见帮主一动不动躺在地上，唤他他也不醒，才知他已然遭人暗害了。"江煜失落道。

李穆然也随众人来到长廊，赶忙蹲下身细细查看起丘无常的尸首，那剑痕不深不浅刚刚一剑封喉，幽幽的月光衬得他面容呈现出诡异的青紫。

"软筋散。"唐安安遥遥望见丘无常浑身非同寻常的青紫色，断言道，"丘无常今日喝的酒中一定混入了软筋散。"

李穆然立刻起身高呼："盯住杨敏之，切莫让她趁乱逃跑！"

眼见一黑影从人群后掠过，站在一旁的江煜立即回神飞身而出，阻住那黑影去路："杨兄弟，你急着赶去哪里？"

李穆然与围观之人又再团团围上，人群将杨敏之圈在中央，李穆然直视她道："今日宾客佩剑者虽多，但既被怀疑私藏软筋散又使剑的高手，怕只你杨敏之一位，丘帮主至少已去世了半个时辰，你方才虽在婚房，但当中亦有足够的时间杀他。你若是半点不心虚，何必急着

离开。"

杨敏之不屑道："难道要我继续待着，受你们污蔑？"

人群中的秦熺此时恍然而道："是杨敏之没错，就在一刻钟之前，我与爹正在南宫府后院攀谈之时，便觉一道人影闪过，转眼又见这人影直往婚房而去。起先我并未注意，方才想起丘帮主被抬来的地方，竟离我那时所在极近。那杀他之后又再闯婚房之人，不就是杨敏之无疑。"

秦会之亦朗声附和："我当时也在场，可替熺儿证明。"

李穆然便道："事已至此，你若想免遭指认，还是先配合一下孔翎为好。"

杨敏之仿佛因为震惊而呆愣了片刻，又似乎是念起何事，回神就道："哈哈，哈哈，好，我就让你们看看我杨敏之究竟是不是金人！"她一边缓慢走着一边高喊，孔翎也正走近她，哪知她一闪身就蓦地拽过立于秦熺身旁也正围观的南宫梦。

"你干什么？"秦熺急道。

杨敏之的剑尖已经对准南宫梦咽喉，她根本妄动不得。"李穆然，我倒要看看究竟是你的幻影拳快，还是我这剑快。"

"你切莫伤她。"

"让我离开！"眼见那剑尖已划开一道血痕。

李穆然立刻示意围拢众人为杨敏之让开一道空隙。

杨敏之挟持着南宫梦，机警地后退着，刚一退出南宫府大门，就转身飞奔向临安城东边的荒郊。

秦熺见他逃得这般迅速，便欲焦急跟上，被李穆然伸手拦下："这金贼性情暴烈，诡计多端，秦公子恐怕招架不来，我与她交过手，知此人路数，我去即可。"

身后的秦会之也道："那就交给贤侄了。"

秦熺一思量，便也不再执拗。

杨敏之与李穆然就这般相互追逐着，踩着秀丽房廊的檐瓦，绕过临

安热闹鼎沸的市集，终于在近城郊一处杳无人烟的清溪旁止了步。

杨敏之反扣着南宫梦，正立于溪中停泊的小舟之上，回望岸边紧张跟至的李穆然。

"你果然心疼自己的南宫妹妹，这就追了来，可你怎么允许她嫁作他人妇？"杨敏之阴阳怪调道。

"你人已逃脱，还不放了她。"

"秦熺若知你们二人情丝难断，必定恼羞成怒。"杨敏之置若罔闻，继续言语挑拨，"我可要好生提醒他。"

"我们之间岂是你口中这等儿女之情。"

"哈哈，你知道你放不下唐安安。"杨敏之道，她幸灾乐祸的目光在南宫梦面庞游移，"我倒要看看，若我在她这粉嫩的脸上割几刀，你还会执意救她？你一定不会，你一定会毫无惋惜地投入到唐安安的怀中去。"

"你若敢伤梦儿一分一毫，我绝对不会放过你。"李穆然怒道。

"我随口一个玩笑，你何须这般着急，当年那丫头舍命救你，要是知你心系旁人，岂不得伤心欲死。"杨敏之摇头遗憾着。

被她挟持的南宫梦终于幽幽开口："穆然哥哥心存良善，若换作其他人，他也定会倾力相救，只你这等狭隘之人，才凡事皆往龌龊了想。"

"你闭嘴！"杨敏之怒斥，剑尖又往她面庞逼近了些，南宫梦只得瑟瑟噤了声，"李穆然，我可以不伤她，但你必须告诉我《大荒经》何在。"

"怎么，你没在南宫府寻见？"

"你还想骗我！"他怪叫道，"我追了洪仲这么久，他都从未怀疑我是金人，就凭我的言谈举止，你也不可能这么一下想到我乃完颜光。你若非确信我撒了谎，岂会有所试探？老实交代，你是如何察觉出破绽的？千万别再想敷衍我，当心你南宫妹妹的脸。"

李穆然只得道："不错，秘籍从未经龙威镖局，又何来劫镖一事？你诬蔑师父，不就是为害他受众人威胁，当年你在汴梁，就想尽办法要杀的人，可就是他老人家？你这般坚决不信《大荒经》在黄石山中，倒像早就知道黄石山的宝藏已经被崔念奴埋了，洪仲如何能发现，又如何能将秘籍同藏山中？"

"这些年无论我如何逼洪仲，都无人助他澄清此事，为何你就敢出面助他？你既已知《大荒经》从未真正出现过，那就必定了然是谁私藏了秘籍。现在再想，你与洪仲早在绍兴初年就已相识，若你与他真有《大荒经》，何必等到现在才怀疑我？亏我先前居然忘了此事。而那私藏《大荒经》之人想来与你关系甚笃，否则你不会轻信，此人必不是洪门中人，亦不与南宫鼎有关联，当然也不会在雁翎帮中。除了与你才见面的她，我想不出别人。"完颜光兀自揣摩着，"你也真够狡猾，编出这么一个故事，让丘无常回心转意，我必要揭穿你。"

"龙威镖局少总领才被疑暗害丘帮主，你自己的身份尚且不明，现下说出的话难道还有一丝分量？倘若今日丘无常不死，兴许你完颜光还能搅一搅浑水。"

她闻言忽就愤然道："丘无常该死，他居然要将自己女儿许配给你，而你李穆然，可是拼死都要保护洪仲的人，你若混入雁翎帮，这江南武林岂非都要被洪门牵引。我倒也不算全是损失，《大荒经》究竟在何处，我也知道了大概，有了这绝世秘籍，日后我要杀谁还不是易如反掌。李穆然，我也劝你最好别太相信唐安安，她若真是普通青楼女子，怎么可能武功这么高强。"

完颜光言毕就腾空而起，猛踩一只轻舟船首，脚下轻舟顿时翻飞而起，直冲李穆然压来，李穆然起手便将之生生劈开。完颜光却恨不能将溪上小舟全数抛来，一个接一个，直令李穆然仓皇应对。

"穆然哥哥！"南宫梦惊慌的声音响起。李穆然刚劈开迎面而来的轻舟，便见残骸后南宫梦的面容，他大惊，即刻飞身上前环住她，轻舟

的残骸不偏不倚就砸落于李穆然双肩，他顿时一阵巨痛。

"李穆然，我看你究竟能照顾得了多少人！"

完颜光的叫嚷响彻城郊，再四下环顾，已不见她人。

"你怎么样？"李穆然关切询问怀中人。

南宫梦抿着唇，使劲摇头。

"没事就好，我们回去。"他背起她，便往南宫府折返。

清风阵阵，难挡丝丝凉意，南宫梦靠在李穆然背上，汲取着他周身的温暖，尽管一路飞檐走壁，仍觉安心异常。

"穆然哥哥，你真的相信秦熺所言？"

"什么意思？"

"当时我也在他身旁，可从未见有何人影闪过。也许我看错了吧。"南宫梦悄声在李穆然耳畔言语。

他不禁一愣。

留在南宫府的秦熺正焦急等待，便见夜空划过一道白影，李穆然总算落于人前，众人皆松了一口气。

"可急死我了。"赵燕亦道。

秦熺正要开心地上前迎南宫梦，却见她似是迷糊不醒，依旧依偎在李穆然肩上，任凭秦熺唤她。

而在人群后的唐安安却深吸了口气。

"想是梦儿受了惊吓。"秦熺尴尬言语。

"我们回府吧。"他面色难堪地走上前，将南宫梦揽回自己怀中，李穆然略有歉意地颔了颔首。秦会之转身对南宫鼎道："丘帮主之死实在令人惋惜，南宫兄也莫过悲伤，凶手绝不会逍遥法外。今日我们就不久留了，先与梦儿告辞。"

"大人慢走。"南宫鼎恭敬道。

"南宫先生，"江煜也带领一众雁翎弟子行至，他们小心抬着丘无

常尸体，"帮主如今惨死杨敏之剑下，江煜定会为他老人家报仇雪恨，您尽可放心。"

"唉！"南宫鼎愁容满面，"我与丘大哥兄弟情深，却眼睁睁见他在我南宫府殒命，丘大哥这一走，如今雁翎帮群龙无首，为免帮中局势混乱，得先寻一位帮主为好，莫让他九泉之下都难以入眠。"

"先生所言极是，只是不知这帮主人选……"

"江兄弟早便是帮中中流砥柱，我们铜雀分支的人都愿随他，我建议就由江煜继任帮主之位如何。"说话之人，赫然是数年前挟持孔翎的青年卓永。

"雁翎帮人员众多，帮主不可草率决定。以我这帮中元老来说，江兄弟资历尚浅，丘帮主在世时虽与他亲近，但也未流露丝毫由他接任帮主的意思，卓永，你这推荐不合适。"那日在明月船上的刘松却道。

"江煜是后起之秀没错，但也的确太年轻了些，我同意刘大哥。雁翎帮十二位舵主中，怕也只有今日尚未前来的王兄弟能当此大任。"附和之人倒也诸多。

"也不尽然。"又是当年与卓永一道的薛平易开了口，"蓝鹇分支的王涌虽然资历深，却也是行事鲁莽之人，当年他擅自南下剿匪闯了大祸，若非丘帮主出面才摆平。若真要计较，恐怕这十二位舵主皆有不尽如人意的地方，其中八位舵主掌管的分舵实力不济，剩下四位舵主又各有各的优缺点，一时难以定论谁有绝对优势。可雁翎帮若一旦无主，必惹内斗，今日来南宫府的已有五位舵主，我们不妨就在这五位中先选一位登上此位，压一压风头，诸位以为如何？"

"薛大哥的意思，就是我卓永的意思。"

"倒也是解决之计。"

余下的雁翎弟子一寻思，便也纷纷颔首赞同。

"今日不选帮主，日后再选，便是谁也不服气谁，既然如此，倒也不如就让江煜暂代此位。若是日后有人不服气，再与江兄弟单独比试，

若能大胜，到时再说也不迟，如此确是有些委屈了江兄弟。"刘松犹豫道。

江煜听闻忙道："在下甘为雁翎帮分忧。"

"这敢情好。"刘松赞言。

"这我就放心了。"南宫鼎如释重负地拭去额前细汗。

等一路人浩浩荡荡地离去，南宫鼎与赵燕一同回了厢房。一直未有言语的唐安安走来，孔翎亦伫立一旁，李穆然才对两人意味深长道："你们觉得究竟是谁杀了丘无常？"

"难道不是完颜光？"唐安安疑道。

"莫不是江煜那家伙吧，我一早警告他莫要坏事，他倒莫名其妙当了帮主，简直好处占尽。"

"都不尽然。"李穆然幽幽地摇了摇头，"丘无常就算中了软筋散之毒，以杨敏之的武功，要取他的性命也不会这般干脆，而秦熹方才的言语，无非是见到了人影，并未见刺客真容，依完颜光狡诈，他大可以自我辩护一番推翻这一指认，但他如此一逃，反而让自己百口莫辩，简直就似成心为之，你们觉得他会这般蠢钝？至于江煜，就更无可能了，他的武功也许还不比完颜光，方才也能看出帮中不服者众，若非今日恰好只来了五位舵主，这帮主之位未必能轮到他。"

"难道还有人要丘无常的命？"唐安安不禁道。

"显然想要丘无常命的人不止此二人。"李穆然笃定言着。

"哼，管他何方神圣，无非兵来将挡，水来土掩。"孔翎不屑道，她又一扫阴霾，对一身凤冠霞帔的唐安安起了兴致，"你就是唐安安？当日在翡翠楼我只远远望见就已惊为天人，如今细看，果真名不虚传啊。"

唐安安礼貌地欠了欠身。

"你与我家公子才见一面就挺身帮他，告诉我，他给你灌了什么迷魂汤？"孔翎问。

"我与安安早便相识，你就莫要瞎猜了。"李穆然无奈对孔翎道，"天色已晚，我送她一程，你也早些休息。"

"公子真是艳福不浅啊。"孔翎打了个哈欠道。

"我们走吧。"他尴尬一笑，转而对唐安安温言。

两人起身往西子湖畔明月船去，临安夜晚的集市亦是久久未散。两人穿梭其中，行在唐安安身旁的李穆然，胸膛里似又漾开满满的喜意。

唐安安垂首端详起自己未及脱下的霞帔，乐道："原来当新娘是这般滋味。"又不禁失望低语，"今日明明这样好的机会，可惜让完颜光逃了。"

"安安，那完颜光怕已猜出了《大荒经》下落，我担心他会去明月船骚扰你。"李穆然转而道，"他想是会易容与你接近，可不好对付，总之明月船若有何异动，要及时通知我。"李穆然继续叮咛。

"放心吧，他不过是我手下败将，又能奈何。"唐安安宽慰着。

直至明月船依稀映入眼帘，两人才不约而同驻了足，再往前便是湖畔长街，唐安安便与李穆然作别道："送到此地足矣，你回吧。"

"好。"

李穆然遥望她愈渐模糊的背影，心下竟是些许怅然。完颜光有一句话并无道错，早在汴梁，他便已察觉她绝非普通青楼女子，而今不过数载光阴，她便成了名满江南的唐安安，纵然容颜才艺俱佳，若无高人追捧，岂能得如此扶摇。然而有些事她既未主动透露，他亦不便追问。

唐安安身后那若隐若现的势力，让李穆然雾里看花，他既肯舍弃轻烟楼满山的宝藏而杀尽金贼，想来亦是侠义肝胆之人，可完颜光的话，又似乎让人难以忽略。不过他至少信任他这儿时故交，知她善恶自明，绝非任由摆布的布偶，亦如她信任自己，不由分说便演了这出戏。

南宫府外的秦熺一路都铁青着脸不出声，直到入了钱塘江畔的梅树林里，才猛地松开了搀扶南宫梦的手，"你未与李穆然胡言吧？"他怀

·197·

疑道。

南宫梦在旁沉默不语，只轻轻摇了摇头。

"想你也无那心思。"秦熺斜睨她，"只是你若日后再见李穆然，少来这等依依不舍之状。往后一段时日，就先在秦府好好闭门思过。"秦熺冷言。

南宫梦心下一沉。而今的自己整日难掩郁郁寡欢，未入秦家时，这秦公子不过木讷少言，却也貌似憨厚老实，岂知一入秦府，他原本的性情竟是这般生疏冷漠。

"我不过希望你从中吸取教训。"秦熺又叹，"罢了，爹来了，你正常些。"

林荫道上的青衣公子也徐徐漫步着，卓永亦在他身旁。他似乎正耐心等候，等一位今晚本该出现、却消失许久之人。

身后脚步轻轻，喘息声近，江煜方道："你来了。"

丘如月每靠近一步，心便跳动一番，她简直忘记要同他招呼，只任凭呼吸急促。

"你既一整晚都未出现，何不就再也莫要出现了？"他从来都纯良得仿佛一朵白莲，那清淡言语竟无丝毫森然之意。

丘如月亦疏忽察觉弦外之音，只痴痴道："李穆然已答应我退了婚礼，再求求爹，我们兴许便能在一起了。"

"丘帮主既然从来不愿我成为他的女婿，江某又何必勉强。我既从未对小姐许下诺言，又何来相守之说。"江煜礼貌中尽是疏远。

一时间，丘如月前行的步履顿了下来，她恍惚以为自己听错了，极力从那一双闪烁的眸中捕捉昔日熟悉的疼惜与爱怜。明明他目光里的柔情总将她内心无限撩拨，怎此刻，竟连半分蜜意都无？

江煜干脆敛起了敬意："你可听懂我方才的意思？"

"我们……"

"一切都是如月姑娘误会了。"江煜打断她，便匆匆前行，渐渐便隐入了笼罩苏堤的夜色当中。

丘如月呆愣原地，她怎也难以置信，他还是她整日牵挂的煜儿吗？多少夜里他们相拥成眠，他温热的唇轻咬着自己耳根，他修长的五指摩挲抚慰着自己的腰肢，怎么此刻，竟如同陌路？究竟是他忘却了往日温情，还是她自己将那缠绵误作了悱恻的情意？

丘如月模糊了，脑海模糊的时候，她总是一动不动。

一直站在一旁的卓永张口便道："你爹今晚已死在了南宫家，我看那状元郎也不愿娶你，而今你又非处子之身，我若是你，早便羞于活命了，亏你还要赖上江帮主。当初丘无常轻视他，今日他死了，你还来痴心妄想。"

卓永手中之剑已经提起，直对着丘如月，她却毫无反应，如同未听见他方才的乱语，起身就欲追逐那月下盈盈的背影而去。卓永的利剑横扫而来，她只抬臂一挥，数道光影便打在那长剑上，生生将这剑断成了数节。

卓永顿时不敢上前，月下的江煜也止住了步履，丘如月焦急地奔来，数不清的细密的清影恰从苏堤尽处飘至，直向她纤细的腰腹。

丘如月错愕地立住了，她清晰望见江煜掷出清影断魂针时挥舞的衣袖，只一刻，那无数的清影就刺入了自己腰腹的衣衫。

人瘫软倒地。

原本就非能言善辩的女子，临了还一副欲语还休之状，那未及汹涌而出的怨怼追究，终化作了她难以瞑目的面容。

卓永捡起断剑，行至她身前，剑尖从她咽喉划过，登时鲜血四溅。

他再次赶上江煜的时候，他正在桂树下遥望远方雅致的水亭，回想着当年在此地与丘如月相遇的场景。那时的他不过当她春心萌动的寻常少女，与她相处，权当慰藉寂寞。直到发觉这少女竟熟稔雁翎十二式，

甚至还偷偷习得了清影断魂针，才知其非凡身世。

　　他若即若离地与她周旋，既不愿人尽皆知，亦贪图她的全心照顾。她自小便在丘无常的严厉调教下练就一身卓绝武艺，这些年他得以在帮中一路扶摇，与她的悉心教导脱不了干系。

　　而他自己入雁翎帮，不过机缘巧合，也憧憬江湖快意。曾经他以为与帮主的女儿暧昧不清，必定会得丘无常重视，后来才知丘无常根本从未真正赏识过自己。当舵主无妨，但若丘如月提起与自己一起，定惹丘无常雷霆大怒，自己也只好暗中在他面前谎称一切只是自己一厢情愿，面上就更不敢与她亲近。但这轻视的仇，也早就种在心底。

　　今日，可不是他自食恶果。

　　"帮主，丘如月尸体该如何处置?"卓永问。

　　江煜沉吟半晌，方道："抬至南宫府外。"

第十章　相思相见知何日
　　　　此时此夜难为情

次日一早，南宫府的大门便被猛烈敲击着，待南宫鼎与赵燕疑惑赶到，几位雁翎弟子已经在外焦灼等候。

"南宫先生，我们并非有意打扰，可是如月小姐昨晚一直未见回府，我们实在担心她的安危，究竟她与状元郎是如何商议的？缺席了婚事，她人又会去哪里？"薛平易急道。

南宫鼎皱了眉："如月平日可有喜欢去的地方？"

"小姐久不出深闺，无常往之地，我们倒也将苏堤周遭寻了个遍，可还是无下落。"

"叫状元郎出来问个清楚，说不定他知小姐去处。"

"对，既是状元郎想出这李代桃僵之计，就必知小姐与唐安安交换之后人躲在哪里。"

声浪愈来愈大，那些雁翎弟子也随之全数拥入南宫府内。刚巧李穆然从厢房走出，见到他，众人皆迫不及待地围拢而上。

"穆然兄弟，打扰了，能否告诉老夫，昨日婚礼之前，小姐可有交代自己要避去哪里？"薛平易言道。

李穆然便回忆起来："当日我嘱托唐安安扮成丫鬟混入丘府，如月姑娘特意让她一人为自己梳妆，应该就在那时两人互换了身份。如月从窗户逃走，唐安安顺势李代桃僵，之后她究竟去了哪儿，便不甚清楚

了。"

"实不相瞒，小姐房间窗户一直被丘帮主下令反锁，我们赶到她屋内的时候并未被撬开。"其中一位弟子却道。

"我可以证明。"薛平易也颔首。

李穆然不禁疑惑，丘如月早便能自由出入，她若非从窗棂遁走，亦不懂易容，如何悄无声息地避开当时满院的宾客？难道是谁事后潜入将瑶窗再次反锁，又或者，这些雁翎弟子根本言不符实。

"穆然兄弟，是否唐姑娘向您隐瞒了什么？"

"还是真如杨敏之所言，状元郎与她犹有私情，欲借此推了婚事，结果连累了我们小姐？"

"绝对不是。"赵燕急道。

"若真是状元郎参与了谋划，小姐就该由你负责，要是久无说法，可别怪我们不依不饶。"

人群又是一阵骚动。

"大家冷静，大家冷静，让穆然好好想想。"赵燕忙道。

这些人显然不知丘如月早就有了恋慕之人，若道她去何处，必然是寻自己中意之人，而此人是谁，李穆然正踟蹰是否该道出，便闻人群外江煜响亮的应声："你们怎能听信杨敏之胡言！"他已推开虚掩的大门，向院内喊话。

"江帮主。"

"杨敏之才是我们雁翎帮的死敌，"江煜三两步走入，身后跟着卓永正小心怀抱一四肢瘫软、面目苍白的女子，"待我们发现小姐，她已遭杨敏之残害。"江煜语气沉重，示意卓永将尸体放下，众人大惊，只因此人便是消失了整晚的丘如月。

李穆然俯身望见地上的丘如月仿佛因为震惊而错愕的眼眸，不禁又念起当年金贼箭下不肯瞑目的赵云儿，那不甘的神色实在太相似。他才默默祝福她与意中人双宿双栖，怎料竟是这般结局。

202

他赶忙将视线移开，不忍再视。

"如月小姐也遭人一剑封喉，我们发现小姐的时候，她就已经断了气。"卓永道。

"杨敏之！"薛平易愤恨言道，"雁翎帮一向待龙威镖局不薄，她还不依不饶，要下这等狠手。"

李穆然稍定心神，便道："杨敏之实乃金贼完颜光，她之所以如此，全为阻挠最近的北上风潮，此人深知丘帮主有意与洪门携手抗金，故心怀不轨。我们必不能让这金贼如愿。"

"状元郎，雁翎帮一天之内飞来两场横祸，尚需时日整顿，江煜前来，就是为免你被无辜牵连，至于杨敏之或是完颜光，都注定是我雁翎帮的仇人。丘帮主与小姐如今惨遭不测，也莫不是他一时抉择错误所致，这北伐之事，暂且搁置。"

李穆然还要言语，赵燕就打断他道："丘大哥英明一世，当真不该听信这江湖上的谣言。依临安如今富庶，又稀罕那连虚实都未知的宝藏秘籍，金贼却是这等穷凶极恶。江兄弟今能替我儿解围，实也多谢了。"

"应该的。"

"穆然的婚事的确有所纰漏，如月的不幸，老夫也难辞其咎，江兄弟的澄清之恩，我们当真感念。"南宫鼎亦诚恳道。

"南宫先生客气了，往后我才是要依赖您的帮助与支持。"江煜说着便情真意切地握住了南宫鼎的双手。

"我们互相支持，互相支持。"

他转身又对众雁翎弟子道："误会既已澄清，诸位就不要在此叨扰了，我们回吧。"

人群便抬着丘如月的尸体纷纷退出了南宫家，南宫鼎一直目送人群走远，半晌，才意味深长道："江煜演这一出，用意颇深啊。"

赵燕也道："他不过情急之下被推为雁翎帮主，今日替我们解了

围，自是想落得你长久的支持，让这帮主之位越坐越稳。"

李穆然却在一旁若有所思。

他猜中了完颜光会趁乱在婚礼中生事，也果然如他所料，可是相较杀害丘如月，了结丘无常，似乎更值得完颜光费尽心思。只因丘无常一死，自己处心积虑撩动的雁翎帮北伐之心，才有机会被彻底遏制。但她杀害丘无常这事的漏洞太多，当日人多繁杂，倘若真凶其实另有其人，此人只杀害丘无常就足矣，何必还要去害丘如月？如今丘无常既已死，完颜光又真的有必要在自己身份败露后再行这等杀招以惹雁翎帮记恨？

这实在不似狡猾如她所为。

只是江煜，李穆然甚至连惋惜都难从他眼中寻见。而今丘如月命丧他人剑下，原本最应悲痛的人，居然可如无事般利用她为自己作最后的左右逢源。

李穆然在清晨浓雾散尽的南宫府怅然，这新任雁翎帮主，莫非竟是一个连如此深情都不肯顾惜之人？

绍兴四年，临安城终于迎来岳子昂领兵返攻的政令，洪门顿时陷入一片欢腾。自靖康劫难，金先挟持张邦昌建立伪楚，后又扶植刘豫建立伪齐，金兀术与傀儡刘豫更趁着大宋尚未恢复元气之际，频繁南下挑衅，将士们不得已一面镇压江南流寇，一面艰难抵御外敌，战事也因此长久处于自守的状态。亏得岳子昂异军突起，数年之后，总算迎来这反转时机。

五月，岳将军领命师出襄汉，临行前李穆然特意召集洪门众高手，为他壮声威。

洪门八位高手相聚在位于城东的洪门总舵，天目山腰一处隐蔽而宽敞的旧居中。孔翎自是雀跃不已，特意排开数坛蓬莱春，撺掇着洪门众叔伯畅饮不休。

周笑添从来不胜酒力，几杯下肚，就已微醺，却还不忘吹嘘。

"我与小掌门在明月船时那可是一唱一和,说得动情,连我自己都恨不得立刻冲了回去,看我们一吆喝,果真就吆喝来了这北上时刻。"

"明月船那么热闹的场面,我竟不在。"孔翎撅起了嘴,"现下也不能跟岳大哥一齐北上。"

周笑添带着醉意道:"这初次北伐,自是要先试探敌情,无须倾巢而出,你跟师兄我可以一起做岳大哥的坚强后盾啊。"

孔翎撇撇嘴:"胆小鬼才这么心安理得地留在临安。"

"哎,这哪是胆小鬼,万一贸然前往,丢了命怎么办?安全第一,安全第一。"周笑添喃喃着。

"我才不在乎呢。"孔翎冲他吐吐舌头,转过身,端起一碗蓬莱春仰首就一饮而尽,倒也不再憋闷。

那日未得见的王厚昌与李其也风尘仆仆赶来,两人当中一位年岁稍长,神色沉稳,气质儒雅,一位面容粗犷,英姿勃发。他们一早得知新任帮主乃当朝状元李穆然,遇上本人,才啧啧感叹果真是百闻不如一见。

"两位师兄过奖了。"李穆然谦虚道,"得知你们二位力压了江南的匪寇,才真是值得称道。"

"这帮兴起的土匪如今一听到洪门,吓得是屁滚尿流,哪还敢随意作乱!这不皇上一安心,就给了我们好消息。"李其乐道。

"是啊,是啊。"王厚昌也道。

几人纷纷开怀,天目山中升起一派沸腾欢呼声。

只是人群当中的岳子昂,却仿佛心事重重,同洪门众高手共饮狂欢完,就一人独坐在山间布满青苔的石阶上。李穆然注意到了他的异样,便趁机走上前与他攀谈起来,两人并肩而坐,李穆然关切道:"岳大哥,你可有心事?"

岳子昂沉吟片刻,眉目略微舒展,便道:"昨日朝堂上,皇上明明斗志昂扬,那秦会之却一再从旁谏言,非劝皇上若我得胜,千万莫要追

击到伪齐领土，说是怕那刘豫反扑，皇上轻信了他，竟只命我打到襄汉。"

"这秦大人所言听上去似是顾虑颇深，可若真打了胜仗，难道还要中途放弃不成？"

"我就是疑惑在这里。"

李穆然道："他是如何三言两语，就令皇上的立场也跟着动摇了？"

"你有所不知，那秦会之句句恳切，若非真心实意，那便是太会做戏，皇上受他影响也能理解。可是无论如何，两位先帝尚在金营受苦，中原百姓正遭金贼蹂躏，现下绝非顾虑这么多的时候，他当年受了那么大的教训，怎么还没长进！"

"岳大哥莫心焦，至少我这状元，可是皇上钦定的，待穆然得了封赏，再在朝堂上支持岳大哥不迟。"

"也对，那就指望穆然了。"

整整三月，江煜都在处理丘无常父女的丧事，雁翎帮彻底与龙威镖局决裂，不少雁翎弟子更奔至龙威镖局打砸抢掠，杨敏之早已不见踪影。原本因押运中原显贵家财至江南而赚得盆满钵盈的龙威镖局，一夜之间声名狼藉。

几日后的黄昏，忙于帮中事务的江煜总算得来片刻安宁，他倒并未趁此休憩，却是孤身一人行至临安荒郊一片广阔芦苇荡前。他面向这浩渺草浪，负手而立。日已西沉，与他相约之人却久未现身。

"江兄弟。"暗哑低沉的叫唤在江煜身后响起，来人佩戴一副狰狞面具，于江煜背后站定。

"你来了。"江煜转身道。

"我既已帮你除了丘无常，足见得此番合作的诚意了？"那蒙面人道。

"我自然信你。"江煜浅笑温言，"这江南之地，原就是雁翎帮的天

下，又怎由得洪门煽动？放心，洪门一心北伐，我雁翎帮绝不会参与。"

"就如此而已？江兄弟，十年了，十年都无人敢撼动洪门江湖地位，雁翎帮早就崛起，难道你不觉得该换换风景了？"那蒙面人提点他，"你可有想过，替代洪仲，成为新任武林盟主，一统江湖？"

江煜却摇头道："依我如今武功修为，这样做无疑自讨没趣。"

"那要如何你才能胜过他？"

"天下武功出少林，洪仲又曾是少林不世出的弟子，这洪门内力与幻影拳更融合了少林功夫的博大精深，即便是丘无常，也未见得是其对手，更何况是我。若要稳赢，非得得非常之物，若是《大荒经》在我手上，还能搏一搏，只是可惜万千珍宝与秘籍尚在汴梁，也无怪丘无常动了心思。"

"此言差矣，宝藏是确有其事，至于《大荒经》，绝非藏于什么汴梁黄石山内。"那蒙面人却道，"我若愿意再助江兄弟登上这武林盟主之位，你可能答应我，从你号令江湖那日起，便呼吁整个江南武林孤立打压洪门，最好让其彻底覆灭？"

江煜沉吟道："岳子昂如今声名正盛，若此番得胜而归，洪门的声势必定大涨，到时再与洪门冲突，恐怕雁翎帮难逃自讨没趣，我若轻易应了下来，难道你就不担心日后我心生悔意？"

"哈哈，这句话，你终于还是问了。"那蒙面人大笑道，"我帮你杀丘无常，让你当雁翎帮主，自非毫无顾虑，你若是背信于我，我也自有办法再令你沦为一介草民，哪怕到时江兄弟已习得了大荒经。丘无常与丘如月两条人命，可足够令你在雁翎帮中颜面扫地？而真到那时，你肯定比自己想象的还要凄惨些。"

江煜笑道："方才我不过随意问问，无须当真，这洪门，自然会败在雁翎帮手中。"

"江兄弟，要得到《大荒经》，盯紧那杨敏之便可，她必知秘籍下

落。此人近几日频繁流连明月船外，想来秘籍就在那明月船中。我只能提点至此了，剩下的，就凭江兄弟自己的本事了。"

"若真能得到《大荒经》，我当然如虎添翼。不过这杨敏之若真是金贼，她为何连辩解都不辩解，就为你担下了杀害丘无常的罪名？"

"江兄弟，何必知道这么多，你若肯充分利用我的提点，《大荒经》自然手到擒来。我是谁重要吗？"

江煜不置可否。

而那蒙面人一闪身就已飞入了苍茫芦苇荡中。

簌簌寒风吹皱一片草浪，一浪接一浪如澎湃碧波。

明月船，江煜面对这草浪低语，旋即轻笑，既是胭脂红粉笙歌漾，便是他江煜的温柔乡。

明月船下无论何时都拥挤着熙攘的游人，自晨曦而起，便有丝竹管弦的乐曲绵延悠扬。空灵的琴瑟箫音源源不绝自明月船流淌，路人难忍驻足聆听，竟皆恍惚在这撩人的曲调中。

顾蕊为唐安安掀起秋月阁的纱帐，日光便自窗棂倾洒而入，盈满整间厢房，"天气真不错！"顾蕊开心道。

"蕊儿，你近日可在明月船发现行踪诡异之人？"唐安安道，"那完颜光绝不会善罢甘休，定会乔装至明月船窃取这《大荒经》。"

"明月船一直都人来人往，蕊儿还未察觉有何怪异，不过你既有此忧虑，我便好生留意就是了。"

"你记住，此人诡计多端，他自知武功在我之下，贸然行动只会打草惊蛇。这往来的宾客，你更得多加留意些，所有能帮我推脱的，就都推脱掉。"

"蕊儿明白。"

依唐安安如今声名，得之招待的客人已然少之又少，慕名而来的人总是经由顾蕊再向她告知，如今她这般交代，顾蕊啧啧叹着，恐怕能入

这秋月阁的人愈发寥寥无几了。

顾蕊念着便走了出来，顺手将房门掩上。为保唐安安清净，明月船这层原本封闭，若非当日有意助李穆然，旁人自是无法围聚在这秋月阁外的。

沿着阶梯往下一层，便是明月船宽敞的大堂，往往于此落座之人，皆是为唐安安而来，顾蕊每日都会与他们周旋，无非便要宽慰他们少些失落，谁让这临安绝艳鲜少见客。

几十来人已经迫不及待望向楼上，就见顾蕊轻快走来。

"小丫鬟，今日又是你。"左拥右抱的年轻男子慵懒道，"本少爷已经连续好几日来明月船了，这金银珠宝是加了又加，究竟唐姑娘赏不赏脸，为我爷爷八十大寿献歌一曲?"他随手一挥，便有几位年轻力壮的家丁将满满两箱翡翠黄金抬到顾蕊眼前。

他怀里的小娘子一阵娇嗔："怎么刘老爷这么大方?"

"你懂什么，唐安安值得这些心思。"那男子在她耳畔吹气，另一旁的小娘子也软弱如无骨般黏着这刘松仁刘老爷的孙子刘熏道："唐安安如今这般炙手可热，少爷哪一番见她不是诚意十足? 就你少见多怪。"

顾蕊却道："我也告诉刘少爷多少次了，不参加刘老爷的寿宴，是唐姑娘自己的意思，我也爱莫能助。"

"你这小丫鬟，还是这么直接就拒绝我，明白，看来我这礼还是轻了。"刘熏的身子在两位小娘子的簇拥下软了软，无奈却然道。

"我还以为这原任浙江知府的刘松仁家多有能耐，又是以钱买艺，难道唐姑娘还贪这点小财? 你也太看低她了。"一旁书生模样的李苓不禁道。

刘熏的面色明显有些难堪，闷声言语着："要你多嘴。"

"小丫鬟，李某才刚进士及第，过不久便得朝廷册封，几日后我们进士五人设宴，还望唐姑娘前往共饮。"

"官人才得高中，姑娘自不会回绝，可状元郎过几日也要来明月船，她这些天抽不开身，若他们不介意，何妨将宴席再往后延几日？到时姑娘自当助兴。"

"这……日期已定，当中几位又回乡在即，实无法说改就改啊。"

"哈！"刘熏不禁笑出声来，"不过几个进士，就以为唐安安会赏脸，不过是瞧不上你，又不是状元。"他小声嘀咕。

"唉。"李苓拂袖一叹。

"那我呢，那我呢，我专程从南京赶到临安，为表倾心，特意为唐姑娘写了足足三百首词，篇篇呕心沥血啊。"已过而立之年的文人杜允接言。

"杜先生确实对姑娘有心，不过明月船虽也算附庸风雅之地，可少于一千两银子，也是难得姑娘接见的。"

"一千两……这也太多了吧。"杜允为难道。

"穷酸词人没事就别来明月船了，又没出名，不是自讨没趣。"刘熏伸了个懒腰，又搂着两个小娘子喃喃道。

杜允尴尬地抽搐了嘴角。

余下的人也七嘴八舌起来，顾蕊却也未见一人足够让她通告唐安安。她有意打发他们，又不知找何借口，环顾四周，就见嘈杂的人群之后，一袭青衣的江煜正安静地浅酌琼酿，与争先恐后的来人格格不入。他视线游移在明月船外，人安静得不作一丝声响。

"今日与唐姑娘相约之人其实是那位公子。"顾蕊素手直指从一开始便仿佛超然物外的江煜。

送至唇边的杯盏停于半空，江煜眼眸掠过几丝诧异，仍如无事一般将清酒一饮而尽。

"你们难道没发觉？若非这位公子已然胸有成竹，又怎会在你们一拥而上的时候如此无动于衷？"

穿透瑶窗的日光映在江煜面上，将他原本温润的面容衬得莫名清

亮，他仰首冲打量而来的诸多目光悠然一笑。

顾蕊一愣，好一位俊朗的公子，也没想他这般配合自己随口而出的推脱之词，只是他应该明了自己仅存推脱之意吧。

"他是何人？"刘熏疑惑道。

"嗯……"

"在下雁翎帮新任帮主江煜。"江煜随之起身，恭敬言道。

"我才听说雁翎帮换了新帮主，原来竟是如此之年轻俊逸之人，难怪会得唐安安喜欢了。"连李苓也叹。

顾蕊顺势提醒道："诸位莫忘，姑娘一日至多只见一位宾客。"

"雁翎帮可是江湖大帮啊，唉，今日又白来一趟，走吧，走吧。"刘熏失望地摆摆手，由两位小娘子搀扶着摇摇晃晃地起了身，几位家丁便将那两箱珠宝又再抬上，紧跟他身后就走下了阶梯。

"今日不行，明日我必会再至。"杜允毫不气馁。

"看来我要错过唐安安了。"李苓失落道。

厅堂内一片唉声叹气，待他们陆陆续续离开了大堂，唯剩被指名道姓的江煜岿然不动。

顾蕊走上前不好意思地吐吐舌头："江公子，我不过随便一说，你不会当真了吧。"

江煜凝神望着他，眸中笑意满满。

顾蕊呼吸一滞，竟不禁细细端详起他。

这公子虽为江湖中人，却无沾染一丝草莽之气，那雁翎帮的青衣贴合着他颀长的身姿，若道此人是满腹诗书的才子亦不为过。

顾蕊的面颊在他长久的注目下红晕依稀，终于扭扭捏捏道："好，好吧，我会通知姑娘您近日来过。"

江煜的唇依旧弯着舒朗的弧度，却起身于她耳旁轻言："我至明月船，可非只为唐安安，却是因一雁翎弟子发觉疑似杨敏之之人近几日在此处流连。"

"并非为唐安安,杨敏之她人已至明月船?"顾蕊脱口而道。后又意识到自己的反应有些激烈,便赶忙遮掩起来,"我方才听错了,这杨敏之是谁?"

江煜的笑容愈发意味深长:"杨敏之才害我帮失去了老帮主,我也纳闷她为何频繁在明月船流连,她虽男女不分,可应该还不至于喜欢女子吧。"

江煜言毕,便又坐回原位,继续观察起窗外的纷繁景致。

他的面容仿佛一幅水墨画,直令顾蕊视线难移,她情不自禁地也往那窗外端详,轻声道:"那你可有收获?"

江煜便温言:"这龙威镖局少总领杨敏之深谙易容,她若要作恶,必会不露真容,想捉住她可绝非易事。不过,她却绝骗不过我。"

"为何?"顾蕊忍不住问。

江煜作势要告诉她,她不由得凑近了些,岂知他欲言又止:"不是江某不愿告诉姑娘,这也算是秘密,说出来总需个理由啊。"

顾蕊不好意思地看着他,觉得他所言确实有理,而江煜又实在不似心思叵测之人,就老实道:"好吧,其实,那杨敏之与唐姑娘也有些旧怨。"

"是吗?"江煜并未深究,"若是如此,我们何妨合作,一起找出她?"江煜提议道,言着便伸出小指,等顾蕊回应。少女一寻思,便清甜莞尔:"我赞成。"

江煜顺势勾住她伸来的小指,轻轻往自己身前拉了拉。

顾蕊心内顿时小鹿乱撞,面颊生生又添了绯红。

自明月船相约,江煜每日辰时便会又至,于相同位置落座,配合着顾蕊一次又一次将慕名而来的宾客请回。

待厅堂已然一空,她便蹦跳着来到江煜身前。

江煜幽幽问:"那杜允为唐姑娘写了三百首词,为何姑娘仍不愿见

他？当年李师师与周大词人的韵事可是被传成一段佳话。"

"姑娘说那杜允的词，尽是些浮华虚荣之作，远远比不上周大词人，说他银两不够，不过婉拒而已，他却非要执着。"

"刘老爷又是为何，他可是原来浙江的知府，虽已卸任，但也是家财万贯，诚意昭彰啊。"

"姑娘说刘松仁当了一辈子的官，家财何止万贯，那两箱珠宝对他而言不过九牛一毛，自然不愿就这么轻易现身了。"

"唐姑娘实在有心。"江煜低语着，想来唐安安能得今日声名，也不会是简单人物，至少与这天真的丫鬟顾蕊相较。

而他，却并不喜欢太过复杂的女子，即便美若这临安绝艳。

"蕊儿，你看见长街边那卖水果的老叟了吗？"江煜晃过神，便隔着瑶窗指着集市外一处隐蔽于街道后，樟树下的一片阴凉地道。

"不就是做生意的小商贩，有何稀奇？"

"他所在之地，刚好避开了御街的人潮，换作是你，会选择如此隐蔽的地方？我昨日回去的时候，特意在那里停留，才发觉他所站之处，一仰首，便可窥见唐安安厢房。"

顾蕊脱口而道："那可不就是杨敏之，她要在姑娘手中偷一样宝贝，自然对姑娘的秋月阁多加留意，我们何不先捉住她？"

"宝贝？"江煜疑惑地望着顾蕊。

她这才意识到自己说漏了嘴，便不禁支支吾吾起来："其实是江湖上失传许久的，恰巧被唐姑娘得到，所以……"

"既然蕊儿这般为难，就罢了。"江煜善解人意道，"她久未见行动，想来行事谨慎，为免打草惊蛇，我们还是暂时先按兵不动为妙。"

"我……唉！"顾蕊急道。

"无妨。"江煜静静地看着她，转而轻问，"只是蕊儿，我很好奇你如何会在这明月船上？"

那一句关切的问询竟让她心下顿觉酥软，回应的声线也轻飘起来。

　　"唐姑娘在金贼屠城时救了我，我便跟着她从汴梁逃到了临安，她原先在轻烟楼便陪伴着李师师，我随她的日子里也习得了诗词曲赋、琴棋书画。我们一至临安便入了明月船，不过两年光景，她便已经名满江浙了。"

　　"蕊儿可也会同唐安安一般留在明月船上？"江煜问。

　　顾蕊被他一问，竟觉自己腹内仿似生起了醉意："我也不知自己是否有唐姑娘那般倾城容貌，若日后真成了明月船的姑娘，估计也难如她这般风光吧。"

　　"像她这般有何好？我倒希望你只是平常人家，至少能随意出这明月船。"江煜疼惜道。

　　顾蕊愣愣地望着他，咀嚼着此中深意。他幽深的目光，似也抚慰起她柔软的心底："若蕊儿日后能得自由，定要来雁翎帮寻我。"

　　那轻如耳语一般的言语，让顾蕊恍惚不已，她不禁应着："好，煜儿。"

　　江煜浅笑，又四下顾盼起来，长街旁支起摊位的老叟已消失无踪，他这才皱眉问："这明月船要见唐姑娘，除却那些能被请回之人，可还有谁是她无法谢绝的？杨敏之既是这般谨慎，就必不会贸然入这明月船，她既懂易容，难保不会扮作唐安安最不得回避之人。"

　　"也对，这些日子倒还真无一人是姑娘不能得罪的，若真有，那估计也是秦会之秦大人，张俊张丞相，还有，当朝状元李穆然。"顾蕊一一道来。

　　"张俊自是当朝宰相，李穆然亦乃新科状元，倒是秦会之，"江煜思索道，"他一直与唐姑娘走得近，哪里像是正遭冷遇的朝臣。无论如何，我们既不能贸然指认这些人，亦需探明杨敏之是否真会假扮当中之一前来明月船。张丞相与秦大人并非习武之人，倒是好分辨，而状元郎，据说得了洪仲不少修为，我自会派雁翎弟子时时报备他的行踪，以防杨敏之假冒。"

"煜儿真是周全。"顾蕊赞道,"这回杨敏之一定插翅难逃。"

"她害我丘帮主,我如何能放过此人。"江煜亦道,神色中又满是忧虑,"只怕我若不在,这贼人突袭,蕊儿一人招架不来。"

顾蕊却道:"放心吧,她可未必能奈我何。"

江煜只觉得是她太过自信,但也未多作言语,便攥紧了顾蕊覆来的柔荑。

江煜走出明月船的时候,她依依不舍地奔至窗边痴痴地望着他融入长街熙攘的过客中,怅然若失。江煜似乎感觉到明月船中久久追随的目光,也在半路转身,冲她粲然欢笑,两人就这般隔着拥挤长街,四目交缠,凝神相望。

一场无声相顾,竟令春风也悄然萌动。

从此顾蕊便总陷入心不在焉中,几番在秋月阁为唐安安梳妆都不经意恍然遐思。

"蕊儿,你又弄疼我了。"唐安安唤道。

"哦,哦。"她回神应道,面庞却漾开笑意。

"你可又在想那江公子了?"唐安安无奈道。

一提及江煜,顾蕊双眸即刻放起光来,滔滔不绝地细数着江煜的妙:"他真是我见过最最温良的公子了,似乎从来都不见他有怒意,他望着我的时候,简直要看进我的心里。姑娘可知,煜儿还告诉我,若我得以离开明月船,就定要去雁翎帮寻他。"

唐安安不禁问:"你怕是这一去,就再不愿回来了?"

"姑娘还是这么心思敏锐。"顾蕊不好意思地承认道,"当年洪仲王雍的蛊虫都是我暗中下的,他们一死一伤,简直让我自责了好一阵,若能彻底逃离明月船,与煜儿一起,岂非两全。"

唐安安严肃起来:"你可知背弃漠北唐门,下场几何?"

顾蕊不以为然:"我与姑娘不同,一举一动,自不会惹人注目。若能得一份姻缘,当然是要珍惜的,就算门主因此不满,我于他而言,也

并非多么重要，绝不必因震怒将我赶尽杀绝。"

唐安安眉头紧皱，顾蕊这番话，仿佛说中了她的心思。她与门主之间，比在汴梁时更加紧密，若她自己要抽身，怕才会惹他暴躁不已。

想来顾蕊，早就看清了这一切。

唐安安便道："门主心思深沉，蕊儿也莫太过自信。只是倘若日后你去意已决，我自会鼎力相助。"

她自己未能如愿之事，由这妹妹来圆满，亦算了了心愿。

"多谢姑娘。"顾蕊开心道，转身便蹦跳着行出了秋月阁。

自丘无常父女在婚礼当日惨遭不测，李穆然便同南宫鼎与赵燕有默契地避讳谈及婚娶一事。出于对丘帮主的尊重，南宫府于短时间内将不再操办任何喜庆之事。

六月的江南如淌着水的蒸笼，李穆然脖颈间细汗不止。他在院内一排垂柳的树荫下踱着步，满脑皆是这些日子接二连三的祸事。

距婚礼已过月，那杀害丘帮主与丘如月的真凶依然逍遥。倘若丘无常并非死于完颜光剑下，丘如月岂又见得乃完颜光所害？依两人喉上剑伤的痕迹，杀丘无常之人似乎比杀丘如月的武功高强数倍。

更有师父与王雍的蛊虫成因尚且未知，而这件事距今已是一年有余。

李穆然不知不觉便行至了南宫府藏书阁外，他这才意识到，自己已许久未入此地了。

阁内一排排摆满了樟木架，似又新添了书目，架上的间隔明显比往日紧凑许多。李穆然便从较新的书目寻起，但凡有关医药的著作皆细细研读。这一读便是大半时日，眼见夜色已深，怎奈仍未有切实斩获。李穆然正将又一次失望离去，却蓦地瞥见那夹杂在整排新书目中，已有些泛黄的旧籍，他勉强可认出上面由隶书所印"本草经"几字。

既是与药草有关，他便起了兴致，这破旧的书目当中一些章节虽然

残缺，却还是让李穆然津津有味地阅读起来。

这一坐，便又是大半时日。

待他拖着疲惫的身子，从藏书阁走出，已是次日清晨，南宫院落里安静无声。岂知失去了梦儿清甜的呼唤，李穆然总恍以为这娟秀的庭院无论白昼夜晚，皆是这般静穆了。

龙涎香，李穆然喃喃低语，是龙涎香这等罕见香气引发来自苗疆的盅虫在腹中暴乱，这两等产地截然不同的物料，平常人难以将之关联在一起。而在当日翡翠楼中，唐安安那满身香气甚是诡异，而早在汴梁，她也喜欢寻医捣药。

而他竟一直沉浸在与故人重逢的喜悦中，未及深究。

"可真的与安安你有关。"一声自语，竟让李穆然胸中升腾起无限隐忧。

江煜一连三日都未再至明月船，顾蕊垂头丧气地撑着脑袋，颓然靠在窗边，目不转睛地盯着西子湖畔的行人。屡次望见形似江煜的公子，皆不由得一个激灵起身，待那人与明月船擦肩而过，便又失望地坐回原位。

江煜不来明月船了吗？不再见她了吗？

顾蕊心下顿感失落，猛力摇摇头，强迫自己停止这恼人的琢磨。

又一些宾客从阶梯行至，走在前面的杜允兴奋之情溢于言表，他激动地将一张银票压入顾蕊手中。

"一千两，一千两。"杜允再三强调。

顾蕊展开细瞅，果然一千两分毫不差，她狐疑地盯着他："不过几日，杜先生如何就筹到了一千两？"

"小丫鬟问那么多，总之这些足够见唐姑娘了吧？"

"一千两白银，不过刚够由我通告姑娘，她愿不愿见您还未可知。"

"我已经当了我的传家宝，简直破釜沉舟了，你还无法允我见她，

究竟是唐姑娘执意不见，还是你百般阻挠啊。"杜允面色难看道，"我自己上去同她言道言道。"

"杜先生不可，姑娘见谁都是先经由我的。"顾蕊连忙拦住他道。

"我不信你，我要自己去问唐姑娘！"杜允正要推开顾蕊，谁知刚一碰她，自己倒差点摔到地上。

他略有诧异，整整衣襟，又不服气地走上前来，其他人也纷纷围观起了这场争执。

又是轰的一声，杜允直接摔向身后的人群。

顾蕊假意无措地摊开掌心。

"怎么这么闹腾？"低沉而有力的质询，人群之后，竟是鲜少露面的秦会之正走来。

顾蕊神经一紧，而围观的人群已经为他让开了一条宽敞的道，杜允也退至一旁，谁都知道秦大人与唐安安交情匪浅。

"秦大人。"顾蕊直面走近的他。

"安安可在？"秦会之问。

"姑娘，姑娘她早晨有事出去了。"

"她胡说，你不让我见唐姑娘就罢了，怎么还敢欺瞒秦大人！"杜允急道，"我就住在明月船旁，一早就没见姑娘从这船中出去。"

"算了，估计是安安自己想清净，我有事找她。"秦会之作罢道，刚要往楼上去，却被顾蕊下意识地拽住了衣袂。

"你有何事？"秦会之略微不悦地回看她。

"姑娘还在休息。"顾蕊小声道。

"那我正好叫醒她，这都日上三竿了。"秦会之面露暧昧的神色，用力抖了抖衣袖，顾蕊就松了手，可这一松手，反而令她精神一振。只因方才她已留了丝力道止住秦会之，他若无半点内力，尚无法挣脱。

"等等！"顾蕊立刻道。

"你让我等等？"秦会之不可置信地反问，根本不作停留就要往楼

上去。

顾蕊还欲拦他，却被身边杜允拖住："秦大人岂是你这小丫鬟惹得起？你莫连累了唐姑娘。"

顾蕊懊恼地盯着他，她只要挥挥衣袖便能让这纠缠的杜允摔个稀烂，但众目睽睽，她正想是否该干脆直接暴露自己，熟悉的声音恰在此时响起："秦大人。"她一回首，便见伫立厅堂中神采奕奕的江煜，心中顿生了安定。

他三两步行至秦会之身后，恭敬拱手道。

"我认得你，在南宫府，我们照过面。"秦会之礼貌地寒暄了一声，便欲顾自前行，顾蕊却喊："他会武功。"

"大人请少安勿躁。"江煜一把按住秦会之左肩，他便登时动弹不得，两人僵持了半刻，便有细密汗珠从秦会之额前渗出。

"秦大人，我很好奇，您区区一位文臣，何时练就了如此一身内力？"江煜掌心的力道又重了些，"秦会之"面部已然扭曲一团。

"杨敏之！"

江煜正要擒他，那"秦会之"一闪身就从他掌下滑脱开，转而直往明月船的瑶窗奔去。

"秦会之"踢开窗棂，踩上窗台，飞向湖水中央，他脚下点开涟漪层层，远处青山依稀临近。

江煜紧跟着他也奔出了明月船，两人便一前一后在这青山绿水间追逐不休。

顾蕊隔窗焦急地张望着，他们的身影忽闪在云烟浩渺的天地间，渐渐便隐约在连绵起伏的青山里。

"顾姑娘，发生了何事？"顾蕊一回身，便见李穆然困惑的双眸。

他居然也适时赶至。

"是杨敏之，她扮成秦大人来明月船，幸好被我识破，江煜去追她了。"顾蕊便道。

李穆然再望，湖面之上已然空无一人。

"江煜既能被推为雁翎帮主，想来武功高强，那杨敏之未必是他对手，我们无须太担心，倒是安安可好？"李穆然问。

"此事还未惊扰姑娘。"

"我正好去通知她。"李穆然便又往秋月阁奔去。

"为何他能进去，我进去不得？"杜允在旁不忿言语。

"你不知道吗？那位公子可是当朝状元郎。"

"原来是这样。"杜允作罢道。

秋月阁房门轻掩，唐安安正对镜梳妆，察觉屋外有人，便道："谁人在外？"

"是我，安安。"李穆然轻轻带上门，踱至唐安安身后，"方才听闻杨敏之假扮秦大人前来明月船，好在顾蕊及时发现，江煜已经去追了。"

"完颜光果然行动了。"

"她实在太狡猾，差一点便能瞒过顾蕊。完颜光今日扮作了秦大人来明月船，明日还不知扮作谁，我实在担心你的安危。"

李穆然言语中尽是疼惜，唐安安晃了晃神，便巧笑道："我原来这么重要啊。"

"我可没玩笑。"李穆然急道，"当年在汴梁，我眼睁睁见你被完颜光伤害，却无力相助，如今我既得洪仲真传，便绝不能再置你于危险当中。你留着这《大荒经》太危险，若你放心，何妨先交于我，就算完颜光要生事，也是冲我来。"

"你真的以为《大荒经》在我这里太危险？"唐安安起身问。

"安安，"李穆然竟情不自禁地从后抱住她，唐安安身子登时一软，但听李穆然柔声道："你知道我多希望保护你，我骗过完颜光一次，她必不会再信《大荒经》藏于南宫家，而我绝不愿你再置身危险当中，你明白吗？"

唐安安在李穆然怀中略有眩晕，稍稍挣脱，便起手从画屏后取出被自己藏在沾有剧毒的暗阁当中的玄铁匣，眼见她此行的李穆然在后双目闪烁，喃喃道："你肯让我保护你了？"

"你既知他阴险，就务必小心。"唐安安转身便将那玄铁匣递了来。

"我会的。"李穆然目不转睛地盯着手中物什，轻问，"秘籍在这里？"

"你莫不是忘了？"

"我怎么会忘！"李穆然小心翼翼地摩挲起来。

"哦，还有。"唐安安回到妆台前，不知翻找起何物。

他从后跟上，所立之方位，刚巧避过妆台铜镜的反照，李穆然原本平静的面容倏然掠过一丝诡异。但见他开始伸手朝衣袖内摸索，晃人的光亮瞬时划过瞳孔。

"找到了！"唐安安兴奋道。

"是吗？"李穆然的音调有些不同寻常的低沉。唐安安回过身，竟见他正高举着匕首，一瞬间，就猛然刺向了面前女子的胸口，血登时如绽开的红花于锦衣上晕染。

唐安安不可置信地瞪着他，眸中分辨不清是惊诧抑或悲伤。

李穆然顺势点下她穴道，轻蔑言语着："你如今再炙手可热，也不过是个青楼女子，我乃堂堂状元，岂会真心待你。说来道去，不过就是为得到这绝世秘籍而已。"

唐安安的胸膛剧烈起伏着，人沿着妆台不断下滑，她甚至无法分清这痛楚是由那伤口所致，还是李穆然转瞬便狰狞的面目。

李穆然将目光收回，颔首掰起手中的玄铁匣。他以为此物轻易便可打开，不料无论他如何费力，竟都无法挪动那匣盖一分一毫，他不禁有些慌张，显然他与唐安安决裂得太早了。

唐安安晃过神来，从方才的震惊到极度的冰冷，不屑地看着他徒劳地将玄铁匣摆弄不止。

李穆然停下动作，狐疑道："你刚刚在找什么？可就是打开这玄铁匣的钥匙？"他上前就要掰开唐安安紧攥的柔荑，怎料双拳内空无一物。

唐安安盯着他，眼见他的面色在透过帷幔的光影下青筋突兀，眼白泛黑。

"你不是李穆然，"唐安安挑眉冷言，"完颜光，别来无恙啊。"

"哈哈！"他竟狂笑起来，"我怎会不是李穆然，你说这自欺欺人的话，是怪我狠狠敲碎了你与状元郎双宿双栖的美梦？"

唐安安也随他而乐："既是美梦，我就从不当真。你望望窗外，天色渐阴了，估计很快便有暴雨，你可还承受得起那阴雨天的锥心之痛？"

"李穆然"一听此言，整个人就显出难以遏制的恼怒，握住匕首的胳臂瑟瑟颤抖着，蹲下身，缓慢又向唐安安脖颈抵去，声音里透着极度地愤懑："解药拿来，否则我现在就杀了你。"

"你承认了。"

"少废话，你若不将解药拿出，这状元郎必将难逃杀人罪名，楼下的人皆可作证，最后入你厢房之人，是我，也是他。"

"都七年了，金贼居然连一份如此简单的解药也研制不出，当真愚蠢。"

"你闭嘴！""李穆然"恨恨道，"若非你二人将我引至黄石山，我父亲会死？所有人都将罪过算在我头上，这余毒刚巧作为惩罚我的利器，又岂会为我真心熬制解药。这些年我忍辱负重，戴罪立功，好不容易才搅起的风浪，竟又被你二人掺和。"

"都是你咎由自取。"

"你闭嘴！""李穆然"闷声道，"最后警告你，解药是救你命，钥匙是换李穆然清白，我很公平。"

"我若执意不允呢？"

"你没得选，你当年连死都要护着李穆然，会平白让他受牢狱

之灾?"

唐安安沉默半晌方才又开口言道："钥匙不在妆台，便是在这床榻上，你何妨找找看。"

"你最好莫要耍花招。""李穆然"恨恨道，他刚起身，秋月阁内便陡然闯入一人，他惊慌斜睨，就见另一相同模样的公子已经立于门前，正朝他怒目而视。

他刚移了两步，李穆然就一掌袭来，他连李穆然出手的影踪都未瞧见，就已然朝红桌上狠狠摔去，玄铁匣也登时滚落在唐安安脚边。他强定心神，双掌撑地，狼狈起身，万般遗憾地望了一眼那在地上的宝匣，又见李穆然身后的江煜。方知此时的自己绝非这二人对手，便心一横，打破窗棂，落荒而逃。

顾蕊急忙上前扶住唐安安："都怪我疏忽了。"

"他是完颜光没错，穆然，快去追他。"唐安安气喘吁吁道。

李穆然心疼地看着面色苍白的她，又望向那人离去的方向，便道："蕊儿姑娘，就先麻烦你照顾安安了。"

言毕，人便消失在秋月阁中。

江煜也已走入，余光在唐安安脚边游移了片刻，终于还是道："我且助状元郎一臂之力。"说完也沿着李穆然方才的路线飞身跟上。

"姑娘，你可好?"顾蕊关切道，"若非真正的状元郎及时赶到，我还不知那人就是完颜光，煜儿也说自己所追之人实乃龙威镖局的邢勇。我实在粗心大意。"

"不用自责，换我也未必分辨得清。"唐安安虚弱言语。

一刻之前还晴空万里的蓝天，此时已是乌云蔽日，雷声轰鸣。李穆然追着那匆匆落跑的人，掠过平静广袤的西湖水，就逼着他在一片沙石地驻了足，再往前，便是巍峨的山壁，所逃之人，已然退无可退。

"你束手就擒吧。"李穆然起手就将他死死定在峭壁之上，顺手撕

下他的人皮面具，那"李穆然"原本的容貌顿时暴露无遗。

李穆然脱口而道："杨敏之！"

"看到了吧，我不是完颜光。"他冷笑。

"不可能。"李穆然断然不信，"莫不是七年之前的李康，才是易了容！"

此时雷声轰鸣而起，眼前的人开始不自主地抽搐起来，似是承受着极度苦楚。

"既是如此，婚礼那晚你完全可以假借孔翎证你清白，至少当时以你这副模样，我与唐安安未必会认为你是完颜光，为何丘无常被杀，你自己认下？你可是在替谁遮掩？"

"李穆然，你放了我，我就告诉你。"他神色痛苦道。

李穆然静静盯着他："你为了掩护此人连雁翎帮都不惜得罪，我若放了你，你未必诚心道出真相，甚至还会再去寻唐安安骗得《大荒经》，我绝不能任由你伤害她。"

"李穆然！""杨敏之"龇牙咧嘴着，"你以为唐安安值得你如此，她可是杀了王雍，又毒害了洪仲的人，日后怕还要搅翻整个洪门。"

李穆然眸中掠过几许黯然，张口却道："我岂用你来提醒！当年你侥幸活命，今日可休想再逃。"

"杨敏之！"从后赶来的江煜喝道，"你害我丘帮主，今日就是你的死期！"

"丘无常一去，你江煜就做了帮主，恐怕你还得感谢我吧。"他越过李穆然，朗声大叫。

"你还不配！我江煜又岂是忘恩负义之人。雁翎十二式，大浪淘沙！"

"杨敏之"在李穆然掌下动弹不得，眼睁睁见江煜离地三尺，飞沙走石，呼啸而至。

她近乎绝望地吼叫道："李穆然，我若死了，你永远也不会知道他

身在何处，哥哥会替我将所有冥顽不灵的中原人赶尽杀绝。而我终要与爹爹相见。这江南，无须多久，也迟早会是我大金国的天下！"

李穆然斩钉截铁道："我也警告你，有我们洪门存在一天，这江南就永不会覆灭！"

江煜已经袭来，凌厉的掌风与李穆然手中骇人的气浪交融翻涌，全然冲入"杨敏之"腹内，瞬间揉碎了她全身的骨骼。

完颜光连死，都仿佛在狰狞狂笑。

"穆然兄弟，多谢你替雁翎帮捉住仇人。"江煜眼见此人气绝，便拱手谢道。

"不必客气。"李穆然犹豫一下又问，"只是江兄弟，可敢问一句，在我婚礼当晚，如月姑娘可有前去寻过你？"

"状元郎，小姐为何会来寻我？"

"你们两人之间……"

"我从来对小姐以礼相待，私下并无联络。"江煜打断他道，神情中竟无半分慌张抑或遮掩。

全是理所当然。

李穆然疑惑了，他开始有些无法确定，那晚自己与丘如月的坦诚之言，在江煜面前，可真的属实？

两人返回明月船的时候，顾蕊已经服侍唐安安休息，可仍须有人在旁看守，以免唐安安昏睡时辗转，令伤口崩裂。

"我来照顾她吧。"李穆然道。

屋外电闪雷鸣，暴雨倾盆。睡梦中的唐安安柳眉轻皱，她明显梦中惊了魂，伸出双臂左摇右晃，仿佛挣扎着要抓住何物。

直到李穆然握住她四下摆动的柔荑，她才逐渐安宁。

李穆然从未这般仔细端详过她的容颜，儿时惜若的轮廓依稀未变，眉眼间却添了许多风情，越深望，自己的心竟越跳跃不止。

李穆然却无奈轻语:"惜若,你究竟还有多少秘密?"

秋月阁外的顾蕊满心欢喜地立在江煜身旁,她实在担心彼此的缘分就这般倾尽,再见他,这愁绪顷刻烟消云散。

他已彻底让她失了清醒。

顾蕊嗔道:"我还以为你再也不愿见我了。"

"傻瓜,"江煜揽过她,"我怎会不愿见你!"

她念及自己其实杞人忧天,不禁破涕为笑。

江煜便问:"蕊儿,杨敏之为何伤了唐姑娘?"

"还不是为得到《大荒经》。"顾蕊丝毫未觉自己所言有何不妥,"姑娘与状元郎情深义重,那贼人清楚这点,为万无一失,就先差人假扮秦会之,故意让我发觉,再自己乔装成李穆然登场,真是狡诈。"

"可他并没有因此顺利拿到秘籍。"

"秘籍一直被姑娘小心藏起,岂是轻易得来!原本已经信了他,可不知为何姑娘开始怀疑起来。"

"原来如此啊。"江煜低语,"只是这秘籍在明月船一天,我担心仍会有觊觎之人前来。"

"姑娘猜测杨敏之不会轻易将此事宣扬,若让江湖中其他人得知秘籍下落,于他而言并无任何好处,否则他自己还要忌惮别人与他争夺。"

"我岂非也不用太担心这里被滋扰了。"

"煜儿放心,就算明月船不得清静,我也定会无恙的。"顾蕊羞道。

江煜已经无法听清她的呢喃了,只思索着,又将怀中娇羞的少女揽得更紧。

第十一章　天长地久有时尽
　　　　　　此恨绵绵无绝期

　　绍兴四年八月，岳子昂班师回朝，同时带回一个令朝野极度振奋的喜讯，淮河以北襄阳六郡，在他的奋勇拼杀下完全收复！

　　伪齐刘豫大败，狼狈溃逃。

　　高宗大喜，当即命岳子昂出任大宋最年轻的建节者，岳将军的风头，一时无两。

　　洪门中人亦沸腾不休，天目山腰的洪门总舵已被闻讯赶来的各路弟子围堵得水泄不通，岳子昂被大家推举着一遍遍抛向半空。尚以洪门所邀宾客现身的李穆然也在一旁大口饮起烧酒，同一众洪门弟子共饮狂欢。

　　这喜悦，更比他高中状元来得通透，来得浓烈，胸腔仿佛被无数绒羽撩拨，那微微瘙痒之后的无尽畅快直让他无限欢喜。

　　孔翎亦兴奋得站在了旧居中央的圆桌之上，周笑添也随她立于一旁，见面就总拌嘴的两人居然相伴着跳起舞来。

　　李穆然在人群欢闹的间隙，悠悠然踱至旧居外面朝淮河的一片山腰空地。山风吹来，瞬间清凉，极目远眺，落日余晖似正染及天涯，遥望天涯，犹似见家。

　　那余晖深处，仿佛隐约着恍如北国风光的海市蜃楼。

　　一瞬间，李穆然的希冀更甚！

"穆然在望何处?" 酒过三巡的岳子昂从旧居中走来,揽过他双肩道。

"岳大哥," 李穆然搀着他,昂首指向夕阳通透的远方,神色期盼道,"岳大哥你看,天那边,可是汴梁?"

岳子昂也朝着李穆然所指的方向眺望,竟热泪盈眶起来,忽就高喊开:"我岳子昂对天发誓,定会带领所有流离至江南的中原百姓重返故土!"

那一声呼唤之后,却见他面庞涌上浓浓的落寞。

经襄汉一役,洪门在江南终于名声大噪,尚处观望姿态的各路人士纷纷踊跃加入洪门。仅仅一役,便成功收复六郡,所向披靡的岳子昂,重燃了多少人抗敌的信心。不过三个月,他就攻下了金设在长江的防线,而当中多少英勇威猛的将帅士兵,不是出自洪门!

"这风水为何总也轮流转!" 江煜被推举为雁翎帮主已六月有余,他在千山湖凌云岛的亭间品茗轻叹。

彤云正将苍天烧成一片火红,映照着脚下广袤而悠远的千山湖水,遥遥望去,竟如泛开粼粼轻波的焰火海。

座座孤岛仿佛融入了云烟中的青山,彼此被摇晃狭长的竹桥相连,连同周遭数不尽的小洲,一同铺陈了这如诗般幽静的人间仙境。

一岛成山,千山成湖。

江南之人总是对山水有着莫名的眷恋,当年雁翎帮师祖执意将雁翎总舵设在这人迹罕至的千山湖上,全因这夕阳下的血海太过动人摄魄。

此时正值冬雪消融,春寒料峭。凌云岛中建起的诸多供雁翎中人议事休息的楼阁是冷清异常,若非高宗南下,临安复兴,人潮涌入集市,只怕这里远不该这般清静。

而此时江煜最渴望的,倒恰恰是这镇定人心的清静。

自丘无常突亡,他继任帮主以来,幸得南宫鼎鼎力支持,其余雁翎

各舵主才勉强未当面提出异议，不服之心却是昭然，蓝鹇分支的王涌更全然将他的叮嘱抛诸脑后，擅自与洪门亲近。他自己虽常伴老帮主，但论武功资历，在帮中实不占优，也无怪颇得微词，想来若久无功绩，迟早会被更得声望者取而代之。

而他曾私下攒得的银两，也早已因笼络人心而几乎分发殆尽，何况雁翎帮成员众多，纵然千金也易散尽，如此根本非长久之计。

江煜紧握杯盏，寻思低语，似乎果真唯有坐上那连丘无常都觊觎良久的武林盟主之位，才足以顷刻间令他于雁翎帮，乃至整个武林，树立起无可撼动的威信。

只是洪门已如他所料，声势大涨，他自是不愿北去，却也更不愿与之冲突。他最了解雁翎帮，太似那些浑噩的女子，毫无定力。而洪门，却让他隐隐感觉有一股莫名的力量，一旦惹急这些北方人，最终四散的恐怕只会是雁翎帮自身。

何况只要《大荒经》还在明月船，未被洪仲截去，洪门再发展壮大，在这江南之地，怕也难以恢复至当年的鼎盛。

只要他坐上武林盟主之位，就足够号令武林。

可他总还是心有难安，一旦自己真的成了武林盟主，那蒙面人若是大加胁迫该如何是好，尚不论南宫府内阴魂不散的孔翎。

"帮主，蕊儿姑娘已经行至千山湖外。"薛平易在亭下报告。

前一刻还愁眉不展的他神色顿时舒缓，一抹喜悦爬上眼角眉梢。

"带我去迎她。"

顾蕊从来不知临安远郊竟有这等恍如天宫之地，那一望无际的湖面之上矗立着座座青山孤岛，潋滟的水与无垠的天被当中数十座巍峨岛屿相连，犹似丹青勾勒、意境悠远的山水长卷。

她在轻浪涟涟的湖岸遥望轻舟载着衣袖翩然的公子缓缓行进，铺展

在眼前的水墨丹青因他由远及近地到来而添了灵动。

待船徐徐靠了岸，江煜走上岸，方扶住她道："蕊儿，这里便是我向你提过的千山湖。"言着，就牵起她飞身朝岛间摇晃的吊桥而去。

东风拂面，斜阳轻照，将江煜的面容衬得和煦。不知不觉，他们就于桥上落定，他只抬脚一踏，吊桥微摆，她便倒入他怀中。

"此处就是千山湖中央。"江煜指着脚下一望无际的小洲道。他丝毫没有放开顾蕊的意思，任由她斜靠在自己双臂间。"再随我来。"他揽住女子纤腰，起身又入凌云岛中。

即便青山高耸，却只这凌云岛顶真正触及漫天的烟云。

江煜将她放在陌芳亭内，此时云层已散，俯首便可鸟瞰这数以千计的小洲。

顾蕊正欣赏，就闻阵阵脚步声近。回首便见陌芳亭外一众杀气腾腾的雁翎子弟，突兀在这醉人景致之中。

为首之人，是一清冷而高挑的女子，眉目虽娟秀如画，却是一幅冬日雪景。她勉强挤出一丝笑意，只渗着无尽的阴寒。

"师兄一去，雁翎帮果真是堕落了，居然推举你这文弱之人当帮主，作为他的师妹，我怎可眼见师兄的心血就此白费！"柳云烟挑眉冷言。

"柳师叔，多年前你已被逐出师门，今日又缘何来置喙帮中事？"江煜郁闷问道。

"从我重踏入千山湖那刻起，你就应该明了！"柳云烟凶狠回应，"你江煜莫名其妙当上这帮主，有多少人不服岂用我赘述？既无资格坐稳这帮主之位，就莫怪被我柳云烟取而代之！"她讥讽地看着他，转而又道，"不过雁翎帮终究是江湖帮派，以武论资排辈，今日我就与你一战，若谁输了，谁就乖乖离开这千山湖，也算我顾念同门一场。"

"今日江某有贵客前来，自无暇与师叔比试，明年入春，雁翎帮将于千山湖召开武林大会，众目睽睽，你我何妨那时再一较高下。"

"贵客，怕是忙着你侬我侬吧？"柳云烟抬眼打量顾蕊一番，就不由得怒气陡升，振臂高呼道，"雁翎十二式，风起云涌！"

原本晴朗的天骤然灰暗，乌云压顶而至，顾蕊在她卷起的电闪雷鸣中睁目。隐隐可见江煜正在自己身前费力抵挡着肆虐的狂暴。

她逆风朝他走去，刚触及被无奈逼退的江煜，正欲助他一臂之力，乌云就被日光撕裂，露出柳云烟嘲弄的面目："弱不禁风！我就如你所愿，来年武林大会，当着天下人，夺取这雁翎帮主之位！"

身后一众弟子随她而去，顾蕊赶忙扶住正捂胸口的江煜，他嘴角血痕依稀，颓然叹道："看来我仍旧逃不过这一劫。"

"煜儿……"

薛平易闻讯赶来，见江煜受伤，连忙自责道："纵然这柳云烟有碧云佩，我也实不该放此人进千山湖。"

江煜摆摆手，无奈道："薛兄亦是不得已。"他被顾蕊搀扶坐定，方感慨不休："雁翎帮十二分舵，需在每一分舵获取一片青丝玉，一共七片，才可淬炼成碧云佩，得碧云佩者，雁翎弟子莫敢不从，而她居然已经得到了此物。"

"如此岂非意味着雁翎帮中，至少已有七位舵主已对帮主您起了异心？"薛平易蹙眉道。

"这些人，鉴于南宫鼎而不便与我明争，想必这才念及柳云烟。她幼时便被师祖收入门下，当年因与师父意见不合，才一气之下离开雁翎帮。今日回来，连南宫先生也无可置喙。此人心胸狭窄，阴狠毒辣，若她当上帮主，恐怕昔日与师父亲近之人皆遭排挤。擂台比武，她必下狠手。"江煜愁道，"约定来年武林大会，不过意在拖延时间，可柳云烟的武功，怕比师父只高不下，现在的我，又哪里是她的对手？"他颓然望向顾蕊，"才邀蕊儿来千山湖，我自己却要与这里诀别了。"

"煜儿莫急。"顾蕊安慰道，"试问天下间，有何武功可速成，练成之后又必定所向披靡？"

"江湖传闻,大荒经乃绝世神功,不费吹灰,启自然之力,催万物之灵。"江煜答。

"如果我告诉煜儿,这秘籍就在明月船中,我愿为煜儿借来一阅呢?"

江煜惊道:"蕊儿莫是戏言?"

"如今关系到煜儿安危,我怎有心情玩笑!"顾蕊嗔他。

江煜不禁开怀道:"若真是如此,实在值得庆幸。其实我能否当这雁翎帮主不足为惜,但连累帮内兄弟被柳云烟打压却是万万不能,为此豁出性命亦不多虑。"

"我可不愿煜儿有何闪失。"顾蕊连忙捂住江煜之口。

他痴痴地望着她,竟如端详一件无上珍宝,轻赞道:"蕊儿,遇见你,我何其幸运!"

两人又痴缠一阵,顾蕊才依依不舍地只身离开了千山湖。

而有一人,却一直在凌云岛边茂密的香樟林中窥视他们的一举一动。

此人竟是早该远去的柳云烟。

她似乎已经忘了方才一场恶仗,居然久久凝望陌芳亭内江煜顾长的背影,目光婉转多情,面庞也如冬雪消融,春意来袭。

柳云烟取出碧云佩,那氤氲翠色在斑驳光影中仿若墨绿深海波澜不惊,她恨恨道:"七粒断肠散,给这七个不知天高地厚的家伙一人一粒。"

"是。"随她在侧的青衣弟子应声。

明月船中从来宾客匆匆,却是愈发难见顾蕊穿梭其中的身影。

唐安安在妆镜前取下桂花簪的时候,抬眼便瞥见了刚出明月船的少女蹦跳着迎向立于长街垂柳旁等待的青衣公子。唐安安面上一闪而过一道捉摸不清的神色,似在为那对璧人欢喜,又仿佛含着难以言表的哀婉

凄迷。

腰间的伤已经愈合，李穆然亦不时至明月船嘘寒问暖，他对她关切之至，是当真将她当作了久别重逢的亲人。

唐安安竟苦涩莞尔。

她缓缓踱至床榻，躺下身，合了双目，准备小憩一阵。

许是过了一炷香的时间，待天幕黯然，秋月阁外响起了细碎的脚步声，那屋门被轻柔的双手推开。门后之人若非推开过无数次，又怎可轻柔得不着痕迹？

但见顾蕊悄无声息地走入，唐安安未醒，她蹑手蹑脚地来到红梅屏风后，熟稔地摸索出暗阁里的玄铁匣，为唐安安燃着的香中下了迷药，她观察了多久，才敢在今日实施行动。那屏风后藏着《大荒经》的暗阁内，隐藏剧毒机关，若无唐安安周身独特体香遮掩，必会散发足以迷晕任何人的腥甜气。

她顺手从一堆钗头中拾起那剔透的玉簪，插入自己云髻。她回身望向正熟睡的唐安安，心头不禁掠过丝丝难舍。

床榻上慵懒的女子仿如娇艳欲滴的繁花，不经意吐露着她与生俱来的迷人妖媚。

她一向以为若是自己也能如此天香国色，才情惊世，才不枉来这尘世一遭，也不时感叹，为何同为女子，自己却注定是陪衬。如今再念起这些心思，真是半点不及于煜儿给予的温情中陶醉流连。

而风华绝代的唐安安，怕是如何也得不到这份尘缘。

顾蕊轻轻带上门，义无反顾地离开了明月船，她窃走秘籍的那刻，便宣告与漠北唐门决裂。

因为漠北唐门从来难忍背叛。

唐安安忽就自床榻坐起。

丝绸幔帐正随窗外的风摇曳，软软覆上朱红木柱后一张轮廓分明的

脸庞。纱帘轻启，露出他冷峻莫测的容颜。

他静静立着，像是破窗踏云而至，又仿佛沉心等候了良久，那笼罩周身的华贵威严之气，惊得世间众生连呼吸都停滞。

他明明眉目舒展，竟是不怒自威。

唐安安从床榻走下，跪于人前。

"一切皆如门主安排，顾蕊已顺利盗走《大荒经》。"

"我看到了。"他闷声道，"她竟敢背叛漠北唐门，我可不能由此人好过。"

"行这顺水推舟之事，不正是门主您的意思吗？"唐安安似是十分不解，不禁疑惑问。

"这掩盖不了顾蕊犯下的罪孽。"他甩甩衣袖，愠意了然，转而又冷言，"你又何时开始顾念起姐妹情深了，不就是你任由江煜迷惑这臭丫头？"

"安安只是觉得，若那江公子亦对蕊儿动了真情呢？"

"笑话！江煜的品性我比你清楚，此人能有真情？何况真情，岂是如此易得？"他亦是不屑，垂首却见唐安安面庞委屈之色，流转的眸间忧伤又起，便舒缓了语气，"你不服？"

"那江公子确实待蕊儿甚好。"唐安安无辜地望着他，竟是人见犹怜。

"哈哈！"他笑道，"跟你解释不清，何妨这般，我们赌一赌，倘若顾蕊被逼得走投无路，江煜肯助她度过日后劫难，我自会容这二人比翼双飞。"

"门主的意思……"

"我并非非要取那臭丫头的命，若江煜真能诚心护她，我自会允其脱离漠北唐门。只不过她日后若敢擅自道出有关漠北唐门的秘密，也定不会让她好过。"

"门主真是宽宏。"唐安安欣喜道。

"宽宏?"他大笑不已,又长舒口气,"也罢,你一向如此天真。既已至明月船,安安,何不为我奏一曲。"言着,就施施然坐于秋月阁雕漆的椅上,将一壶蓝桥风月酒一饮而尽。

唐安安抚弄起瑶窗下静静安放的箜篌。

登时弦音如水,歌如莺鸣,空灵而至。

词入身心,清韵醉人。

> 永夜恹恹欢意少。空梦长安,认取长安道。为报今年春色好。花光月影宜相照。
>
> 随意杯盘虽草草。酒美梅酸,恰称人怀抱。醉莫插花花莫笑。可怜春似人将老。

他合了双眸,眉头随这唱词轻轻皱起,眉睫竟微湿。半晌,恍然睁目,倏尔又恢复了淡漠。

"这是谁作的词?"他疑惑问。

"易安居士,李清照。"

"是个女子。难怪,"他了然道,"只是日后我再来,少奏这些思乡的曲调。"

"安安遵命。"

他言着便起身走近她,慢慢摩挲起唐安安抚琴的皓腕,她娟秀的容颜映在他眼底,仿佛薄纱后女子含情的眉目,如何也望不清、望不尽。

他俯身靠近她,鼻尖游移上那如凝脂的面颊脖颈,在她冰肌玉骨一番肆虐咀嚼,待双唇覆压上唐安安微翕的那瓣温热朱唇,才戛然而止。

他喘息着:"你长大了,身上的香味也变了。"

未及话音落,便愈发贪婪地将自己往她含香的唇齿间送。

临安城在数日之后发生一桩大案,这桩惨案影响之恶劣,犹可冲淡岳子昂获胜的喜悦。

将临八十大寿的刘松仁被发现横尸家中,连同其府邸上下几十号家

丁皆命丧黄泉。

其惨状令人不忍逼视。

临安城虽建都不久，各方鱼龙混杂，治安堪忧，但发生这惊天惨案，尚属首次。

高宗震怒，下令彻查，更悬赏五千两黄金捉拿凶徒。

这桩惨案迅速成为市井坊间热议之事，但凡有风吹草动，无数琐碎消息便会传遍临安的大街小巷。

而在千山湖潜心钻研《大荒经》的江煜，得知此事，却是数月后了。

犹记顾蕊将《大荒经》交予自己时，江煜难掩的欢欣，他抱起她辗转于千山湖数以千计的小洲之间，不能自已。

传言得《大荒经》者，天下尽可掌握。

依照书中心诀妙法，潜心修炼，便可吸纳山岳巨石成攻势，吞吐百川河流作兵刃。试问这凡尘间，有谁可以抵挡山岳巨石、澎湃洪流的威逼？

岂非天下第一也不为过。

江煜如获至宝，暂停帮中一切事务，迫不及待地于凌云岛中闭关修炼这旷世武学。

在那之后，顾蕊便正式入住千山湖雁翎总舵，江煜也特意吩咐帮中弟子为她布置了冷艳岛作为她的新居。遍布岛间的红梅花开正艳，东风凌厉，撩落漫天赤色血雨。

冷艳岛中的顾蕊每晚都精心准备酒席佳肴，金橘温柑，留着烛火等待练功刚尽的江煜归来。月色浓浓，总会见熟悉的他推门而入，急匆匆将桌上酒菜风卷残云，仿佛几日几夜都未进食，烛光照亮来人疲乏的面容，酒足饭饱之后，才又恢复了精气神。

顾蕊撑着脑袋，看江煜大快朵颐，心中甚是欢喜。

这千山湖犹如人间仙境，她何尝不是身处彩云中，飘飘然而快乐

不已。

　　顾蕊旋转着就落入江煜怀中，他眼眸深处爱怜依稀，顾蕊嗔道："今日就是煜儿修炼《大荒经》足月之时，功力已然突飞猛增，日后必定所向披靡。"

　　"蕊儿，"江煜在她耳根吹气，"真是多亏了你。"

　　她被他鼻息呼出的温热撩拨得瘙痒，凑近他道："蕊儿愿意。"他的眸盯着她，简直要把她融化在自己炙热的身体里。

　　顾蕊恍惚着便迎向江煜的脸庞，伸出舌尖舔舐起他微湿的眉眼。

　　江煜周身一阵战栗，小心又热切地回应起她缠绵的殷切。

　　仿佛置身于无际的草原花海，霓虹编织的锦缎由云端缠绕皓腕，牵着顾蕊向这世间欢愉的极致行去。

　　她无法停滞，她不断沉溺。

　　灼烧之感在两人体内逐渐消散，几番徜徉，终归平静。江煜和衣而起，望了望仍在酣睡的少女，缓步而出厢房。落梅正随簌簌寒风扑入衣袂，吹起他散乱而低垂的乌发，他左掌微抬，凝神运气，安静的冷艳岛竟开始微震不止，不过半刻，就演变成无法控制的剧烈晃动。

　　泥石断壁，汇聚成山，浮入天际。汹涌波涛，凝成巨柱，直冲月夜。

　　天地竟任由江煜摆弄！

　　"哈，哈，哈!"

　　九九八十一日后，江煜正式从凌云岛出关，刚入陌芳亭，就见千山湖外围堵了成百上千的官兵。他从未曾见如此阵仗，更疑惑雁翎帮何时竟惹恼了朝廷。

　　秦熹正执缰绳，立于众兵之前，隔着千山，冲江煜喊话："雁翎帮窝藏朝廷钦犯，江兄弟还不速速交出此人。"

　　"秦兄此言何意?"这回应响彻千山，余音久久飘荡。

"难道你不知刘府灭门惨案？"秦熺惊异回问。

原来皇上特命他掌管大理寺，彻查刘松仁被害一案。

此事伊始，他照例先至刘府取证，一百三十条人命，横亘院落当中，明明气息全无，就难寻伤痕，想来并非被钝器所刺。

究竟遭何人下毒，他翻遍整个府邸，终于在刘府厨娘紧攥的手中，发现了一缕沁着奇香的青丝。

青丝无用，青丝缠绕的发饰，却是似曾相识。

他调查了这支玉簪，居然出自明月船的秋月阁中。

可明月船的唐安安与刘松仁之间，怎么看，都只是平常主顾关系。她曾为他献歌几曲，每一番抚琴献艺，皆索价千金。

不久之后便是刘松仁八十大寿，府中的少爷刘熏早便抬着价值千两的珠宝请她助兴，按理，她绝无道理暗害这等出手阔绰的主顾。

秦熺带着疑惑踏入秋月阁内，还未启齿，就见唐安安对自己巧笑倩兮。

她似乎正候他。

秦熺开门见山问："唐姑娘，你可知我为何来？"

"秦公子至明月船，难道不是为这里缠绵的笙歌？"

"姑娘见识实在浅薄，我岂是只图轻松逍遥。实话告诉我，你可认得此物？"他掏出玉簪质问。

唐安安上前端详一番，便道："认得。"

"你可知我在何处寻得此物？在惨死的刘府厨娘的手里，你有何事要说？"

唐安安了然一般回应："这簪子的确曾为我所有，不过安安已将它送给自己的丫鬟顾蕊，因刘公子前些日子突发肾疾，而又看上了这明月船的丫头，刘老爷便执意娶她冲喜，甚至请来了张丞相做媒，我只得应了这亲事，可顾蕊却始终不依。这玉簪，本是为她筹备的嫁妆，只是未等至良辰吉日，就同她一道没了踪影。"

秦熺灰暗的眸亮了亮："此人现在何处？"

"安安不甚清楚，只知她暗中早有相好，已久未归。"

秦熺满意地停止了追问。他虽奉高宗之命受理此案，但在办案之前，秦会之就谆谆相告，切莫追查不休，不依不饶。

在唐安安道出丫鬟顾蕊之后，他便知此案因果已现，足可了结。有胆杀尽刘府几十口人，恐怕并非一个普通丫鬟可为，如果真凶另有其人，定非寻常之辈。他若一再追查不止，岂非牵扯太多，更罔顾父亲的叮嘱。

一个明月船的丫鬟，就已经是最合适的凶犯。

秦熺招来画师描摹好顾蕊容貌，即在临安大肆张贴布告，画中人便是刘府惨案疑凶，因不愿入府做妾遂起杀心，临安城各药铺均有她收购毒物砒霜的记录。

悬赏之下，必有回声。不出数日，便等来了他满意的消息。

人在千山湖中，冷艳岛上。

"你若交出顾蕊，我便不在此为难，官家悬赏的千两黄金，亦有江兄弟一份，不然休怪我攻入这风景如画的千山湖，搅了你的清静。"

"秦公子，若这顾蕊是朝廷钦犯，我们怎敢窝藏？怕要让您失望了。"

"你不承认也罢，我也不急着要答复。距离结案尚有一段时间，我给你机会交出此人，七日后我再来，江兄弟到时答复也不迟。"

秦熺倒不沮丧自己无功而返，他以为，这七日时间，足够江煜思虑周全，有所作为了。

"煜儿，"顾蕊匆匆迎向踏上冷艳岛的他，着急辩解道，"我这些日子从未离开过千山湖，刘老爷一家又怎会是我所杀？定是他怒了，让我背这黑锅。"

"蕊儿，莫慌张，告诉我，究竟谁要害你？"江煜将她牵至身前，小心询问。

顾蕊视线躲闪，欲言又止："煜儿还是不知为妙。"

江煜神情轻动，道："我已今非昔比，即便洪仲出山，也未必是我对手，何况还有整个雁翎帮为你作掩，难道还保护不了蕊儿？"

"我当然知道煜儿厉害，可这人，却是能力通天，他若非让我死，便是谁也救不得。"

江煜不可置信道："这世间竟有此等厉害的人物？"

"我的的确确不能告诉煜儿他的来历。"顾蕊为难道，拒绝他，实在令她纠结难耐，"但我未必一定会死，煜儿，无论如何，暂时让我留在千山湖，先莫道出我的影踪。"

见顾蕊这般勉强，江煜便温言安慰道："好吧，既然你不愿讲，我便不问。"

那一晚他并未留宿，意外的是顾蕊亦无挽留，待江煜离开，顾蕊才慌张地从袖内掏出早便被她揉成一团的密函。

这密函曾被飞鸽叼来，掉落于她在冷艳岛厢房的窗口。

她迫不及待将之摊开。

唐安安果然早有预料，门主绝不会轻易放过自己，怪只怪这些日子她过得太逍遥，竟生生忘了他的阴狠叵测。

"蕊儿，你与江煜相识相知皆被门主所知，我将疑凶引向你亦是迫于无奈，然而塞翁失马，焉知非福，你情难自禁为江煜偷得秘籍之后，他已震怒，如下两点，留作防身，务必切记，兴能逃过此劫。

"千万守住漠北唐门的秘密，一旦道出，便无转圜余地。

"若江煜真心护你，可用任何理由，在千山湖撑过十日，十日之后，便得新生，秦熹绝不敢私自为难雁翎帮，只需十日，你就可与他双宿双栖。

"唐安安上。"

顾蕊庆幸自己尚未忘记漠北唐门的规矩，还不至将一切和盘托出，

却也心下无底，不知唐安安所言是否为真。然而这世上，若论谁能揣度门主心思，令事态逆转，也唯有她一人。

她只能孤注一掷。

眼见七日之期将至，江煜愈发愁眉不展，更加艰难地思索对策。

"蕊儿，"他认真道，"你走吧，离开千山湖，朝廷找不到你，就无法定罪，倘若留下，明日秦熹就会彻查此地，他这般劳师动众，必定有备而来，再不走，就来不及了。"

"煜儿莫急。"顾蕊安慰道，"秦熹不过虚张声势，断不会攻入千山湖，我若离开了这里才是退无可退，相信我，只要你莫承认我在此处，蕊儿才能活。"

"你可是一定要留在千山湖？"

顾蕊重重颔首："唯此一计，蕊儿才能平安度过此劫，就撑十日，我们日后便能长久在一起。"

"可是秦熹的兵就驻扎在千山湖外，他也已下了最后通牒。"

"煜儿，那害我之人，远比秦熹厉害，他这是故意要为难你我，千万莫要上当。何况要蕊儿过日后没有你、一个人颠沛流离的生活，还不如提前舍了性命。"

她依偎着他，呼吸着他身上清淡而微甜的体香，根本无从察觉青衣公子目光中那倏然的冰冷与抽离。

他似乎从未动过怒，也忘记了自己可曾有过真正的愠意，只在轻轻推开顾蕊之时，流露一丝淡漠。

"你果真非要留在千山湖？"他又问。

"我何时骗过你，相信蕊儿，"顾蕊随着江煜起身，又从后环住他，目光羞涩，音韵绵软，"今晚莫走。"

"好，我不走，可你却该走了。"江煜莫名叹道，他只随意抖了抖衣袖，身后的顾蕊就被抽离开去，狠狠砸向厢房中央的桌椅，但闻她一声错愕惊呼。

江煜却不见回首，只匆匆朝冷艳岛紧密铺排的红梅树中隐去。

顾蕊尚未从阵痛中回神，就被破窗而入的卓永堵住，来人不慌不忙地举刀相向，那光影虚晃在一片碎屑中的狼狈不堪的顾蕊面庞。

他冷笑道："你凭何以为帮主会为了你而与朝廷作对，难道要置这千山湖中所有雁翎弟子的安危不顾？我若是你，早按他的意思逃了，好言相劝你不听，非逼得我亲自动手。"

她虽被大荒经所伤，看似却只轻微逆了气血。江煜那一击若是旁人早便魂飞魄散，她只不过岔了一口呼吸，卓永分明来势凶狠，也丝毫不见她有惧意。

凌厉的钢刀当空劈下，轻易便被顾蕊两指稳稳夹住，任凭卓永勉力下劈，还是无法将刀尖移动分毫，甚至连顾蕊的掌心都无法触及。

"你让我走，我不想伤你！"顾蕊此刻终于明白发生了何事，登时心急如焚，想必煜儿以为自己这般任性自私，强逼他与朝廷反目，才下狠心决绝。她苦于无法相告隐情，心下甚是焦虑，转念中又一想，难道唐安安所谓的叮嘱就一定万无一失？

莫非唐安安自己无法自由，才故意让她引煜儿误会，道出漠北唐门又如何，至少好过彼此横生嫌隙。

卓永吃惊道："你这丫鬟还挺厉害。"

"所以莫挡我路。"

却见钢刀被顾蕊甩了开去，待卓永顿了顿又再劈至，她伸出一掌就直接将他横拍到了硬冷的地面，膝盖骨折裂的脆响清晰。

顾蕊无暇顾他，侧身掠过，狂奔向江煜离去的地方。她万万不愿他误会自己，懊恼着，就于红梅树下簌簌落英中望见了他熟悉的侧影。江煜唇瓣翕动，似是正与红梅树后那视线难及之人侃侃而谈。

未及临近，果就听闻隐约传至的声响，细细碎碎，她惊觉这入耳的声音仿似那日奉命擒她的官人。

她连忙藏于茂密的梅树后，焦灼等待两人结束这漫长攀谈。

但闻秦熺不解道："江兄弟怎会与此朝廷钦犯扯上关系？"

"不过旧日相识，她便过了礼数，非寻至这千山湖，执意与我纠缠不休，还请秦公子切莫因此责怪。当日未回应，也是不愿众目睽睽坐实这窝藏钦犯的罪名。"江煜浅笑温言。

"无妨，我早料到你有难言之隐，谁真会蠢到为一个丫鬟扰乱前程。"

"秦公子实在睿智，也无怪皇上将你看得比状元还重。"

"哈！"秦熺忍不住笑出了声，"那李穆然可真是窝囊，到现在还赋闲在家，皇上显然将他忘了。江兄弟初掌雁翎帮，就已颇具慧眼，知道该与谁为善。父亲虽正蛰伏，但在高宗心中可依旧亲近，只怪那些洪门中人，天天喊打喊杀，无视今日的太平。岂知与金人斗，无疑以卵击石，好不容易守住的半壁江山，难道要再丢弃？"

"秦公子所言甚是，江煜也以为既然安定了，再折腾，对我大宋而言才是损失。"

"对了，这密函可是来自江兄弟你？"秦熺说着便从袖内掏出一片碎纸，展开念道，"顾蕊人在千山湖，将于七日内离开，我会让她途经您驻扎之地，请派兵等候。"

"实不相瞒，我毕竟与她相识，还不愿当众撕破脸面，本想以她出逃作掩，配合秦公子捉拿此人，谁知她毫不听劝，便只能出此对策了。"

"看来给江兄弟七日时间考虑，果然是充裕了。"秦熺道。

两人会心地相视而笑，那笑声如巨浪般冲撞着顾蕊的五脏六腑，她猛就从树后冲出，难以置信地盯住江煜，全然不顾一旁虎视眈眈的秦熺。

下一刻那目光又疲软起来，探寻道："煜儿让我逃，是为我安危着想，是吗？"

江煜惋惜回应："我与姑娘不过萍水相逢，这几日收留也只是行君

子之礼，怪只怪你妄杀刘府几十人，恕我江煜无法包庇。"

"你明明知道人不是我杀。"

"我又怎会明白姑娘的为人！"江煜平静的声音里满是理所当然。

秦熺在旁厉声斥道："若此事非你所为，你如何解释这发簪？"

顾蕊瞪向他："此物非我所有。"

"是否你的，难道唐安安和整个明月船的姑娘都在说谎？"

"她们如何道我？"

"这玉簪可是你的嫁妆，刘大人本要纳你做妾，可你为情郎不依，一再回绝，奈何根本徒劳，就起了杀心。"

"你难道不觉得这理由太牵强？"

"为情癫狂，合情合理。"秦熺道。

"是啊，"顾蕊忽就绝望自语，"我背叛了漠北唐门，他当然要想尽办法让我不得好死。可有人告诉我，只要我的情郎愿意护我，我便可逃过这劫难，而他现下，却任由我死！"顾蕊将目光移向一旁面无表情的江煜，分明像在斥责他的寡情薄幸。

秦熺疑惑道："难不成江兄弟你……"

"我与顾蕊不过萍水相逢。"江煜忙解释。言毕，他便于掌下凝聚一团污浊之气，脚下的泥沙不断混入那团污浊之中，他起手一推，那浊气便如脱缰之马冲向顾蕊未及遮挡的腰腹。

仿佛无数碎石砸来，身体却又被死死捆缚，顾蕊如何挣扎，也难以挣脱这碎石泥沙的摧残，大荒经的功力，她抵御不了多少，只得生生忍受这皮肉极苦。

漫天的梅花瓣缓缓凝成遮天的幕，向顾蕊移压而来，那因痛楚而撕心裂肺的呼喊在冷艳岛中经久不息。红幕包裹着她，越来越紧，苦痛越来越深，根本无丝毫减缓。

"你莫把她折磨死，我还要回去复命呢。"秦熺提醒道。

"是。"江煜轻了力道，顾蕊的叫唤终于弱了些，"她就交给秦公

子了。"

"等等，"柳云烟轻飘飘的声音从两人身后传来，"反正是要死的人，我为您留她一口气足矣。"她缓缓行至，得意而张狂，一把抓起顾蕊衣襟，贴近她泥泞的面，"你竟敢妄图与煜儿一起。"当下便狠狠甩来一记耳光，"你一举一动皆在我眼里，这自作多情的模样还真令人恶心。你最好记住，煜儿之所以进这雁翎帮，全是因他当初遇见了我！而我与煜儿的缘分，远比你久上十几年！"柳云烟瞪着她，又缓和了语气，"其实我倒也不该恨你，你为煜儿偷来《大荒经》，待他凭借这绝世武学坐上武林盟主之位，便是我与他成亲之时！"

柳云烟的絮语尖细而刺耳，掀起顾蕊全身的燥热，顾蕊大张开口，挣扎着要咬住她抓着自己衣襟的手臂。

柳云烟又忽然松开顾蕊，一掌拍上她暴露的天灵盖。

血水从颅上滑落，沿着她的面颊染红了苍白的衣襟，如同散尽了真气，无力地摊在地上，颓唐的目光越过柳云烟，竟觉她的人生从未如此荒唐。

曾经无限憧憬的生活啊，从来引以为傲的爱意啊，何时成了一场荒谬！余光中的煜儿远远站着，清冷的眸里窥探不到一丝不忍，这般疏离而漠然，难道真如他所言，他们不过陌路相逢，何来情丝寸寸。

柳云烟行至江煜身前，紧紧贴着他，得意地回望红梅树下狼狈不堪的顾蕊。

秦熺挥了挥手，四方官兵立刻围堵而至。

顾蕊原本已无力再挣扎了，可是突然，远方的他不经意地瞥来一眼，那神情中的蔑视、不屑、讥讽、荒唐，一齐灌入顾蕊胸中，倏然将她已被迷惑的心绪又振。

那陡然升腾的羞愤，让她仿佛死灰复燃！

白光竟从她周身四散，暗夜顷刻被这光亮吞没，那白光实在晃人，众兵不得不停下来捂眼遮挡，而已行入白光中的人，竟是惨叫不断，直

到这白光消散，再回神望，便见尸体七横八竖，少女早已不见踪影。

"她受了伤，走不远。"柳云烟斩钉截铁道，转身就瞥见梅树林后隐隐一团黑影蠕动，她再行跟至，就见拖着虚弱之躯的少女正匍匐在冷艳岛幽暗无尽的峡谷深渊之上，已是退无可退！

紧追不放的人群愈渐放缓，尚未贸然冲来，却听顾蕊声嘶力竭地大叫："我究竟做错了什么！你们要这般待我！"

柳云烟轻蔑回道："一个疯子，要人如何待你！都给我上！不信她还有多大能耐！"

黑压压的人群步步逼来，融在漆黑的暗夜中，一眼望不见尽头，白光又起，行在前的人反而静静等着，直要消耗尽少女全身的气力。顾蕊终于强撑不下了，进也是死，退也是死，干脆纵身一跃，义无反顾地跳入了身后那深渊万丈！

耳畔寒风呼啸。

也许在这时候，混沌的思绪才莫名有了一丝清晰。周遭无尽的阴寒仿佛被一片柔光驱散，恍惚中，似是回到了年少时的恬静乡间。爹爹拉着牛车哼着曲调且行在前，裹着肚兜的自己一蹦一跳地跟随在后，一双脚丫踩入泥泞的田埂，一深一浅留下排排迂回的脚印。糯米蒸糕的清香飘散在薄雾弥漫的晨间，母亲一遍遍的柔声呼唤自山脚而来，徐徐入了耳际。

一直到数以千计的铁骑踏过她世代生长的村庄，一切的安详戛然而止，灰飞烟灭。

后来很长一段时间，她都觉得自己仿佛被囚禁于寂静的湖底，周遭冰冷又让她倍感窒息，偶尔的快意也是稍纵即逝。可从天而降一双臂膀，将她引出幽暗的牢笼，温良的公子牵着她徜徉于彩云之上，畅快地翱翔。

她无限陶醉着、憧憬着，可是，他却蓦地松开了她的手，连一丝犹豫都无，任由她仓皇下坠，嘶吼挣扎，温良的公子却在云端兴奋地

大笑！

"不！"

柳云烟望着幽暗的千山湖底；还不甘心："这崖下全是流水，她未必会死，随我去追。"

第十二章　江畔何人初见月
　　　　　　　江月何时初照人

　　刘府惨案告破，丫鬟顾蕊因抗拒为刘松仁之孙刘熏冲喜遂起杀心，用玉簪贿赂刘府厨娘，将砒霜掺入其每日吃食中，致使几十人中毒身亡，顾蕊自知罪孽深重，已跳崖寻死，尸骨无存。

　　这事传遍了临安的市井，自然也落入唐安安耳中。

　　她端详着从长街随风飘至窗边的布告。原本清秀的少女已被描摹得面目狰狞。

　　唐安安暗叹着，蕊儿终究未能按照自己密函中的指示行事，究竟她是不愿听她嘱咐，抑或实在身不由己。那深渊万丈，是怀着何等心情跃下？

　　伴着这布告的，却是雁翎帮将召开武林大会的庆典正紧锣密鼓地举行。连西子湖畔的明月船中，也依稀可闻自遥远千山湖而来的鼓乐笙箫声。

　　那江煜太不甘寂寞，帮主之位尚未坐稳，就急于昭告天下，举办这阔别了十年的江湖盛会。

　　想来他一定以为，凭借大荒经的功力，足以叱咤江湖，就如当年初出茅庐的苏鹤一般。想来此人这般急功近利，岂是念情之人，莫非顾蕊一番憧憬，终究难逃被利用而已。

　　唐安安不禁握紧了双拳。

可知靖康之后，时势大变，武林早非从前的武林。这烟雨江南，才是江湖所在。雁翎帮远离战乱中原，经长久经营，羽翼愈渐丰满，近年的实力，足与徽宗时期的洪门比肩。

而江煜此举，实在似司马昭之心，路人皆知。一旦他凭借这大荒经打败洪仲，当上武林盟主，雁翎帮自会顺理成章压过洪门，成为江湖第一大帮。

想来如此一场武林盛会，洪门若是出席，便无疑是要与雁翎帮一争高下。若败了，才因岳子昂而威名重振的洪门，岂非凭白挫这昂扬之势。若拒不参与，难免落得故作清高的骂名，亦是生生将整个门派阻在江湖之外。

而洪仲早在秦会之为他准备的鸿门宴上就受了蛊毒，现在的他，时日无多。至今虽未传出半分死讯，但《神农本草经》中的毒，尚无药能解，若非强行驱散毕生功力，必被游虫啃咬致亡。

即便洪仲足够洒脱，肯散尽这近百载内力，由内力尽失的他迎战修炼了大荒经的江煜，也无疑自讨没趣。

鼎鼎大名的岳子昂才刚凯旋，就立刻乘胜追击，领兵重返了中原，根本无暇顾及武林争端。

究竟洪门还能派谁前往？

莫不会真是李穆然？

唐安安紧握的双拳竟渗出了汗。

"安安。"

她一愣，才转身，便见熟悉的公子翩然已至。

李穆然怀抱大包小包的中药材，热切道："安安你气色不错，看来也恢复了许多，多喝些补品一定恢复得更快。"说着便将那些药材一齐堆放在圆桌之上。

唐安安走来却道："谁说我恢复了，伤口明明痛得厉害。"

"是吗？"李穆然担心地将她拉至身前，"怎会这样，我得先替你寻

个郎中来。"他这就要离开秋月阁，被唐安安一把拽住。

"我哄你呢。"她不禁笑道，"不过状元郎，既然根本不愿来探安安，何必还勉强自己。"唐安安指着李穆然总显得心事重重的眉眼道，从她被完颜光刺伤至今，他便一直是这副左右为难、欲言又止的模样。

"我……"李穆然犹豫着，见唐安安方才不过是在逗自己，人似已无恙，便又直视她道，"安安，其实我一直想问，你可知那日秦会之酒宴之上，王雍究竟是被谁所害？"

唐安安一愣："莫非你觉得我该知道此事？"

"我肯定你知道。"李穆然盯住她，"若她的目标只是王雍一人倒也无妨，却连洪仲也要谋害。你可知为何？"

唐安安瞬间敛起轻松，别过身，刻意避开李穆然此时探寻的视线："你这么说，想是已猜出这事的前因后果？"

"我的确有些眉目。"李穆然的目光停留在唐安安明显僵硬的脊背上，"她既杀了王雍，亦害了洪仲。杀王雍，可是惩戒他当年甘同张邦昌为金贼所用，害洪仲，我却如何也想不通为何，因为她自己，明明经历了国破家亡的苦痛，也是善恶分明的人。"

唐安安身子微颤，道："她若是你口中这样的人，这般行为，就必是身不由己。"

"可无论如何，都万不能再糊涂下去。"李穆然并未点破，却是由衷道，"安安，我也一直好奇，你在这江南待久了，日子这般富庶，可还期盼重回家乡？"

唐安安叹口气："至今我一闭上眼，仍会梦见当日汴梁城喧天的战火。那是我成长的地方，那里有我最珍贵的回忆，如何能不想，如何能不念。只是归乡之路阻碍重重，谈何容易！"

"是不容易，可正是因为不易，我们才更应该坚持下去。"李穆然激动道，"我也相信安安绝不会是不明事理之人。"

· 250 ·

归梦寒
Gui Meng Han

唐安安便再无回应。

良久，李穆然侧目瞥见妆台上顾蕊的布告，才又疑惑开口："蕊儿可不像如此心狠手辣之人，怎会行这等凶残事？"

"说来都怨我，平日对她疏于关照，她才会被歹人蒙蔽。"唐安安又再出声。

"蒙蔽她的人是谁？"

唐安安面朝瑶窗，轻讽一声："除了那风光无限的人，还能有谁？"

千山湖的笙歌似乎愈发浓郁了。

"是江煜！"李穆然惊道，"蕊儿为了他竟这般冲动，实在太不值得。"

"你也以为顾蕊痴心如此，着实愚蠢？"唐安安忽就回身激动问道。

李穆然迎上她盈盈闪烁的眸，认真地应着："她实在该先弄清楚，自己的意中人是否值得自己全然付出。这江煜，恐怕不简单。"

"是啊。"一时间，唐安安仿佛努力从李穆然坦然的目光中寻着何物，他们便在秋月阁中长久对视，一直至两人不约而同恍惚地移开了视线才止。

"是时候赴张俊的酒宴了。"唐安安又很快恢复了常态。

"酒宴？"一瞬间李穆然居然忘了，唐安安是在这明月船上。

"是啊，丞相的酒宴，可不敢迟到。"唐安安正取了自己的筝，要出门去。

李穆然脱口而道："安安，我不明白，难道不是若有合适的人愿意娶青楼歌女……"

"只怕我也走不出这声色犬马中。"她回望他道。

唐安安转身离去，唯留李穆然独自在这精致的秋月阁内，看她落寞的背影。

　　"江煜这臭小子，居然敢挑衅洪门！"孔翎气急败坏地大叫，"开什么武林大会，根本就是要夺师父的武林盟主之位。区区几月，他的武功能有多大精进，就敢这么不自量力。"

　　整整半月，就只听她愤愤不平的声讨声了。

　　李穆然便安慰道："武林中都在传师父身体积弱，江煜怕是想趁此空当建立威名吧。他老人家正清修，自然不能轻易露面，洪门倒也不可无故缺席。"

　　"对付江煜那小子，何需等到武林大会，本姑娘教训他足矣。"孔翎哼道，"他那武功，半斤八两，连我都不如，还敢提整个洪门。"

　　李穆然却不甚赞同："江煜若非有十足把握，又怎会如此兴师动众，我看事情不简单。"

　　"能有何复杂，小掌门别忘了，我可是握着他的把柄。"

　　孔翎从未认为这新任帮主敢怠慢自己，从卓永那方偷来的账目清清楚楚地记着江煜的每一笔肮脏交易。而雁翎帮的热闹，她倒是一早就想凑凑了。

　　翌日午后，孔翎便一人策马行至了千山湖岸，一望无际的千山湖水她尚无心欣赏，倒被氤氲在无数小洲间醇香的酒酿吸引。

　　"姑娘，您可有雁翎帮的请帖？"青衣男子拦住她问。

　　"你向江煜报过我孔翎的名字，他自会请我进去。"

　　片刻之后，那男子便乘着轻舟又返回了湖岸："姑娘久等了，我这就送你去见帮主。"

　　轻舟载着两人穿过座座孤岛，却直往酒意消弭处去。"你为何不领我上那凌云岛？"孔翎问道。

　　"帮主吩咐，他有些话想私下对您说，人已在汀州等候。"

　　"也罢。"

　　小舟绕过凌云岛，行经许多吊桥，于一片生长着茂密梧桐林的小洲边缓缓停泊。孔翎轻快跳上湖岸，沙石将脚底硌得微疼，不远处衣袖盈

盈的江煜早已负手而立。

他回眸相望的神采，缀在无双的面容中，无论任何女子望见，皆难忍神迷目眩。

孔翎强按荡漾的心神，朗声质问道："雁翎帮召开武林大会，摆明了挑衅洪仲。擂台比武生死无常，怎么才当上帮主，你就不想活了？"

江煜莞尔："翎儿许久不见，还是这般直来直去。江煜只听说掌门洪仲早已今非昔比。而江南武林，人才辈出。武林盟主洪仲当了几十年，怕是该让贤了。"

孔翎冷哼一声："武林就是武林，非要加上江南二字。你不随丘无常的意愿北去，倒要与洪门一较高下了。就算师父要让贤，怕也轮不到你江煜吧。"

"世人皆惜命，我自知金人厉害，岂可重蹈丘无常的覆辙。看来翎儿也并不知士别三日，当刮目相看的道理。"

"惜命，你敢窝里斗，却不敢对付夺我大宋半壁江山的金贼，不过是懦弱罢了。我洪门内人才济济，对付你江煜，我一人足矣。"

孔翎横眉冷对，当即出掌而来，千山湖的一柱流水便如盘旋的飞鹰，狠狠叼啄而至，将她才刚举起的左臂狠狠啄下。

刹那间，江煜反倒已离她太近，近到孔翎难以看清他忽闪的容颜。她双掌朝江煜肩膀一番扑打，居然逐一落空，刚欲再袭，胳臂就被他伸出的右掌紧紧握住，几番挣扎，依旧甩脱不能。

"你已经尽了全力了。"江煜淡淡出声。

"江煜！你这使的可不是雁翎十二式！"孔翎急道。

"无论我用哪种武功，不过两招就将你制服，你说我有无资格当这武林盟主？"江煜在她腋下轻点，孔翎当即无法妄动。

"你敢如此待我，莫非你不怕自己名誉扫地了？"孔翎嚷道。

未等江煜回答，一缥缈的身影便出现在汀州一片梧桐林上，柳云烟缓缓落于两人身前："原来你就是洪门那野丫头。"

　　她走来毫无顾忌地抚摸上江煜的面颊，得意言语："就算你有他强取豪夺的罪证又如何，如今这雁翎帮中，可还有人敢质疑煜儿？"

　　孔翎一见柳云烟，便顿时恍然大悟："怪不得江煜敢如此嚣张，原来勾搭上了柳师叔。柳师叔的本事，翎儿自有耳闻。怪只怪我实在太天真，小瞧了江煜的口味。"

　　"臭丫头闭嘴。"柳云烟听出孔翎言外之意，上前便掐了她胳膊。

　　"哎哟，疼。"孔翎龇牙咧嘴着，却依然滔滔不绝，"柳师叔，亏你活了这么大岁数，怎还看不清这伪君子？"她不屑地瞥过一眼江煜，"你可敢告诉柳师叔，自己骗过多少傻女人？"

　　江煜脸上一闪而过一丝惋惜与愧疚。

　　柳云烟不禁讽道："这些傻女人中，可还有你这一炉妇？"

　　孔翎气急败坏地大叫开："我，你说我嫉妒？"

　　"翎儿，而今我已心有所属，你又何必执着？既已至千山湖，不妨就多留些时日。待到武林大会当日，由掌门洪仲亲自接你回去。"江煜道。

　　"谁为你执着了，你放了我，师父一样会来。"

　　"这么久的时间，洪仲几乎在江湖中绝了迹，我若不使非常手段，如何保证他一定出现。"

　　"你绑了我，师父可也未必露面。何不这般，你放我回去，监视着我，我保证他老人家到时一定会出现在这千山湖上。"

　　"留你一命就不错了，还敢糊弄我与煜儿！"柳云烟嫌恶道，"你在洪门的底细，我早就弄清楚了，洪门八大高手之一，有你在此，洪仲会不来？实话告诉你，秦大人早已向雁翎帮示好，他一心希望雁翎帮压制洪门。这武林，煜儿自是要号令，不过是否完全与秦大人立场一致，还得看洪门是否肯乖乖听命于雁翎帮，而今岳子昂在皇上心中到底分量几何？"

　　"岳大哥风头正盛，柳师叔，你可得认清时势啊。"

"那也未必，一切尚需时间证明。"柳云烟道。

孔翎再要言语，就被她强行灌入了一粒丹药："听你叫我柳师叔，可也曾是雁翎帮的人，既是老弟子，就再尝尝我的断肠散。"

"你又来这招！"孔翎气得浑身发抖。

方才载她上汀州的男子匆匆走上岸，托着被点了穴的孔翎又入小船，径直又往冷艳岛划去。

"煜儿，吞了它。"待两人走远，柳云烟便从腰间取出又一粒断肠散，递到江煜面前。

"连我也要吗？"江煜为难道。他以为找来柳云烟，自己就不必受那蒙面人与孔翎所制，实际的确如此。柳云烟的声名与丘无常平齐，两人又势不两立，原先在帮中就不乏拥趸，她如今得了势，还有谁会在乎丘无常之死，又还有谁敢追究他当初私自敛财之罪？

然而柳云烟的不尽如人意之处，便是惯于用这些恶毒伎俩控制人心。

吞下这断肠散，他同其他舵主还有何区别，从此唯受柳云烟一人支配而已。

江煜尽管不愿，仍然小心翼翼地接过那断肠散，缓缓往自己口中送，而衣袖口，却已有绵绵真气源源汇聚。

"我不过试探，可别当了真。"没想她夺过那断肠散，投来的目光转而绵软，缓缓便将自己的唇当作蜜糖，润起江煜方才满口的尴尬苦涩。

柳云烟虽年近花甲，但保养得宜，难辨年岁，何况举手投足，自得一番成熟风韵。

江煜松了紧绷的神经，好一番试探，终于将自己全然融入柳云烟缠绵的抱拥之中。

当日夜晚，李穆然徘徊良久，也未能等见孔翎归来，才知她已被江煜扣押在千山湖中，以此换得掌门洪仲亲临。

看来江煜比他预料的要会谋算，也厉害得多，至少他以为，孔翎凭

着洪门内力与那账目的胁迫，尚能从千山湖全身而退。

此时的江南已然入夏，傍晚的临安湿热难耐，桂树里的蛙鸣亦添了烦闷。幸得南宫府的歌女们奏起仿如涓涓细流的小调，淌在这院落之中，才轻微安抚了李穆然躁郁的心绪。

他边走边烦闷思索。

这些日子，若非他中了状元，母亲的盯梢松了些，才得以习得幻影拳，常至天目山。可也已一年了，他还未得任何封赏，母亲隐隐有些焦急，若此时他再以洪门掌门身份抛头露面，就如火上浇油，定惹她大怒。

然而无论如何，他都不能眼睁睁看着洪门在众帮派面前失了颜面。何况若真由江煜当上了武林盟主，还不知这江湖风又吹向哪里，但肯定，必不会轻易如他所愿。因他从来都不认为，江煜存着铮铮报国心。

可是母亲伤口的殷红，于他清晰的记忆中，仍旧触目惊心。

现下，却是必须选择、必须面对的时候了，他无可逃避。

自此，李穆然打起十二分精神投入到对洪门武学的精进中。

天目山下，一方沼泽之中，周笑添、李其于李穆然两侧伫立。只听一声大喝，两人同时离地三尺，猛向当中静立之人扑来。

头顶忽闪无数拳掌，教人眼花缭乱，头晕目眩。李穆然反而镇定自若，仿佛也长出三头六臂，一一抵抗着密不透风的夹击，千万只拳脚争相冲撞，一时半刻均无丝毫落空。

三人耗到旭日当头，才听闻周笑添疲累得喘息，趁他动作稍有延缓，李穆然便向其胳臂袭来，周笑添一声惊呼，就被震出此番混战，人朝半空摔去。

剩下李其一人，已不可匹敌，三两下，也随周笑添败下阵来。

"看枪！"寒光一闪，李穆然刚将侧目，就被密不透风的枪影包围，四周血红枪缨密布，虚实难辨，又盘盘旋旋，不见来袭。李穆然干脆合

了目，静立当中，细细感受起充斥于耳畔呼啸而莫测的枪风。

须臾之间，李穆然猛出右掌，死死握上倏然刺入的枪柄，人却被长枪施压的劲力强按在地。

寒光闪闪的枪头正抵住他咽喉，只需轻轻一划，他就将血流不止。

李穆然竟又生生将那长枪震开，起身再次迎上来人双掌。

掌心相接，顿时掀起周遭飞沙走石，遮蔽了天日。

"我败了。"李穆然忽然遗憾道。

"哈哈，你我平手而已。"竟是岳子昂朗声大笑，他脚下已挑起那脱手的长枪，正抵住李穆然足心。

他方才刚要回天目山，老远就见他们三人在此切磋，便忍不住参与进来："穆然可是赤手空拳应对我，若真要切磋，我未必能赢。"

"岳大哥，"李穆然兴奋起身，"这么快就从鄂州回来了。"

"是啊，"周笑添与李其亦匆匆围至，周笑添乐道，"那刘豫可是吓破了胆，抱头鼠窜，不战而降啊。"

"哈哈，哪有这等好事，我看他是被打怕了，没两下就认了怂。"李其接言。

哪知岳子昂神情转而严肃，只问："秦会之可是又被皇上升了官？"

李穆然应道："他才官复原职，如今满临安城都在议论。"

"果不其然。"岳子昂道，"我这番与那傀儡刘豫交战，本是志在必得，却半途收到金令，命我速回朝中。皇上为何突然改变主意？定是他又在一旁妄进谗言。其实上一番大胜，也是如此，若非他早在皇上面前乱语，我岂会明明收回了六郡，还不再行追击，任那刘豫离去！"岳子昂又不无遗憾道，"那家伙本就有反扑之势，我这番半途归朝，看这贼人能消停几日。"

李其听闻也道："秦会之他自己升了官，他儿子掌管了大理寺，如今又开始宣扬他的狗屁议和，分明就要与我们洪门对立啊。"

岳子昂感叹道："想来我们洪门的敌人，除却金贼，未必不会是那

·257·

秦会之！"

几人相互义愤填膺地斥责一番，一直等到日渐西沉，李穆然才从天目山返还。

一路上他斟酌不休，想起南宫梦出嫁前晚，她对自己的一番提醒，如今看来，果然一一实现。岂知秦会之当年被金贼俘虏，也曾刚正不阿地反对张邦昌代掌皇权，受百姓簇拥爱戴。他从金营逃返之后，虽一入朝便提出议和之策，遭遇各方反对弹劾，也未必不是顾虑到当时双方军力悬殊而提出的权宜之计。

然而今时不同往日，适逢岳大哥接连获胜，势如破竹之际，金贼尚且忌惮几分，他怎么反倒更热衷于妥协安稳了？

这当中，一定藏着不为人知的秘密，想是若这般行事，他定有利可图。可究竟，是何秘密？

思忖着，不知不觉，便行至了明月船下，原本回南宫府的路，却并不经由这里。

李穆然也不知自己究竟是被这终年巡行在湖中的莺歌吸引，还是为那朝思暮想的佳人牵绊。

缓慢漂泊的明月船正与繁星满缀的夜空遥相照应，岸边辉煌灯火将长街衬得璀璨。李穆然静立于雕梁画栋的明月船下，望着来来往往的行人，三三两两，皆往那烛影烁烁中去。

他寻思着，或许白日，他们亦有千寸愁思，万般苦楚，皆不约而同在踏入明月船那刻荡然无存。酒意柔情，是世间最为醉人的两样东西，明月船皆有。明月船的酒，只闻来就已醺醉，直教人苦闷皆消；明月船的柔情，是姑娘们唇齿间的软语，足可慰藉尘世所有失意人。

李穆然出神地聆听着潺潺而至的凤箫声，也恍惚以为自己正与那迷人的佳人为伴。

然而夜风清凉，吹醒他片刻的迷醉，恍然涌上心头的，却是而今风尘漫漫、荒烟寥落的故乡愁景。

他终究，难以迷醉自己。

一首婉转的箜篌曲混入四下缠绵的音韵中，盈盈月色里，满眼竟现唐安安婀娜的身姿，如玉的侧颜。

然而秋月阁的窗帘后，清晰浮现起两个纠缠的身影，云鬓轻盘的女子，正抚琴沉吟，与她把酒言欢的，会是何人？

李穆然的眉蹙得太紧，胸口仿佛要溢出满腔酸意。

他明明知道唐安安本就是红尘中的一抹娇媚，从来也非独属他自己。只是为何现下，竟会生这般心绪？

"状元郎，是寻唐姑娘吗？"门外的轻问打断了李穆然的寻思，俏丽的女子迎上他道。

李穆然失落地摇摇头，望了望秋月阁内婆娑的人影，遗憾道："今日只是路过，就不进去了。"转身，怅然走进长街熙攘的人潮里。

琴瑟之声绕梁良久，终于缓缓而止。

兴趣盎然的门主已起身离了去，稍感轻松的唐安安不由得朝瑶窗外望着，那胸口莫名涌上的淡淡的甜意，仿佛是因她察觉了方才明月船下一场无声的相视。正欲起身，却被蓦然闯入的一道黑影惊住。

来人披散着乱发，衣衫肮脏而破败，撕心裂肺的哀号声直要震破耳膜："唐安安！你说过他会放过我！这就是他会放过我？！"

"你是蕊儿？"

"我不是顾蕊！"她声嘶力竭地大叫。狰狞的面目隐在蓬乱的乌发之后，真颜难辨，人无休止地战栗着，任泥泞的污渍四溅，"你告诫我莫向江煜解释清楚，根本是要看我的笑话，倘若我能早些让他明白门主何人，他岂会如此待我！"

"蕊儿。"唐安安笃定唤。

"我说过我不是顾蕊！"她愈发激动地大叫。

"你可知一旦你冲动地将他的身份道出，会招来怎样的杀身之祸？"唐安安急劝着，"更别说江煜恐怕从一开始，就没打算与你长久！"

"你闭嘴！他明明那样深情地望着我，他明明那样诚心地让我留在千山湖！"

"可他最终不也没有救你！我们都赌输了！"

"啊！你闭嘴！"来人叫着，竟也无法反驳。

"无论如何，蕊儿，至少现在所有人都以为你死了，何妨趁此机会……"

"你够了！"她蓦地就掐住唐安安脖子，切齿道，"收起你的假情假意，你自己无法离开明月船，就要来破坏我！"

唐安安被她掐得满面通红，声音也断断续续："我……我当然希望你能圆满，若你因此被惩戒，我……我也绝不好过。"

"你当然不会好过，你迟早要跟你的状元郎一起死！"顾蕊咒骂着，却也减缓了力道，让她勉强能够清楚说话，"他方才可有告诉你，日后该如何对待江煜？"

"这雁翎帮终究是自己掌握比较稳妥，漠北唐门也早就有人混入其中。你所偷去的《大荒经》，不过是粗浅的水龙吟，倒也足够让江煜驰骋一阵。而他自己，求胜心切，生生将练功的时日缩短了几倍，恐怕时日无多。"

"没有人能让他死，除了我！"顾蕊撕心呼号，挥手又将唐安安摔向一旁的床榻。

她短暂清醒的神志重陷癫狂，仿佛游离于尘世外的孤魂，弥散着无尽的阴森苍凉。她咬紧牙关，恨恨地诅咒着："唐安安，你给我记住，我若这般痛苦，你也不得好过！"却转身从窗棂跳下，直往粼粼波光的西湖水中隐遁。

"蕊儿！"唐安安凭栏长啸。

静谧的湖水像是未有任何波澜，唯唐安安自己被那汹涌的怨怼压抑得几近窒息。原本是潮湿憋闷的夜晚，四肢反而透着蚀骨的冰凉，寒热连番交缠，轻易令她卧不能立不得，躺不安亦坐不宁。

一连数日，李穆然都未再行至明月船。他必须愈发沉下心，全力以赴这场武林大会了。而唐安安，已让他心神难定。

洪门现有六大高手，六人轮番上阵，与李穆然接连比斗。幻影拳在洪门内力的帮衬下，宛若游走在时间的缝隙里，无从窥见他一起手，一出势的影踪。

除非六人齐上，方能与他相持片刻，终也唯有岳子昂可同之强撑到底。

整整一年零五个月，朝廷再无宣告对李穆然这新科状元的封赏，似乎他平白受了巨大的注目，却不如昔日状元一般平步青云。赵燕已经慌了，开始竭尽所能地为他在朝堂上奔走，秦会之明明答应帮衬，迟迟也无任何动作，李穆然无法告诉母亲，那秦大人若是阅过自己的科举文卷，怕是忌惮他的北去之心还不及，又岂愿诚心相助？

岳子昂也实不愿长久在江南窝囊度日，一再上书，望高宗允他继续反攻。每一封奏折，奈何全被秦会之驳斥压下。

倒是未过多时，那傀儡刘豫自己先按捺不住了，接连冲破南朝的关卡，眼见将入江浙，秦会之这才松了口。皇上当即下令，命岳将军重整旗鼓，过江往中原行进。

未去多久，大大小小的青楼里，姑娘们就开始哀叹，这征战，何时才能消停，仗，总也不停，每一番欢歌，都要被无尽的焦灼压抑。

而此时的秦会之，转眼竟又官升两级，一下便恢复到被罢免前。只差一步，便可与丞相张俊平齐。而这时的他，已然广招文人骚客，接连写下无数赞颂盛世荣华的曲赋。

简直与暗暗翻涌的青楼歌声遥相照应。

唯一令人安慰的，便是岳子昂终究不负众望，遥远的故土持续传来他势如破竹、将中原傀儡军连连逼退的消息。

这一年冬刚尽的时候，他正欲行往灵隐寺，才走上街，便见唐安安在桂树下等候的身影。

"安安。"李穆然走上前轻唤，以往他遇见她，总是存着无尽的话语，没想此刻，只有些尴尬地在她面前静立。

倒是唐安安莞尔："好一段日子未至明月船，可是忙得将我忘了？"

"当然不是，"李穆然急道，"是我一直在天目山……"

"看来你已打算代表洪门出席千山湖的武林大会？"唐安安问。

李穆然便道："师父无法前往，我自然应代他前去。"

"我该明白的，不是么？"唐安安便道，"只是穆然下定决心的事，要如何才会放弃？"

"得看是何事，若为驱尽金贼，重返中原，那便直到抛却性命都无法挽回了，这坚持方才中止。"

唐安安静静听着，眼眶中就莫名有了潮湿。

"安安。"李穆然迷惑不解地望着她，可唐安安居然开始清泪难止。他心下一疼，慢慢地，将自己的掌心小心翼翼地覆上了她梨花带雨的面颊。

他的摩挲这般轻柔，生怕弄疼了唐安安，她盈眶的忧伤就这般被李穆然轻轻拭去，那掌心的温热又缓缓抚慰过她冰凉的耳根。

李穆然迷离又歉疚道："对不起，可是我让你难过了？"

"是我太多愁善感了。"唐安安转而平静，望着他的眸又再坚定，"你既一定要与江煜比试，可知他已迷惑顾蕊为他偷得了《大荒经》，想来已是武功大进。不过虽然江煜现在厉害犹如神助，但也并非毫无破绽。他只是大荒经的初学者，每一番出击，尚极易消耗自身体力，只要消耗他的体力，那大荒经的功力方可不足为惧。"

"安安，"李穆然道，"他迷惑蕊儿姑娘，可也是有这等原因？"他蓦地念起那与江煜似有旧情的丘如月，这江煜，可也曾与她如此纠缠？

唐安安叹道："蕊儿虽在明月船，但毕竟年纪尚轻，看待事情总未

能通透，她怎知这世上总有些男子，任由痴心人为他飞蛾扑火，他还甘之如饴。"她又道，"穆然，你既已决定迎战此人，定小心为妙。"

"放心，有了安安的提醒，我自不会输。"李穆然笑道。

唐安安也轻笑了笑，转身背对李穆然的时候，嘴边却又挂满了苦涩。

自灵隐寺归来时，华灯已初上，李穆然不知不觉又行上了苏堤。从丘如月去世至今，他时常来这长堤漫步，许是缅怀那熟悉的容颜，又或是惋惜她匆匆消逝的性命。他亦始终疑惑，婚礼当晚，暗杀丘如月的人，难道真就是完颜光？

正行着，茂盛的樟树下，一头戴狰狞面具之人已然窥视而来，树后一抹虚晃的光亮忽忽闪闪。

李穆然抬眼便见他鬼祟的身影。

寒光又至，李穆然下意识地侧身避过，眼前忽闪的光亮，极似清影断魂针，却并无伴随而来的清影。他拔腿就向那蒙面人所在冲去，刚至樟树下，却见一满身泥泞的女子正颓然瘫坐，而鬼祟之人早已无踪无影。

李穆然伫了足，俯身小心地拂开树下女子凌乱的发，映入眼帘的，竟是那去世良久的丘如月苍白的容颜！在她手边，许多枚清影断魂针四下散落，她腰间的衣衫被尽数撕破，但见百孔千疮的冰肌上无数细密的针孔。

丘如月倚靠着的樟树，一小块树皮尽落，清雅的诗句镌刻当中。

江畔何人初见月？江月何年初照人？人生代代无穷已，江月年年相如一。

诗句之后，却又沾染了五指血印。

江煜，丘如月。

　　难道有人想提醒他，对情郎心心念念的女子，竟是惨死在情郎的清影断魂针下？

第十三章　年年岁岁花相似
　　　　岁岁年年人不同

　　时光易逝，转眼便迎来春山如笑。

　　千山湖上，武林大会正式启动。凌云岛顶一方空地，已设下方圆百坪的擂台。

　　江湖各路人士陆陆续续从八方而来，就连长久隐于灵隐山的方丈释永信，也亲赴这场盛会，只为共襄这阔别了十年的盛举。

　　这当中，又怎少得了八面玲珑的秦会之？蛰伏的时间里，他俨然成为江湖熟客，更别说而今风光正盛的时候。此番他被江煜尊为座上宾，品茗于陌芳亭内，正与一旁相携而来的南宫鼎交谈甚欢。

　　李穆然也随南宫鼎一起，于两人身后落座。

　　他稍稍起身，便可将凌云岛中境况一览无余。四下花遮柳护，棉絮漫天，远处周笑添正带领一众洪门弟子匆忙赶至，他一路从湖岸寒暄到了凌云岛顶，这龙蛇混杂的江湖盛会，他倒依旧左右逢源。

　　周笑添一出现，凌云岛顶的氛围就活跃起来。

　　"恭喜周兄弟啊，岳将军又得以率兵攻往中原去了，你们洪门怕是又要声势大涨了。"

　　"岳大哥此番必要将那傀儡刘豫一网打尽，他这一反攻，可不是羊入虎口，自不量力。"

　　"不过这秦大人似乎并不主张北伐啊。他今日前来，可是与江帮主

表现得亲近。"

另有人又道:"怎么洪门就你一人至这千山湖,掌门洪仲呢?"

"我们掌门稍后就至。"

"之前我们飞鹰帮因《大荒经》一事多有得罪,还望他海涵哪。"

"不打紧,不打紧,他老人家大气得很!"

周笑添一面四下招呼一面不忘举目环顾,几乎同一时间,他与李穆然瞥见了凌云岛靠西边的山腰小亭中孔翎熟悉的身影。

"这丫头,还这般莽撞。"周笑添轻声自语,却是难掩一脸怜惜之意。下一刻,又与迎面而至的雁翎帮舵主刘松寒暄起来,"哎,刘大哥,好久不见,好久不见,越来越精神了,这么容光焕发的。"

"周兄弟哟,就你会说话。"来人调笑道。

擂台上方,各路人士皆已落座。擂台之下,成百上千雁翎子弟熙熙攘攘,将凌云岛顶占据。

而春意盎然的凌云岛,已洒满了白茫茫的柳绵。待人声稍减,那恰如二月飘雪的飞絮中,青衣翩然的公子款款而现。

依旧是那迷离而柔魅的浅笑、温存而飘逸的气息,万众瞩目里,江煜缓缓落定于擂台正中央。举手投足,尽显雍然笃定。

江煜环视一番凌云岛顶,缓缓朗声道:"承蒙诸位江湖义士赏光,出席这武林大会。雁翎帮之所以重新筹办此次盛会,一来是想与江湖上的朋友聚一聚,二来便是希望各位见证新任武林盟主的诞生。"

"江兄弟的意思,可是自己有意当这武林盟主了?"飞鹰帮帮主上官玉鹤接话道,"时局动荡,自多年前嵩山一役,洪仲就难逢敌手,如今劫镖案已然尘埃落定,这武林盟主他当得着实没了争议。你此时挑战洪仲,可是冲动之举?"

"上官帮主所言甚是,然而常言道,长江后浪推前浪,江某若非有几分把握,岂敢这般不自量力?洪老掌门英明在世,想来也并非独霸武

林之人。"

"江兄弟既是有备而来，奈何掌门洪仲却似乎始终未至。江湖传言洪仲一直藏身灵隐寺内，永信大师，你可知他今日是否会来赴约？"

"阿弥陀佛，"释永信起身应道，"洪施主已决定退隐江湖，一心悟道。"

"堂堂洪门掌门，居然也当上了甩手掌柜！"上官玉鹤惊道，"他再无心江湖，怕也不该公然给雁翎帮难堪啊。"

一阵尴尬地私语，周笑添刚欲朗声辩解，却见秦会之猛然起身，义正词严地附和起来："不错，若洪仲是这等清高，又何必在乎洪门的荣辱兴衰，而今的武林早非从前的武林。经长久经营，雁翎帮已然羽翼丰满，近年的实力，足可超越洪门，堪称江湖第一大帮。既然洪仲有意退隐，那便不再是武林盟主，今日若有谁能胜过江帮主，谁就可从他手中夺取新任武林盟主的头衔，我秦会之就是见证！"他洪亮的声音从擂台上方传来，在凌云岛顶久久回荡。

朝中重臣的支持，当然不可小觑。

六年，秦会之蛰伏了六年。六年之间，于江湖拉帮结派，寻求同盟。而今的江煜继任不久，便与他一唱一和，将丘无常生前愿与洪门同仇敌忾的意愿抛到九霄云外。

秦会之前来这武林大会，不就是为助他将洪门牵制？

可知岳子昂坚持力战，秦会之已经开始在朝堂散播似是而非的流言，话里话外都在担忧岳子昂居心叵测，功高震主。

高宗身边已有大臣受他笼络，其他朝臣莫不是三缄其口，唯剩刘江寒一人苦苦劝谏。李穆然这状元郎还不及秦熺这区区进士受朝廷青睐。

洪门若果真再被雁翎帮压制，岂非生生为自己上了镣铐。

决不可由他恣意张狂。

"谁说洪门掌门不会至，不过先差我周笑添前来领教江帮主几招！"

话音刚落，周笑添便飞身而入擂台之上，落于衣袂飘飘的江煜身

前，余光锁在远处小亭中孔翎焦灼的面庞之上："江帮主，翎儿也在千山湖叨扰了多日，今日也容我将她接走。"

"求之不得。"江煜笑答。

飓风自周笑添掌中呼啸而起，脚下尘埃缭乱翻飞，阴霾转眼蔽日。

然而江煜轻轻踮脚，人就已在沙尘之外。起手，连反应的时间都无，凌云岛顶一片密林就只留突兀的枝干，千万点绿在他掌中轻盈起舞，百转妖娆。

"这是何武功，竟这般厉害……"释永信疑惑自语着。

那团瞬息万变的翠色，如钱塘潮涌嘶吼而入混沌的霾中，生生将一片昏黄从中劈开，又化作惊涛骇浪，咆哮着碾压肆虐当中的劲风急雨，又愤然张开血盆大口，强行吞没隐于疾风后的周笑添。

擂台之上转眼就剩江煜一人，及身前蠕动着的无数点青绿。

回荡当中的，却是周笑添痛极的哀号。

"周笑添，你可认败？"江煜问。

半晌，微弱的回应从中传来："还没败。"但见他奋力从那涌动的碧色中探出头来，脸上已被凌厉的枝叶刮得百孔千疮。

又一团狰狞的碧翠趁着周笑添喘息的空隙嘶吼而至，顷刻再将他吞噬。这一番，周笑添终于没了声响。众人皆以为他已咽了气，可是慢慢，混浊的碧翠中见一双掌勉强伸出，缓缓一只胳膊，而后便是整个身躯！

江煜半空离地，又再踩上周笑添才刚挣扎而出的双肩。如千斤重锤狠压，周笑添只觉呼吸不畅。江煜缓缓将双掌低垂，脚边的他就已面露无尽苦涩。

"你可认败？"江煜又问。

周笑添费力朝远方孔翎那处望去，她担忧而焦灼的目光清晰，周笑添想咧嘴强装无事，却只喃喃出声："不……"

"周笑添！你不是成天安全第一，安全第一吗？怎么不要命了！"

孔翎心疼大叫，她被江煜锁在这梅竹亭中，一旁的卓永虎视眈眈，她只能眼睁睁见他被不断打压。

周笑添咬紧牙关，偏偏就不道半句投降。江湖规矩，这比武，需得一方甘败才止。他强撑也要撑住，耗也要耗到江煜体力渐消。

这武林大会，洪门绝不能败。

"你若还要坚持，我就果真爱莫能助了。"江煜遗憾叹息，人又再腾空，那团青叶也随他的衣袖轻摆浮入天际，凄美的清雨中，江煜倒立出掌，向早已虚弱的周笑添俯冲而来。

就算周笑添有力气再躲，也绝无缝隙躲过。

这一掌，重重拍在他昂然的胸膛，殷红从他口中喷涌四溅，擂台一方之地瞬时被染作赤色血海。

江煜再问："周笑添，你可认败？"

他连发出声响的力气也无，只若有似无地哼了哼。

江煜掌风又起，再俯冲而来。哪知这一番，他居然生生扑了空。

竟是一直在陌芳亭中观战的李穆然猛冲上台，将奄奄一息的周笑添护在身后，狂风又将那巨浪吹散，避开了江煜的猎猎掌风。

"江帮主要等的人是我，何必赶尽杀绝？"

江煜收势而立，疑惑道："状元郎这是何意？"

李穆然从腰间取下那洪门信物，朗声展示道："我手上的物什，便是洪门掌门玉佩，洪门新任掌门便是我李穆然。"他转身又对周笑添："周笑添听令！即刻退出比斗！"

擂台之上倏然冲入洪门两人，一左一右将周笑添架起，转身又往人群中退去。

"莫非洪仲他传位给了你？"江煜不由得道。

"不错，师父当日在秦大人翡翠楼中惨遭毒害，为免毒发身亡，情急之下便将毕生内力倾囊相授。江帮主若要做武林盟主，打败我便是打败他！"李穆然应声而道。

四下又起喊喊喳喳的交谈声，孔翎气冲冲地对卓永道："你们目的达到了，还不马上放了我。"

"急什么。"卓永冷笑道，江煜一当上帮主，便由自己接替了他的舵主之位，如今的他，在帮中可是得意非常。多不容易才逮住这让他好一阵难堪的孔翎，还未将她折磨够，岂能轻易放行。

锁住她双脚的镣铐，早就被他换成了千年的寒铁，既重又硬，足以令这臭丫头叫苦连天。

"待我在你面前慢慢烧掉这不知被哪个洪门弟子放入我帮内，先前被你抢去的账本，再放你回去。"卓永轻蔑笑道，转身就点了明火，慢慢地，缓缓地，一页页将那书撕下，扔入火堆之中。

李穆然朗声又言："不知我这回答，江帮主可满意？"

江煜也不言语，却是双掌向地，将散落满擂台的青叶撩起，抬脚一踏，一方土地便一路塌陷至李穆然足尖。

他登时被那余波震得脚底酥麻，却也趁此间隙起身横冲向江煜。

无人能够看清弹指之间究竟发生了何事，但听一声惨叫，江煜就不断后退着，险些走出这一方擂台之上，掌下那无数点青绿已然被李穆然掀起的疾风撩落得四下飘零。

而他还未回神，李穆然便已将幻影拳狠狠拍上江煜毫无遮挡的腰腹。

江煜终于站定，这才认真道："洪门武功果然厉害，方才是我轻敌了。"

"既是如此，还请江帮主遵守诺言，放了我洪门弟子孔翎。"李穆然道。

"当然。"江煜朝梅竹亭挥了挥手，卓永才极不情愿地命人解开孔翎双脚的镣铐，由她迫不及待奔向凌云岛顶昏迷不醒的周笑添身旁。

而待南宫鼎反应过来那冲上前自诩洪门掌门的人是李穆然，立刻吓得大惊失色，连忙对着擂台高喊："穆然，你此时出何风头，还不赶快

· 270 ·

回来!"

李穆然却是下了决心,朝正焦灼张望的南宫鼎回喊道:"南宫先生,还请您转告我娘,希望她得知此事,能够宽心。"

"她是不会宽心的,除非你立刻回来!"

江煜亦道:"状元郎,如今秦大人正辛苦为百姓谋求太平,雁翎帮尚且感怀至深,南宫先生与他亦交情甚笃,自是不愿见你这般忤逆。你现下代表尽惹征战的洪门,抛两方于不顾,可知自己在做怎样一件糊涂事?"

"江帮主,眼见我大宋的军队所向披靡,打得金贼接连败退,收复山河指日可待,秦大人却非在此时倡导议和,岂能让人苟同。丘老帮主在世时还不忘缅怀失去的故土,你倒罔顾正遭苦难的北方百姓,甘愿沉迷于这虚无的安乐。究竟是谁在做糊涂事?"

秦会之忍不住又再插言:"金人有多厉害,你我都领教过,岳子昂看似勇猛,但若是他败了呢?惹怒金人再次领兵过江,到时只怕连这半壁江山都保不住。好不容易得来的太平,岂非又成过眼云烟。李穆然,难道这还不算糊涂?"他恨铁不成钢地叹道,"你如此不为江南百姓考虑,难怪皇上迟迟不肯委以重任。你母亲是一位多么睿智坚韧的女子,千辛万苦将你护至临安,你竟是如此待她!"

李穆然却反问道:"难道秦大人以为划江而治,金人就会放弃对这烟雨江南的虎视眈眈?刘豫反扑,足证其贼心难死。若我们松懈了防范,金人一旦乘隙过江,到时才将一溃千里。在秦大人眼中,天下百姓可还有尚在中原受苦的百姓同胞?自岳子昂北去,我宋军就从无败绩,连完颜鞑濑都感叹他的英勇,您又何必妄自菲薄?"

"我就再告诉你,我从金营一路赶回皇上身边,对金国内政自然了解。那刘豫未必全听完颜鞑濑的差遣,他要反攻,自是为了惩戒接连骚扰他的岳子昂!而岳子昂能胜,全是因他还未与金军主力正面交锋,到时若败了,难保他带领的军队不会一泻千里。"

"骚扰，刘豫助纣为虐，卖国求荣，何时自成一家了？讨伐此人，本就是理所应当。您口口声声说岳大哥会败，可如今哪见败绩？"

"他现在不败，又非永远不败。我只知若是惹恼了鞑濑，怕是到时连商谈议和的机会都要错失，江南一旦失陷，才真正是亡了国！"

南宫鼎在旁附和道："秦大人所言极是，原以为穆然你已经想明白了，怎料你母亲的苦心都成了白费！"

"南宫先生，议和了又如何，金贼照样能够撕毁和约，江南照样无法避免遭受侵袭，而我大宋将要为这赔上的，却是整个中原！"李穆然朗声道，"我们这些北方人无可奈何来到江南，我们的故土正遭侵占，我们的亲人尚与我们天各一方，还望秦大人相告，我们该如何麻痹自己，心安理得、毫无顾忌地享受您口中的安稳太平？"

"你……"秦会之一时语塞，良久竟无法反驳，终是不得已闷声坐下。

"如此说来，状元郎是非要一战了？"江煜缓缓问。

李穆然应得干脆："武林盟主，谁胜谁当。"

"那就得罪了。"

整座凌云岛随着江煜一声应承，双臂微抬，开始徐徐晃动。片刻之后，岛顶一片郁葱的林木，竟撑破了土壤，徐徐于半空汇聚。虚晃的日光穿透树间的缝隙，浮云下的密林，竟全数朝李穆然移压而去。

眼见他将被这漫天的林木掩埋。

李穆然掌中瞬时掀起骇人的风浪，生生将那巨树围裹，漫天的巨树登时停滞半空。下一刻，他便如脱弓的利箭直射向江煜身前。

江煜的胸膛转瞬已完全暴露在李穆然如梭的幻影拳下，而李穆然自己腹内却涌上一股翻江倒海的剧痛。停滞半空的林木上，枯枝已然尽落，全然砸向他的腰腹。

他只得再撩动无形的狂风将那枯枝吹散，剩下半成劲力，终是赶在江煜闪身躲避前于他左侧心房一记重创。

　　两人同时向两边弹开数丈方才站定，李穆然嘴角渗血，江煜头晕目眩。

　　未及停歇，他又强压腹内几欲喷薄的火烧火燎，再朝江煜奔来。而此时的江煜面上已露几分慌张，不由得挥手一掷，一道刺目的光亮于天地间盈盈闪烁，又化出许多清影，迎上步步紧逼的李穆然。

　　而李穆然似是早有预料，衣袖一挥，那密布的清影便消。余下一枚银针，由他齿间咬合压下。

　　他蓦地顿住。若非周笑添方才消耗了江煜内力，令他无法即时恢复元气，此刻的自己如何得以毫无顾虑地再度侵袭。

　　而自己方才的突袭，不过为了江煜喘息间的慌乱一举。

　　只因李穆然明白，若非万不得已，江煜绝不会行此险招。

　　江煜无法再战，便顾自言语起来："状元郎果然深得洪仲真传。"

　　李穆然强压住忽生的怒火，刻意轻松莞尔道："我不过得师父垂青，你江煜才是个中翘楚。年纪轻轻，武功就这般了得，更习得了清影断魂针，难怪被推为雁翎帮主。"他终于沉声道，"只是不知你这帮主之位可坐得舒心，丘无常父女在天之灵，可曾夜半托梦，令你羞愧难眠？"

　　江煜听闻便皱眉反问："状元郎此言何意？"

　　李穆然冷哼一声，便将他这些日子的所思所想缓缓道来："丘无常一死，你江煜就当上了雁翎帮主，这未免也太巧合，也未免太幸运。婚礼当晚，丘无常确实因剑袭身亡，不过真正杀他的，并非那假冒龙威镖局少总领的完颜光，却是另一长久隐身于临安的金人。不过丘无常武功颇高，这金人根本无法保证可以在他清醒时力克之。所以他便选择与当晚前来的宾客之一串通，由此人将混着迷魂散的烧酒劝丘无常喝下，而自己则在暗中埋伏，寻得适当时机，将丘无常一剑封喉而杀。"

　　"难道状元郎想说，这酒是我劝丘老帮主喝下？"

　　"丘无常之死，我尚无法证明与你有关，但丘如月接着遇害，就甚

为诡异了。"

江煜便好奇道:"有何稀奇?"

"金人之所以要害丘无常,无非是为搅乱洪门与雁翎帮之间的盟友关系,以阻止当时正盛的协作之心。如果丘无常都死了,他还有必要再去寻丘如月吗?"李穆然顿了顿,"而我之所以可以征得她的允许在婚礼当日找唐安安李代桃僵,揪出完颜光,皆是因我同意她待到婚礼一过,便向丘老帮主退婚,让她能与自己的意中人双宿双栖。那一晚,如月姑娘一定在焦灼而欣喜地等待从南宫府归来的意中人,谁想她的意中人,却在翌日抬着她的尸首,又重回了南宫院落中!"

江煜忽就沉默了。

李穆然道:"难道你就不好奇,丘如月的意中人究竟是谁?"

"小姐私事,我何必窥探。只是连我这雁翎中人都未听闻的事,倒被状元郎这帮外人知晓了。"

"其实早在状元巡街之时我就曾被一蒙面女子以清影断魂针暗害,侥幸逃脱之后才发觉,这暗害我的人,居然就是丘如月。她见我认出了自己,便不得不相告自己行刺的目的,原来在那时,她就已有心要不顾一切与她的意中人一起。哪知她的意中人,居然一直连这缘分都要磨灭。"李穆然难掩愤然,"江煜,你以为用断剑在死后的丘如月咽喉一划,便可伪装成是她遭到完颜光剑袭而亡?你可曾细细比对过丘无常与丘如月的尸首,一个是刚刚好被割破了咽喉的脉络,一个却是被粗鄙地切开了一道血痕,剑法高下立见,岂是一人所为?只是我万万没想到,一心要保护意中人的丘如月,竟就是被这意中人所害。你若是将丘如月再一番细查,就必知她死于清影断魂针下,腰间全是细密的针眼,想来这门武功,已久失传,偏偏你二人皆习得,或许根本就是她传授于你。而你与她浓情蜜意的时候,可曾只单单在苏堤的樟树下刻过一首小诗?若是有人看遍了白堤的垂柳,就足够知道她将自己隐藏的心思,镌刻成了多少私语。"

　　江煜片刻的严肃一闪即逝，竟戏谑道："哈哈，若非看在南宫先生面上，我还以为状元郎编如此一个故事，是想让我在帮中颜面扫地，不战而降呢。你不妨问问台下的雁翎弟子，又有几人相信你方才的一番乱语？"

　　柳云烟尖细的笑声紧随而来："我可是不信。煜儿一直与我来往甚密，又怎会同丘无常的丫头纠缠不清。"

　　"也不是，"柳云烟身后却有人轻声道，"我就曾见小姐生前总痴痴望着江帮主，还纳闷她为何如此呢。江兄弟并未在人前与她亲密啊。"

　　"小姐总一人往白堤去，我好像远远见过她等待之人，的确有几分像江帮主。"

　　"你们都给我闭嘴！"柳云烟恶狠狠道。

　　台下众人一阵骚动，却听越来越多雁翎中人琢磨起了丘如月生前的一举一动。江煜尴尬的面上青一阵紫一阵，柳云烟再怎么清嗓子示意，也不见她身后有一人肯噤声。

　　岂知以往他们若服下了自己这要命的断肠散，就断不敢再无视她的命令。

　　李穆然冷冷道："我看肯信这番说辞的人并不少啊，江帮主。"

　　江煜浅笑着："我明白你为何会怀疑我，你见过那蒙面人，你也知道此人是谁。如此一来，这私通金贼的罪名，状元郎可还担待得起？"

　　未等李穆然反问，却听凌云岛顶忽然响开一声撕心裂肺的哀号："这世上究竟还有多少傻瓜！"

　　惊得江煜当即慌张昂首望来。

　　那如怨魂一般的乱发女子正踩着熙攘的人潮生生冲入擂台之上。

　　她张牙舞爪，怨气冲天，一路而来的大地竟如受感召一般，随她愤懑的情绪震荡起伏，连带着所有人皆站立不稳。

　　那大荒经的功力，尚只能令这凌云岛晃动难平，而她澎湃的真气，竟似轻易便可将周遭无际的小洲连根拔起！

"哪来的疯子。"柳云烟不禁嫌恶言语，蓬勃的杀意在她声音刚启时冲至顶峰。来人怒目而视，在她终于意识到这蓬勃的血腥之气绝非自己可以抵御，才显露一丝慌张，人就被拖拽着狠狠摔到擂台之上的江煜脚前。

四下顿时惊慌声起，而人头攒动的雁翎帮内，人们竟相互间推搡起来，就无一人敢冲上台救她性命。

但见柳云烟被那人不人鬼不鬼的怨魂把玩着，如布偶一般，任凭她摔打踹踢。"你怎么不来救她了！"她享受地看着柳云烟一点点被蹂躏撕扯，终于化作一摊血肉模糊的烂泥。

江煜丝毫不见气愤，只试探问："你是顾蕊？"

"我是送你上西天的阎王！"

千山湖数也数不清的小洲随着那一声咆哮，从无垠的水面登时抽离而起，周遭升腾几十丈的滔天骇浪，盘旋着将整座凌云岛紧紧环绕。

"谁敢插手，谁就要死！"

隐隐约约，仿似自海天相接处飘来清润的箫音，慢慢清晰而激荡，无数泥石竟从悬浮的小洲中抽离，飘洒而向千山湖上。汹涌的巨浪随着流转的箫音愈渐平息，游云青山又自缓缓隐去的水帘里起。

"水龙吟，大荒经，阿弥陀佛。"释永信喃喃道，他实在未曾料到，今日在这凌云岛顶，他居然能望见这两种神功的碰撞。

世人皆以为大荒经才是当世最为厉害的武功，殊不知，这大荒经与水龙吟可谓皆可通天，却又相生相克，彼此掣肘。计较起来，恐怕那水龙吟还更胜几成，可谓是化天地之戾气，平万物之残暴。若不是此功过于玄幻，也不会只被人当作传说中的神力了。

少林武功纵然博大精深，却撑死也只是人间的玩意儿，岂知水龙吟啸，可撼苍天啊。

"唐安安！你又来多管闲事！"

那怨魂狂叫着俯冲向早已虚汗涔涔的江煜，他从一开始就知道，眼前的人实在太厉害，自己的大荒经未必能令自己全然无恙。"蕊儿，是你吗？"他总算在她披散的乱发后勉强认出来人，一声蕊儿，唤得人心酥麻而无措。

乱发女子扭曲的面目突然平复，心间涌入难以抑制的酸意，江煜眸中闪动着昭然若揭的疼惜，竟轻易就让她坚硬的堡垒塌陷。眼前的公子，分明温润而良善，怎忍将她逼下山崖，怎忍令她肝肠寸断？

可她又为何这般哀怨难平！

俯冲的劲力令顾蕊不及停顿，倒入江煜怀中，她终于清醒，却是又死死环住江煜腰腹。他根本无法从顾蕊的纠缠中挣脱，任凭自己还在不断勉力挣扎。

"你不用白费力气了，你练的根本就不是大荒经。都是命快尽的人了，不如就一起下了黄泉！"顾蕊撕心咆哮。

"蕊儿，你在说什么，我们要活着，我们还要回冷艳岛，你忘了我们在一起的日子了？"江煜尽量让语气听来热切，"听话，放我下来。"

"你真的以为我还能承受你的反复无常？"顾蕊又将江煜拥得更紧，起身就向浩渺的云天外飞离而去，相拥在一起的两人仿如流星划过夕阳将至的天空，转眼又成山水长卷中的一点水墨。

远方的落日恰如灼烧的烈焰悬浮于迤逦层叠的青山岛屿间，尚未受到夕阳沾染的游云又将那火焰幽幽轻掩，犹如女子羞极的容颜。惊慌的江煜已经用尽了气力狠狠拍击顾蕊腰腹，她仿佛感觉不出任何痛意，愈发将他紧紧捆缚。缥缈的云海恍若逍遥的天宫，引诱着痴狂的女子追逐靠近，而她迷恋的公子啊，亦将与她永远恣意在这无忧的幻梦。

他们究竟飞了多远，早已无人望清，直到天外虚晃了四散的烟花，那残迹被如血的夕阳吞噬，人们才在惊愕惋惜之余，重将视线移回擂台当中。

"状元郎，这武还比不比？"

一阵骚动之后，竟是薛平易跳上台来，迫不及待要替江煜完成这场

武林大会。

"当然。"李穆然应道。

"这就好。"薛平易满足地笑了，仿佛他期待的便是这与李穆然对峙的一刻。

连风都未起，他已身轻如燕而至。

李穆然自己尚能与这雁翎帮主勉强平手，经方才喘息，内力早已调整得当，哪还有输的道理！

旋踵之间，他已迎上薛平易，幻影拳瞬息万变，如纠缠难辨的蛟龙，皆冲他四肢百骸纠缠而去。

薛平易却胸有成竹地顿住，优哉游哉地两掌一握，竟轻易将李穆然攻来的双拳阻住。李穆然面上一惊，费力抽出，掀动四下飓风又起。

他在这飓风之中，又再行变换着方位袭来，然而一举一动，竟如被生生迟缓了数倍，又尽被薛平易轻松识破，根本无可遁形。

几番比斗，李穆然已是气喘吁吁。而云淡风轻的薛平易，仿佛连筋骨都还未舒展！

他哪似在雁翎帮混迹多年，如今不过才升至江煜身边副舵主的平凡之辈。

"看不出来，薛大哥竟是这般深藏不露。"已从梅竹亭中走下的卓永当即酸溜溜地高喊道。

不过半日，李穆然已连遇三位深不可测的高人了，一位是他，一位是方才魂不守舍的顾蕊，另一位，就是那吹动箫音的故人。

以速度制人，李穆然已无半分胜算。既是如此，他便停止了进攻，深吸口气，于胸前缓缓凝聚成气涌如山、势吞江河的萧肃杀意。

"李穆然，你这就出了杀招。"

那萧肃之意愈渐浓烈，李穆然长啸当空，狂躁的气浪登时冲天而起，嘶吼而至。

薛平易终于敛去了云淡风轻，开始正视李穆然此番倾尽全力的侵

袭。却见他躲也不躲，由着自己被那滔天气浪吞下，气浪之中却平静异常，他顿感不妙，四下再袭，就怎也无法冲破这紧紧捆缚而来的巨大牢笼。

李穆然一鼓作气，趁薛平易全神贯注逃脱而出时疾步临近，逼出体内最后一番劲力，狠狠拍压上他尚无防备的左肩。

薛平易大惊失色，猛然踢飞身前的李穆然，牢笼顿消，而他人也往后踉跄倒去，肩上一时因那一掌而剧痛难忍。

而李穆然却是口洒殷红，血溅凌云岛顶。

薛平易扶着擂台的栏杆，眼见自己的左臂无法抬起，便道："你既不肯认输，使这等损人的招数，就休怪老夫取了你性命！"

话音刚落，登时便见地动山摇，天崩水陷。

箫声又起，恍如千万只莺萦绕在奄奄一息的李穆然周身，将他小心呵护，又如呜咽的泉水流过石上酣睡的人。

桃花瓣与漫天的柳絮纷纷扬扬地飘洒，隐隐约约的春光里，白衣胜雪的女子翩然而至。谁也不知她从何处来，翩翩的罗袖，撩起妩媚的风姿，尽惹旖旎的情动。

然而容颜半掩，欲语还休。

薛平易掀起的震颤被那流转的箫音安抚下来，两人缓缓于擂台静立。

"你不该阻止我。"薛平易叹道，他竟似与来人相识。

"我也不会由你杀他。"

"当年在李府我救下你，怎么也没料到今日你我会敌对相逢。我可以由他离开，不过李穆然终究是洪门掌门，若你一再坚持护他，岂非迟早将与门主决裂。"

眼前的薛平易，竟就是当年叱咤风云的苏鹤乔装而成。

"惜若谢过薛帮主。"唐安安轻轻道，"我这青楼女子尚知洪门中人侠肝义胆，你却甘为门主害之。"

"你莫要来劝诫我，可知忠心，才是我为人之道。"薛平易义正词严地应声。

唐安安不禁轻讽："山河既破，愚忠何用。至于我，该来的总归要来，逃不离，躲不尽。"

"你何必这般……"薛平易竟一时无言。

唐安安不再顾他，只俯身扶起已奄奄一息的李穆然，搀着他，起身掠过千山湖狭长的吊桥，就往海天尽头隐去。

俗世的纷纷扰扰，随着两人的离开而缓缓沉没于片片彤云后。日已西沉，她与他停落在临安东郊外一片安静的村庄旁。粉墙黛瓦的小楼立于茂密的凤眼莲后，池上的小桥，连着苍苍的兼葭与人家。

唐安安扶着李穆然至楼中床榻，他半昏半醒，口中沉吟不休。唐安安便嚼碎了琉璃丹，和着一口热茶，将药水小心没入他微张的齿间。

药水潺潺流入李穆然腹内，他被呛得轻咳几声，蹙着眉，未及清醒，又昏迷睡去。

唐安安斜倚在侧，额首默默注视起床榻上神色愈渐安详的公子。那无数次在她梦中出现的人啊，正安静沉睡，可知她总在感慨，若是过往的岁月，少了一遍遍心底里深情的勾画，缺了思念中一番番缠绵的亲近，这么多漫长又寂寞的时日，她竟该如何熬度。

奈何沉睡的李穆然未必知道，如今的自己竟开始莫名害怕这隐秘的心思被他轻易知晓。

只叹重逢之日，他们便已无尘世凡缘。而今的自己，夹在漠北唐门与明月船间，左右为难，当断难断。

她在李穆然身边静静待了整宿，不时为他拂去额前细汗。

一夜未眠。

清霜白露的晨间，牡丹正香，桃花正艳，小楼四周升起袅袅的炊烟。

李穆然轻轻睁了眼，四下环顾，却是空荡荡的房间，隔着瑶窗四

望，小楼外的池塘中几双鸳鸯惬意游弋，远方层叠的草田里繁花锦簇，香满人间。

"你醒了？"端着粟米粥的唐安安出现在门前，"感觉身体怎样？"她放下碗，柔荑覆上李穆然前额，"烧总算退了。"她宽心道。

"安安，"李穆然抿了抿干裂的唇，好奇道，"这是哪儿？"

"这儿是我的家。"唐安安道，她将李穆然搀扶起身，"你身子尚虚，得先吃些东西，补充补充体力。"

"粟米粥！"李穆然惊喜道，他作势要接过唐安安递来的瓷碗，手却悬在半空，不自主地抖起来。

唐安安见状，便自己舀起一勺热粥，吹了吹凉，递到李穆然嘴边，笑道："慢些喝。"

李穆然却一口咽下，顿时满口粟米香。他不禁念起自己当年最喜欢做的事，可不是拉着眼前的女子尝遍汴京的吃食。

"味道如何？"唐安安期待问。

"与白磐楼的口感竟是一模一样。"李穆然赞道。

"看来临安城里的酒肆也有不少南下的中原人。"唐安安便也期待地尝了一口。

那熟悉的滋味，竟似让他们的灵魄飘回了儿时的汴梁。

只是掐指一算，十年都过去了，李穆然不禁思量起来，他终于再不是那整日玩乐的少年，她亦于临安城受尽追捧。他们明明已经重逢，奈何仍也跨不过彼此无形的鸿沟。

他拼命守护归乡的梦，她却终日吟唱靡靡的歌。

"惜若，"李穆然唤起唐安安本名，"昨日救我之人，是你吧？"

唐安安不置可否。

"你的武功怎会这般厉害？昨日擅闯千山湖的顾蕊，武功为何也这般厉害？"

"我既能有《大荒经》，学些武功自是平常。"

"你应该知道我问的不止这些。"李穆然忽就盯住她。

唐安安躲不过他的目光，沉默半晌，才道："蕊儿痴恋江煜，怨极生悲，走火入魔。她虽跌落山崖，却侥幸生还，神志却再也不清，这一陷癫狂，竟将她体内原先所有大荒经的功力逼了出来，她自己先前并不知道自己练的是多么厉害的武功。《大荒经》如此重要，她都不惜为江煜偷去，有人看穿了顾蕊心思，便将计就计，岂知她真正偷去的，不过是粗浅的水龙吟，由我压制足矣。"

"水龙吟，这门武功居然真的存在。"李穆然不可思议道，"惜若，你告诉我，那决意让你将计就计的人，是谁？"

唐安安只道："穆然，能让你知道的你已经全知道了。"

"你为何不能告诉我他是谁？可是常去明月船的那人？"李穆然不禁再探。

唐安安陷入默然，但见她别过身去，神情复杂地兀自低语着："一个人若是知道一些秘密，又不知全部，定难忍好奇，几番试探，总会让保守秘密的人警觉。偏偏这个人，疑心颇重，能力滔天，就是得罪不得。我若告诉你太多，便是置你于危险当中，你明白吗？"

李穆然咀嚼着这番言语："想来你能成为这临安绝艳，身后牵扯之人必定厉害。你曾说过的苦衷，可是他阴险的报复？"

唐安安这才将目光移回："你领会就好。"

李穆然沉默了，他岂能令她为难，事态毕竟未再严峻。"罢了。"便卸下方才的质询之意，轻松起来，"我自是信你。"李穆然说着便伸伸懒腰，啧啧叹道，"此地山清水秀的，可真惬意。"

唐安安于是轻松又起："你若是喜欢，可以常来住，反正这里除了我，也无旁人。倒是等你日后家事缠身了，怕就没心思同我在这山清水秀之地安享清闲了。"

李穆然不平道："那可未必。"

"是吗？"唐安安疑惑地看着他，"我倒是觉得，你若是有了妻子，

何止不来这里，怕是连明月船都不愿去了吧。"

那声音涩涩的，"惜若。"李穆然不禁轻轻地唤。

"那可不行，你若再不至明月船，明月船的姑娘可就要缠死我了，她们简直日日念叨你这状元郎。"她转而又道。

"哈哈！"李穆然不禁笑了，"我可不愿让你们这些姑娘失望。"

"是她们，我才不会失望。"唐安安赶忙纠正他。

"咳咳，未必哦。"李穆然由着她尽显局促。

两人谈笑一阵，晌午一过，唐安安才搀扶起已恢复些气力的李穆然从小楼中走出，沿着官道进了临安市集，一同策马行至南宫府外。

待李穆然望见她身影走进长街，才转身叩响南宫府紧闭的大门。

久无回应，半晌才有家丁一人急切赶来："公子，你可算平安回来了。"

两人走入院内，四下寂静无声，长年乐音不断的南宫府歌妓忽皆不见了踪影，身体尚虚的李穆然被家丁搀着朝自己厢房走去，一路连丫鬟的身影也寥寥。待他踏过屋门槛，竟见赵燕一人端端坐在竹椅之上，烛光映衬着她尽显疲惫的脸，鬓间丝丝白发，竟是说不出的愁怨苍老。

"娘。"李穆然轻声唤。

赵燕望着他，阴阳怪调道："你瞒我倒是瞒得够久，居然还当上了洪门掌门，我是否该得意我儿还有这般能耐，将他娘气绝的能耐？"

李穆然皱眉沉默着，他不知该如何辩解，该表明的志向早在先前就已表明，如今再道这豪言又有何用。

"若你觉得我活得够久，阻挠了你，你就告诉我，我就从此在你眼前消失！"赵燕却是越来越激动。

"娘！"李穆然终于忍不住唤，却一时急火攻心，一口血就喷涌而出。

赵燕神情不由得紧张起来，强缓了情绪，走上前担忧地轻拍起李穆然的肩膀，尽量语重心长道："穆然，莫怪我啰唆，我就你一个儿子，

若由你折腾，便是推你进火坑。而今你整宿未归，体虚气若，莫不是昨日有人相救，怕就已经死在千山湖了。事到如今，你加入洪门也已无用，难道你还认为皇上依旧支持你们？重新重用秦大人，就足够证明他亦图江南的安稳。"

李穆然不禁急道："倘若皇上当真无心北伐，当年岂会受我殿试文章感召，令我拔得头筹？"

赵燕一直忍着的怒意终于又再暴发："你还好意思提？你这状元根本就是个笑话！古往今来，有哪位状元足足两年还未得册封？"

"自是拜秦会之所赐，他从未间断在皇上耳边妄进谗言。从岳大哥第一次北伐开始，他就暗中煽动，几次三番都是他生生劝皇上命岳大哥班师回朝。"

"你以为就算任由岳子昂折腾，他真就能攻克汴梁？打到襄汉足矣，已够力保江南安全。穆然，我也不明白，你老老实实留下又如何，临安亦在天子脚下，如今更比以往富裕太多，梦儿又已嫁入秦府，你在朝堂上完全能够仰仗秦大人。哪怕你无心仕途，就做一个终日流连青楼的少爷也比与金人斗让我安心啊。"

"我知您担忧我的安危，可我的一生，岂非只为您的安心而活？"李穆然诚恳地注视着赵燕，"做一个在临安城中只顾以狎妓为乐，为炫耀钱财极尽奢靡的少爷活着有何意义？不过是陷入另一番虚无与荒唐中去。"

"你有意义，你的意义就是让娘这般焦急欲死？"

"您怎又要如此思量！"李穆然无奈道，"娘，您可否告诉我，十载寒窗，为何辛苦？人生在世，何以坚定？山河零落，财可阻挡？国破家亡，如何阻挠？"

"我不知道，我只知道你现在要把为娘逼疯！"

李穆然悲痛地望着赵燕，他真的已经不知该如何让她宽心，岂知复国雪耻，早便如盘根错节的脉络，深深烙印在自己的骨血里，他愿为之受尽苦楚，穷极此生。

奈何他最亲近的人，从来藐视这昂扬的斗志。

"娘，何不想想另一番局面，倘若日后岳大哥得皇上尽信呢？万一日后议和无望呢？"

"我从来不去担忧尚未发生之事，我只知无人会喜迎战火。岳子昂这般想迎回二帝，你真当高宗愿他哥哥回来取代自己的位置？"

岳大哥是有些坦率，但他未必不知审时度势，所谓迎二帝，恰恰才是旗号本身，他并非意在让皇上难堪。两位先帝常年被困金营，必是思乡心切，若能重返家乡，又岂有他求？"

"你又怎知他二位心思。以目前形势，我只看到秦大人重回宰相位指日可待，而洪门，就是他第一个要铲除的帮派。偏偏你有能耐，众目睽睽以掌门自居。多亏秦大人已答应我，倘若你肯解散洪门，助他铲除岳子昂，他便既往不咎。如若冥顽不灵，他必定怪罪。得罪朝中重臣，何止身陷囹圄。你若还这般倔强不依，我就先行了断了自己，为娘可不能眼睁睁看着你先我而去！"

"娘！"李穆然只觉得腹内钻心疼痛。他决不可连累自己的母亲，可让他诬陷岳大哥，他倒宁愿坠入无间地狱。

"若是连岳大哥都不在了，我们真就回不去家乡了，难道娘你真就从无怀念中原一切？"他不禁又问。

赵燕一时无言以对，眼中隐约闪动着不知是泪光还是烛影。汴梁的日子恍若旧梦，如今虚虚幻幻得让她无从忆起。许是她怕了那一场山河零落，抑或早就忘却了昔日一番失所流离。

"总之从今日起，我不许你擅自踏出南宫府半步，就在这里好生待着！"赵燕恍然回神，却是厉声叱道。

转身，便行了出。

偌大的厢房，随着她的离开而瞬间清冷。屋门被死死反锁，从此只在每日三餐时分开一道缝隙递入吃食。赵燕果然铁了心要困住他。

而李穆然知道，若他真要离开，定是谁也阻拦不住。

武林大会之上，薛平易俨然成了雁翎帮一大功臣，那洪门掌门半途不敌而逃，所有人都看得清清楚楚。江煜的武功已是出神入化，他尚且只与李穆然打成平手，薛平易自是更胜几成。

当各路人士从千山湖退去，雁翎帮十二位分舵舵主齐聚凌云岛顶，江煜既亡，雁翎帮不可一日无主，他们仿佛早已心灵相通，竟开始争相推举这出尽风头的薛平易为新任帮主。

卓永当然不服，要知道如今在帮中，薛平易的地位可尚在自己之下，怎么让他讨了便宜。"薛大哥，平日可没见你有这等本事啊，怎么今日这么出乎意料？"

薛平易反而笑答："卓兄弟的意思，怕是想说我薛某早就觊觎帮主之位，才故意在武林大会上显山露水。你我辅佐江兄弟多年，我的衷心，日月可鉴，谁能料到他今日竟会有此一劫，我出来对阵洪门掌门，自也是为了完成他生前志愿。"

"若论帮主与谁更推心置腹，当属我卓永，多少秘密他唯独只告诉了我。若他还在世，这帮主之位，未必会轮到你。"

"可江兄弟走得匆忙，并未交代谁有资格接替自己，那便由十二位舵主全权决定，他们既看得起我薛某，我又如何推辞？"

"是，我们支持薛帮主。"

"我们支持薛平易！"

"薛帮主！薛帮主！薛帮主！"

凌云岛上渐渐响开震耳欲聋的拥护声，卓永惊讶地望着这场面，他以前从未料到薛平易在帮中竟得如此声望，十二个人，居然无一人提出哪怕一丝质疑，连带着旗下弟子皆朗声拥护。这威望，又岂是一场武林大会可以轻易得来？

看来他深藏不露的，又何止是自己的武功？

"既然薛大哥这般受拥戴，我卓永何必啰唆。"尽管愤愤不平，他还是识趣地噤了声，却在当日就赌气离开了千山湖，往临安市集过夜。

这一晚，卓永独自在河坊街的酒肆中饮着烧酒，他百思不得其解，按理说，他才该是帮主之位最为得力的人选，这段日子他借着江煜的信任，在帮中地位可谓一路扶摇，没想今日居然连为他说话的人都无。

越想越憋气，卓永又闷声喝尽一壶烧酒。

桌边却在这时坐下一人，他仰头便见薛平易意味深长的笑靥。

"怎么，薛大哥还没风光够，要再来看我笑话不成？"

"我可无闲心笑话卓兄弟，"薛平易平和道，哪知话锋一转，声音进而低沉，"却是来要卓兄弟的命。"

卓永面色一沉，当下就要一掌劈来，反被薛平易轻松挡开。薛平易迅速点上卓永曲池穴，他人当即就动弹不得。

"你想干什么？"卓永急问。

"卓兄弟，你为江煜做过多少缺德事，我也懒得一一赘述，我既已是雁翎帮主，要你的命也在情理当中。你昔日在我地位之上，现下又岂会甘心屈我之后，而雁翎帮从不需要你这心猿意马之人。"

"薛大哥，咱们好歹共事一场，何必赶尽杀绝。你可否先让我明白，你究竟是怎么令那些舵主听你差遣的，也让我乖乖听你的话不就得了？"卓永赶忙嬉皮笑脸道。

"哈哈。柳云烟的断肠散，是我给了他们解药，同时又许他们诸多好处。你以为雁翎帮还能再受柳云烟的强压统治？她那些手段早就过时了。江帮主也真够糊涂，找此人前来。"

"薛大哥，这柳师叔的断肠散岂是寻常毒物，十二位舵主什么阵仗没见过，又怎好打发，你这可是敷衍我罢了。"卓永又不服道。

薛平易大笑："卓兄弟，我身后确实有你难以想象的助力，他们得到的好处，又何止万两黄金。可这又如何，我之所以不留你，皆因你与江煜一个性子，心狠手辣，贪得无厌，想来若有机会，定会踩着我的头颅往上爬。江煜之所以成功一时，不过是更能遮掩自己罢了。"

"我和江煜可不同，我若认准了谁为帮主，就一定会对他忠心耿

耿。"卓永恳切道："江煜不过是靠玩弄女人才获得了今日之地位，我心里一直瞧他不起，薛帮主才是真英明，方才经你提点，我卓某当真是醍醐灌顶。"

薛平易摆摆手："你留着江煜以帮派名义搜刮钱财的账目，如此轻易便由孔翎抢去，究竟是无意还是存心都未可知，还跟我谈衷心。"

未等卓永再开口，薛平易就一掌压上他冷汗涔涔的肩后，登时几股内力于卓永体内翻搅纠结，痛得他咬牙切齿，冷汗直流，不过片刻，便口吐白沫，晕死过去。

薛平易冷冷地看着他逐渐苍白的面色，酒肆中又走入两人将他架起，一直拖至小巷里僻静的角落，火焰熊熊，他便被烧得就剩一团粉末。

他们这才连夜赶回了千山湖。

十二位舵主竟也没离开，一直静候薛平易归来，他在他们的注目中昂首走向凌云岛顶陌芳亭内，俯视着月色中乌压压一片雁翎子弟，朗声而言："薛某今日起誓，有我在雁翎帮一天，我帮便得朝廷长久庇佑，从此江湖之中，一旦洪门覆灭，雁翎帮便是江湖第一大帮！"

"薛帮主威武！"

"雁翎帮一统江湖！"

千山湖的声浪滔天起伏，就这般扑入了临安的夜幕。

第十四章　三十功名尘与土
八千里路云和月

绍兴六年的冬日，大雪迟迟未至，天气却愈发阴寒，连带着心情也难免低落。市井坊间流传的一首歌谣，却令人听后，精神为之振奋。好像这样的词，即便出自莺莺燕燕之口，也难掩原本的激进昂扬。

岳子昂大败伪齐刘豫，胜利而归，连他自己都未料到，这首他在鄂州所作的满江红，居然这般迅速地传遍了临安的大街小巷。

那撩动人心的词句，如熊熊的烈火燃烧在每位百姓心中，引得复国信念更笃。三月未出，刘豫被废，临安一片沸腾欢呼。

天目山腰洪门总舵，众人齐聚一团，共为岳子昂接风洗尘。

"这一胜，金贼干脆弃了北齐，偌大的中原，他们定无暇管理啊。"向来沉默寡言的王厚昌也赞道。

岳子昂亦兴奋言语："这还不止，金兀术几次三番违逆完颜鞑濑的命令对我岳家军采取突袭，他自认当年攻陷汴梁战功赫赫，一直对完颜鞑濑颇有微词。如今他羽翼渐丰，夺权动作频频，那鞑濑根本就没有心思顾及我的军队。"

"这不就是说可以大干一场了！"李其乐道，"老子等这一天等太久了，下一次北伐，我们几兄弟干脆就一齐随岳大哥奔赴战场。"

"我正是此意！"岳子昂胸有成竹，"刘豫连败，鞑濑自顾不暇，金贼内外皆空，正是收复中原的大好时机！"

众人沸腾不休，仿佛多年来的夙愿终于是唾手可得。好一阵，岳子昂才反应过来，自他回天目山，还一直未见李穆然身影："对了，穆然呢？"

孔翎一旁道："他还不是被自己的娘困在了南宫府，上次救师父被那妇人知道，可是好一番折腾。南宫鼎与秦会之走得近，赵燕自是坚决不允许小掌门与我们有任何牵扯，亏她自己还曾是李潇之妻，皇亲国戚。"

"翎儿，我来了。"旧居外，却传来李穆然清脆的声音。

孔翎猛地回身，惊讶不已："她肯放你出来？"

"非也。"原来李穆然自母亲派人锁住屋门之后就一直身体积弱，却也并非无法走动，只是慢慢地，赵燕也就放松了警惕。今日他以散步为由出了南宫府，一路行至断桥，明月船的姑娘远远就招呼他，他便请求她们作掩，脱离了尾随家丁的视线，匆匆赶来了天目山。

而那疏忽的家丁，自是以为他顺势去寻唐安安了。

为孔翎稍作解释，李穆然便道："岳大哥若觉得此番是进攻的最佳时机，那就一定是。"他虽赞同，却仍忧心道："只是如今秦会之得势，就连刘师叔也被他参了一本，再不得上朝谏言，雁翎帮帮主薛平易更是深不可测，这次北上，能否坚持下来，恐不得而知。"

"任他耍滑使诈，无非兵来将挡，水来土掩。收复中原乃民心之所向，我就不信秦会之还能糊弄得了天下人！"岳子昂道。

"不错，翎儿也要随着岳大哥，早就该一雪前耻了！"

绷带都还未拆的周笑添焦急附和："还有我，还有我！"

"你这伤行吗？"孔翎狐疑道，伸手拍了拍他受伤的肩膀。

"哎哟，你轻点，疼，疼！"周笑添龇牙咧嘴地躲闪道。

孔翎不屑道："都这样了，我看你就老老实实在天目山待着吧。"

"翎儿你这么冲动，没我在旁护着怎么成呢？指不定我恢复得快

啊。"周笑添嬉皮笑脸道。

"你才需要被人保护，我可厉害着呢。"

"那就这么说定了。"李其朗声而言，"此番北伐，我们洪门全体出动！"

"好！"

"好！"

"那是自然！"

天目山腰回荡一片振奋赞同声。然而仅仅半月之后，洪门六大高手便不得不先分一部分精力在洪门自身的安危上。

原先江煜在任时，不过再不提与洪门携手一事，只力图雁翎帮取代洪门在江湖中的地位。那薛平易恨不能昭告天下他与秦会之手足情深，不断在江湖中宣扬秦会之的求和政策，并且话里话外，全在诋毁洪门。谁都知道，与金议和最大的民间阻力，唯洪门而已。

分散于江南的洪门各据点接连遭到雁翎帮率众挑衅，有时以莫须有的名目，有时连名目都无。一旦扣住滋事者质问，那人偏又一番义正词严的说辞，各门各派都在盼这好不容易得来的平静，以图休养生息，洪门却连番撺掇他们北上，若不想法惩治，岂可昭显雁翎帮名门正派的风骨。

"荒唐，亏这些家伙还是武林人士，胆小怕事，只知偏安，跟那些懦弱文人有何异！"岳子昂不禁愤然。

只是雁翎帮的动作愈渐频繁，无论李穆然如何尝试与薛平易斡旋，人都已至千山湖，皆屡屡遭他视而不见，唯见雁翎弟子前来传话，薛帮主不愿与你们这些穷兵黩武之人浪费唇舌，除非洪门决定自此偃旗息鼓。

"这薛平易，敢情我们收复我们的故土，还成了无端生事了！"岳子昂气道。

朝堂中的秦会之是愈发活跃，每一番劝谏，十足一场表忠心的表

演，恨不能声情并茂，涕泪横流。

而岳子昂，几番与他争执，皆难忍言语激烈，将秦会之衬托得是愈发温和而恳切。一时间，伐金与安定的声浪此起彼伏，实在惹得高宗难以决断。

绍兴七年，岳家军原定的第四次反攻终被犹豫搁置，北去的关卡自是紧紧关闭。江湖中各门各派也开始分流，支持洪门的便被视为雁翎帮仇敌，频频受其无端打压。尚在临安的洪门也开始全心应对雁翎帮层出不穷的施压挑衅。

秦会之终于于这年中，重揽宰相之职。自此，朝内朝外与其拉帮结党者愈众。而他才刚上任，便迫不及待连拟三道奏折，重谈他当年的国策。

黄河以北之地，归金支配。河南、淮北，原本为刘豫之齐的版图，由刘豫保有。至于金人如何处置刘豫，暂不予理会。而淮河以南，便受南朝掌控。

只要偏安江南，不惹征战，就可天下太平。

任凭朝野上下一些人士联名反对，他俨然一副苦口婆心、不畏诋毁的姿态，不断在朝堂中，与高宗"审时度势"。

金銮殿上，秦会之简直掏心掏肺一般，在地上长跪不起："皇上，连年征战，赋税繁重，百姓早就已经吃不消了。若还不停战，必会使我大宋国力衰退。老臣只怕还未敌金国，我们自己就将远离富庶繁盛了。一想到皇上日后还要为此忧心，百姓日后还要为此受苦，老臣是急得整日茶不思，饭不想啊。"

高宗听闻也难免感同身受地颔首赞同。

"好在经过一番苦心思虑，老臣终于领悟出了一个万全之策，一颗悬着的心这便有了着落。"

"是吗？秦爱卿不妨道来。"

"老臣当年从金营返还，与鞑瀚有过几面交情，就在近日，他终于

答应不再挑起战事，与我朝议和了！且他甚至承诺一旦议和签订，必归还我们中原五地，而无非要求我们每年向其进贡布匹黄金万两而已。银子，我们从来不缺，虽有失身份，可换来的，却是我大宋长久的安宁昌盛啊。"

岳子昂立刻起身驳斥道："傀儡刘豫已然势微，他兄弟金兀术才刚挑起金国内斗，完颜鞑濑此时提出议和，根本就是他的缓兵之计。日后等他处理内政完毕，休养得当，未必不会再度来袭，我们决不可上此人的当！秦大人，你口口声声担忧百姓，为何就不能让我一鼓作气为他们享受到长久的太平而作最后的努力？若在这北伐的关键时刻半途而废，你又置尚在中原受苦受难的手足同胞何在？"岳子昂转而面向龙椅上的高宗，"皇上，值此金贼内乱之际，岳某若是起兵北上，必能将他们彻底赶出中原，迎回二帝。到时俯首称臣的必是金国！"

金銮殿上的高宗并未言语，不过静静听着，似是鼓励他们争相的谏言。

"皇上！"秦会之不禁双膝跪地，热泪盈眶道，"老臣已经再三同鞑濑确认，此番议和，金国当真诚意满满，岂会轻易食言。岳将军几番征战，虽有胜绩，但未免不是侥幸取得，金人真要计较起来，就怕敌也不过。若我们罔顾他们此番诚意，再妄图不费一兵一卒换回太平，就真如痴人说梦了。而今我们临安，流寇已平，百废待兴，百姓好不容易安稳，岳将军非要一再挑动战火，老臣不禁担心他的居心啊。"

"一派胡言！想我岳子昂一生征战，清清白白，一心为国为家，岂能由你污蔑！所谓生于忧患，死于安乐，金贼不灭，来日必犯，何以安定？中原沦陷，百姓受苦，何以安逸？我尚未兴兵北去，你又怎知这战役是胜是败？"

秦会之不再接言，丞相张俊却起身言道："岳将军，我可要提醒你，完颜鞑濑此番还承诺释放韦太后，你若一再与之敌对，便是令太后不得返还。"

秦会之又抹了抹眼泪："皇上！二帝生死未卜，太后却回朝在即，北方人被金统治十余载，已然适应。江南百姓却正享太平。难道岳将军是让皇上不顾眼前人，执意追逐一个虚无缥缈的北伐之梦？"

"这怎是梦！"岳子昂气急道，"我有信心……"

"好了，"高宗终于回应，却是声音哽咽，"张俊方才的提醒，着实让朕念起了自己的母亲，她老人家在金营想必是整日受苦，担惊受怕，此番若不趁机接她归朝，朕实属不孝。"

岳子昂强忍不满，但见高宗以孝心言道，便也无法再行反驳，便有些赌气道："既然皇上认为如此便得了长久安定，那恕老臣直言，皇上是否该抽空关心立储之事了，国不可久不立太子，皇上先前忙于政务，而今可有的是时间考虑此事。"

高宗迟迟无语，半晌，才平静回答："这件事，岳将军提醒得是，朕自当考虑。"

那些飘荡在临安城中隐隐约约的歌谣终于化作了对盛世荣华声嘶力竭的赞颂，无处不在的欢歌，终于覆盖了曾在勾栏瓦舍间流传的一首首壮志饥餐胡虏肉，笑谈渴饮匈奴血。

不过几月时间，竟如同隔了数载岁月。淅沥的细雨，浇熄了尚存心间的激荡；氤氲的酒香，迷醉了尚在胸中的豪情。

只叹人心迷醉。

李穆然的心情亦随着这铺天盖地的欢歌跌至谷底，他真渴望就此避世而居。如此曲调，简直像极了汴梁破城之前轻烟楼里教人沉溺的琴瑟和弦，他只要一闭眼，就仿佛看见了那一日忽至家乡的战火纷飞。而屋外，却是南宫鼎大宴秦会之共庆此襄盛举、觥筹交错的声响。

若非赵燕再三叮咛他切莫妄动，他恨不能立刻冲入院内，大闹这屈辱荒唐的酒宴。南宫府的歌妓又撩拨了琴弦，琴瑟声声，在李穆然听

来，全是些恼人的聒噪。

几人开怀谈笑，言语间莫不大肆嘲讽岳子昂。百年大宋，何时容许一个武将随意置喙朝中事，他不过侥幸打了几次胜仗，就敢这般趾高气扬。偏偏他们的声音越来越响，让李穆然在屋中越听越气，终于扯下白色帷幔捆于额前，愤然往院落冲去。

原本和谐欢闹的氛围随着李穆然一身缟素的出现而转瞬冰冷，歌妓们无措地停了弹奏，赵燕放下酒杯，急道："穆然，你又闹什么脾气，还不快回屋去！"

李穆然扫视了一番座上宾，除却秦熺身边的南宫梦神情恍惚，余下人皆是开怀不已。

他也不言语，却是双膝及地，面朝云天外，连叩三首，郑重道："穆然此跪，全为靖康劫难中死去的中原百姓。"

"李穆然！你这是何意？"赵燕当即喝道。

"穆然哥哥，"南宫梦碎步跑来，俯身扶住跪地不起的他，鼻间又满是穆然哥哥周身散发的久违的青草香。他们并不常见，上一番照面，还是六月前。只是无论何时，她都轻易感受得到仿佛与他共生的这番坚毅执着。

从她初次见他，已辗转十年，他为这复国信念，足足坚守了十载光阴。

"梦儿，我没事。"李穆然宽慰地笑了笑，正要劝她回座，便觉她覆上的柔荑中递来何物。他惊讶地看着她，她亦肯定地颔了颔首。

"别管他，梦儿你回来。"赵燕喊。

南宫梦紧紧抓着李穆然的胳膊迟迟不愿松开。李穆然亦温情相视，他这才发觉，梦儿的容颜比自己印象当中竟憔悴了许多，神色里亦添了几番忧郁。

"梦儿，你穆然哥哥自己可以起身。"秦熺悄然行至，他急躁地揽

过南宫梦纤腰，在她耳边督促。

南宫梦却颤了颤身，轻皱了眉，仿佛极不习惯自己相公忽然的爱抚，不由得抿抿朱唇，努力显得平静自然。尽管三步一回首，却还是随秦熺重返酒宴当中。

李穆然愤然瞥了一眼又再开怀的秦会之，冷哼一声，转身就走开了，恨不能远远逃离这令人煎熬的靡靡乐音。

一入屋，他便迫不及待地摊开南宫梦递给自己的碎纸团，上面潦草写下：秦会之通金证据已现。

梦儿久居秦府，想必洞察出了端倪，她既有这般判断，倒当真可信。

如同一片混沌中注入的光芒，又或者泥沼之上出现的救命稻草，李穆然仔细琢磨，心内疑团顿解，狂喜犹生。

想来南宫府，他还无法离开，与梦儿联络，尚需此地。

只是偌大的临安城，彻底陷入了纵情声色。西子湖的明月船旁，又添了多少精致的楼阁，纠缠的笙歌终于盖过了南屏山中常年的晚钟轰鸣。市井坊间岂还津津乐道岳将军的英勇事迹，却是长街小巷里来来往往着无数书卷缠身的墨客书生。

这一波又一波进京赶考的文人学子，大概是无论汴梁与临安，唯一永恒的风景。他们身背书篓，颠簸前行，只为一朝功名。他们三三两两相约在胭脂花红的柳巷里，彼此消忧解郁，把酒欢谈。

这熟悉的场景频繁再现，直让人恍以为岁月从未辗转，光阴从未消散。

青楼里的欢歌，也许千百年来就这般萦萦绕绕，从来以她的纸醉金迷慰藉着满怀期待的书生们日复一日的悬梁刺股、奋笔疾书；从来依靠莺莺燕燕们不知疲倦的浅吟低唱，莺歌曼舞诱惑着数也不清的显贵达官，何曾有离别的故乡，何曾有颠沛的人潮。

　　岁月的浪潮，太容易让人逐流而去，谁又能明白，相似的险滩，总会于日后重遇。

　　岳子昂接连上书，请调往西京。西京自古乃宋皇室陵墓所在，他虽以扫墓为由前往，却不忘暗怀他意，毕竟西京处在被金占据的中原边界，乃绝佳的勘察敌情之地。

　　奈何这奏折呈上不过几日，便得高宗婉拒，言语间皆劝他不必如此殚精竭虑。

　　殚精竭虑，岳子昂只怕自己愁白了头，也无法阻止狡猾的敌人日后再乘虚搅扰这生机盎然的江南烟雨。

　　江湖之中，薛平易带领的雁翎帮对洪门的排挤愈发有增无减。薛平易命帮中弟子不断散播洪门意图谋乱的污名，直惹得两帮弟子见面就冲突争斗不止。所有受雁翎帮庇护的酒楼生意，皆不与洪门中人做。

　　曾经争相加入洪门的江南人士又纷纷抽身离去，更有一些自北方逃难至临安的老弟子卸下坚持，也投入到这诱人的享乐中去。

　　"照这样下去，只怕那薛老贼就要巧立名目，顷其帮中人将我洪门连根拔起了。"李其嘲讽道。

　　"这秦会之如今成了宰相，薛平易更加给洪门下马威，分明是要让雁翎帮在江湖中一家独大啊。"刘江寒亦叹。

　　岳子昂不禁讥讽："我看他秦大人说了这么多道貌岸然的话，骨子里倒像是忠的他金爷爷。"

　　"又是秦会之！"孔翎气得咬牙切齿，"还有这薛平易，这般趋炎附势，还不如死了的江煜呢。"

　　"穆然你可有对策？"久未言语的王厚昌见李穆然一直在旁无声思量着，不禁沉声问道。

　　李穆然便问："倘若秦会之果真在为金贼做事呢？"

　　岳子昂提了精神："穆然此话怎讲？"

　　"绍兴初年，在他刚回朝任宰相时便有人质疑为何当年这么多皇亲

国戚都被掳去金营，就他这一朝臣顺利返还？只是因他很快又遭罢免而未被深究。"李穆然话锋又转，"然而照秦会之的说辞，他是同妻子夺船杀卫兵由水路至临安。这一路皆在金国辖区，他若真杀了卫兵，早该被全程通缉，何况秦会之不过一介文人，他居然可以毫发无损地跋涉了两千余里而至江南，实在不可思议。他究竟是如何躲过这一路追杀的？奈何皇上一直倚仗他获得太后消息，才自始至终未肯深究。"

"穆然有此想法，可是有了证据？"王厚昌问。

"我也是受人提点，证据虽无，但绝非无法取得。"

"让本姑娘去秦府搜一搜不就得了。"

"翎儿，莫冲动。"李穆然劝道，"若一不留神，被秦会之抓住了把柄，再想行动就艰难了。"

"不错，我们得从长计议。"王厚昌亦道。

所以李穆然自己必须要思考出一个长久的应对之计。

那日回府不久，他便称旧疾复发，卧床难起。

南宫鼎见他伤势这般严重，又不禁琢磨起来，丘无常或江煜在世任帮主时，他们绝不会打伤南宫家的人，即便不慎误伤，也绝不会长久不来探视。可从武林大会直到现下，薛平易都未至过南宫府，他不仅没有因李穆然是南宫府少爷而手下留情，如今甚至大有与自己疏于来往的意向，他琢磨几番也琢磨不透，离了他，雁翎帮该如何维系运转。可在薛平易的带领下，雁翎帮似乎愈发敞开大门，广收弟子了。

赵燕虽觉先前李穆然拖着体虚气若的身子绝无法走远，时而在明月船中走动倒也无妨。若他能乖乖待在屋里自是更好，只要不涉及性命，郎中开的药方便被她一顿分为三顿喝，由着李穆然卧病在床，慢慢恢复。

可李穆然究竟有无旧疾复发，赵燕未必知道，只是厢房门紧闭的时候，他会取出一直藏于床下的铁铲，探查自己命洪门弟子由南宫府后墙外挖至屋内由一块松石板遮掩的地道是否完工。照目前进度，再有半月

足可动用。这密道从他见南宫梦之后便有意挖掘，已初见成效，适当的时候，未必不可用以掩人耳目。

谨防万一，李穆然是不愿与南宫梦主动联系的，倘若无法做到万无一失，他尚不愿打草惊蛇。

谁料就在李穆然谋划的当时，长江以北战事又起。岳子昂的观察果然精准，完颜鞑濑终被金兀术以武力篡权，金改朝换代，旧时一切合约被这新任可汗全数撕毁，硝烟说起就起。

这情势才刚传至临安，便惹得朝内哀号一片，可知金兀术比那鞑濑更狠几成，建炎年间他率军大举南下，所过之处哀鸿遍野。

千辛万苦求来的太平，居然这么快就成为一纸废言，这蛮人说翻脸就翻脸，哪容宋人置喙！

整个江南还未从震惊中缓过神，便闻他率十万金兵已再踏入陕西，重抢当初答应归还大宋的中原五地。浩浩荡荡的金兵扫过才刚安定的中原故土，寥落的乡村愈发贫瘠荒芜。

眼见他们一日便攻下一城，简直势如破竹，不多久甚至就可兵临临安城下。

高宗立刻急召已被他忽视良久的岳子昂，钦升其为太保，即刻领军重返中原，巩固江南朝政。

北往汴梁的关卡连夜开通，鼓励任何有志抗敌的民间势力前往，除却孔翎留下协助李穆然，其余洪门五人尽随岳子昂北去，他们直叹，再不奋起反击，恐怕就又要错失了这千载难逢的北上时机。余下一些意志坚定之人也纷纷前往陕西追赶支援。

洪门终于从长时间的沉默中振奋了精神，哪怕秦会之与薛平易依旧不肯消停，依旧鼓吹着太平，也随着这议和瞬时的中止而显得荒诞无力。

反抗的号角，为正享安逸的临安投下了一记无声惊雷，尽管西子湖畔、河坊街头笙歌如故，品酒的人终于变得虚空满满。他们无法想象，

如今已沉溺在这声色犬马中的自己，哪里还有勇气再去面对日后或许将降临的又一番山河零落！

每当虚空难耐，欲与莺莺燕燕们一诉烦忧，又觉她们唇齿间的软语，与这烦忧格格不入，便不禁再将这絮语生生咽回了腹。

简直憋屈。

可知遥远北方，千万铁骑正乘风去，如林长枪已满京畿。

贺兰山依稀在望，岳家军仆仆风尘。

肆虐的黄沙迷蒙前行的道路，却无力打压满腔热血衷肠。浩荡的声威撼天动地，誓将神州来复。

马上的岳子昂壮志未酬，感慨万千。还记得当年，眼前这风尘漫漫的地方，到处花遮柳护，尽是凤楼龙阁。无奈而今多少城郭，徒留断壁残垣。他还能忆起万岁山前珠翠环绕的富庶繁盛，蓬壶殿里欢歌不断的歌舞升平。只叹江山依旧，却是满园荒芜，万户萧疏。

他不禁感慨，若是曾经刘豫刚破，金国又逢内乱之初，并无秦会之一再谗言迷惑，他一鼓作气，乘虚拿下汴京也并非无可能。而今金兀术平了内乱，定了军心，直捣黄龙的绝佳时机怕是错过。可纵是如此，只要再给他机会，他就还能带领身后的铁骑，直将金贼赶出中原故土。

久别的家乡，正努力拂去满身的尘土，迎接归来的队伍。耳边清晰传至中原百姓们渴盼的欢呼，心中无限回荡母亲声声的教诲，精忠报国，无愧于心，寥寥数字，在他魂魄里激荡，教他终此一生都不敢忘记。

三十功名尘与土，八千里路云和月。

这漫漫征程，可是要走到尽头，是非成败，他从无意揣度，但因他从来只走一条路，一条视死如归的复国路！

而临安城中的李穆然，已经装了整整三个月的病。赵燕从先前的提

防终于转为焦虑，无论郎中如何诊治，他都虚弱得似乎毫无力气，赵燕如何也无法想到，李穆然这一病不起，竟是另有原因。

他派弟子整日蹲点秦府外，密切观察秦会之是否正与任何可疑人物来往，好长一段时间，除却几位与他结党的朝臣及一众抚琴艺妓出入外，尚无一人值得怀疑。

李穆然教帮中兄弟将这些还算面生的歌女一一画出，他端详许久，方觉当中确有一人，让他颇感似曾相识，然而几番回忆，就难以清晰忆起。

好在南宫梦亦会每隔几日由丫鬟陪同上街游玩，行人熙攘中，还能不失时机与之互通消息。

今日的她似乎玩兴大起，将街边小摊上玲珑的珠花试了又试。

风靡临安的卖糖乳糕浇铺前人头攒动，这模仿汴梁的吃食一早受到皇上赞许，不足十坪的店里就被闻风而至的人群堵得水泄不通。南宫梦兴趣盎然地直往前凑，两位陪同的丫鬟可没她幸运，转眼就被汹涌而入的顾客挤出了铺。

"夫人，夫人！"她们焦急的叫嚷很快又被喧闹的人声淹没。

一时半会儿，南宫梦怕是不得出来，两人便只好立于街旁等候，想着待夫人买完了吃食自会寻她们，到时一齐离开便可。

只是左等右等，终也不见南宫梦身影，乳糕浇铺内的人群却是退了一波又一波。待到日暮，店已清空，她们终于慌张起来。两人沿着河坊街四下寻找叫唤着，足足两个时辰，却怎也无法唤出莫名没了踪影的秦夫人。

而南宫府中，李穆然正忐忑今日他让孔翎传给梦儿的口信是否带到。一旦确定罪证所在，她需得先通知自己，切勿私自行动，之后再由洪门派人潜入秦府窃取即可。

在他无法保证秦会之因此番罪证无可脱身之前，万不能连累了南宫梦。若是不料秦会之察觉了当中事，若由洪门中人行窃，也可谎称是他

们早就将他监视。

秦会之本已无意掩藏对洪门的敌意，他也就无谓激化此间矛盾。

正思忖，却闻桌边松动的青石板下传出细微轻响，李穆然试探问："可是翎儿？"

"穆然哥哥。"熟悉的声音隔着青石板传至，李穆然惊讶道："梦儿？"他掀开石板，便见蹭了满身灰尘的她蜷在逼仄的地道里，面上兴奋异常。李穆然赶忙俯身将南宫梦扶起："你怎么亲自来找我了？"

"我若不来寻穆然哥哥，可就要难过极了，对了，穆然哥哥你看。"她激动地从自己衣袖中取出一沓宣纸，交至李穆然手中。那书信已乱作一团，李穆然只得一张张小心铺展辨认，便听南宫梦道："秦会之之所以力主议和，全是受了金人唆使。当年他从金营逃返，便是作为完颜家安插在皇上身边的奸细。"

她隐隐的兴奋令声音都有轻抖，但她兴奋的，并非自己拿到了证据，而是总算得以逃离秦府。她半刻都不愿再待在秦熺身边，当孔翎告诉她地道已然竣工的时候，她便决定瞒过所有人独自投奔李穆然。

既然已逃了出来，她就再不打算回到那牢笼里。

"梦儿，你可是在秦家过得不如意？"李穆然边整理那书信边问，他自然猜到，南宫梦这般迫不及待地要离开秦府，必定是在秦家受了委屈。

"穆然哥哥，我……"话音未落，忽闻屋外一拥而进脚步声声，连同来人怒不可遏地怒吼："南宫梦，你最好现在就出来！"

"发生了何事？"赵燕与南宫鼎急匆匆从屋内走出，夜已深，却见秦熺与一众官兵气势汹汹地冲入，俨然一副兴师问罪的架势。南宫鼎额前冷汗涔涔，才因李穆然与秦家生了嫌隙，自己乖巧的女儿又不知怎的惹恼了秦公子。

"南宫鼎，你女儿离家出走了，她心心念念她的穆然哥哥，定是回来寻李穆然了。"秦熺鄙夷道，"你们南宫家出现这等伤风败俗之事，

你可真是教子有方。"

"秦公子此话怎讲，穆然长时间身体抱恙，从不见他出屋，梦儿人也一直未归，又如何来寻我们。"南宫鼎赶忙解释道。

"你叫李穆然出来，一切自会清楚！"

赵燕示意家丁前去唤李穆然，刚推开门，便见他一人正静静坐于椅上，茫然望向屋外。

"进去搜！"秦熺喝道。官兵冲入屋内，掀翻桌椅木柜，胡乱翻查搜找。

李穆然冷静道："听来似乎是秦公子未能照看好家妹，怎么反倒要来南宫府寻人？"

"哼，不愧是状元郎，可真是有魅力，让我娘子对你念念不忘。她那点小心思，恐怕你我都看在眼里。她处心积虑要出府寻你，我能挡得过？"

"也许她思家心切，自家妹妹对我这兄长有所依赖，在秦公子眼中，倒成了一种苟且。"

"我倒是不在乎她对谁旧情难忘，最多不过休了这心有异动之人。我前来，倒是想提醒你，千万莫以为她手中的物什会有何用，如今与秦家合作，才是稳赢，你若任性连累了南宫鼎与赵燕，可是得不偿失。"

"秦公子的叮咛太高深，请恕我不懂，我只知中原捷报频传，谁能在朝堂得势，还未可知。"

"哼！做你的好梦。"秦熺不屑又烦躁地盯着眼前的李穆然，想来自己含辛苦读，也无非进士出身，而他，已是状元折桂，即便未得高宗赏识，也一时风光无限。秦熺从来不服，论刻苦，他不及自己，论身世，纵然赵燕是皇亲，而今也不过嫁做商人妇，凭何状元是他？而今父亲正全力铲除穷兵黩武的洪门，眼前这人，偏偏又自称洪门掌门。若非岳子昂此去影响未知，李穆然尚有利用价值，他恨不能现在就将他押入大理寺监牢内。

秦熺讥讽道："状元郎怎会不懂我意!"

"大人,屋中确无他人影踪。"一众官兵此时从厢房行出,对秦熺道。

"哼,我们走!"

官兵们一消失,南宫鼎便急切道："梦儿怕是惹了什么祸端。快来人!立刻花重金全临安搜寻她的下落。"南宫鼎交代完,又不禁难过道,"这些天怎么接二连三的噩耗,总也有操不完的心。"

赵燕安慰地拍着他的肩膀："待穆然身体好些,我一定再想办法好好劝劝他。梦儿的下落,耐心找找,定能寻到。"

两人互相宽慰着,一直到确定秦熺走远,李穆然才回屋将房门紧闭,从青石板下扶出瑟缩着的南宫梦。

"你也看到,秦熺根本就不在意我,他甚至恨不得立刻就休了我。"南宫梦言语着,倒也无甚惋惜,只将自己在秦家的遭遇一一道来,"其实原本我去秦府,并非多么乐意,只因爹总以为那是为我谋了依靠。可既然入了秦府,我也是诚心与秦熺相处。哪知他根本无心与我生活。"她皱着眉,似有满腹委屈需要全数倾吐,"秦熺先前来南宫府,不过听了秦会之的叮嘱,装出憨厚老实的模样,难怪我那时总觉得他有些太沉默。自我嫁进秦家,秦熺便再无从隐藏他的自私凉薄。无论我做任何事,总会换来他莫名的鄙夷否定,他甚至讨厌我生气、难过,他可以几月几月的无视我,却又总乐此不疲地于人前佯装恩爱。表面上,他待我实在太好,连爹也深信不疑,奈何我一日比一日感觉压抑。我不明白自己如何得罪了他,竟要受此冷遇。"

"终于被我发现秦熺的秘密,我才鼓足勇气决定离开。"南宫梦言至此处,不由得流露些许决然之意,"我发觉秦府常有歌妓出入,一开始没觉有何异样,可逐渐发觉若这些人中有一位,只要她来,秦熺当日的心情就会格外愉悦,待我也比平日和蔼许多。我自然以为她是秦熺的旧相好,而他之所以刻意冷落我也是因两人无法厮守而怀恨在心。岂知

我只猜中了缘由，却并非全部真相。终于有一天，我无意间听见两人窃窃私语，才惊觉那人的声音竟粗如男子，更自称完颜永济。"

"他是金贼！"

"不止如此。"南宫梦面上泛起桃红，"他二人一谈天便是整宿整宿，我实在好奇，便藏于窗下偷听。他们尽讲些缠绵的情话，我隔着窗户缝隙往里偷望，那完颜永济是衣衫尽褪，与秦熺在床榻痴缠。而他，竟是男子无疑。"

"秦熺竟有龙阳之癖。"李穆然惊道。

南宫梦继续言道："那金人可是傲气满满，无不以自己是金兀术的后人而自豪。秦熺就在旁附和着，我从未见他如此顺服过谁。那人早就告诉秦熺金兀术计划篡权，让他暂且压着这个消息。而从那日起，我就不由得特别留意此人与秦府之间的来往。完颜永济总会亲自前来递上金人交予秦会之的书信，秦会之阅过当中一些之后会自行烧毁，却又专门留下一些小心保管。我便趁无人留意揽回那些倒掉灰烬的残迹，学着模仿当中字迹。待到足以以假乱真，便趁机潜入秦会之书房，将剩下的书信小心描摹，再将原件换成自己的抄稿。我想这样就能万无一失，但还是隐隐担心被秦熺察觉，才趁机逃了出来。你看这些可足够给秦会之定罪？"

李穆然听着，手中杂乱的宣纸已然整理妥当。他仔细读来，分明因为当中秦会之通金事实确凿而欣喜，愈往深看，竟愈渐起了愁容。

"穆然哥哥，怎么了？"南宫梦疑惑问。

李穆然收起宣纸，宽慰地摇摇头："梦儿在秦府实在是委屈了，你给我的证据足以将秦会之治罪。但留在此地亦不安全，既然秦府已回去不得，我就先送你至洪门总舵安顿。"

夜色正浓，两人抄近路往天目山赶，一路上阴寒阵阵，李穆然便护着南宫梦，南宫梦心生暖意，望着身边的穆然哥哥，可他始终紧锁的眉又让她略感忧虑。可是书信中出现一些内容，令他这般忧虑。

"穆然哥哥，你可是有难处？"

"梦儿，可否答应我，先别告诉任何人你找到了这些证据？里面牵涉到我一旧友，若是贸然道出，她必性命不保。"

"好的。"南宫梦应道。

返程的时候，李穆然本意直奔回府，却又不知不觉绕至了西子湖畔。

天幕微启，一切才将露出朦胧的轮廓。长街上的楼阁掩去了烁烁的烛光，道路当中还无熙攘的过客。

分明是如此安宁祥和的景致，李穆然自己却始终无法心思平静。

那书信的内容，在他心底里无限咀嚼翻涌。

原来当年秦会之的确杀了卫兵，出逃金营，却半路就被金兵捉住，押回营地。他以为自己必死无疑，岂料完颜鞑濑只在帐中同他攀谈一番，便由他继续南去。

敢行这等放虎归山之事，岂会毫无他求？

秦会之是唯一一位因言获罪、被俘金营的宋官，毫无疑问，对宋朝皇帝而言，他忠心耿耿。完颜鞑濑一定以为，若由他作为大金安插在南朝的内应实在难惹怀疑。

而究竟秦会之愿不愿意配合自己，才是决定了他该不该留他的命。完颜鞑濑在满意地看见秦会之跪地求饶那刻起便相信，这懦弱宋人无非受不了离乡愁苦才鲁莽窜逃，此番他一清醒，必会为了归家保命而言听计从。

果然，他所有的交代，秦会之都一一答应，日后他以为该议和时就议和，该南下时就南下。为了方便监督，他特意派了完颜永济一路护送其行入江南，并将自己这兄弟的儿子长久安插在秦府，必要时候，自可当作对此内应的警醒。

只是完颜鞑濑千算万算，也算漏了他自己会祸起萧墙。李穆然终于明白，完颜光当时在南宫府掩护的人是谁，而秦熺之所以指认完颜光谋害丘无常，岂非就是为了保住藏在暗处的完颜永济。

　　若真相到此为止，李穆然自是无从失落。岂知那书信中，还掩藏着一个惊天阴谋。

　　便是此中阴谋，令他无比错愕。

　　一整个白日，他都昏昏沉沉。此刻好不容易清醒，竟又起身再朝明月船去。

　　天已近黄昏，烟雨正迷蒙。长街的烛光因绵绵的雨丝而幽幽奄奄。

　　而他自己，更是憋着太多言语要同唐安安讲。

　　奈何湖中漂泊的明月船迟迟不肯近岸。

　　而暮色里的青山披上了朦胧的纱衣，脚下如缎的白堤正将无数花灯燃起。

　　待船终于靠岸，李穆然迫不及待地踏上甲板，却闻姑娘们遗憾地喃语："状元郎今日来得可不巧，唐姑娘正陪秦大人呢。"

　　李穆然心头掠过难以言说的沉重，道："我知道了。"

　　他仍执意在秋月阁外等候。

　　细细碎碎的声响从中传出，让独在屋外的李穆然坐立难安，焦灼不已。

　　"唐安安，你我如今可是同在一条船上，一荣俱荣，一损俱损。想要独善其身已是毫无可能了，就别再犯武林大会当日的错误。"秦会之语重心长地叮咛着。

　　"秦大人，安安向来分寸自明，您的好意安安明白。"

　　"你既是明白人，门外的李穆然，究竟为何而来，想必也该清楚。废话不多说，不过提醒你，这戏可要演得足些。"

　　唐安安道："我日日都在演戏，这演技如何，秦大人难道心中无数？"

　　"你的演技毋庸置疑，我只希望你可以演得更用力些，骗过了看戏的人，这出戏就可以止住了，没必要再麻烦他。"

"秦大人还是如此深思熟虑。"

不多会儿，秦会之便从房中走出，刚巧与李穆然照面，眼中闪过含义不清的笑意。

"怎么，李掌门也喜欢安安，她倒真是不枉虚名，秀色可餐。"他轻声戏谑。

李穆然胸中蓦地升腾出一股怒意，闷声道："不劳秦大人告知。"

他几乎冲入秋月阁内，一把抓起唐安安皓腕，就从敞开的瑶窗跳下，一路往人迹罕至的竹林中去。

湖岸的林中雾气弥散，唐安安被李穆然紧紧攥着，赌气一般在郁葱的小径上莽撞而行。他既不停步，亦不肯言语。

"穆然……"唐安安刚一轻唤，反被他猛地一拽，按压在紧密铺排的竹节之上。

他们相距不足一尺，近到她直屏呼吸。

李穆然盯着她。重逢时的欢喜，成亲时的紧张，受伤时的焦虑，以及此刻的震惊纠结，一一在他体内翻涌重现，让他攥着她的双手更紧。

唐安安在李穆然炙热的眸中顿感无措，她小声试探问："穆然，你……"

"唐惜若，"李穆然打断她，声音嘶哑，"告诉我，你为何要与秦会之密谋刺杀来日归朝的岳大哥，你已经害得洪仲内力尽丧，难道这还不够？"

唐安安听闻此言，竟不感一丝意外，只掩了轻松，了然道："你又知道得多了些。"

李穆然稳住她的肩膀，气道："你这是承认了所有事？"

"我从来都未曾处心积虑地骗过你，又何必否认！"

"惜若，"李穆然不可思议道，"我们不是才一起揭穿了完颜光吗？不是才一起帮洪门解除了危机吗？秦会之要杀洪仲，要害岳大哥，自是因他想偏安一隅，在朝中呼风唤雨，你几次三番答应帮他，为何不肯跟

我直言，却反而要受他胁迫？"

唐安安回望他道："如果我告诉你，所有事情都是我必须去做，我有不得已的苦衷，你可会对这些事不闻不问？"

"苦衷？一个通敌罪臣，反抗他的淫威，还需要强调苦衷？我看你更应该担心若我将秦会之通金一事禀奏皇上，你也难逃陷害忠良的罪名。"李穆然拒不妥协，"无论安安你有何苦衷，这些苦衷都只够我停止追究师父遭谁暗害，但绝无法眼睁睁见你再去刺杀岳大哥。"

"我就知道你会这般。"唐安安轻语。

"是，我就是这般坚决，即便我隐隐知道一个青楼女子绝不可能如安安这般武功卓绝，行为莫测，我也认为自己认识的你明事理、知善恶，又岂会成为坏人的帮凶。可是岳大哥铁骨铮铮，你这般聪慧，绝不会不知杀了他意味着什么，但你还与秦会之如此密谋。我现在就劝你罢手，你可会听我一言？"

唐安安迎上李穆然期待又坚定的目光，竟再无法开口回绝。是啊，她岂非早就预见了此番结果。

从那赞颂太平的笙歌掩埋了明月船中所有的曲调，从临安城中响彻了词人杜允所作的盛世华章，从西子湖畔惹人向往的青楼歌女又增了无数，她就已然明了。

唐安安不禁莞尔："好，我答应你。只是穆然亦得承诺，在你准备状告秦会之之前，带着他的罪证，与我见生平最后一面。"

"你这是什么意思？"

她别过身道："有些事我既然做不了，就必须遭受惩罚。这是为我的无能所付出的代价，难道我还要让你再看到受尽折磨的自己？若是到时你不按约定见我，无论如何，我都一定会取了岳子昂的命。若你听我安排，我便与秦大人分道扬镳，然后你我此生便无缘再见。"

"惜若，你这又是为何？"李穆然尽量让自己放松，"你若肯放弃刺杀岳大哥，我自会向皇上禀明你的清白，又如何会走到这一步？难道你

还怕遭秦会之报复不成？一个通敌罪臣，不仅是洪门的敌人，更是整个大宋的敌人，他还能蒙蔽谁为他卖命？"

唐安安根本置若罔闻，又再坚决道："你必须回答我，见或不见？"

李穆然的面容转而凝重，质问道："难道让你放弃谋害一位千古忠良，就这般困难？非要以此为代价？"

唐安安当即重重地颔了首。

李穆然盯住她，她眸中却无半分玩笑之意。

一瞬间，他只觉得脑海轰然，他绝不可能任由唐安安伤害岳大哥，可若他答应了她，她莫非真要从此避开自己？

难道他们注定，非得经受所有的死别生离？

"惜若，就没有别的方法了？"

"只此一计，别无他法。"又是毫不犹豫，她脱口而道。

许久之后，李穆然才终于沉声叹了气。

"好，无论如何，我见你！"

他撇下未肯松口的唐安安，头也不回地就走出了这薄雾未散的竹林。

而南宫府里，又是不得清静。

赵燕见他身体渐好，便又开始苦心规劝他解散洪门。如今梦儿莫名得罪了秦府，若李穆然再不示好，南宫鼎的长久经营岂非就要功亏一篑，何况连雁翎帮，都换了天色，再不与南宫家紧密无间。

"娘，再等等，再等等岳将军凯旋的消息。"李穆然安抚她道，"现在谁也无法确定秦会之日后能否一手遮天，倘若他因岳大哥北伐大胜而从此在朝中失了势呢？"

赵燕一时无言。是啊，这金贼几次三番言而无信，固守江南始终倚仗岳子昂，多留条后路，未必不是保他们母子安全。"罢了，只要不是你去征战，我就等他一等。"

而李穆然眼见南宫鼎还在焦急追寻梦儿消息，便暗地托信告知他南

宫梦一切安好，自是略有提及她在秦府遭受的冷遇。

　　至于唐安安，好一段时间，李穆然一想到她，就顿感胸口憋闷。他难以细思又再失去她的日子，就连南宫院落中吞吐的游鱼，都仿佛在为他哀叹。

　　倘若岳大哥凯旋归朝，秦会之自己失势，就不必再这般左右两难了。

　　李穆然总是如此思量。

第十五章　暖风熏得游人醉
　　　　直把杭州作汴州

只是他最先等来的，并非郾城大捷，却是朝廷一日三道金牌急召正长驱直入朱仙镇的岳子昂领兵回朝的听令。

秦会之有多得势，只需闻西子湖畔的笙歌有多缠绵。原本已是低声呜咽的琴瑟箫音又化作了汹涌的巨浪淹没了临安的夜。议论岳将军可否凯旋的私语化作了庆贺的杯盏和鸣，所有人此刻已然明了，青楼里赞颂太平的歌谣再四起，江南必是重归了安宁。

临安城上下，还有谁不急着讨好丞相秦会之？洪门已是孤立无援，八位舵主，七位已随岳子昂北去。原本尚可因歼敌有功而加官晋爵的他们，全数罔顾九道金令而拒不还朝，难道秦会之会网开一面，放弃以此行为大做文章？

南宫鼎亦是惴惴难安。他确实有心结交秦会之，也从未押错宝，但他何曾料到，而今自己竟要在女儿与前程之间抉择。

仅仅一日，朝廷就再凑足十二道金令，拼命催促岳子昂班师回朝。

李穆然已经无法再等了，他要保的人太多，所有希望全在这一纸罪状，只盼高宗阅过之后，明白秦会之险恶。

然而在此之前，他必须再见唐安安一面，他答应过她，也答应过自己。

可知这之前一整晚的光景，李穆然都昏迷睡去。

归梦寒
Gui Meng Han

梦中仿佛又回了家乡，所有的感触真实而令人欢喜。川流不息的汴河水汲汲而过朝思暮想的汴梁城，御街上行人拥挤，叫卖嘈杂，漫天的雾气却又模糊了擦肩的彼此。

李穆然漫无目的地前行，渐渐人潮疏散，浓雾依稀。一身淡雅罗衣的女子浮现于虹桥尽头，灿然回眸的倩影，宛如阳春三月拂面的轻风。

李穆然一颗心跳跃不止，激动地跑至女子身侧，竟自然地将她揽入怀里。

原来他们早就已经相携相伴，她从来不是明月船中受尽瞩目的唐安安，他亦无从被迫离开这人声鼎沸的汴梁城。他们膝下三两儿女，每日充盈又惬意。李穆然不断地自问这可是真实，他几次三番想要努力清醒试探，那满足的滋味却又轻易引他沉迷睡去。

许久许久，李穆然终于意犹未尽地张开双目，却是床榻苍白的帷幔，将失落来袭。

接连数日，临安都细雨绵绵，城郊的大片芦苇低垂着腰肢。迂回的河道上白雾缭绕，觅食的水鸟于茂密的凤眼莲间盘旋轻啼，久未散去。

天地混沌不清，唯有一叶扁舟，薄纱裙裾。

李穆然踩着枯黄的禾草飞入轻舟里，唐安安已随着约定在城郊久候。她回身望他的眸迷离而又深邃，若非她从未奢望与眼前人此生圆满，大概心下也不会这般坦然安定。

"你让我来见你，我来了。"李穆然压抑着忧伤道，"你还未告诉我这一切又是为何。"

唐安安却未看他，转身道："岳子昂鞠躬尽瘁，精忠报国，要杀他岂是我意？而今十二道金令都劝他不回，秦会之苦思冥想的借口怕又多了一个。"

"将在外军令本就有所不受，秦会之就算有无数理由，又如何能对岳大哥构成实质威胁？"

"可让他死的，从来就不只秦会之一个。"唐安安无奈又坚定道，"穆然，你可还记得在汴梁时的种师道？其实他并非被完颜光所害，却是殒命在轻烟楼里，岳子昂从不往烟花之地，门主这才命我配合秦大人将他于大理寺内暗害。"

"门主？就是那捧你之人？难道还不是秦会之？"

"今日我便是要告诉你，天为何不遂人愿。"

李穆然言语苦涩，长叹一声："若是劝我罢手的话，无须多言。而今我终于明白我有多舍不得你，可有些事，我不得不做，你若怨我恨我，我无话可说。"

唐安安亦感慨道："你这些年的坚持何尝不是我的坚持，我也曾经以为，自己能够盼来归乡那日。何苦命运弄人罢了。"

唐安安取下别于腰间的玉箫，直点李穆然曲池穴上。他侧身一避，警觉道："你想如何？"

唐安安收了手道："今日虽让你来，但我真正等的人，却是漠北唐门门主，当今圣上！"

"你这是何意？"李穆然惊愕轻问。他以为唐安安说出其他任何一人的名字，张俊也好，薛平易也罢，都绝无法令他这般惊如当头棒喝。

怎会是这位，他最后的救命稻草？

唐安安看出了李穆然的踌躇，只道："没想到吧，连我也琢磨不透他究竟为何非要置岳大哥于死地。一直以来，都是他命我做何事，我便做何事，而我今日亦要问个清楚明白。"她又再叮咛，"皇上心思深沉，若被他发觉你在此处，必惹龙颜大怒。答应我，藏入身后芦苇荡中，一切事情自当明了。"

李穆然虽是半信半疑，但也知唐安安所言未必是虚，正缓缓往轻舟外移，刚欲转身入水，便觉颈间贴上冰凉的箫身，眼前骤然漆黑，人也昏昏沉沉地向后倒去。

唐安安顺势将他扶住，她从昏迷的李穆然胸口搜出秦会之与金贼互

通的罪证，放入自己衣袖，起身将他抱入河岸及身的禾草中，卸下腰间香囊，置于李穆然鼻息处。他渐渐清醒，然而四肢瘫软，竟无力起身。

李穆然急道："你究竟想干什么？"

"这证据你交给皇上也无用，就先由我保管。"

唐安安转身飞回轻舟里，此时细雨更急，水雾氤氲的河道尽头，缓缓划出一叶镶金钻玉的玲珑舟。

舟中的公子手执一柄刺绣绸伞，身着丝绸长衫，仿佛由云烟浩渺的仙境而来，悠然停泊于水路正当中。

"怎么，听闻安安你要耍脾气了？"他言语戏谑，又有些宠溺道，可知他从来都不认为，自己的唐安安会真有心忤逆自己。

四肢无力的李穆然隔着草叶间隙，清晰窥见说话之人熟悉的面目。

金銮殿上，他正襟危坐，气宇轩昂，大赞岳将军精忠勇猛，实乃国之栋梁。殿试中，他挥笔钦命李穆然为新科状元。李穆然一直以为，皇上这些日子之所以听信谗言，一心求和，不过因为秦会之戏演得太足。连他自己都会恍惚在这无处不在的笙歌里，何况尊荣享尽的皇上。

"安安手中是秦大人与金兀术互通的私信，皇上可愿过目？"唐安安挑眉轻问。

"这些书信怎会在你手中，不是被人偷了去给李穆然吗？"赵构惊讶的，居然并非秦会之与金国可汗关系密切，却是这样的罪状，竟到了唐安安这里。

"若是李穆然将这罪状呈给皇上，您可会将秦大人治罪？"

"秦会之与金人互通，是朕早就默许之事，又怎会将他治罪。"

"既是这般，安安斗胆猜测，若您见到了李穆然，是否会不假思索地顺水推舟，由着他带领洪门弟子于大理寺风波亭内围追堵截将要斩首岳子昂的秦大人？他们绝不会想到，自己这一去，便是入了您的天罗地网之中，要被生生扣上劫狱以救重犯岳子昂的罪名，到时整个洪门怕是都将覆灭。"

"安安，你平日里可看不出还有这等心思。"赵构惊讶地盯着她，倒也无从反驳，便认了她的揣测，"秦丞相实在太不小心，不过让他走漏些风声，他倒把自己的底细给抖搂了出去，还得让朕亲自出面推波助澜。"

"您明明知道岳将军尽忠职守，几次三番救江南于危机，是不可多得的良将。他此番回朝，十年北上之功尽弃，二帝也无法还朝，您自此可以高枕无忧，何必还要这般赶尽杀绝？"

赵构已听出唐安安弦外之音，面露不悦道："朕要杀谁，难道还要向你解释？莫要自作聪明。"

唐安安却又道："想来您重用岳将军，并非只为北伐，却是要倚仗他平了江南匪寇，以确保江山无恙。钦点李穆然为状元，也不过因他乃抗金名将李潇之后，这便足可让这些为您卖命的北方人相信，您还念着他的牺牲，犹有复国之心。巩固江南朝政，全靠这些北方人，他们之所以肯如此为皇上卖力，全是因您千方百计为他们许下希冀，自己有朝一日可以重回故乡。而其实，皇上从一开始，根本就没打算再回汴梁！"

"你够了！你也错了！"赵构呵斥道，"朕先前一直以为，能够在自己的有生之年将金贼彻底赶出中原，然而他们俘虏了皇母，几次三番以她性命要挟，我如何能不管不顾？我当年让你暗杀洪仲，教训王雍之后，不也允你帮助洪门？你自小伶仃孤苦，哪里知道痛失亲人的苦楚！"

唐安安急忙恳切问："可如今太后已然归朝，皇上却为何再也不愿北去了？"

赵构未再驳斥，只背过身，她的叹息竟让他不禁细细回忆起来。是啊，究竟从何时开始，他就再不曾念及过往了？漂泊至江南之初，他恨不得立刻攻回中原。那时的他身边连一位亲信都无，他也从未曾体会过这般孤独无助的感觉，仿佛离了大地的孤魂，心里空落而孤单，就连每

一次呼吸，都似艰难无比。

一直到秦会之过江而来，带着母亲安好的消息，他才终于有了盼望。他怎能不知，秦会之岂可侥幸到从金营全身而逃。金人想利用这昔日大宋的忠臣窃取南朝内幕，他亦要借助他向金国传话。只要他的母亲可顺利还朝，陪伴在自己身边，他愿意付出任何代价。

母亲果然平安归来，他的确每日都满足而欢欣。只是这临安的湖光山色，莺歌燕舞，却也不知不觉就将曾经的热切吹熄了。如今的他，担忧害怕的，是岳子昂若果真打了胜仗，他这皇帝，还能不能当。

赵构朗声道："朕自然是为江南百姓的安定着想。"

唐安安却问："难道岳子昂还无法保证江南不受叨扰？这理由怎么听，都像是您为自己的私心找的借口罢了。"

"唐安安！"赵构顿时恼羞成怒，吼道，"你越来越大胆了，朕是何样的人，岂是由你恶意揣度？"

"安安今日见皇上，本就是要将心中所想一吐为快。"唐安安毫无瑟缩，又再坚决道："恐怕在文武百官眼中，无论议和也好，北伐也罢，您所有思虑至少皆是为百姓子民，他们怎知，漠北唐门才是皇上另一番面目。从您还是康王起，便一手建立轻烟楼，除却敛财，就是对与自己有过节的朝臣睚眦必报。种师道不顾您被金贼掳去，坚持力战，您回朝之日便令我们取他性命；刘松仁固守江南多年，您便借顾蕊之名害他，将其万贯家财收入国库；如今您倚仗薛平易控制了雁翎帮，现下终于轮到洪门与岳子昂。亏这些人还以为，皇上从来都是一位一心为民的好皇上。"

"你说够了吗？"

唐安安置若罔闻，又再道："安安猜，您之所以绕了这么大一圈谋害岳将军，怕是因您坚决不肯遭后世骂名。您非常明白，若岳子昂被正面诛杀，宋高宗赵构必是致使大宋丢弃半壁江山、妄杀忠良的千古昏君。若这一切假手秦会之，让他被认为是此事的始作俑者，您不过成了

误信佞臣的无辜君王，至少后世骂名皆可由他受！"

赵构站在小舟上，面色一片青紫，每一字已是暴躁道出："朕要杀他，自有朕的道理，岂用你来妄言！秦会之又岂是你所说这般无辜！岳子昂一死，他对朕自是天大的功臣，不仅朕会许他一世荣华，金国人也会保他无恙，他当然会不遗余力地为两方奔走。你方才这些话，若是藏在心底，就还会是临安城中风光无限的唐安安。"他不禁质问，"现下这般刻意触怒朕又是为何？"

唐安安却道："我并非有意激怒皇上，却是执意要为我大宋做一件善事。"

"善事？你要做善事，简直可笑！"赵构怪叫道。

"是啊，"唐安安也自嘲轻笑，"一个青楼歌女，哪该有何善心？追名逐利才是我该有的脾性。"

"你也知道自己不过是个青楼歌女。"

"本来安安的宿命理当如此，今日皇上喜欢了，便赏下荣耀浮名，我自当欢欣雀跃；明日皇上厌烦了，觉得我毫无可用，就弃之如敝帚，此中的苦闷也只往心中咽。安安看穿了自己不过如此，才终是不肯接受这般宿命。"

"你得到了多少人梦寐以求的声名财富，难道这些都不够让你满足？"

"安安是算幸运，天生一个孤儿命，却能一路锦衣玉食，从汴梁到临安，周遭的人死伤无数，我却可全身而退。但只怕再走下去，明月船一船的金银珠宝也填不满这心里的空落，终将连玩物都不会是。"

赵构冷哼："看来我永远也无法明白你。"

唐安安叹口气："归根结底，我不过是无法再自欺欺人下去而已。皇上，想来明月船绝不会缺少莺莺燕燕，漠北唐门有没有我，又有何妨？但这江南若缺少了岳将军，必将是悲剧一桩。金贼南犯，全凭他的队伍英勇抗敌，洪门与之一脉相承，只要有这些北方人在，就永远有人

肯为这片土地抛头颅，您可知铲除了他们，就是在自掘坟墓？"

"留着这些人，朕才会不得安宁，哪怕有一丝一毫的可能，朕也不愿二帝还朝。岳子昂不过一介草莽武将，居然还敢几番置喙朝中事，而今更是十二道金令也劝他不回，全然不将朕放在眼里。他就算是忠，也忠的不是朕！"赵构怒道，"而今朕非要杀他，也是因金兀术已下最后通牒，岳子昂不死，议和无望。"

"皇上您怎还相信金贼胡言？我们议和了多少次，金人又翻脸南下了多少次，汴梁因何被破？不正因误信他们一时之言？而岳将军这些鲁莽的举动，莫不是因他心有不忿所致？"

"立国之初，太祖就严防武将参政，我铲除他，有何不可？而且这一番不同，蒙古人正与金国僵持不下，金兀术尚且自顾不暇，谅他也不敢轻易毁约。"赵构看着唐惜若，"我也不明白，你难道就不愿看到我们重归太平？"

"谁会不渴望安稳太平，可这又岂是在才刚丢弃了半壁江山的时候享得？难道广袤中原，就非我们的故土？安安只怕这样下去久了，等来日金国击退了蒙古，又或者蒙古踏平了金国，无论谁兴兵南下，等待我们的，必将是又一遭山河零落。"

"你少来危言耸听。"赵构不屑道。

"连安安都明白的道理，您难道真的无法想来？这安逸，皇上真的能够无愧享得？"

"朕只管朕这一生就够了，何必顾虑那么多！"赵构冷冷回应。

"可您是我大宋的皇上啊！"

河道旁的芦苇荡，隐蔽当中的李穆然将一切听得清晰，眼眶中的潮湿，究竟是这绵绵的细雨，抑或徒劳而悲伤的泪。十年，十年的努力憧憬难道只换来无谓的执着？若是他们自己的皇上从来这般老谋深算，步步为营，他如何能够将他心思改变？他让他生，不过图他乃李潇之子，可定军心；他让他死，便由他带领整个洪门跳入阴谋的火坑。

　　而他自己，居然还指望依靠这一纸罪状，揭穿早已深得信任的秦会之，来挽救洪门。

　　多么可笑！

　　赵构缓缓道："朕再问你最后一遍，还杀不杀岳子昂？还守不守风波亭？"

　　"不杀，不守。"唐惜若回答得干干脆脆。

　　"你这是抗旨！"

　　"我听凭处治。"她仍旧决绝。

　　赵构额前青筋突兀，冲上她所在扁舟，五指掐住唐惜若下颚，阴狠道："就算你明了朕对你特别，可你未免觉得自己太特别了。"

　　"惜若从未奢望皇上宽宏。"一身武艺的她在赵构掌下竟挣脱不得，他伸手就夺过她手中玉箫，将之断成两截。没了这玉箫的唐惜若，根本就无法再使出水龙吟。本就是他教给她此绝世神功，她的每一番举动又如何逃过他掌心。

　　"难道锦衣玉食，盛事浮名都困不住你！"赵构叹息道，枉他从来以为自己一手栽培的明月船主心思简单，温顺乖巧，不承想她竟是如此心如明镜。曾经无限的缠绵依稀犹存，可眼前这女子已非惹他疼惜之人。

　　"皇上，能用这些困住的，未必不是祸国殃民之人。"

　　"你别再多言了。"

　　可知他最忌惮也最无法容忍的，就是他隐秘的心思被旁人窥探，而他也从来不需要一个无法受他摆弄的唐安安。

　　赵构手中力道又重了些，唐惜若咽喉不由得传出痛苦的呻吟，他心下一疼，终究是于心不忍。

　　赵构稍稍松了力道，仍道："朕是舍不得杀你。可这江南已无你容身之地，就限你五日，离开临安，从此再不得过江南下。"

　　"惜若遵命。"

这已经是他所能做的最后妥协。

细雨初歇，水雾中的玲珑舟终于渐行渐远，如同耗尽了气力，唐惜若不禁瘫坐在轻舟里。

可知离开江南，她又将成为天地间的幽魂，但又为何心下轻松无比？

此时迷香已退，李穆然挣扎着从芦苇中起，步履沉重地来到唐惜若身前。

"你也看到了，我之所以这般做的原因。"

李穆然强忍着胸中苦闷，重重颔首。

她喃喃低语着："其实我从来知道皇上并非心怀天下之人，是以总走一步算一步，更明白只要在他的庇荫下，能与你厮守的，从来也不会是我，可我一直以为至少在这明月船中，偶尔彼此抚琴欢谈，亦是一场风花雪月。然而事到如今，连这样的美好，都将成为奢念。"

"惜若，为何你不肯早些告诉我你的心思？"李穆然问，"这样我们就不会兜兜转转这么久，何况你明明这般勇敢。"

"我勇敢吗？其实我一直害怕，怕若说出太多自己的渴盼，生了憧憬，便又会成为另一个顾蕊。"

"可我又岂是江煜。"

唐惜若不禁释然，是啊，他是李穆然，自然不会是江煜。而从何时开始，她自己所求的所忌惮的，竟是这般长久的思念，莫要化作一场荒唐。

也许终究自己，还算幸运。

"这是我能想到最不惹皇上猜忌，亦让你洞悉一切的办法。若我只是劝你，你未必全然相信，而一旦惹他怀疑追究，整个洪门更难逃一劫。"

李穆然一时无言，半晌才叹了口气。他的确从未考虑过若是连眼前这条最直接也最致命的路都走不通了，他又该如何下去？状元也好，掌

门也罢,在而今的他看来,不过皆如尘土。可是他终究还是漏算了,皇上变了心,连天都变了色,努力还有何用?难道真要如母亲所言,妥协在一片欢歌中?那洪门兄弟们坚持了这么久,岂非就成了虚度?

可是唐惜若仍不忘叮咛:"穆然,依我了解的皇上,既然已布下了这般大的局,就已是开弓没有回头箭了,若非心意已定,将苏鹤推至雁翎帮主这一步他是不会轻易走的,岳大哥怕是在劫难逃,莫再被迷惑。"

"我明白。"李穆然轻声道,他颔首望见唐惜若略显疲惫的脸庞,念起更将与眼前人从此地北天南,今生两隔,便又止不住地哀从心起。

"只是日后,惜若你要受苦了。"他黯然道。

"罢了,如今的福,我只当是自己的运气罢了,运气尽了,也就回到先前一无所有的自己。"没想她却轻易豁达,又幽幽望向临安城的方向,"这西子湖畔的笙歌,醉了多少人物,从此少一个唐安安,何尝不是一件幸事!"

她又哪有过错,这大宋靡靡的欢歌难道不是已经太浓了吗?过不了多久,这满载盎然欢意的临安城中,还会有几人念着曾经的悲苦。

唐安安离开了,明月船依旧。

而他自己的执着,又如何换得如意?是啊,世事本就无常,如何也无法笃定结局几何,可人啊,终是为了心中的期许,与哪怕微弱的希冀,轻易便起了执念难休。

然而他何曾料到,这执念到最后,原来不过终归虚妄。可他无法明白,若是早知这结局逃不出一场虚妄,究竟他还该不该执着,还该不该辛苦?

至少此时,李穆然心中充满困惑。

良久,他才道:"我们回去吧。"薄雾里的长衫公子,缓缓撑了篙,带着迷茫,与身前的唐惜若,缓缓驶去。

五日时间，他们徘徊于长街深巷里、酒肆茶楼间，彼此陪伴着，一同遍尝临安的美食，最留恋的，仍是那日日人满为患的乳糕浇铺。每当夜幕降临，李穆然总要与唐惜若一起回到桃源深处，与满池水莲相伴，轻柔的风吹动旖旎的情丝，让轻舟中的公子心生飘荡。

"明日，惜若与我走一趟长堤如何？"李穆然蓦地问。

月光下的女子褪去了锦罗玉衣，清秀的容颜更显娇丽，"好啊。"她爽快应允。

翌日，绵长的苏堤上，桂树庇荫。并肩而行的他们，相顾无言。

茂密的林荫路旁不时掠过欢闹的人们，搅扰着两人静默相对的这份平和。即便长久无声，心间竟是莫名安宁。

拱桥一座连着一座，湖岸隐约浮现，他们不禁愈发减缓了步履。

只是长路已尽，明朝，就将彼此天各一方，《雨霖铃》中那关于离别的凄楚又怎非他心情写照！

"终是走完了。"李穆然三两步行至唐惜若身前，与她四目相视，粲然一笑，"常听江南的百姓说，若是两人能携手过这苏堤，便表明他们定可思念此生。"

面前的她听闻不由得羞然垂首。

可知这便是他这些日子以来一直藏于心间的言语。

五日之期转眼便至，唐惜若将由水路离开临安。一早，李穆然便在钱塘江口为之送行，浩渺的江面上烟波缭绕，行船停泊处，行人许多匆忙。

两人伫立沙堤的码头上，久久相望，清霜映衬得唐惜若的面容愈发迷蒙，李穆然将她发梢微揍，强颜欢笑道："照顾好自己，有缘再见。"

他明知这一别，日后尽是惦念悠长，唯在樟叶秋黄中，暗遣情伤，却仍不忍道出诀别之词。

船已靠岸，两人紧握的双手渐渐抽离，唐惜若依依难舍地走上甲

板，岸边的公子便随着船下的流波愈渐远去。

这寒江天外，多少烟树微茫，眼前的翠色与白雾依稀。她几欲夺眶的泪，终是被江面的冰寒又冻了回。

回眸的视线里，那衣袖翩然的人，是她朝思暮想的情郎啊，多年来习惯了被记忆中的他那温存的面容抚慰，漫长的时日便也充满了温情，只是而今一别，竟真将相隔岁岁年年。

可是他给了她最深的惦念，在她心底蕴藏。往后的岁月，有这份惦念栖身，岂会觉心如浮萍，无依而空落！

只是真的要走了吗？唐惜若缓缓从袖口取出那描摹着滚滚长江的《大荒经》，贴近胸口，似起思虑。不久之后，雾霭重重的江面上，便再不见她隐约的倩影。

岸上的李穆然久久回望云烟中，兰舟上，唐惜若消失的方向。摇橹慢划的船家早已不觉哼起离别的歌谣，褶皱的江水似也在轻叹着宿命无常。

他终究无法强迫自己将她美好的容颜遗忘。

罢了，就让他将她深藏吧，在幽梦中，在魂魄里。

足够他倾尽余下的光阴独自凭吊。

车马萧萧，十二道金令犹如十二支利箭，支支飞入岳子昂心间。

岳子昂回朝之日，便上书坚决要求解除自己一切职务。既是这般窝囊归来，那这统帅之位，占有何用？

高宗本是欣然应允，秦会之却一再要求追究他的抗旨之过。高宗争执不下，便答应他先将岳子昂收押再审。

也就在此时，赵燕将李穆然逼得更紧："如今这形势，没等你亲自解散洪门，秦大人怕就要将之剿灭干净了。岳子昂回朝之日，就成了他入狱之时，这已经再明显不过，此番较量，是秦大人得胜。已经没人会管我们死活了，梦儿又一直不知所踪，你若再无表示，我们就真的性命

堪忧了。"

"娘，难道你真的认为，若现在解散了洪门，参了岳大哥，秦会之就会遵照约定放过我们？"

"他为何不会？"

"他既是朝中大臣，想来已阅过我的科举文卷，深知我心中志向，当初仍毫无顾虑地要与南宫家联姻，必是已考虑到了后果，他才刚掌权，有多少银两供他打点？南宫家是一块多么诱人的糕点，他会不着急吞下？若我帮了他，得罪了洪门不说，他日后再行翻脸，我们该如何是好？"

"可你不试试，又怎知结果？"赵燕仍期待问。

李穆然若有思虑地松了口："试探一番倒也无妨。那就择日宴请秦熺，由他传话给秦大人，说我心意已定。"

"穆然想通就好。"赵燕见他态度渐转，心内甚是安慰，"来人，快去请秦公子。"

一日后，秦熺果真前来，他从来都是一副胸有成竹的姿态，如同早便料到李穆然今日会请他："状元郎果然还是状元郎，定知如今与我父亲作对，便是与整个朝廷为敌，何必要自讨苦吃。"

李穆然也不言语，却是引着他来到南宫府后院，待四下无人，方转身道："此地清静，方便我郑重告诉秦公子，岳大哥不仅对朝廷从无二心，更将是名垂青史的大英雄。"

"李穆然！你这话是何意思？你既要顽抗到底，今日又何必找我？"秦熺严肃起来，"你如此不知审时度势，可怜南宫鼎自己苦心经营，偌大的家业，却要生生败在他一双儿女身上。我朝祖祖辈辈，皆以孝道为先，枉你还是当今状元，真不害臊！"

"我若真为他们陷害了岳大哥，那便是让他们从此受制于秦会之，不仅是与在江南的所有中原人为敌，更是与整个大宋的百姓为敌，那才真是不孝！"

"你好大的胆，敢如此诅咒当今丞相。"

李穆然坦然道："你不仅不劝自己的父亲休与金贼来往，反倒跟他同流合污。岳将军若含冤而死，便令整个江南士气尽丧。道一句佞臣秦会之，有何不妥?!"

"李穆然!"秦熺气得咬牙切齿，"这些话你有本事就去跟皇上说，在我面前乱语，只会加剧这南宫府的衰败。你也没几日清福可享了，等着受牢狱之苦吧!"秦熺转身便离开。

李穆然却又在他身后轻言轻语道："不知满朝文武若是得知丞相秦大人的公子竟有断袖之癖，会作何反应?"

秦熺蓦地顿住："你是何意?"

"又或者你这癖好被传得街知巷闻? 你若一定要说我此言乃空穴来风也无妨，岂知证据要找，总能找到，就怕你难以自辩。"

"李穆然!"秦熺愠意又再陡升，半晌却道不出一字。他连南宫梦都瞒不住的秘密，又如何在李穆然面前隐藏得天衣无缝。若此中事真被传开，他颜面何存? 已经当了这么多年的孝顺儿子，为仕途日夜苦读，为遂父意迎娶南宫梦，他已经足够努力了，岂可轻易功亏一篑!

要知道在他眼中，这些女子并无丝毫吸引之处。

"你这是在威胁我?"

"若你定要在意这流言蜚语，也无怪为自己上了镣铐。"

"少啰唆!"秦熺恨恨道。

李穆然便言着："威胁也罢，不过要个平安。"

良久，秦熺都无接言，终于狠下心道："罢了，我保你一家无恙，你也最好老实，否则我也定能令南宫梦日后羞于活命。"他转身就怒气冲冲地往南宫府外行，任凭赵燕在旁热切寒暄。

"穆然，你是如何跟他言道的?"待秦熺走远，她终于担忧问。

"我……"

"爹，穆然哥哥。"南宫梦熟悉的声音恰从府外传至，原本尚在长

廊中踱步的南宫鼎听闻，立刻奔来迎接久未归家的女儿，"梦儿，你总算平安回来了。"

"爹！"南宫梦兴奋得冲入南宫鼎怀抱，两人不禁久久相拥，身后跟着的孔翎可是一脸羡慕。

"爹，对不起，让你这般担心。"

"梦儿，回来就好，回来就好。"南宫鼎疼惜地望着她，又不由得小心试探道，"只是这秦府，你真不打算回去了？"

"我心意已决，爹爹可否莫再逼我。"南宫梦皱眉道，"在秦府的时候，我可是度日如年。"

孔翎忍不住插言："那秦熺待她实在太冷漠，你若硬逼她回去，就休怪我再带你女儿重返天目山。"

"唉，"南宫鼎从来也非铁石心肠，望着南宫梦那愈渐消瘦的面颊，便疼惜道，"既是受了这么大委屈，算了，就留下来吧。"

"爹爹！"南宫梦闻言破涕为笑。

李穆然终于缓缓对赵燕道："方才秦熺已经答应，无论如何，终会留我们一家四口性命。"

赵燕望着他们父女二人团聚的场景，感叹自己在南宫府这些时日，莫不是与南宫鼎性情相投，如何慢慢处出了一份感情，既然他都放得下，自己何故再执着。富贵荣华，她当然想得，又怎能比得过与自己的亲人在一起！"梦儿不回秦府，秦大人是得罪定了，既已保我们无恙，罢了，就由你去吧。"

只是洪门中已另有人接到消息，秦会之将于大理寺风波亭内将岳子昂处以极刑，究竟以何名目，却是讳莫如深。

李其不屑道："没个正当理由，他秦会之敢把岳大哥如何，难道还无王法了？"

刘江寒也附和："将在外军令有所不受，若秦会之以谋逆之名取岳

兄弟的命，也未免太过。这十年征战，江南之所以无恙，全是他当初内平匪患，外歼金敌所致，这些功绩，足可表明他的忠心。我只是不解，秦会之此番刻意让我们得知自己意图，是何目的?"

"对了，穆然，你不是曾提他似有通敌嫌疑，且一直在暗找证据。那证据可有找到?"王厚昌问。

孔翎亦道:"难道南宫梦就没从秦府带回些线索? 我问她她也不答。"

众人的目光接连投来，只等李穆然一一解释，他等待良久，方才开口:"证据是有，却并不足以扳倒秦会之，我以为，他此番之所以故意虚张声势，怕是想诱导我们洪门前去大理寺劫狱，毕竟他想瓦解我们洪门早就不是一天两天了。"

"劫狱这罪名咱们可担待不起啊。"周笑添不禁道。

"小掌门，那就是我们先勿轻举妄动，静观其变了?"孔翎亦问。

李穆然背过身去，又是良久，方颤声道:"是。"

他怎能让他们白白送命?

纵是他自己想要营救岳大哥，又何尝能够毫无顾忌地来去!

可知秦熺已经一纸休书彻底割断秦府与南宫梦的关系，万贯家财的南宫鼎，一夜之间便回归了布衣百姓，旗下数十作坊亦被尽数收归朝廷。

而少了他，他们日后的日子，该如何保定?

没人知道岳子昂究竟犯了何罪，有朝臣询问秦会之，他只敷衍回应，大概有罪。

岳子昂在狱中待了足足六月，无论如何严刑逼问也无法让他说出半句谋逆之词。秦会之知道他定是等不来这罪证，便打算快刀斩乱麻，命人无论如何都要将岳子昂尽快处以极刑。

临安的冬日落雪纷扬，已有数年未见这冬日雪景。风波亭周遭茂密的草木上一片银装素裹，士兵们皆围堵在十丈开外，个个拉弓张弦，只

等秦会之一声令下，万箭齐发。

良久良久，一直到风波亭两旁的树木挣脱冰冻的雪地，生生穿过亭内人笔直的脊梁，才听闻几声不甘长啸。

秦会之终于从严阵以待的官兵身后走出，见洪门尚无一人前来，守株待兔的薛平易不过空等一场，他竟不免松了口气。

他何尝不知若是由自己铲除了岳子昂，江南便失了保障，他自己怕难免遭受骂名。怪只怪他夹在金兀术与高宗之间，要明哲保身，只能成为两人之间的棋子。洪门既然未至，皇上也已责怪唐安安代他受过，日后雁翎帮与洪门之间，还需自己斡旋，这枚棋子当的时间莫非也可再长久一些。

其实他从来无路可退，这般一念，秦会之心内陡生的难安心绪，就不由得顺畅许多。

没错，他不过无可奈何而已。

岳子昂的尸骨被洪门中人连夜从风波亭内挖出埋葬，这么多的人，就一直隐忍着。

即便每个人都隐隐明白，李穆然之所以那般言道，无非是担心他们果真会去营救岳大哥，若能救得岳大哥便罢，若救不得，本就是被秦会之污蔑的谋逆罪名，岂非就要被轻易坐了实！

然而心内的郁结，让他们一时半刻也无法再坦然面对李穆然，唯有孔翎一人寻着在大理寺外长跪不起的他。

此时的临安，依旧落雪皑皑，寒风瑟瑟。

李穆然冻得发紫的唇颤抖难闭，膝下因这长跪已渗出了一片殷红，他望见孔翎缓步而来，在自己身旁站定，方艰难开口道："如今这般局面，你可会恨我？"

"其实我们就算去了，也无法挽回什么，风波亭内早便设下了雁翎帮的埋伏。薛平易怕是想联合秦会之铲除我们，让雁翎帮一家独大。可

我真的不明白，为何江南就容不下一个洪门？"孔翎尽量安慰着，"他们不过需要时间平复而已。"

只是李穆然尚未道出口的，又何止这些！

"翎儿，随我去铲除一人。"他忽就起身言道。

通往秦府的路，总要穿过钱塘江畔一片茂密的梅树林。三三两两巧笑嫣然的身影正悠然向前去，但见当中一人，不疾不徐地跟随在后，就无人理睬。她既不愿加入到她们一路的谈笑风生中，她们也就懒得理这总显得疏离的徐媚儿。

一阵寒风起，姑娘们不由得打了寒战，风中飘来许多宣纸，竟覆在她们满是胭脂的面上。

"谁这么没德行！"姑娘随手将那纸捏起，一瞥，竟失声道，"你们快看，这是……"

"银票！"姑娘们惊讶道。

"今日走得早，往秦大人府上也不急，我们瞅瞅去，看谁这么粗心，居然为我们散财呢。"

"就是，这银票似是从林子东边来，姑娘们，走，多拿些去。"

"哈哈。"

人群一哄而散，唯留那且行在后的徐媚儿伫立原地，她轻蔑一笑，竟丝毫不为所动。

李穆然恰从另一面的梅树林里走近，停在女子面前，他盯着她，闷声唤："完颜永济。"

那女子一愣，但立刻又恢复了平淡。

李穆然竟猛冲上前，生生往她胸膛一掌。

"李穆然！""她"终于捂着胸，开口道。

分明是低沉而有力的男声。

"我早就应该猜到，那蒙面人是你，这歌妓也是你，你便是靖康年

间窜入汴梁，窃走湛卢宝剑的白衣男子。"李穆然道。

"哈哈！""她"大笑，"我可是帮你除了江煜的人，你这是来谢我？"

"换来的薛平易，不知被你这金贼梦寐以求了多长时间。你敢留在临安，就该知道自己命不久矣。"

"岳子昂已不在了，我大金国的铁骑南下是迟早之事。你家人都在临安，就算你不惜命，难道你就不怕他们惨遭屠戮？我不信你敢现在杀我。"

"北方蒙古正与你们僵持，长江既是天险，尚能抵御贼寇好一段时日，等金贼再至，还不知是何时候。我今日杀你又如何！"

"你也知道这南朝免不了覆灭了，何必还要做无谓的争斗！你能找到我，想必已经知道了我与秦家，秦家与赵构的关系。你们自己的皇帝都已不管你们了，怎么你李穆然还要逞强？"

仿佛戳中了他这些日子难以消弭的痛处，李穆然居然再无力辩驳，他强忍着腹内翻江倒海的难过，愣愣地呆立原地。

完颜永济见他这般，便卸了防备，近乎宽慰道："穆然兄弟，人生在世，志在逍遥，管那么多，有什么用？为何不沉心于享受？可惜我那小妹就是太执着，不懂随势而变，大可汗才命我将她陷入那万劫不复的境地，岳子昂也是如此，枉此人一生英武，竟死得这般憋屈。如此看来，也只有秦大人才是明白人啊……"

李穆然听着听着就莫名其妙地笑起来，那完颜永济正想佯装熟络地拍拍他的肩膀，就被李穆然反扣住了臂膀。

"你……你怎么……"

李穆然却道："先前我是很困惑，可方才听了你如此一番蛊惑之言，我却忽然明白了。你这金贼怎么可能真心待我，又怎么可能诚心为我指路？说来道去，无非就要迷惑我变成连我自己都唾弃的人，苟且于世罢了。若真由你左右，岂非荒唐！"

"愚蠢的是你！你的执着究竟能改变什么？居然还要做本就徒劳的事！"

　　"执着未必可以改变什么，可是总要有人选择执着，也唯有执着，才终有可能改变这般局面。纵是我这一生难以再见中原故土，莫忘了还有后世千千万万的大宋百姓，结局从来都没有被料定。"

　　李穆然言着言着，掌下的洪门内力又添了几成，完颜永济脆弱的脊柱登时就被他断成了两截。

　　待一众姑娘意兴阑珊地从远处走来，絮叨着什么银票嘛，根本就是谁家小孩画来骗人的玩意，才觉方才尚在原地的人已悄然不见，"媚儿跑哪儿去了？"

　　"若是她不出现，秦公子就该生气了，我们四下找找去。"

　　"真是的，媚儿，你躲哪里了，快出来啊。"

　　眼见这一切，尚隐蔽在树后的李穆然悄声道："可准备好了？"

　　"那是当然。"明明是方才完颜永济满面脂粉的模样，却是孔翎清甜的声音。

　　她刚要起身，便听李穆然难舍道："翎儿……"

　　"放心吧，我自会照顾自己。只是小掌门日后可得多多督促周笑添，他不仅爱偷懒还胆小。"孔翎戏谑着，起身就行了出。

　　"媚儿出来了，姐妹们，走吧。"

　　万点红梅的林间，又是巧笑一串。

　　那笑声仿似伴着云中连绵的青山，起起伏伏而向遥远北方。

　　恍恍惚惚，恍恍惚惚，可是又回到了汴梁……